THOMAS PERRY

Né à Tonawanda, dans l'État de New York, en 1947, Thomas Perry a été manœuvre, pêcheur, mécanicien, avant d'enseigner comme professeur à l'université puis de devenir écrivain et directeur artistique pour la télévision. Il est l'auteur de nombreux ouvrages : *Le garçon boucher* (1985) couronné par le grand prix Edgar Allan Poe décerné au meilleur premier roman de l'année par les écrivains de littérature policière d'Amérique et *Une fille de rêve* (1995). Il vit aujourd'hui dans le sud de la Californie.

LA DANSE DES MORTS

DU MÊME AUTEUR

CHEZ POCKET

UNE FILLE DE RÊVE

CHIEN QUI DORT

THOMAS PERRY

LA DANSE DES MORTS

Roman

Traduit de l'anglais (États-Unis) par
Marie Muracciole

FAYARD

Cet ouvrage est la traduction intégrale, publiée
pour la première fois en France, du livre de langue anglaise :

DANCE FOR THE DEAD

édité par Random House, New York.

ISBN 2-266-12328-9

Les expéditions guerrières avaient toutes pour objectif de capturer des ennemis afin de remplacer les morts que l'on pleurait. Il y avait trois manières de procéder : en rapportant le scalp d'un ennemi mort (ce scalp pouvait même faire l'objet d'une cérémonie d'adoption) ; en ramenant un prisonnier vivant (destiné à être adopté, torturé et tué) ; ou en ramenant un prisonnier vivant qui serait autorisé à vivre, et même à tenir le rôle social de celui dont la mort avait nécessité cette « revanche ».

Anthony F.C. WALLACE,
The Death and Rebirth of the Seneca, 1969.

1

La grande femme mince noua ses longs cheveux noirs sur sa nuque d'un geste rapide et se planta fermement au centre du long corridor du tribunal. Quelques avocats et leurs clients la contournèrent. Certains la dévisagèrent discrètement, plus parce qu'elle était attirante que parce qu'elle leur barrait le passage. La poitrine de la jeune femme se soulevait comme si elle avait couru, et elle gardait les yeux fixés au-delà de ceux qui la croisaient, les ayant déjà observés et chassés de son esprit bien avant qu'ils ne l'approchent.

Elle entendit la sonnerie annonçant l'ascenseur à dix mètres de là. Avant même l'ouverture complète des portes, trois types baraqués en vestes de sport firent irruption, tournant la tête pour inspecter le couloir. Tous trois semblèrent l'apercevoir aussitôt, et ils écarquillèrent les yeux. Le regard prédateur, ils se mirent à avancer, un le long de chaque mur et le troisième au centre, marchant de plus en plus vite.

Les personnes présentes détournèrent les yeux et s'écartèrent pour les éviter, mais la femme resta figée. Elle releva les basques de son tailleur bleu marine pour se dégager, aspira deux longues bouffées d'air puis de toutes ses forces lança son sac en bandoulière dans le visage du premier homme.

Les yeux de l'homme brillèrent de triomphe et il attrapa le sac en plein vol. Le triomphe se mua en stupeur quand la femme lui entoura l'avant-bras de la courroie et, utilisant son poids et la vitesse de son déplacement, le projeta sur le second homme, les expédiant tous deux dans le mur à sa droite. Pendant qu'ils s'écroulaient, elle assena à chacun un coup de pied pour les étendre en bonne et due forme. Ce qui lui laissa quelques secondes pour se tourner vers le troisième homme qui cherchait à la prendre à revers en progressant le long du mur de gauche.

Elle se cambra et sa jambe jaillit en avant. L'homme évalua le coup, stoppa, et leva les mains pour saisir sa cheville, mais le pied d'appui de la femme quitta le sol et elle se précipita de tout son poids sur son agresseur. Elle atterrit au niveau de la cuisse de l'homme en le projetant contre le mur, et on entendit le craquement sinistre d'un genou qui se démet. Il tituba vers le sol et gémit en tenant sa jambe estropiée pendant que la femme roulait sur le côté et se relevait.

Les deux autres se redressaient. Le poing de la jeune femme cueillit le premier d'entre eux. Il bascula en arrière, et elle lui lança un coude dans le nez en pivotant pour frapper du genou le visage de son acolyte.

On entendit alors un choc et la tête de la femme fléchit brusquement, presque jusqu'à son épaule gauche, sous la violence du coup. Puis deux bras robustes l'encerclèrent par-derrière pour la redresser et elle ne perçut plus rien d'autre que des secousses et des éclairs. Ils s'étaient rageusement rués vers elle, la frappant au visage de leurs poings serrés, jubilant de la voir consciente des coups qu'elle recevait sans pouvoir rien faire pour les arrêter ni les esquiver.

Les deux voix qui s'élevèrent alors étaient puissantes. « Police ! Arrêtez immédiatement ! » « Dégagez, laissez-la tranquille ! » Lorsque ses adversaires lâchèrent la jeune femme, elle tomba à genoux et couvrit son visage de ses mains. En un instant les badauds, cloués de peur pendant la scène, semblèrent revenir à eux. Ils s'approchèrent, comme pour se rendre utiles, mais restèrent simplement plantés autour d'elle, sans oser la toucher ni lui parler.

Le bureau du juge était plongé dans l'obscurité, à l'exception des raies horizontales du soleil de fin d'après-midi qui frappaient, à travers les stores, les murs lambrissés. Le juge Kramer était assis dans son vieux fauteuil rotatif en chêne. Il avait déboutonné sa robe mais l'avait gardée sur les épaules. Il desserra son rabat et se renversa dans son fauteuil en faisant craquer le bois, puis appuya sur la touche « play » de son magnétophone.

Des bruits de chaises, de papiers froissés, et un chœur de conversations à voix basse emplirent soudain le bureau désert d'une foule invisible. Une voix de femme surgit, trop proche du micro : « Cette déposition est faite devant Julia R. Kinnock, sténographe à la cour, 501 North Spring Street, Los Angeles, Californie, à dix heures dix-sept le trois novembre. Les instructions de la cour autorisent l'arrêt de l'enregistrement si la moindre objection s'élevait contre l'usage du magnétophone. » Il y eut un silence. « Que les personnes présentes au tribunal déclinent leur identité, s'il vous plaît.

– David M. Schoenfeld, avocat commis d'office de Timothy Phillips. » La voix de Schoenfeld était suave et il proférait chaque syllabe avec lenteur. Le juge se figura l'avocat penché vers le micro pour la moduler.

« Nina Coffey, Service des mineurs, comté de Los Angeles, en qualité de curatrice d'une personne mineure. »

Kramer avait lu son nom sur nombre de papiers officiels, mais il n'avait jamais entendu sa voix. Elle était claire et sans états d'âme, avec une élocution impeccable, comme si Coffey tentait de se prémunir contre une certaine vulnérabilité.

« Kyle Ambrose, assistant du procureur, Los Angeles. » Comme d'habitude, sa diction était nébuleuse, ce qui avait déjà irrité Kramer pendant six ou sept longues procédures.

Puis vinrent d'autres voix, basses, monotones. Elles avaient la consistance et la retenue que donne l'habitude des micros, démarrant sobrement puis s'élevant pour souligner l'importance des derniers mots.

« Lieutenant James E. Bates, département de police de Los Angeles.

– Agent Joseph Gould, F.B.I. »

Il y eut d'autres froissements de papier puis Julia Kinnock dit : « Monsieur Ambrose, voudriez-vous commencer ? »

La voix d'Ambrose, sèche et incertaine, s'éleva lentement : « Peux-tu dire ton nom pour l'enregistrement, s'il te plaît ? »

On entendit quelqu'un s'éclaircir la gorge puis la voix haute et flûtée d'un jeune garçon : « Tim... Timothy John Phillips. »

La voix de Schoenfeld tonna : « Peut-être serait-ce une bonne idée de demander que l'enregistrement mentionne le fait que le lieutenant Bates et l'agent Gould, ici présents, ont vérifié que les empreintes digitales du témoin correspondent à celles de Timothy John Phillips, prises avant sa disparition. »

Les deux voix murmurèrent : « Vérification faite » sur le ton de la prière. Amen, pensa Kramer.

Schoenfeld s'était arrangé pour intervenir dans l'enregistrement avec le seul fait essentiel de l'affaire, du moins selon son point de vue.

La voix d'Ambrose se fit lente et claire lorsqu'il s'adressa au garçon : « Tu dois répondre de ta propre volonté. Il ne faut pas que tu te sentes obligé de nous raconter des choses dont tu n'as pas envie de parler. » Le juge Kramer pouvait imaginer les yeux sombres d'Ambrose papillonner vers les visages de Schoenfeld, l'avocat, et de Nina Coffey, l'assistante sociale. C'était un jeu de dupes, comme l'était tout travail judiciaire d'Ambrose. Le gamin aurait à répondre d'une manière ou d'une autre à toutes les questions, mais Ambrose tentait d'assoupir les chiens de garde. « M. Schoenfeld est là pour te défendre, donc, si tu as le moindre doute, tu peux t'adresser à lui. Et Mme Coffey t'emmènera chez toi si tu es trop fatigué. Tu comprends ?

– Oui, répondit la voix haute et ténue.

– Quel âge as-tu ?

– Huit ans.

– Peux-tu, s'il te plaît, me raconter tes plus anciens souvenirs ? » Le juge Kramer serra les dents.

« Vous voulez dire, depuis toujours ?

– Oui.

– Je me souviens… je crois que je me souviens de beaucoup de choses. Noël, des anniversaires… Je me souviens du déménagement dans notre maison de Washington.

– C'était quand ?

– J'sais pas. »

Une voix mâle s'interposa : « La location de la maison de Georgetown a débuté il y a quatre ans, le premier janvier. C'est ce que l'enquête criminelle a établi. Il devait avoir quatre ans. » C'était sans doute l'agent du F.B.I., pensa le juge.

« Tu ne te souviens de rien avant cette période, dans une autre maison ?

– Non, j'crois pas.

– Quand vous avez déménagé, est-ce que Mlle Mona Turley était déjà avec vous ?

– J'sais pas. Je crois que oui.

– Qui vivait chez vous ?

– Mes parents, moi, et Mona.

– Tu as de la famille ? Des cousins ou des oncles ?

– Non, juste ma grand-mère.

– Est-ce que tu l'as déjà rencontrée ?

– J'm'en souviens pas. Elle vivait très loin. On lui envoyait une carte à Noël.

– Ah bon ? » Le ton d'Ambrose était de nouveau troublé, comme s'il entendait cela pour la première fois et qu'il tentait d'en sonder les implications.

« Oui. Je m'en souviens parce que mon papa me faisait toujours appuyer mon doigt dessus. Il écrivait quelque chose, et puis il posait mon doigt sur un tampon et ensuite il l'appuyait sur la carte, parce que je ne savais pas encore écrire. »

Ambrose hésita, puis dit gentiment : « Est-ce que tu te souviens de quelqu'un d'autre ? D'autres adultes ?

– Vous voulez parler de M. et Mme Phillips ?

– Oui.

– J'ai entendu parler d'eux. Je ne crois pas que je les ai rencontrés.

– Donc quand tu parles de tes parents, tu penses à Raymond et Emily Decker ?

– C'étaient mon père et ma mère. »

Les sourcils du juge Kramer sursautèrent de désapprobation. C'était typique d'Ambrose. Tu peux y aller, mon vieux, pensa-t-il. Les souvenirs d'un garçon de huit ans n'apporteraient pas grand-chose à Ambrose dans le cadre de l'enquête. Ce type de questions méticuleuses et redondantes lui avait attiré une réputation excessive, celle du procureur qui sait défricher les bases d'une affaire inextricable. Ce qui épatait les jurés, mais donnait à Kramer et aux avocats l'impression pénible d'observer une fourmi en train de transporter une à une les miettes destinées à composer un sandwich géant.

« Donc vous avez vécu à Washington depuis tes quatre ans jusqu'à... Nous y reviendrons. Dis-moi à quoi ressemblait la vie là-bas... Tu étais content ?

– Ça allait.

– Est-ce que tes parents étaient… gentils avec toi ?

– Bien sûr. » La voix du garçon avait eu un accent étonné.

« Et la discipline, les règles ? Il y avait des règlements ?

– Oui…

– Tu peux m'en donner un exemple ?

– Hum… Ramasser les jouets. Se brosser les dents. Mon père se brossait toujours les dents en même temps que moi, et ensuite il me montrait ses plombages. Il me disait que j'en aurais aussi si je ne me brossais pas bien les dents du fond.

– Que se passait-il si tu ne suivais pas les règles ? » Ambrose prit un ton anodin. « Est-ce qu'ils te frappaient ?

– Non. » La petite voix était scandalisée.

« Tu allais à l'école ?

– Bien sûr. L'école Morningside. Elle était pas loin, et quelquefois on y allait à pied.

– Alors la vie était plutôt belle à Washington ?

– Oui.

– Qu'est-ce que tu faisais quand tu n'étais pas à l'école ?

– Je ne sais pas. Mona m'emmenait au parc quand j'étais petit, et plus tard j'y allais de temps en temps avec des copains. Elle restait dans la voiture à m'attendre. »

Ambrose garda le silence et sembla réfléchir pendant un long moment, mais Kramer identifia le son d'une voix qui murmurait. Après un second échange la voix parut en colère. Kramer savait que c'était Nina Coffey. L'avocat Schoenfeld intervint : « Je dois souligner que ce n'est pas une procédure de contestation, et que cette partie de l'histoire n'ajoute aucune information nouvelle aux enquêtes en cours. Mlle Coffey a consenti à cet interrogatoire parce qu'elle était assurée que le but en était la sécurité et le bien-être futur de l'enfant. Elle a le droit de revenir sur l'accord du service des mineurs si elle juge cette séance inutilement traumatisante. L'enfant a évoqué ce sujet plusieurs fois avec le psychologue et les membres du service. Peut-être pourrions-nous nous départir de notre minutie habituelle, et aller droit au but : le passé immédiat.

– Alors » – Ambrose était sur la défensive – « est-ce que quelqu'un aurait l'amabilité de nous éclairer sur cette question, afin de rendre l'enregistrement intelligible ?

– Timmy, dit Nina Coffey, arrête-moi si je me trompe.

– O.K.

– Timmy a été élevé, depuis l'âge de ses premiers souvenirs jusqu'à six ans, par Raymond et Emily Decker. Ils ont engagé Mona Turley en tant que gouvernante lorsqu'ils sont arrivés à Washington, D.C. Il n'a pas directement connaissance d'événements antérieurs. On lui a dit qu'il s'appelait Timmy Decker. D'après tous les témoignages, il a eu une petite enfance normale. C'était une famille aimante. Mlle Turley était une citoyenne britannique, elle avait suivi une formation d'éducatrice et elle était résidente légale. Il n'y a aucun signe d'abus physiques ou psychologiques, ou de difficultés de développement qui pourraient indiquer des privations d'aucune sorte. » Elle ajouta sur un ton caustique : « Tout cela figure dans le rapport d'enquête, c'est donc déjà mentionné dans l'enregistrement. »

Kramer eut envie d'applaudir. Ses doigts avaient pianoté sur la touche « avance rapide » même s'il savait qu'il ne l'enclencherait pas. Soit vous écoutez tout, soit vous êtes un politicien endimanché de plus.

« D'accord, poursuivit Ambrose. À présent, Timmy, nous devons parler de choses très déplaisantes, et je vais essayer d'être bref. Qu'est-ce qui s'est passé dans l'après-midi du 23 juillet, il y a deux ans ?

– Je ne sais pas.

– C'est le jour où ils sont morts, dit Schoenfeld.

– Oh… Mona et moi, on est allés chez le marchand de chaussures après l'école. D'habitude, on était de retour à la maison à trois heures, mais pas ce jour-là. Après avoir acheté les chaussures, on est rentrés, et tout avait changé. Je me souviens que Mona a ouvert la porte et qu'elle s'est arrêtée et qu'elle a dit : "Oh !" Comme ça. Et ensuite elle m'a fait attendre dehors pendant qu'elle entrait toute seule. Elle est restée à l'intérieur longtemps. J'ai cru que c'était un jeu, et qu'elle disait à mes parents que j'étais là pour qu'ils se cachent. J'ai donc fait le tour de la maison et j'ai regardé par la fenêtre. Et je les ai vus. » Sa voix se brisa et le juge savait qu'il essayait de contenir le sanglot dans sa gorge devant tous ces adultes étrangers. Le sanglot resta coincé. À la place des larmes, les muscles de sa gorge tremblaient. À force d'écouter tant de témoignages prononcés par des individus dans cet état-là, le juge Kramer était devenu un expert.

« Ils étaient couverts de sang. Je ne savais pas que tant de sang pouvait sortir d'une seule personne. Il y en avait partout. Les murs, le sol. Je pouvais voir Mona dans la pièce d'à côté au téléphone. Puis elle a raccroché, et elle est entrée dans ma chambre. J'ai couru jusqu'à cette chambre et la fenêtre était cassée. Toutes mes affaires étaient parties.

– Que veux-tu dire par affaires ?

– Mes jouets, mes vêtements, mes livres, tout. Elle restait là, à regarder autour d'elle en fronçant les sourcils.

– Et ensuite ?

– Elle a levé la tête et elle m'a vu. Elle est sortie de la maison en courant et elle m'a attrapé, m'a emmené à la voiture, et on est partis.

– Qu'est-ce qu'elle t'a dit de tout ça ?

– Elle a commencé par dire que mes parents étaient allés à un rendez-vous mais je lui ai dit que je les avais vus.

– Qu'est-ce qu'elle t'a répondu ?

– Elle a dit que des choses horribles arrivaient parfois, et tout un tas de trucs comme quoi mes parents voulaient surtout que je sois en sécurité. Je n'ai pas entendu beaucoup de choses parce que je pleurais et que je n'écoutais pas vraiment.

– Où t'a-t-elle emmené ?

– Elle avait un ami, un monsieur. Il venait la chercher à la maison de temps en temps. Elle m'a dit qu'il était avocat. Elle m'a emmené chez lui.

– Pour l'enregistrement, est-ce que tu sais son nom ?

– Dennis.

– Est-ce que son nom de famille était Morgan ?

– Oui.

– Tu sais le nom de la rue où il habitait ?

– Non. Je n'y étais jamais allé avant. On a roulé longtemps sur une grande route, et à la fin il y a eu beaucoup de tournants. Mais c'était la nuit.

– Et là, que s'est-il passé ?

– Elle m'a couché sur le canapé, mais je les entendais parler dans la cuisine.

– Que disaient-ils ?

– Elle lui a raconté pour mes parents. Elle a dit que c'était un *aboutoir*. »

Le juge corrigea : un abattoir. Pas étonnant que Nina Coffey soit sur les dents avec Ambrose. Ce gamin avait vu par la fenêtre de sa maison ses parents – ou ceux qu'il connaissait comme ses parents – massacrés, et Ambrose lui posait des questions sur les fessées et son hygiène dentaire. L'homme était un dangereux imbécile.

« Qu'est-ce qu'il a répondu ?

– Il a dit qu'elle avait eu raison d'appeler la police, mais qu'elle n'aurait pas dû s'enfuir. Alors elle a dit beaucoup de choses. Elle a dit que celui qui était venu ne cherchait même pas mes parents. Il me cherchait moi.

– Qu'est-ce qui lui faisait dire cela ?

– Ils sont venus à une heure où j'étais là d'habitude, et pas mes parents. Elle a dit qu'ils avaient dû essayer de faire parler mes parents. Et puis les seules choses qu'ils avaient prises étaient mes affaires, et toutes les photos.

– Quelles photos ?

– Mon père prenait beaucoup de photos. Comme quand on était à la plage… » Le voilà, pensa le juge. Le sanglot jaillit, il y eut un son plaintif, puis les larmes.

« Allons, Timmy, dit Nina Coffey. On va faire une pause. »

Parmi les bruits de chaises et de pas sur le sol, on entendit la voix d'Ambrose : « Indiquez bien sur l'enregistrement que nous nous sommes arrêtés à ce moment-là. »

Il y eut un autre déclic, et l'enregistrement recommença. « Nous allons reprendre. Il est onze heures passées de six minutes », dit la sténographe.

« Timmy, je suis désolé d'avoir à te poser autant de questions si tristes, dit Ambrose…

– Ça va, dit la petite voix, sans grande conviction.

– Tu étais dans la maison de l'avocat. Ils n'étaient pas d'accord tous les deux, n'est-ce pas ?

– Il lui a dit d'aller à la police. Mona a répondu qu'ils me mettraient dans un endroit où je ne serais pas à l'abri. Ils ont parlé longtemps et je me suis endormi.

– Que s'est-il passé quand tu t'es réveillé ?

– L'avocat, Dennis, parlait au téléphone. Je n'entendais pas ce qu'il disait. Lorsqu'il a raccroché, lui et Mona ont encore parlé. Il lui a donné de l'argent. Il avait beaucoup d'argent dans des livres sur les étagères, et puis dans sa poche, qu'il lui a donné aussi.

– Et puis ?

– Le téléphone a sonné, et Dennis a répondu. Il a parlé à quelqu'un. Ensuite on est tous allés dans la voiture, et Dennis conduisait. Cette fois-ci on a roulé toute la nuit et tout le jour suivant, presque. Et on est arrivés à la maison de Jane.

– Quel est le nom de Jane ?

– J'sais pas.

– Où habite-t-elle ?
– J'sais pas.
– Parle-moi d'elle.
– On est entrés dans sa maison. Elle nous a donné une chambre en haut et on est allés dormir. Quand je me suis réveillé, elle nous a fait un petit déjeuner. Mona était déjà réveillée.
– Je voulais que tu me parles de Jane. Peux-tu me la décrire ?
– Au début, j'ai eu peur d'elle.
– Pourquoi ?
– Elle était grande et maigre et elle avait de longs cheveux noirs, et elle avait l'air d'écouter les gens avec ses yeux.
– Je vois, dit Ambrose après un silence. Que faisait-elle ?
– Mona et elle ont parlé longtemps. Ensuite j'ai entendu Jane dire qu'elle allait nous faire disparaître.
– Est-ce que c'est pour cela qu'elle te faisait peur ?
– Non… Peut-être.
– Vous êtes restés combien de temps chez elle ?
– Longtemps. Mona a dit que ça faisait trois semaines, mais on aurait dit une année. Ensuite on est tous allés dans la voiture de Jane et elle nous a emmenés à Chicago.
– Qu'est-ce qu'elle a fait ensuite ?
– Elle est restée un jour ou deux, et un matin je me suis réveillé et elle était partie.
– Est-ce que Mona était étonnée ?
– Non, Mona a eu l'air de trouver ça normal, et elle en a plus parlé. Après, Mona et moi on a vécu à Chicago. Mona s'appelait Diana Johnson

et j'étais son fils. Elle voulait que je m'appelle Andrew, mais j'aimais pas ce nom alors j'ai continué à m'appeler Tim.

– Comment viviez-vous ?

– Comme tout le monde.

– Je voulais dire… Est-ce que Mona avait un travail, est-ce qu'elle allait travailler ?

– Oui, quand j'étais à l'école.

– On t'appelait Tim Johnson à l'école ?

– Oui.

– Dans quelle classe étais-tu ?

– À la maternelle. J'y étais déjà allé… c'était ma deuxième année.

– Et tu es à l'école primaire maintenant ?

– Oui.

– Est-ce que tu avais peur à Chicago ?

– Au début, oui. C'était différent. J'avais peur que les gens méchants prennent Mona, et que je sois tout seul. Mais au bout d'un moment je me suis fait des amis, et je me suis habitué, et j'y pensais plus du tout. J'étais juste triste quelquefois.

– Et Mona a fait semblant d'être ta mère pendant presque deux ans ?

– Ouais, je crois.

– Que faisait-elle d'autre ? Est-ce qu'elle voyait toujours des gens que vous aviez connus à Washington ?

– Non. Elle parlait beaucoup au téléphone.

– À qui ? À Jane ?

– Non, à Dennis.

– Est-ce que tu as parfois entendu ce qu'elle disait ?

– De temps en temps, mais pas vraiment. Elle allait dans sa chambre pour lui parler. Quelquefois elle me disait ce qu'elle lui avait dit.

– Et puis il y a un peu plus d'une semaine quelque chose a changé, n'est-ce pas ?

– Oui, tout.

– Tu as découvert qui tu étais, c'est ça ?

– Oui.

– Excusez-moi, monsieur Ambrose, dit la voix sonore de Schoenfeld. Peut-être devrions-nous laisser Timmy nous dire ce qui est exactement arrivé avec ses propres mots à partir de maintenant. Je crois que vous avez fait un travail de mise en place formidable. Mais nous sommes sur un territoire nouveau, à présent, et je n'ai pas d'objection à ce que M. Phillips puisse parler librement et nous dire ce qu'il pourra pour éclairer les éventuelles procédures. » Bien sûr que non, pensa le juge. Schoenfeld pouvait être magnanime. Il avait déjà établi que Timmy était M. Phillips.

« Merci, dit Ambrose. Timmy, dis-nous ce qui est arrivé.

– Je suis rentré de l'école et Mona était là, avec Dennis l'avocat et Jane. Dennis a dit qu'il avait passé deux ans à essayer de comprendre pourquoi on avait voulu faire du mal à moi et à mes parents, et qu'à présent il savait.

– Cela se passait à Chicago ?

– Oui. Il m'a dit que quand ma mère est morte, les docteurs ont vu qu'elle avait jamais été à l'hôpital pour avoir un bébé. Il a dit qu'il avait regardé le certificat de naissance qu'ils avaient à mon école, et qu'il était faux. Il a dit que j'étais pas adopté. Ils ont juste fait une image d'un certificat de naissance, et dit que c'était le mien. Il a dit qu'ils avaient fait ça parce qu'ils m'aimaient tellement, et qu'ils avaient toujours voulu avoir un petit garçon. »

Le juge Kramer arrêta la bande, et la fit revenir en arrière pour réécouter les derniers dialogues. C'était horriblement difficile d'élucider un enlèvement. Malgré tout, il lui fallait reconnaître le mérite de Dennis Morgan. Après avoir vu ce qu'il avait vu, le petit garçon allait être une poule aux œufs d'or pour les psychiatres dans les cinquante années à venir. Il n'y avait aucune raison d'empirer les choses.

La bande progressait de nouveau. « Alors il t'a parlé de tes autres parents ?

– Oui, M. et Mme Phillips. Ils sont morts quand j'avais un an.

– Et ta grand-mère ?

– Je savais déjà, pour elle, mais pas qu'elle était morte comme le reste de ma famille. Elle était morte depuis trois ans.

– Est-ce que M. Morgan t'a dit qu'elle t'avait laissé de l'argent ?

– Oui. Il m'a dit que quand M. et Mme Phillips étaient morts, elle avait dit que tout l'argent de la famille serait pour moi. Et quand j'ai disparu, elle a engagé une compagnie pour s'occuper de l'argent et partir à ma recherche.

– Est-ce qu'il t'a dit comment ces gens s'appelaient ?

– Un tuteur. »

Le juge Kramer pria pour qu'Ambrose n'entraîne pas un garçon de huit ans dans le bourbier de la terminologie légale. Qu'est-ce que ce gamin pouvait savoir des tuteurs et des administrateurs ?

« Qu'est-il arrivé de nouveau la semaine dernière ? Est-ce qu'il te l'a dit ?

– Il a dit que le tuteur en avait eu assez de me chercher et d'attendre, et qu'ils allaient dire que je n'étais plus vivant. Alors il a appelé Jane.

– Je suis très intrigué par cette Jane. Je comprends qui était Mona, elle était ta gouvernante et elle t'aimait. L'avocat, M. Morgan, était un ami très proche de Mona, c'est cela ?

– Oui. Ils devaient se marier quand les gens sont arrivés et qu'ils ont tué mes parents. Ensuite ils ne pouvaient plus parce que sinon on aurait été pris. C'est pour ça qu'il a tant cherché d'où je venais vraiment – pour que Mona redevienne Mona et qu'elle puisse l'épouser.

– Mais pourquoi Jane faisait-elle cela ? Est-ce qu'elle connaissait tes parents ?

– Non. Mona a dû tout lui raconter sur eux la fois où on est allés chez elle. Mona a pensé qu'ils travaillaient pour le gouvernement et que les gens qui les ont tués étaient des espions. Ça a pris beaucoup de temps à Jane de découvrir que mes parents ne travaillaient pas pour le gouvernement.

– Alors Jane était l'amie de Mona ?

– Je pense pas. C'est Dennis qui l'a appelée. »

Le juge Kramer pouvait imaginer la tête de l'agent du F.B.I. Il allait faire carrière en démêlant tout cela. Le plus intéressant serait de comprendre comment un brillant avocat de Washington avait pu se procurer le numéro de téléphone d'une femme qui faisait disparaître les gens. L'agent fédéral irait immédiatement consulter la liste des anciens clients de Morgan, pour vérifier si aucun d'entre eux n'avait disparu.

Même Ambrose semblait comprendre qu'il avait croisé la piste d'une créature particulière. « L'avocat la connaissait ? Il l'a payée ?

– Non. Dennis a dit qu'il avait essayé, mais elle avait décidé que tant de gens m'aimaient que je devais être un gentil garçon.

– Mmmm… »

Le juge Kramer imagina les sourcils levés d'Ambrose, tels qu'il les avait vus lors des procédures de confrontations.

« Est-ce que tu aurais entendu quelque chose d'autre à son sujet ?

– Dennis a dit qu'à partir de là, on devait faire tout ce que Jane dirait, exactement. Peu importait ce que les autres pourraient dire, il fallait l'écouter, elle.

– Alors elle était le patron.

– Il a dit qu'il avait fait tout ce qu'il avait pu pour comprendre les choses, mais que le seul moyen de résoudre tout ça était d'aller au tribunal et de surprendre tout le monde en disant qui j'étais. Il a dit que les gens méchants devaient savoir que j'étais vivant, et qu'ils s'attendraient à ce que je vienne. Jane était celle qui savait comment nous faire éviter ces gens.

– Alors, vous avez tous pris un avion pour la Californie ?

– Non, Jane a dit qu'il fallait y aller en voiture ou bien les gens méchants nous verraient. Tous les jours, on avait une nouvelle voiture. Elle en louait une pour rouler toute la journée. Ensuite elle la laissait, et elle en louait une autre. Après, on est arrivés en Californie.

– Et ensuite ? Vous êtes descendus dans un hôtel ?

– Non, Jane a dit que si les gens me cherchaient, ils regarderaient dans tous les hôtels autour du tribunal parce qu'ils s'attendraient à nous trouver là. Alors on est allés tout droit au tribunal.

– Quelle heure était-il ?

– L'heure du dîner, à peu près. Jane a ouvert le verrou d'un bureau et on est restés là toute la nuit. Je me suis endormi sur un canapé.

– Que s'est-il passé quand tu t'es réveillé ?

– J'ai entendu Dennis entrer dans le bureau. Il s'était promené dans l'immeuble. Il a dit qu'on nous avait tendu un piège, et qu'il fallait aller dans un autre endroit. Alors on s'est sauvés et on a pris la voiture, et on a encore roulé. Jane a dit sur le chemin que tout ça ne sentait pas bon.

– Est-ce qu'elle a dit quelque chose d'autre ?

– Elle a demandé à Dennis si on pouvait pas faire autrement que se présenter devant le tribunal. Si on pouvait pas appeler et demander un délai ou autre chose. Il a dit qu'il ne savait pas qui était honnête et qui ne l'était pas. Un coup de téléphone n'arrêterait sûrement pas le procès mais les méchants sauraient que j'allais venir. Puis il a dit que s'ils avaient réussi à tromper le juge, ils pouvaient aussi faire quelque chose ce jour-là, à l'instant même. J'sais pas quoi. Jane a conduit pendant longtemps sans rien dire. Puis elle a dit : “Y a-t-il un moyen de savoir quel genre d'affaires on traite là-bas ?”

– Qu'est-ce qu'elle voulait dire ?

– Elle a dit : “Il faut qu'on passe inaperçus. Si Timmy est le seul enfant dans la foule, on aura des problèmes.” Elle a dit quelque chose sur l’adoption et les gardes d’enfants.

– Je vois, dit Ambrose. Est-ce que M. Morgan connaissait la réponse ?

– On s’est arrêtés devant une cabine téléphonique. Dennis a regardé dans le livre et il a téléphoné. Il est revenu et il a pris la place de Jane au volant. Il a dit que Mona et lui allaient divorcer, même s’ils n’étaient pas mariés, et que Jane porterait leur dossier comme si elle était leur avocat. Mais on irait à la salle 22, au cinquième étage, à la place.

– Jane était d’accord ?

– Au début. Mais ensuite on est arrivés près du tribunal et Jane a dit que deux hommes nous suivaient dans une voiture. Ils ont commencé à aller de plus en plus vite, et après ils ont essayé de nous doubler, et ils sont rentrés dans notre voiture.

– Qu’est-ce que M. Morgan a fait ?

– Il est devenu très énervé, et il a essayé d’aller vite en gardant la voiture droite. Jane lui a dit : “Alors ? Qu’est-ce qu’on fait ?” et il a répondu : “Je ne peux pas les laisser entrer dans le tribunal. Il faut que je m’en occupe.” Il avait peur. Il avait l’air pâle et malade et il transpirait.

– Et Jane ?

– Elle était calme. Il a conduit jusqu’au parking et il s’est arrêté. Mona l’a embrassé, Jane m’a fait sauter par la portière et on a commencé à courir.

– Est-ce que tu as vu ce que M. Morgan a fait après ?

– J’ai entendu un gros choc, et je me suis retourné et on aurait dit qu’il avait fait marche arrière et qu’il était rentré dans l’autre voiture. Un des hommes est sorti et a commencé à le frapper. Dennis a essayé de se battre, mais il ne savait pas s'y prendre. L'autre homme est sorti et a commencé à nous poursuivre, alors Dennis a essayé de l'arrêter. Mais l'homme l'a frappé, et l'autre l'a attrapé par le cou. J'ai pas vu le reste parce que Mona et Jane et moi on courait, et j'ai trébuché. Mais Jane me tenait par la main et m'a empêché de tomber. On a couru jusqu'en haut des escaliers.

– Est-ce que quelqu'un a essayé de vous arrêter ?

– Il y avait un homme de l'autre côté de la porte en verre, il nous a vus et il a coincé la porte avec son pied. Jane ne s'est pas arrêtée. Elle m'a laissé et elle a frappé la porte avec son épaule en passant son sac dans l'espace de la porte entrouverte. L'homme a essayé de repousser le sac avec son bras mais dès qu'il l'a mis dans l'ouverture, elle a retiré son sac et elle a refermé la porte sur son bras. Au moment où il a tiré la poignée pour enlever son bras, Jane a poussé la porte sur sa figure et on a couru à l'intérieur.

– Il n'y avait personne d'autre ?

– Il y avait des hommes juste à côté de l'ascenseur, et ils se sont dirigés vers nous. On a pris l'escalier, j'ai compté quatre étages, mais il y avait une porte en haut avec le numéro deux. On l'a poussée et quand on est passé devant l'ascenseur, Jane a appuyé sur le bouton avant qu'on reprenne l'escalier. On est arrivés au troisième étage, et puis après au quatrième et on a entendu une porte derrière nous qui s'ouvrait. Il y avait des hommes qui nous poursuivaient. Mona respirait fort et elle pleurait en même temps. Elle a touché mon bras sur le palier et elle a dit : “Je m’arrête là. Continue, je t’aime, Timmy.”

– Et Jane, qu’est-ce qu’elle a dit ?

– Rien, elle l’a seulement regardée et on a grimpé au cinquième étage. En haut je me suis retourné et j’ai vu Mona dans l’escalier. Elle se défendait contre ces hommes qui la frappaient. J’en ai vu un qui essayait de l’attraper comme pour la serrer dans ses bras. Mais la porte marquée cinq s’est ouverte à ce moment-là. C’était un des hommes qui étaient près de l’ascenseur. Il a eu l’air étonné, et Jane l’a frappé et on a continué.

– Elle l’a frappé dans la mâchoire ?

– Non. Dans le cou. Ensuite on était au cinquième étage et on a couru le long de ce grand couloir. Arrivé au coin, j’ai lu “20 à 30” sur le mur avec une flèche vers la gauche, mais la porte par laquelle on était entrés s’est ouverte et j’ai vu trois hommes immenses qui nous couraient après. Jane m’a poussé et m’a dit : “Cours jusqu’à la porte marquée vingt-deux. Ne te laisse arrêter par personne avant d’arriver juste devant le juge, tout devant, et crie ‘Je suis Timothy Phillips’.” J’ai essayé de parler et elle a dit : “Ne dis rien, cours.” »

Le juge Kramer poussa le bouton « stop » et resta assis dans l’obscurité de son bureau. Il siégeait quand le petit garçon avait surgi entre les portes et couru jusqu’à lui en hurlant. L’huissier avait fait son possible pour l’arrêter mais le petit avait réussi à toucher la barre et à crier : « Je suis Tim Phillips. » Ce qui s’était passé dans le couloir, le juge l’avait appris par un des huissiers de justice qui était sorti d'une des chambres voisines pour s'enquérir du pugilat.

Le juge Kramer appuya sur le bouton de l'interphone sur son poste.

« Oui, monsieur le Juge ?

– Où ont-ils emmené cette femme appelée Jane ?

– Je crois qu'elle est hospitalisée aux urgences. Je vais voir si elle est à l'hôpital de la prison, et je vous tiens au courant.

– Non, répondit Kramer. Appelez simplement la circonscription et dites que je veux la voir.

– Vous voulez un parloir à la prison ?

– Qu'on la fasse venir ici. »

Le sergent de police homme était grand et solide, et la femme était petite et blonde, les cheveux ramassés sur la nuque et noués comme elles savent toutes le faire. La direction du département ne laissait jamais une équipe masculine effectuer les transferts des prisonnières, et le juge aurait dû s'y accoutumer ; mais le couple évoquait pour lui des extraterrestres en uniforme. Ils firent entrer la prisonnière dans son bureau. Lorsque son visage apparut dans la lumière, le juge eut le souffle coupé. Il ne s'était jamais habitué aux traces de coups, aux plaies et aux ecchymoses sur le visage d'une jeune femme. Il essaya d'en faire abstraction.

Elle ne correspondait pas tout à fait à ce qu'il avait entendu sur la bande. Elle était grande, aussi grande que lui s'il s'était levé, et cette constatation lui donna l'intuition qu'il ferait mieux de s'en abstenir. Il resta assis derrière sa table de travail. Les cheveux de la femme étaient noirs et tombaient derrière ses épaules fines, mais ce n'était sans doute pas ainsi qu'elle les portait d'habitude. Ils l'avaient peignée parce qu'ils fouillent toujours les cheveux des femmes. La description de Timmy n'était pas fausse, elle omettait simplement certains détails. Cette femme avait la beauté étrange et angulaire qu'il associait aux mannequins ; une beauté frappante mais froide et géométrique. Les goûts du juge allaient plutôt aux femmes du genre de sa dernière épouse, ou de la petite femme sergent de police : rondes, douces et chaleureuses.

Les mains de la prisonnière étaient attachées devant elle et non dans son dos, ce qui signifiait que les policiers n'avaient pas pris les précautions habituelles. Mais ils étaient sur le qui-vive : la femme la tenait par le coude gauche, et l'homme était un pas derrière elle, à une distance suffisante pour pouvoir lever sa matraque.

« Merci beaucoup, Sergents. Il y a du café dans la pièce d'à côté et j'ai mis des boissons sucrées dans le réfrigérateur, près de la fontaine d'eau potable. J'en aurai terminé avec la prisonnière dans quinze minutes environ.

– Votre Honneur, nous devons mentionner le fait que…

– Je sais. J'ai parlé avec l'agent qui l'a arrêtée. A-t-elle résisté ou agressé quelqu'un depuis son arrestation ?

– Non.

– Alors je prends le risque. »

La prisonnière tendit ses mains et le policier détacha ses menottes, les retira, puis dit à la cantonade : « Nous serons devant la porte. »

Lorsqu'ils furent sortis, le juge Kramer demanda à la femme de s'asseoir. Elle prit place sur la chaise devant lui.

Il chercha un moyen de briser le silence : « J'ai entendu dire que vous étiez le genre de personne capable de me tuer avec un crayon.

– Si c'était le cas, répondit-elle simplement, je n'aurais même pas besoin d'un crayon. » Elle posa les yeux sur le magnétophone. « Il est branché ?

– Soyez assurée qu'aucun enregistrement ne sera fait de cette conversation. Je viens d'entendre une déposition de Timothy Phillips, et j'ai décidé que vous étiez la seule personne qui pouvait répondre à mes questions. Mona Turley et Dennis Morgan sont morts. »

Elle hocha la tête silencieusement et le regarda.

« Que savez-vous de la situation de l'enfant ?

– Qui êtes-vous ? Pourquoi est-ce vous qui posez les questions ? »

Les yeux de la prisonnière s'agrandirent involontairement, comme si elle avait reçu un verre d'eau en plein visage. « Excusez-moi, dit-il. Lorsque vous avez été juge pendant quelques années, vous êtes habitué à être la seule personne dont la parole fait autorité. Mon nom est John Kramer. Je suis le juge qui présidait à la Cour 22. Nous n'en étions pas encore à la requête portant sur la déclaration de disparition de Timothy Phillips, lorsqu'il est arrivé en courant et qu'il a interrompu l'audience. Pour le moment, aucune décision n'a été prise, et j'ai laissé l'affaire en l'état.

– Pourquoi ?

– D'abord, j'ai dû interrompre la séance pendant que la police vous emmenait. Puis j'ai dû l'ajourner pour laisser aux autorités le temps de vérifier la déclaration de Timothy Phillips. Dans à peu près vingt-quatre heures, je devrai fixer une date pour permettre aux requérants de réfuter la déclaration – empreintes, analyses de sang, etc. Puis je devrai statuer.

– Est-ce que c'est vous qui déciderez de ce qu'il va devenir après cela ? »

Il secoua la tête. « Pas directement. Actuellement, il est sous la protection d'une femme du service des mineurs très compétente, Nina Coffey. Dans quelque temps, les inculpations viendront – probablement plusieurs. Il y aura une procédure au tribunal pour enfants, pour décider qui sera le tuteur légal de Timmy. Puis une procédure civile pour les dispositions de l'administration du trust. Je peux influer sur les conclusions de ces procédures si je découvre la vérité, et si je l'intègre au dossier pour qu'on ne puisse l'ignorer. Je vous demande ce que vous savez parce que je n'ai pas beaucoup de temps et que je dois savoir par où commencer. Une fois que j'aurai statué sur la requête que j'ai sous les yeux, l'affaire ne dépendra plus de moi.

– Est-ce que tout cela est légal ?

– Ce que je fais est si contraire aux procédures légales que cela n'a pas de nom. »

La prisonnière se redressa sur sa chaise et le regarda droit dans les yeux : « À la mort des parents de Timmy, qui ont été tués dans un accident de voiture, il est devenu l'unique héritier de sa grand-mère. Elle était âgée à cette époque – environ quatre-vingts ans. J'ignore qui elle a engagé pour s'occuper de lui, mais cette personne ne l'a pas fait. Raymond et Emily Decker sont passés par là et l'enfant a disparu. Je n'ai aucun moyen de savoir ce qui leur a traversé l'esprit à ce moment-là. Peut-être avaient-ils guetté, depuis le jour de sa naissance, le moment de le kidnapper ; peut-être faisaient-ils partie de ces couples à moitié fous qui créent leur propre petit monde, complètement en dehors de la réalité. D'après les vieilles coupures de journaux, il semble qu'ils l'aient simplement trouvé en train d'errer au fond d'un jardin public, puis ils l'ont recueilli, et se sont convaincus qu'il serait mieux avec eux qu'avec ceux qui avaient laissé un gamin de deux ans se perdre de cette façon. J'ai essayé de comprendre, et Mona et Dennis aussi, mais ce que nous avons appris était truffé de contradictions.

– Quelles sortes de contradictions ?

– Timmy dit qu'ils envoyaient des photos de lui à sa grand-mère, certaines où on le voyait tenant un journal récent, d'autres portant ses empreintes digitales. Il ne sait pas ce qu'ils lui écrivaient. Si les Decker connaissaient l'adresse de sa grand-mère, ils savaient qui il était. Mais je ne peux pas dire s'ils avaient en tête de réclamer une rançon, ou s'ils escomptaient réclamer l'héritage de l'enfant lorsqu'il serait grand ; à moins qu'ils n'aient simplement voulu faire preuve de gentillesse envers la vieille dame, en lui faisant savoir que son petit-fils allait bien.

– Que savez-vous de la grand-mère ?

– D'après ce que m'a dit Dennis, le dossier a été classé. Ce qui veut dire que la police n'a jamais vu les lettres. La grand-mère, elle, a dû les recevoir. Elle devait penser que son petit-fils finirait par revenir, parce qu'elle a réuni tout l'argent de la famille pour fonder un trust au nom de Timmy ; et elle en a confié l'administration à une société d'investissements nommée Hoffen-Bayne. Elle est morte il y a quelques années.

– Avant ou après Raymond et Emily Decker ?

– Avant eux. Mais je ne suis pas la meilleure source pour les dates et les adresses. Je suis certaine que si elles ne sont pas dans les papiers sur votre bureau, elles seront dans le prochain arrivage. De toute façon, je ne crois pas qu'elle ait engagé des gens pour tuer les Decker parce qu'ils avaient enlevé son petit-fils.

– Vous êtes la seule source d'informations que j'aie pour l'instant. Qui les a tués ?

– Je ne sais pas.

– Qui, selon vous, serait susceptible de les avoir tués ?

– On ne s'est pas contenté de tuer les Decker, on a aussi volé toutes les affaires appartenant à Timmy, toutes les photos de lui, et beaucoup de papiers. Lorsque vous recherchez quelqu'un, vous avez en effet besoin d'une photographie. Mais ils ont pris ses jouets, ses vêtements, tout. Ils se sont donné beaucoup de mal. La seule raison valable que je puisse imaginer, c'est qu'ils aient voulu supprimer toute trace de l'enfant – comme pour montrer qu'aucun petit garçon n'avait vécu là. À moins que, en voulant effacer leurs propres empreintes, ils n'aient aussi effacé les siennes. Mais j'en doute.

– Qui voudrait faire une chose pareille ? »

Elle hésita, et il devina qu'elle était certaine qu'il ne la croirait pas. « Je vous dis ce que Dennis Morgan m'a raconté. Cette compagnie, Hoffen-Bayne, doit administrer une fortune qui s'élève à environ cent millions de dollars. Leur commission est au moins de deux pour cent annuels, soit deux millions. Ils investissent l'argent exactement comme ils le veulent, ce qui leur donne un certain pouvoir. Avec ce type d'investissement, on peut contrôler des sociétés de dimensions respectables. Aussi longtemps que Timmy était introuvable, le trust continuait à fonctionner. Vous êtes juge. Vous pouvez me dire ce qui arrivera si Timmy réapparaît en Californie.

– La cour devrait… va nommer un tuteur, et dans ce cas, si vous ne faites pas erreur sur l'étendue de sa fortune, probablement un contrôleur.

– Un contrôleur qui ne serait pas Hoffen-Bayne ?

– Les sociétés de gestion financière ne sont pas censées se contrôler elles-mêmes.

– Cela mettrait en péril le pouvoir et l'argent.

– Ils auraient certainement au moins à en partager le contrôle.

– Et ils ont tenté de faire statuer sur la disparition de l'enfant.

– C'est une procédure légale. Cela les dispense de la responsabilité de le rechercher, et cela les protège également au cas où quelqu'un leur demanderait un jour pourquoi ils administrent la fortune d'un client que personne n'a vu depuis sept ans.

– Alors il aurait vraiment mieux valu pour eux que Timmy soit mort. Ils n'auraient même pas eu besoin d'entamer la procédure.

– Déposer une requête est une chose, engager des assassins pour pourchasser un gamin de six ans et le tuer, en est une autre.

– Peut-être. Je pense que cette requête était un piège. Je pense qu'ils se sont aperçus que Dennis Morgan s'était mis à fureter autour d'eux. La difficulté, ce n'est pas tant d'enquêter sur les gens, mais de faire en sorte qu'ils ne s'en rendent pas compte. Dennis avait beau être un avocat réputé, les enquêtes n'étaient pas son domaine. Je pense qu'ils ont senti que si un avocat de Washington s'intéressait à eux, cela signifiait que Timmy allait bientôt réapparaître.

– Et vous... vous tous êtes tombés dans le piège ?

– Oui. » Elle se leva. « Vous m'avez demandé de vous dire ce que je sais. Je vous l'ai dit. Dennis n'a trouvé personne d'autre que Hoffen-Bayne qui puisse bénéficier de la mort de Timmy – personne qui soit en position de réclamer l'argent, aucun parent rancunier, par exemple. Personne n'a tenté de contester le testament au cours de ces années où Timmy avait disparu. Mais Dennis peut s'être trompé. Ma seule certitude, c'est que j'ai vu la police passer les menottes à quatre hommes, au tribunal, mais il n'y aura aucune trace écrite de leur connexion avec Hoffen-Bayne ou qui que ce soit d'autre. Ces hommes, je ne les ai jamais vus auparavant, ce n'est pas moi qu'ils recherchaient. C'est Timmy. » Elle fit un pas vers la porte. « Protégez-le.

– Et puis il y a vous », dit le juge. Il la regarda s'immobiliser puis se tourner vers lui. « Qui êtes-vous ?

– Jane Whitefield.

– Je veux dire : quels sont vos intérêts là-dedans ?

– Dennis Morgan m'a demandé de garder Timmy en vie. Je l'ai fait. Nous l'avons tous fait.

– Qui êtes-vous ? Une détective privée, un garde du corps ?

– Je suis un guide.

– Quelle sorte de guide ?

– Je mène les gens de l'endroit où ils sont menacés de mort à celui où ils n'ont plus rien à craindre.

– Quel type de rémunération obtenez-vous pour cela ?

– Parfois ils me font des cadeaux. Je déclare ces cadeaux dans mes revenus. Il y a un emplacement prévu pour ça.

– Est-ce que quelqu'un vous a donné un cadeau pour Timmy ?

– Si vous échouez, il n'y a plus personne pour vous remercier. Mes clients sont morts. » Après une seconde, elle ajouta : « Je n'accepte pas d'argent des enfants, même des enfants riches.

– Avez-vous effectué d'autres missions de ce genre pour Dennis Morgan auparavant ?

– Je ne l'ai jamais rencontré avant qu'il ne m'appelle. C'était l'ami d'un ami.

– Tous les trois, vous vous êtes lancés dans cette histoire en sachant que quiconque était proche de cet enfant risquait la mort. »

Elle le regarda comme pour jauger son degré d'intelligence. « Un petit garçon innocent va mourir. Soit vous l'aidez, soit vous ne l'aidez pas. Pour le restant de votre vie, vous serez celui qui l'a aidé, ou celui qui ne l'a pas aidé. »

Le visage plongé dans l'ombre, le juge fixa son bureau pendant quelques secondes. Lorsqu'il releva la tête, sa mâchoire était serrée. « Vous êtes une hors-la-loi. Le système hait les gens comme vous, et il possède des rouages spéciaux pour vous prendre. »

Jane voyait le visage du juge prendre l'aspect d'un masque mortuaire. Il pressa son interphone. « Dites aux agents d'entrer. » Il se mit à écrire, remplissant un formulaire sur son bureau.

Les deux policiers poussèrent très vite la porte et entrèrent. La main de l'homme reposait tranquillement sur la matraque attachée à sa ceinture.

« J'ai tiré cela au clair, dit le juge. Son véritable nom est Mahoney. Colleen Ann Mahoney. Elle a été attaquée par les suspects en se rendant au tribunal. Apparemment, c'est une erreur d'identité, car elle n'a aucune connexion avec l'affaire Phillips. Je vous donne l'ordre de la relâcher immédiatement, et je veux que tous les éléments du dossier – empreintes, photographies, et tout le reste – soient classés… Non, détruits. Appelez-moi quand vous aurez terminé. » Il tendit le papier à la femme. « Je veux éviter toute possibilité de représailles.

– Ce sera fait. » Et la femme confirma, d'un adorable petit sourire, l'intuition de Kramer.

Le policier ouvrit la porte à Jane Whitefield, mais cette fois personne ne la toucha. Elle ne bougea pas et dit : « Vous devriez faire vérifier ces rouages. »

Il haussa les épaules. « Le système n'a jamais été conçu pour régir tous les actes humains. Il y a des choses qui lui échappent. »

Elle le regarda un instant, puis dit simplement et sans ironie : « Merci, monsieur le Juge », se détourna et sortit de son bureau.

2

Au volant de sa voiture de location, Jane Whitefield traversa Fairfax, passa devant son université, ses vieux salons de thé, ses petites épiceries, ses commerces spécialisés – bagages, luminaires. Derrière les grands immeubles blancs de C.B.S., elle s'engagea sur l'asphalte brûlant du parking d'un supermarché, puis alla trouver refuge contre le soleil de la Californie du Sud dans l'ombre fraîche qui séparait deux bus. Le supermarché était bondé le samedi, et il lui fallut quelques minutes pour se frayer un chemin parmi les centaines de clients pressés et trouver le rayon animalerie. Dans les deux vitrines du magasin, des chiots endormis exhibaient leur abdomen velouté.

Elle acheta deux cages à oiseaux cubiques dont une paroi pouvait se relever pour le nettoyage, et un sac d'un kilo de mélange pour oiseaux avec des graines de tournesol. De l'autre côté du centre commercial, Jane trouva une boutique d'artisanat qui vendait des coffrets de perles pour fabriquer des bijoux. Elle reprit sa voiture et sortit du centre, se dirigeant vers le nord et les collines, mais s'arrêta quelques rues plus loin en apercevant une boutique de jouets d'occasion susceptible de vendre le type d'ours en peluche qu'elle cherchait. Puis elle reprit la route sinueuse qui surplombe Laurel Canyon jusqu'à la vallée San Fernando. Bientôt, elle traversait le campus de l'université de Californie à Northridge. Elle était passée par là quelques années auparavant, et avait gardé l'endroit en mémoire. C'était l'environnement idéal.

Jane n'avait plus pratiqué cette opération depuis des années, mais elle savait très bien s'y prendre. Elle roula dans le campus presque vide jusqu'à une longue allée, séparée d'un petit verger par une haie de hauts eucalyptus. Elle gara sa voiture dans le parking de la faculté, derrière une sorte de bâtiment des sciences, et porta les cages vers les eucalyptus. Presque tout le monde semblait être à la bibliothèque ou au dortoir, elle aurait le luxe du silence en travaillant.

Jane souleva les parois des cages et les cala avec des branches tombées des arbres, détacha les mangeoires des barreaux et les remplit de graines, puis attacha le fil métallique de bijouterie entre les mangeoires et les branches. Elle posa une pierre sur chaque paroi relevée pour qu'elle tombe vite et reste close. Puis elle répandit une poignée de graines sur le tapis de feuilles d'eucalyptus devant les cages, et partit se promener. Elle fit appel à ses souvenirs des campus universitaires pour trouver la cafétéria, et s'assit à l'ombre d'un grand parasol au bout d'une terrasse pour boire un verre de limonade.

Même à cette époque de l'année, la Californie du Sud lui paraissait sèche et inhospitalière. Les vastes pelouses des lieux publics comme celui-ci étaient encore jaunes et pelées par huit mois d'été aux températures excessives. Chez elle, on parlerait sans doute des années où la neige n'avait cessé qu'en mai. L'année qui s'écoulait en serait peut-être une autre.

Lorsqu'elle eut terminé sa limonade, Jane revint sur ses pas jusqu'à la haie d'eucalyptus. Avant d'avoir tourné au coin du bâtiment des sciences, elle entendit un cri rauque, puis un bruit d'ailes, et elle pensa à la différence entre les oiseaux et les êtres humains. Le piège pouvait avoir été posé à d'innombrables reprises, chaque nouvelle génération d'oiseaux tombait dedans comme s'ils n'avaient jamais rien vu de tel. Mais peut-être les oiseaux et les hommes n'étaient-ils pas si différents…

Elle s'approcha des cages, mais n'y trouva pas ce qu'elle attendait. L'un des pièges n'avait pas bougé, et l'autre contenait deux gros geais bleus. En regardant de plus près, elle reconnut un mâle et une femelle, légèrement plus menue, avec plus de brun sur la tête. Penchée sur la cage, Jane écouta les questions qui fusaient. « Jree ? » demandait le mâle. La femelle scandait : « Check, check, check ! »

Ils ne ressemblaient pas aux oiseaux de sa région. Ceux-ci étaient vifs, goinfres, et tellement possessifs et agressifs qu'ils s'étaient probablement précipités à l'intérieur sans hésiter. L'année était trop avancée pour qu'ils nourrissent encore des oisillons, et le fait d'avoir un couple plut à Jane. Ils étaient déjà assortis.

Elle leur donna encore quelques graines pour leur offrir un sujet de réflexion, souleva la cage, la posa sur le siège arrière de sa voiture et la couvrit avec un chemisier de soie tiré de sa valise.

Jane roula jusqu'aux bureaux de l'administration du Comté. Elle retira l'épais fond de teint qui cachait ses ecchymoses, puis se rendit au siège du service des mineurs. À l'intérieur, les employés semblaient débordés. On les sentait attelés à des milliers de tâches urgentes et luttant contre leur impuissance à remplir la mission qu'ils étaient chargés d'accomplir. Deux bureaux sur trois étaient vides, et chacun se déplaçait de pièce en pièce pour décrocher les téléphones et glisser les dossiers d'une pile à l'autre, comme dans une chaîne. Elle attendit une minute, puis aperçut une femme qui raccrochait un téléphone et faisait une pause pour noter quelque chose dans un dossier.

Jane s'avança. « Excusez-moi, je voudrais déposer quelque chose pour Nina Coffey. »

Les yeux de la femme roulèrent par-dessus la monture de ses lunettes et se fixèrent sur Jane, sa tête restant penchée sur son bureau. Jane savait que ses ecchymoses l'avaient déjà placée dans la catégorie des mères battues. « Que puis-je faire pour vous ?

– C'est cet ours en peluche. Timmy Phillips l'a laissé dans ma voiture. »

La femme ne sembla pas reconnaître le nom. Elle attrapa un papier gommé dans un tiroir et y posa son stylo. « Épelez.

– P.H.I.L.L.I.P.S. Je vous serais reconnaissante de le lui faire parvenir, parce que c'est important pour Timmy. » Jane tendit à la femme le petit ours usé.

Elle dirigea un regard perçant sur le jouet. « J'imagine que oui. Ne vous inquiétez pas, je le lui transmettrai.

– Merci. » Jane avait mis de la chaleur dans sa voix.

Le téléphone sonna et la femme leva un doigt pour signifier à Jane d'attendre pendant qu'elle répondait, mais Jane s'éloigna. Elle entendit la femme appeler « Madame Phillips ? » mais elle avait déjà passé la porte.

Jane descendit la rue jusqu'au parking. Elle avait localisé les emplacements réservés aux employés de l'administration, et elle déplaça sa voiture pour les surveiller de loin.

Bientôt, celle qu'elle guettait apparut. Nina Coffey avait la cinquantaine. Elle était très mince, avec des cheveux roux nuancés de quelques cheveux gris. Jane vit qu'elle tenait ses clés dans son poing. Sa profession lui avait apporté une vision claire de la planète sur laquelle elle vivait. De l'autre main, elle tenait une mallette renforcée et un ours en peluche.

Jane attendit que Nina Coffey ait démarré, puis gagné la sortie et la rue, avant d'extraire sa voiture de la rangée où elle se cachait. Elle la suivit à distance, et laissa deux voitures rouler entre les leurs pour que l'assistante sociale ne s'habitue pas trop à voir la sienne. Coffey tourna avec dextérité à deux reprises, prit une bifurcation puis s'engagea sur une rampe d'accès d'autoroute, et Jane se félicita de s'être placée en retrait pour ne pas la perdre dans cette ville inconnue.

Elle s'engagea dans la circulation sur la même voie que Coffey et y resta, laissant de nouveau deux autres voitures se glisser entre elles. Coffey sortit de l'autoroute vers une zone vallonnée que le panneau nommait Pasadena, et Jane dut se rapprocher. Toutes les intersections étaient pourvues de feux de signalisation, et Nina Coffey conduisait habilement, anticipant leur rythme. Au troisième, Jane dut s'arrêter tandis que Coffey disparaissait au loin. Jane tourna à droite, puis à gauche, et franchit rapidement l'étendue de cinq pâtés de maisons résidentielles dans des rues sans éclairage, tourna à gauche puis de nouveau à droite pour retrouver son point de mire, loin devant elle.

Nina Coffey dut finalement attendre pour tourner à gauche, et Jane put se rapprocher. Lorsque Coffey s'arrêta devant un pavillon à deux étages avec une façade en brique, Jane poursuivit son chemin. En passant, elle jeta un coup d'œil à la voiture garée dans l'allée. C'était la bonne maison. La voiture était une Chevrolet d'un bleu aussi classique que celui des uniformes de police.

Les autorités avaient réagi exactement comme Jane l'espérait. On protégeait Timmy de tout le monde, sans distinction – de ceux qui voulaient sa mort, des journalistes, de ceux qui ausculteraient l'arbre généalogique pour découvrir soudainement qu'ils étaient apparentés – et sans concession. Timmy avait été placé chez un policier jusqu'à ce que s'apaisent les remous qui l'environnaient.

Jane passa quinze minutes à tourner autour du pâté de maisons pour vérifier que personne d'autre n'avait repéré l'endroit. Elle ne vit aucune voiture stationnée avec des têtes dépassant des sièges, aucune maison voisine avec trop de volets clos, et aucun piéton homme âgé de vingt à cinquante ans. Satisfaite, elle déboucha dans Colorado Boulevard et avança deux rues plus loin jusqu'à l'endroit où elle voulait se garer.

Jane franchit la palissade du fond de la cour. Puis elle s'accroupit dans un petit enclos d'où s'élevait le ronronnement du moteur d'une fontaine, pour observer la fenêtre où elle aperçut Timmy. Elle le regarda prendre son dîner avec deux autres enfants, puis gravir les marches de l'escalier jusqu'au premier étage. Là, une lumière apparut quelques minutes avant de s'éteindre. Les autres enfants n'étaient pas beaucoup plus âgés que Timmy mais ils n'étaient pas encore montés. Elle pensa qu'il vivait encore au rythme de Chicago, avec deux heures de décalage.

Le soleil était bas lorsque Jane se décida. Elle marcha doucement jusqu'à la maison. En un instant, elle grimpa sur le figuier, puis sur le toit du garage. Elle le traversa jusqu'à une fenêtre du premier étage, fit un nœud coulant avec le long morceau de fil de joaillerie en métal qu'elle avait acheté, le glissa entre la fenêtre et le montant, et le fit tournoyer lentement pour l'accrocher à la poignée. Un coup sec suffit à ouvrir. Elle n'eut alors qu'à soulever tranquillement le châssis et à se faufiler dans la cage d'escalier.

Lorsqu'elle ouvrit la porte de la chambre, Timmy était étendu sur le côté, tourné vers elle. Ses yeux café au lait reflétaient la lueur de la cage d'escalier, ses cheveux blonds d'enfant étaient ébouriffés. Quelqu'un lui avait acheté un nouveau pyjama avec des motifs d'avions de combat en plein affrontement, et cette personne l'avait suffisamment observé pour que le pantalon lui aille malgré ses longues jambes. L'ours en peluche était posé sur le drap à ses côtés.

« Jane ?

– Salut, Timmy, murmura-t-elle, tu n'arrives pas à dormir ?

– Je suis fatigué, mais il fait encore jour, et je continue à penser à eux, Mona et Dennis.

– J'ai pensé que tu pouvais avoir envie d'aller à leur enterrement.

– Je voulais, mais ils ont dit que je pouvais pas.

– Alors on va en faire un pour nous. »

Les ombres des arbres au bout du grand cimetière s'estompaient déjà dans le crépuscule, mais le ciel gardait une teinte rouge à l'ouest. Jane avait fait déposer deux grandes gerbes de roses blanches au cas où Timmy et elle arriveraient après la tombée du jour, mais les fleurs n'étaient pas nécessaires. Il faisait suffisamment clair pour trouver les deux pierres tombales récemment posées sur la colline.

Les corps de Dennis et Mona seraient convoyés par bateau à Londres et à Washington pour leur enterrement. Jane avait consulté les notices funéraires des journaux. Deux frères, tués dans un accident de voiture, avaient été enterrés le jour même. Comme Timmy escaladait la colline à ses côtés, il lui demanda : « Qu'est-ce qu'on va faire ?

– Rien d'autre que ce que nous savons faire. Le genre de cérémonies que je connais le mieux est celle que ma famille a réalisée pour mon père, ma mère, et mes grands-parents. »

Ils s'arrêtèrent devant les tombes. Jane se tourna vers Timmy. « Une des choses que nous avons toujours faites, c'est qu'un parent ou un ami proche dise quelque chose aux morts.

– Comment ?

– Simplement, en s'adressant à eux. »

Timmy baissa la tête vers les deux monticules de terre pendant un instant puis dit : « Je ne sais pas quoi dire.

– Alors je vais commencer, dit Jane. Dennis et Mona ? Nous sommes là pour vous dire au revoir, et pour vous dire qu'il y a des personnes qui savent et qui comprennent qui vous étiez, et ce que vous avez fait. Nous l'avons vu. Vous avez donné vos vies pour protéger et vous occuper de ceux qui avaient besoin d'aide : des petits enfants, des gens qui allaient au tribunal et n'avaient personne pour parler à leur place. Vous êtes morts en combattant des ennemis dont vous saviez qu'ils étaient plus nombreux et plus forts, pour nous faire gagner du temps. Nous sommes là pour que vous sachiez que nous allons bien. Vous avez réussi. » Elle poussa Timmy du coude. « Tu es prêt à dire quelque chose ?

– Mona, dit Timmy. Tu… tu vas me manquer. Je me sens seul. Je ne savais pas que vous ne reviendriez pas. J'aurais dit quelque chose… » Sa voix se brisa.

« Qu'est-ce que tu aurais dit ?

– Je crois… Je pense que… Je t'aime.

– C'est bien.

– Et je lui aurais dit merci. Mais je ne peux plus maintenant. C'est trop tard.

– Tu viens de le faire, dit Jane. C'étaient les deux choses qu'il fallait dire. »

Jane s'agenouilla sur l'herbe, et elle creusa à la main un trou dans le tas de terre molle sur la première tombe. Puis elle fouilla dans son sac.

« Qu'est-ce que tu fais ?

– Eh bien, les Anciens croyaient que lorsque quelqu'un mourait, il accomplissait un long voyage vers un endroit où il serait toujours heureux. Ils pensaient qu'il fallait longtemps pour l'atteindre, aussi ils essayaient de lui donner des cadeaux qui rendraient le voyage plus facile. Des armes, de la nourriture, ce genre de choses. »

Elle brandit un stylo à plume Montblanc tout neuf et dit : « La police a gardé celui que Dennis transportait dans sa mallette, mais celui-ci est exactement le même. Nous allons le mettre à la place de l'arme. » Elle sortit une carte de crédit et l'ajouta au stylo. « C'est avec cela que les gens voyagent aujourd'hui. »

Dans l'autre tombe elle creusa un second trou et y déposa une carte de crédit et quatre barres de céréales par-dessus.

« Qu'est-ce que c'est ? demanda Timmy.

– Mona n'était pas le genre de personne à vraiment penser aux armes. Elle adorait nourrir les gens, alors elle préférera ça. » Jane se leva et secoua la terre de ses mains. « Maintenant, recouvre-les. »

Pendant que Timmy replaçait la terre sur les petits trous, Jane partit chercher la cage dans la voiture.

« Qu'est-ce qu'il y a là-dedans ? »

Elle retira le chemisier de la cage et les geais bleus regardèrent suspicieusement autour d'eux. Les raies blanches au-dessus de leurs yeux noirs ressemblaient à des sourcils levés.

« Des oiseaux !

– Les Anciens procédaient de cette manière, alors ça marche peut-être. » Elle s'adressa aux oiseaux. « Monsieur et madame Oiseau, nous avons ici les âmes de deux personnes très braves et très nobles. Ils avaient bien des raisons de fuir devant le danger, ils s'aimaient tous les deux énormément, comme vous. Mais ils n'ont pas fui. Je veux que vous les emmeniez vers Hawenneyugeh. Vous voulez bien ? »

Les oiseaux sautèrent en avant et en arrière sur les balançoires en pépiant « Check, check, check », troublés par le soleil couchant.

Jane ajouta : « Mona, il est temps d'y aller. Je te souhaite un voyage très rapide. Tu as bien accompli ta tâche. Tu as été une femme merveilleuse. » Elle attrapa doucement la femelle et la tint par le dos en lui caressant doucement les plumes du ventre. Puis, debout sur la tombe, elle la lâcha vers le ciel. L'oiseau voleta avant de filer se poser sur une branche de magnolia à quinze mètres de là.

Jane mit de nouveau sa main dans la cage et attrapa le mâle. « Dennis, tu as été un grand combattant. Maintenant je te souhaite la paix. Mona t'attend. »

Le geai bleu s'envola et rejoignit la femelle sur la branche. Ils regardèrent Jane et Timmy en contrebas quelques secondes, comme s'ils voulaient être certains que personne n'avait plus l'intention de les tourmenter, puis ils partirent vers l'ouest, le soleil couchant, ou l'université.

« Au revoir. » Timmy fit un signe de la main aux oiseaux qui volaient, et il continua longtemps après qu'ils avaient disparu.

« Tu es prêt à rentrer ?
– Je crois que oui. »

Ils retournèrent à la voiture en silence, y montèrent, et se dirigèrent vers le bas de la colline et la sortie du cimetière.

« Crois-tu qu'ils nous ont entendus ? demanda Timmy.

– On ne peut pas le savoir. Les Anciens t'auraient affirmé que oui. Ce que je pense, c'est que ça n'a pas vraiment d'importance. Les funérailles ne servent pas aux morts.

– Ah bon ?

– Elles sont pour nous, ceux qui doivent continuer.

– Tu as fait tout cela pour moi, n'est-ce pas ?

– Pour toi et pour moi. » Elle conduisit en silence quelques instants avant d'admettre : « Mais surtout pour toi. Pour quelqu'un d'aussi jeune, tu as vu beaucoup de souffrance. Tu en as déjà oublié la plupart, mais là, tu t'en souviendras. Je voulais être certaine que tes souvenirs seraient exacts.

– De quoi dois-je me souvenir ?

– Que tu as vécu quand il restait encore des héros. De vrais héros qui ont eu peur et qui ont donné leur sang, et c'est ce que les livres ne disent jamais. C'est un privilège. Personne n'a à te lire une histoire. Tu l'as vue.

– J'aurais préféré qu'ils ne le fassent pas, dit Timmy.

– Moi aussi. »

Timmy se mit à pleurer. Au début, ses yeux s'embuèrent simplement, mais Jane savait que bientôt viendraient toutes les larmes qu'il n'avait pas eu la force de verser. Elle roula jusqu'à l'autoroute et poursuivit, après Pasadena, dans les collines dépouillées et désertes. Une demi-heure plus tard, Jimmy cessa de pleurer, et Jane attendit qu'il se mette à parler.

« Qu'est-ce qui va se passer ? Ils sont tous partis.

– Tu n'as pas à t'inquiéter pour cela, parce que des gens très intelligents passent leur temps à s'en occuper. Le juge Kramer a dit que la cour va se pencher sur ton histoire, apprendre tout ce qu'elle pourra, et nommer quelqu'un pour s'occuper de toi.

– Ce sera toi ?

– Non, ce sera une famille. Comme les gens chez qui tu es à présent. Est-ce qu'ils sont gentils ?

– Oui. »

Jane expira et se rendit compte qu'elle avait retenu son souffle. « Bien, je dois te ramener là-bas pour que tu dormes.

– Est-ce que je vais te revoir ?

– Probablement pas avant longtemps. »

Elle retourna vers Pasadena et se gara derrière la rue où vivaient le policier et sa famille. Elle escalada la barrière et souleva Timmy pour le déposer sur la pelouse. Les autres enfants étaient toujours en train de regarder la télévision en bas. Elle dirigea Timmy vers l'arbre, le mit sur son dos, et grimpa sur le toit. Lorsqu'ils arrivèrent à la fenêtre ouverte, Timmy fut saisi de panique. « Je ne veux pas que tu partes.

– Il le faut, Timmy.

– Mais qu'est-ce que je vais faire ? Quand tu seras plus là, qu'est-ce que je vais devenir ? »

Jane hésita, puis répondit : « Va à l'école, fais-toi des amis, joue avec eux. Essaie de devenir grand, fort, digne et en bonne santé. C'est un programme chargé. » Elle l'aida à rentrer par la fenêtre et s'assit sur son lit pendant qu'il mettait son pyjama.

« Mais qu'est-ce qui arrivera après ça ? Qu'est-ce que je vais devenir ?

– Je pense que c'est pour ça que c'est si long de devenir grand. Ça ne se fait pas sous le coup d'une simple décision, on découvre qu'on l'est lorsque le moment est venu.

– Qu'est-ce que tu ferais à ma place ? »

Jane secoua la tête et sourit tristement. « Je ne suis pas celle à qui il faut poser la question.

– Alors à qui il faut le demander ? »

Jane avait une folle envie de lui dire tout ce qu'elle savait, car elle ne le reverrait plus. Aucun mot ne lui venait à l'esprit qui puisse l'aider, mais il fallait le pousser dans la bonne direction. « Eh bien, quand j'étais à l'Université, je connaissais un garçon qui était dans une situation assez proche de la tienne. Il ne savait pas quoi faire, mais il savait que s'il ne faisait pas attention, il serait paresseux, gaspilleur et égoïste.

– Qu'est-ce qu'il a décidé ?

– Il a décidé de devenir médecin. C'était la chose la plus difficile qu'il pouvait imaginer, mais il savait que ça l'obligerait à travailler. Et il savait que lorsqu'il aurait suffisamment étudié, il serait capable de faire quelque chose de valable. À l'époque, j'avais trouvé cela très intelligent, et je ne vois toujours rien de mal à cette idée.

– Il est médecin maintenant ?

– Oui, mais l'important n'est pas là. Sa vraie récompense, c'est qu'il est devenu le genre de personne qu'il voulait être. Peu importe qu'il ait réussi à devenir médecin ou autre chose, il avait décidé d'essayer. Ce qui en fait quelqu'un de particulier. »

On entendit des bruits, et de petites voix protestèrent en bas. On envoyait les enfants au lit.

« Je dois partir maintenant ou l'on va m'arrêter. » Elle se pencha vers lui et déposa un baiser sur sa joue. « Dors bien Jimmy. Souviens-toi que tu as été aimé jusqu'ici, et que d'autres gens vont t'aimer, parce que tu le mérites. »

En se glissant par la fenêtre elle entendit un murmure. « Jane ?

– Oui, dit-elle en se penchant sur l'appui de la fenêtre.

– Merci pour l'ours. Je savais qu'il venait de toi.

– Je pensais que tu comprendrais.

– Est-ce que tu fais partie de ces gens, ceux qui m'aiment ?

– Bien entendu.

– Est-ce que tu te marieras avec moi ?

– Bien sûr. »

Elle glissa le long du toit du garage comme une ombre, et Timmy eut l'impression qu'elle volait en bas des arbres sans faire bouger une feuille. Il regarda la barrière de la cour, mais même à la lumière de la lune, il ne vit pas Jane la franchir. Il écouta quelques minutes et s'endormit.

3

Après avoir rendu sa voiture à l'agence de location de l'aéroport, Jane sauta dans la navette qui partait pour le terminal. En en sortant, elle répondit d'un mouvement de la tête et d'un sourire distrait à l'employé serviable qui lui offrait d'enregistrer ses bagages. Elle n'avait ni bagages ni destination. Elle s'était arrêtée à l'Armée du Salut sur le chemin de l'aéroport et avait fait don des vêtements qui lui restaient – du moins ceux qui n'étaient pas trop chiffonnés ou tachés de sang –, et elle avait également laissé sa valise. Jane savait qu'elle ne porterait plus jamais aucun de ces vêtements. Ils lui rappelaient trop tout ce qui venait d'arriver.

Jane avait passé les trois jours dans la prison départementale à ruminer son échec, et ses nuits à revoir les visages des morts. Elle avait manqué de ruse et de rapidité pour sauver Mona et Dennis. Comment n'avait-elle pas pu imaginer une manière de les tirer d'affaire, une alerte à la bombe par exemple ? La police aurait évacué le tribunal et, dans la confusion générale, Jane aurait pu confier Mona et Timmy à une équipe de la police. Mais, obsédée par l'urgence qu'il y avait à conduire ses clients au tribunal, elle n'avait pensé qu'à faire entrer à temps Timmy dans le bâtiment ; sans se douter de l'embuscade qui les y attendait.

Après une journée entière passée à revivre les événements, de plus en plus choquée au fur et à mesure qu'elle reconstituait chacune de ses erreurs, elle n'avait pas trouvé le sommeil la première nuit. Tous ses fantômes avaient surgi dans sa cellule. Celui qu'elle connaissait le mieux était Harry, le joueur. Jane l'avait caché, puis elle n'avait pas su comprendre que l'homme qui s'était présenté comme l'ami de Harry était également son tueur. Le fantôme de Harry lui avait rendu visite tant de fois durant ces années qu'il faisait presque partie d'elle.

Un autre de ses fantômes était un homme qu'elle n'avait jamais rencontré. Elle se souvenait de la photo de John Doe étalée dans les journaux. Les artistes de la police l'avaient retouchée à un point tel que c'était plus une reconstruction qu'une photographie. Un flic l'avait retrouvé trois ans auparavant, écrasé dans les rochers près de River Road. Il avait cinq mille dollars en liquide cousus dans son costume, une paire de lunettes pourvues de verres non correcteurs, une perruque neuve qui ne correspondait pas à la couleur de ses cheveux, et trois balles dans la tête. Jane avait épluché les journaux pendant des mois, mais la police n'avait jamais su qui il était, ni pourquoi il était en fuite. Sa mort, à quelques kilomètres à peine de chez elle, la hantait encore.

À son troisième jour de prison, un troisième fantôme était revenu à la vie. Les gardiens avaient laissé Jane sortir dans la cour avec les autres prisonnières et elle s'était trouvée face à Ellery Robinson. Des années auparavant, Jane avait emmené sa sœur hors du monde pour échapper à un petit ami qui tentait de la tuer. Jane pouvait se souvenir exactement du regard d'Ellery lorsqu'elle avait essayé de la convaincre de disparaître avec sa sœur. Ellery avait dit : « Non, merci. Il n'a rien à voir avec moi. » Les années suivantes, Jane avait souvent pensé à ces yeux clairs et innocents. Ellery avait attendu deux jours que Jane et Clarice soient loin, puis elle avait tué le petit ami. Plus tard, Jane avait fait une enquête discrète pour Clarice, et appris que la peine d'Ellery avait été de quatre à six ans.

Au cours des six années écoulées, Jane s'était tranquillisée en imaginant Ellery Robinson sortie de prison et vivant une existence tolérable. Mais elle s'y trouvait de nouveau. À ce moment-là, dix ou douze ans auparavant, lorsque Jane n'avait pas su trouver le bon argument, ni dit les mots qu'il fallait, ni lu dans ces yeux, la vie d'Ellery Robinson avait dévié. Jane ne la regarda qu'une fois à travers la cour noire et brûlante installée sur le toit de la prison, mais si Ellery Robinson l'avait reconnue, pas une étincelle ne traversa son visage. Après cela, Jane n'était plus sortie dans la cour. Elle était restée assise sur son banc, et avait réfléchi à l'histoire de Timothy Phillips.

En arrivant au terminal, Jane avait soudain été prise d'un sentiment de tristesse. Elle ne s'était pas encore libérée de son désir d'emmener Timmy avec elle. Jane avait admis la folie de cette idée dès qu'elle s'était présentée à elle. Le but majeur de ce voyage avait été de mettre Timmy sous la protection des autorités. Ils ne le laisseraient pas facilement disparaître de nouveau. Et même si elle parvenait à l'emmener, c'était sans doute la pire chose à faire. Cela lui donnerait probablement le sentiment qu'elle n'avait pas abandonné Timmy, mais il perdrait tout l'argent qui lui était destiné et avec cet argent, toute protection. Peut-être dans quelques années, s'il vivait jusque-là, la haïrait-il d'avoir fait cela. Jane n'avait même pas été capable de garder Mona et Dennis en vie. Non, Timmy était mieux là où il était, avec les flics, les juges et les travailleurs sociaux. Elle se sentait fatiguée, épuisée. Il était temps de retourner à la maison, de s'arrêter un peu, et de laisser le monde tourner sans Jane Whitefield.

Au comptoir, elle acheta un billet pour New York parce que c'était la bonne direction et qu'il y avait tant de vols qu'elle n'attendrait pas avant d'en repartir. Elle utilisa une carte de crédit au nom de Margaret Cerillo. Pendant que l'employé achevait de taper les références sur l'ordinateur et attendait que le billet soit imprimé, elle remarqua qu'il levait les yeux, les posait sur son visage un instant, puis les en retirait trop vite. Jane expliqua : « J'ai eu un petit accident de voiture hier. Un crétin a tourné à gauche à La Cinega et il m'est rentré dedans. » La dernière fois qu'elle avait vérifié, le fond de teint couvrait suffisamment ses cicatrices mais avec la chaleur et la précipitation, les écorchures et les coups devaient transparaître.

« Ça a dû être… très douloureux.

– Plutôt, oui. » Jane prit le billet et la carte de crédit, emprunta l'escalier mécanique et franchit la rangée de détecteurs de métaux. Elle poursuivit dans l'allée jusqu'à ce qu'elle trouve une boutique suffisamment fournie en cosmétiques. Là, elle sélectionna un fond de teint opaque qui correspondait à son teint, de la poudre et de l'ombre à paupières. Jetant un coup d'œil à son visage dans le miroir d'un présentoir, elle attrapa une paire de lunettes noires. Puis elle emporta ses achats dans les toilettes. Son visage était encore brûlant et tendu par les coups, et sa main droite gardait le souvenir de ceux qu'elle avait donnés aux hommes dans le couloir. Mais ce petit inconfort lui importait moins que la perspective de se faire remarquer.

Jane regarda sous les portes. Elle était seule. C'était un soulagement parce qu'elle se voyait mal feindre une simple séance de rafraîchissement. Elle se pencha sur le miroir et étala le fond de teint. L'opération était douloureuse, le résultat tolérable, mais son visage la lança pendant quelques secondes. Jane attendit que la douleur cesse, et elle venait de s'attaquer à ses yeux lorsqu'elle entendit la porte s'ouvrir et une paire de talons hauts arpenter le sol derrière elle. Son visage affichait encore un œil au beurre noir tout frais, cadeau du grand type à la cravate jaune qui s'était effondré à la fin. Sa main endolorie avait du mal à étaler la couleur pour assortir les deux yeux.

« Est-ce que je peux vous aider ? »

Jane ne se retourna pas, mais elle bougea suffisamment la tête pour vérifier ce qu'elle supposait de la nouvelle venue dans le miroir. Elle ne fut pas étonnée de découvrir une séduisante jeune femme. Le maquillage est une affaire personnelle – pas tout à fait secrète, mais presque – et il faut être assez spectaculaire soi-même pour avoir le culot de déclarer à une autre femme que vous pouvez la maquiller mieux qu'elle. Cette femme était grande – presque autant que Jane – et presque aussi mince, mais son visage avait ce teint de porcelaine rosé que certaines femmes parviennent à conserver jusqu'à la quarantaine. Elles étaient toujours blondes, ou devenues blondes, comme celle-ci – ce genre de femmes qui s'étaient mises au tennis lorsqu'elles avaient passé l'âge d'être majorettes. Mais elles devaient y avoir joué la nuit, parce que leur peau semblait n'avoir jamais vu la lumière du soleil.

« Non merci, dit Jane. Je peux m'en sortir avec les couleurs. Ce sont les retouches qui sont difficiles.

– Vous ne vous souvenez pas de moi, n'est-ce pas ? » La voix était tendue.

« Non. Et si je ne vous reconnais pas, c'est peut-être parce que vous vous débrouillez très bien avec le maquillage. Après tout, je devrais peut-être vous laisser faire.

– J'étais à la prison du Comté avec vous », murmura la femme.

Jane se tourna vers elle pour l'observer de plus près, avec l'intuition qu'il valait mieux regarder ses mains que son visage. « Eh bien, je vous félicite d'en être sortie.

– Merci », dit la femme qui sourit nerveusement, mais ne quitta pas la pièce comme Jane s'y attendait.

Jane décida qu'elle terminerait les finitions dans d'autres toilettes pour dames, ou même dans l'avion. « Bon, je dois embarquer.

– Non, l'avion ne décolle pas avant une heure. Seize heures dix-neuf pour New York, je le prends moi aussi. Mon nom est Mary Perkins.

– Est-ce que vous m'avez suivie ?

– J'espérais faire beaucoup plus.

– Que voulez-vous dire ?

– En prison, les sujets de conversation sont peu nombreux. Il y avait une fille qui était au tribunal quand vous avez été arrêtée. La rumeur a couru que vous aviez caché quelqu'un. Cela semblait intéressant, alors j'ai demandé autour de moi si quelqu'un pouvait nous présenter, mais tout le monde vous connaissait sous un nom différent. Ce n'est pas la manière dont vous vous y prenez qui m'intéresse…

– Ah bon ?

– Non, je veux simplement que vous fassiez la même chose pour moi.

– Pourquoi ?

– Lorsque j'ai été arrêtée, j'étais suivie par des hommes. C'était il y a un mois. Je viens de voir deux d'entre eux ici.

– Pourquoi vous recherchent-ils ? »

La femme la regarda d'une façon à la fois suppliante et frustrée. « Je vous en prie. Je n'ai pas le temps de vous raconter ma vie et vous n'avez pas le temps de m'écouter pour l'instant. Je dois quitter Los Angeles maintenant, aujourd'hui, mais ils sont déjà là. Ce n'est pas une coïncidence. Ils me cherchent.

– Mais qui êtes-vous ?

– En gros, je suis une femme qui a besoin de disparaître, et qui a les moyens de payer ce que vous obtenez habituellement pour vos services. »

Jane était épuisée et courbatue. Sa tête, ses mains et ses poignets étaient douloureux. La seule vue du visage de celle qui se présentait comme Mary Perkins lui pesait. Mary Perkins n'avait presque rien dit, mais Jane relevait déjà des signes de mensonge dans ses yeux et sa bouche. Elle était authentiquement effrayée, et n'était donc sûrement pas une sorte d'appât placé dans l'aéroport par ceux que Jane avait combattus au tribunal. Les hommes qui la suivaient étaient très certainement des policiers. Jane pensa : non, pas maintenant. Je ne m'en sens pas le courage. Et elle dit tout haut : « Je suis désolée.

– Je vous en prie. Combien voulez-vous ?

– Rien. Vous vous êtes trompée de personne. Erreur d'identité. »

Mary Perkins la regarda dans les yeux, prit visiblement la mesure de son état. « Oh, dit-elle doucement. Je comprends. » Elle fit demi-tour et s'avança vers la porte.

« Bonne chance », dit Jane au moment où elle l'ouvrait. Mary Perkins ne parut pas l'entendre.

Jane regarda son visage dans la glace. Les ecchymoses avaient disparu, mais l'épais fond de teint lui faisait un masque. La pose des lunettes noires lui rappela que l'arête de son nez avait été écorchée par les boutons de la manchette du grand type lorsque son premier coup de poing avait dévié.

Jane retourna dans le hall et traversa la foule jusqu'à la porte d'embarquement 72. Mary Perkins, assise là, feignait de lire un magazine. Si on la poursuivait, c'était la dernière chose à faire. Jane s'approcha des moniteurs vidéo où s'affichaient les horaires des vols. Les yeux de Mary Perkins se fixèrent sur Jane, puis dérivèrent sur la gauche. Jane ouvrit son sac, tourna légèrement la tête comme si elle cherchait quelque chose et observa les deux hommes à la gauche de Mary Perkins. Si c'étaient des chasseurs d'hommes, ils faisaient ce qu'il fallait pour impressionner leur gibier. Le petit était assis à quinze mètres de Mary Perkins et lisait tranquillement un journal. Le grand faisait semblant d'observer l'activité nocturne sur le terrain par la baie vitrée. Il regardait le reflet – une attitude courante. Jane baissa les yeux vers la mallette qu'il avait posée à ses pieds. Un modèle ordinaire, comme ceux que vendait le magasin où Jane avait trouvé son maquillage.

Le plus petit des hommes n'avait pas de bagage à main. Assis derrière son journal, il ignorait Mary Perkins. Il devait être l'homme de deuxième ligne, celui qu'elle était censée ne pas remarquer du tout avant que l'autre ne vienne la chercher et qu'elle ne s'affole. Ce n'étaient pas des flics, car ils l'auraient déjà appréhendée : elle avait acheté son billet, ce qui constituait une preuve suffisante de son intention de fuir.

Jane se sentit envahie par le découragement et la fatigue. Il lui fallait reconnaître que si elle arrivait saine et sauve chez elle le lendemain, elle irait certainement droit au kiosque à journaux acheter le *Los Angeles Times* et les quotidiens de New York. Elle y chercherait l'article annonçant qu'on avait trouvé le corps d'une femme dans un terrain vague. Ces deux-là allaient suivre Mary

Perkins jusqu'au moment inéluctable où elle se retrouverait seule.

Jane traversa le hall de nouveau, levant les yeux vers les moniteurs affichant les départs, sans lever la tête ni ralentir le pas. Lorsqu'elle eut dépassé le troisième moniteur, elle avait fait son choix. Un vol de la Southwestern Airlines partait pour Las Vegas cinq minutes après le vol à destination de New York. Elle prit l'escalier mécanique jusqu'au comptoir et paya en liquide deux billets pour Las Vegas aux noms de Monica et Betty Weissman. Puis elle retourna à la porte où attendait Mary Perkins. Jane s'assit quelques sièges plus loin, compta jusqu'à cinq cents, puis se leva de nouveau.

Elle se dirigea vers les toilettes en passant tout près de la jeune femme et lui fit un signe à l'abri des regards des deux hommes.

Jane attendit Mary Perkins devant le miroir. « Est-ce que vous avez enregistré vos bagages sur le vol de New York ?

– Je n'en ai pas. Je suis venue directement ici en sortant.

– Bien, dit Jane. Lorsque nous quitterons les toilettes, restez près de moi sans me regarder. Vous ne m'avez jamais vue auparavant. L'un de ces hommes se tiendra entre vous et les sorties. L'autre se sera posté à un endroit où il pourra voir son comparse lui faire signe. » Elle tendit à Mary Perkins le billet pour Las Vegas.

« Las Vegas ? Qu'est-ce que ça va changer ?

– Écoutez, au moment d'embarquer, l'un d'entre eux ira téléphoner pour confirmer que vous vous trouvez dans l'avion. C'est un vol de cinq heures avec une escale à Chicago, et cela leur laisse le temps de tout faire sauf de vous enterrer avant l'arrivée. L'autre restera assis tranquillement jusqu'au dernier moment.

– Mais qu'allons-nous faire ? Quel est votre plan ? »

Jane la regarda avec lassitude. « Le plan est d'aller à Las Vegas en leur laissant croire que vous êtes partie pour New York. Maintenant donnez-moi à peu près le temps qu'il faut pour chanter l'hymne national avant de sortir. Puis retournez vous asseoir là où vous étiez avant. »

Jane ouvrit la porte. Au lieu de regarder vers la salle d'attente, elle jeta un coup d'œil derrière elle, vers celui qui surveillait la sortie. L'homme au journal flânait quelques mètres plus loin, près de la fontaine d'eau potable. Elle se retourna et vérifia que l'autre avait pris un siège d'où il pouvait voir son complice. Jane fut assez réconfortée de constater qu'ils avaient eu des attitudes prévisibles.

Après s'être assise à quelques mètres derrière l'homme à la mallette, Jane l'observa. Il ne pouvait être armé de quoi que ce soit d'autre que d'un canif. La lame ne pouvait excéder sept centimètres et demi, si elle se souvenait bien des législations. Ils n'allaient rien entreprendre dans un aéroport, de toute façon. Les gens qui ne vous connaissent pas ne risquent pas leur vie pour vous tuer, et ces deux-là avaient été engagés par une tierce personne.

L'hôtesse au comptoir d'embarquement fut rejointe par une autre qui lui dit quelques mots. Celle qui avait délivré à Jane sa carte d'embarquement prit un micro pour susurrer : « Vol 419 pour New York, embarquement immédiat. » Tous les gens qui attendaient se levèrent. « Les passagers accompagnés de jeunes enfants sont priés de se présenter en priorité... »

Comme cette invitation semblait ne concerner personne, la femme poursuivit : « Les passagers détenant les places numérotées de un à dix sont priés de se présenter immédiatement à l'embarquement. »

Le plus grand des hommes se rendit vers la rangée de téléphones près des toilettes.

Mary Perkins fit mine de se lever, mais Jane lui adressa un léger hochement de tête avant de prendre un magazine que quelqu'un avait abandonné sur un siège près d'elle. La femme continua d'appeler les numéros de sièges puis dit : « Les passagers des autres sièges vont embarquer immédiatement. » Jane demeura immobile, les yeux fixés sur sa revue. Il restait quatre minutes. À moins trois, elle referma le journal et se dirigea vers la porte d'embarquement.

Dans sa vision périphérique, elle vit Mary Perkins se lever et la suivre, puis le plus grand des hommes composer en toute hâte un numéro de téléphone. Jane s'arrêta, comme pour jeter un coup d'œil à l'horloge murale. Le plus petit des hommes suivait Mary Perkins. L'autre avait raccroché, et il se dirigea tout droit vers la porte d'embarquement, tendit son billet à l'hôtesse, et pénétra dans le couloir. Jane avança lentement le long des derniers sièges de la salle d'attente, laissant Mary Perkins la rattraper. À la dernière seconde, elle se retourna.

« Ah, Mary, dit-elle. C'était donc bien toi ! »

Mary Perkins s'arrêta et la regarda avec une stupeur non feinte : « Ben, oui...

– Tu ne te souviens pas de moi ? »

L'homme qui avait suivi Mary Perkins s'arrêta lui aussi, et il se tenait presque derrière elle. Jane fit semblant de le remarquer pour la première fois : « Oh, ne vous dérangez pas pour nous, allez-y. » Elle entraîna Mary Perkins sur le côté. « C'est moi, Margaret Cerillo. Je pensais t'avoir reconnue tout à l'heure, mais je n'étais pas certaine... »

L'homme hésita. Il avait visiblement l'ordre de suivre Mary Perkins jusque dans l'avion, mais il avait également reçu des instructions pour rester discret. Il ne pouvait imaginer aucun prétexte pour rester là à attendre ces deux femmes pendant qu'elles parlaient. Il s'avança, tendit son ticket à l'hôtesse, et passa dans le couloir d'embarquement.

Jane attira Mary Perkins loin de la porte avec désinvolture. « Pas trop vite, et continuez à parler. Vous semblez mériter bien des efforts, murmura-t-elle.

– Je crois que c'est ce qu'ils pensent.

– S'ils veulent obtenir quelque chose de vous, vous ne trouverez jamais un meilleur moment pour en finir. Nous pourrions aller droit dans l'avion et conclure un marché. Les lumières sont allumées et tout le monde est passé devant le détecteur de métal. Il n'y a aucun risque que d'autres types soient avec eux.

– Si j'avais le moyen de les acheter, pourquoi aurais-je besoin de vous ? »

Jane s'arrêta et se tourna vers elle. « Je vous aiderais quand même à vous en débarrasser après, au cas où ils seraient très rancuniers.

– Merci, mais je ne peux pas me débarrasser d'eux comme ça.

– Que leur avez-vous fait ? »

Mary Perkins se tourna vers Jane pour la regarder, s'éloignant d'elle comme si elle venait juste de remarquer sa présence et l'avait trouvée importune. « Pourquoi vous imaginez-vous qu'il y ait une raison ?

– J'en suis certaine. Sinon, vous n'auriez pas eu besoin de moi. »

Jane se remit en marche. Une femme qui vous accordait toute sa confiance sur un simple on-dit de la prison de L.A. ne pouvait elle-même en inspirer beaucoup. Et cette femme-ci lui paraissait du type à avoir déjà eu à mentir, professionnellement. Mais Jane n'avait aucun indice sur l'objet de son mensonge. Mary Perkins avait été suivie par deux hommes. Ces derniers n'avaient pas pris le genre de mesures que quiconque aurait pris pour l'empêcher de fuir une résidence surveillée, ou pour la prendre en flagrant délit. Ils l'avaient vue attendre un vol pour un État éloigné, et ils étaient montés à bord. Des flics locaux n'auraient pas agi ainsi, et le F.B.I. ne se serait pas autorisé une telle improvisation. Si aucune de ces instances ne l'avait empêchée de quitter la prison, c'est qu'il n'y avait aucune raison de l'y garder.

Jane devait l'admettre : d'après la manière dont ces hommes se conduisaient, ils cherchaient à suivre Mary Perkins jusqu'à ce qu'il n'y ait plus aucun témoin autour d'elle. « Accélérez un peu à présent, nous avons un avion à prendre. »

Elles traversèrent la salle d'attente à une allure rapide et Jane eut conscience d'un mouvement particulier à l'extrémité de son champ de vision. Un homme assis au bout de la salle d'attente s'était levé, et deux autres, qui bavardaient tranquillement à une table dans la cafétéria, l'imitèrent. Aucun d'entre eux n'avait semblé menaçant jusque-là. Mais cette agitation coïncidait avec le passage des deux femmes. « Y a-t-il eu l'annonce d'un vol à l'instant ?

– Ne me dites pas que vous entendez des voix. » Mary était soudain tendue.

« Non. Il y avait deux hommes dans le vol précédent. Avez-vous des raisons de croire que c'étaient les seuls ?

– Eh bien, non. »

La mâchoire de Jane se serra. « Laissez-moi vous donner un conseil. Je ne sais pas ce que vous avez fait pour avoir tant de monde à vos trousses, mais ne le faites plus. Vous n'êtes apparemment pas très facile à sortir de la ville. »

Mary Perkins laissa Jane l'entraîner en silence à travers le hall jusqu'à la porte d'embarquement 36. Elles se glissèrent dans le couloir avec les derniers passagers, juste au moment où le steward se préparait à fermer la porte. Jane entendit un pas de course derrière elles, et elle s'arrêta au tournant pour tendre l'oreille.

« Je suis désolé, monsieur, disait le steward. Il vous faut un billet. Nous ne sommes pas autorisés à accepter du liquide.

– Je ne peux pas en acheter un ?

– Si, monsieur, mais vous devez vous rendre au comptoir de vente. Je n'ai aucun moyen de vous vendre un billet.

– Mais c'est à l'autre bout de cet aéroport de merde ! Pouvez-vous faire attendre l'avion ?

– Je suis désolé, monsieur, mais les passagers doivent pouvoir prendre leurs correspondances.

Nous avons un plan de vol. Il y a cinq vols par jour de Los Angeles à Las Vegas. Vous pouvez… »

Jane franchit les derniers mètres qui la séparaient de l'avion et entra dans l'appareil. En s'asseyant près d'elle, Mary Perkins dit : « Comment appelez-vous ce petit jeu ?

– Le chassé-croisé d'aéroport, dit Jane. Je n'y ai pas joué depuis des années. » Elle s'adossa au siège, boucla sa ceinture, et ferma les yeux. « J'espère ne plus jamais avoir à le faire. »

4

« À quoi pensez-vous ? dit Mary Perkins.

– Je ne pense à rien, je me repose.

– Est-ce que ce repos signifie que vous avez déjà réfléchi et que vous avez un plan ? Si c'est le cas, j'aimerais vraiment le connaître.

– Non, il signifie que je veux que vous vous taisiez. »

Jane referma les yeux. L'avion survolait le Sud-Ouest à présent, là où vivaient les gens du désert : Mohaves, Yavapais, Zunis, Hopis, Apaches, Navajos. Certains d'entre eux avaient vécu dans la croyance que les événements ne surviennent pas de but en blanc, mais qu'ils préexistent tous au départ. La vie les révèle, comme les cartes d'un jeu de black-jack : elles sortent chacune leur tour, mais au début elles y figuraient toutes ensemble.

Ce que Jane avait besoin de trouver, à présent, était un moyen de révéler les cartes dans l'ordre inverse : d'abord la fuite, puis l'arrivée. Elle passa en revue tous les rituels qui suivaient l'atterrissage. Le fait qu'ils soient familiers, prévisibles et invariables signifiait qu'ils existaient déjà, même si l'avion était encore en vol. Le trajet était rapide, et elle sentit l'avion entamer sa descente presque aussitôt après avoir atteint son apogée. Le voyage était vraiment un saut par-dessus les montagnes, suivi d'un long vol plané au-dessus du plateau qui leur succédait.

Jane fouilla dans la poche du siège de devant, et examina le magazine mensuel publié par la ligne. Elle feuilleta les publicités pour les hôtels et les résidences, les articles sur les banques, les voitures, les enfants, et les chiens. Dans la rubrique qu'elle cherchait, au dos de la revue, figuraient les plans détaillés des aéroports. Jane examina celui de McCarran, puis arracha la couverture, fouilla dans la poche que Mary avait devant elle et fit subir le même sort à une seconde revue.

« Qu'est-ce que vous faites ? »

Jane sortit un stylo de son sac et commença à inscrire des lettres capitales en gras. « Voilà ce que vous allez faire. Lorsque l'avion aura atterri, vous traînerez le plus possible avant de sortir. Vous serez malade, ou vos lentilles de contact seront tombées. Je me fiche de ce que vous trouverez

– Combien de temps ?

– Essayez de faire durer l'opération suffisamment longtemps pour qu'au moins un des membres de l'équipage quitte l'avion avant vous. Cela peut ne pas marcher, mais j'ai déjà vu une chose pareille arriver, et lorsque c'est le cas, les gens qui attendent quelqu'un à la sortie de l'avion pensent l'avoir raté.

– O.K., dit Mary. Et ensuite ?

– Ensuite vous sortez de l'avion. Marchez vite, ne regardez ni d'un côté ni de l'autre.

Dirigez-vous vers un comptoir de location de voitures. Louez-en une grosse. Quelque chose de grand, de luxueux et d'écrasant. Ils en auront probablement plein à Las Vegas. Conduisez-la jusqu'à l'extrémité du bâtiment, à l'endroit de la zone de bagages sud-ouest. Lorsque j'en sortirai, vous vous approcherez très vite et me prendrez au passage.

– Et si quelque chose ne marche pas ? »

Jane était occupée à passer et repasser sur les lettres qu'elle avait tracées sur les deux feuilles, les agrandissant et les épaississant. « Voilà ce qui arrivera. Ils vont vous suivre jusqu'à la location de voitures. Ils vous tourneront autour, le temps d'être certains de ce que vous comptez faire, et ensuite ils partiront pour essayer d'arriver au parking avant vous. Le parking sera la première occasion de vous voir seule, et loin des services de sécurité. Ils essaieront d'entrer dans la voiture avec vous.

– Et alors qu'est-ce que je fais ? »

Jane ne put masquer sa lassitude : « Dès qu'ils auront fini de tourner autour de vous, annulez la location et allez au comptoir suivant. Louez-en une à une autre société. Ils vous enverront dans un parking différent.

– Laissez-moi résumer. Rester dans l'avion, sortir rapidement, louer une grosse voiture, passer vous prendre aux bagages.

– Exact. » Jane regarda Mary d'un air sévère. « Réflexion faite, même si vous ne repérez personne derrière vous au comptoir de location, annulez la voiture et allez au comptoir suivant de toute façon.

– Vous pensez que je pourrais ne pas les voir ? C'est ça ? »

Jane glissa les deux couvertures de magazine dans sa ceinture, à l'arrière de son pantalon, sous son manteau. Puis elle s'adossa et ferma de nouveau les yeux. « Jouez votre vie là-dessus si vous voulez. De toute façon je sortirai par la porte des bagages et je vous guetterai. Si vous n'arrivez pas, je peux probablement trouver un taxi. »

Lorsque la voix du pilote annonça quelque chose d'inaudible contenant le mot Las Vegas, Jane ouvrit les yeux. Les gens devant elle regardaient par leur hublot et se poussaient du coude. Ils commençaient probablement à voir les lumières. Atterrir à Las Vegas la nuit représentait toujours une expérience particulière. Dans le monde en dessous, aussi noir que le ciel, surgissait soudainement, sans avertissement, la lumière d'une interminable explosion : celle d'une multitude d'ampoules vives, pas seulement jaunes comme les éclairages habituels des villes, mais pourpres, bleu marine, vertes et or, traversées de grandes éclaboussures blanches. Tandis que l'avion descendait, les lumières se mirent à bouger. Elles clignotaient, éclataient et balayaient l'espace. Des lignes entières d'éventails lumineux, les phares des voitures, circulaient dans tous les sens. L'explosion, était devenue plus folle encore ces deux dernières années, pensa Jane.

Mary regardait par le hublot comme les autres. « Mon Dieu, j'adore cet endroit. Est-ce qu'on va y rester longtemps ?

– Non, à moins que vous n'y soyez retenue par vos nombreux amis », dit Jane avant de refermer les yeux. Elle écouta et son corps enregistra le déclenchement de la machinerie de l'avion. Les ailerons se déplacèrent pour incliner et faire virer l'appareil, puis celui de droite se mit dans la même position que le gauche et l'avion se redressa pour planer au-dessus du désert. Elle perçut le bruit étrange du sifflement du vent retenant l'avion. Puis le régime des moteurs diminua, et le son sembla devenir plus fort sans aucune raison compréhensible, du moins pour elle. Enfin le système hydraulique poussa les roues vers le bas jusqu'à ce qu'on entende le claquement du verrou, et finalement elle sentit la lente dépression que procurait la perte d'altitude. « Vous êtes au point sur tout ?

– Oui », répondit Mary.

Jane hocha la tête. La meilleure partie de son plan était que si Mary Perkins, en admettant qu'il s'agisse de son vrai nom, paniquait et se mettait à fuir, elles auraient toutes deux pas mal de chances de leur côté. Mary Perkins serait au volant d'une grosse voiture rapide, avec une bonne reprise. Et les poursuivants s'occuperaient plutôt de Jane.

L'avion bondit sur la piste, ralentit, et se rangea devant un couloir de débarquement. Jane se leva et se joignit à la file des gens impatients qui ouvraient les compartiments de bagages à main et se pressaient entre les sièges. Elle entra dans le tunnel et sélectionna un homme à quelques pas devant elle. Il était grand, la quarantaine passée, et il avait l'air las et préoccupé d'un voyageur de commerce en tournée.

Elle se hâta jusqu'à lui puis accorda son pas au sien pour avoir l'air de l'accompagner. Dès qu'ils furent sortis du tunnel, Jane se sépara de son cavalier et s'engouffra dans une boutique de souvenirs.

À deux pas de l'entrée elle trouva une casquette de base-ball, décorée d'une couronne de sequins et de fil d'or où était écrit « Las Vegas ». Elle attrapa un tee-shirt en coton exhibant une main qui tenait cinq as. Enfin, traversant la boutique, Jane dénicha un bermuda de sport. Le petit magasin ne vendait pas de chaussures, mais quelques chaussons de voyage pour les gens dont les pieds ne supportaient pas les vols prolongés. L'opération entière prit moins d'une minute et Jane était déjà à la caisse.

Elle sortit avec ses achats dans un sac et se glissa dans les toilettes. Elle se changea dans l'un des cabinets, jeta ses vêtements dans la poubelle en conservant les feuilles de magazines, puis ressortit se joindre à la foule qui se dirigeait vers la porte d'arrivée.

Jane vérifia l'heure à sa montre en marchant. Quatre minutes seulement s'étaient écoulées depuis qu'elle était descendue de l'avion par la porte 10 avec le voyageur de commerce. Cette fois-ci elle était en bermuda et en tee-shirt, elle avait perdu dix centimètres de talons, ses lunettes de soleil, et avait attaché ses cheveux en queue de cheval dans l'élastique de serrage de sa casquette.

Elle traversa d'un pas décidé le hall de la porte 10, pour se diriger vers la porte 12 où était annoncée l'arrivée du vol Nord-Ouest 907 de Los Angeles. Jane s'installa sur un siège, parmi les gens qui attendaient. Elle posa le panneau qu'elle avait fabriqué sur ses genoux, de façon très visible. Y était inscrit, en grandes lettres majuscules : MARY PERKINS.

Deux hommes la remarquèrent aussitôt. Ils étaient là où ils devaient être – à l'écart, mais surveillant l'arrivée du vol Sud-Ouest de Los Angeles à la porte 10. Ils portaient tous deux des vestes de sport, idéales pour masquer les armes qu'ils ne pouvaient exhiber pour l'instant. Ils lui jetaient des coups d'œil furtifs.

Enfin Jane aperçut deux hôtesses émerger du tunnel de la porte 10 et passer devant les deux observateurs. Leur petite veste d'uniforme à la main, elles poussaient leurs sacs de voyage sur des chariots. Le cœur de Jane commença à battre plus fort. Ce que Mary Perkins avait inventé pour retarder sa sortie de l'avion devait avoir bien fonctionné. Si elle parvenait à tenir un peu plus, Jane pourrait resserrer le nœud à temps.

À présent, les deux hommes s'interrogeaient du regard. Le départ du personnel de vol leur paraissait la preuve qu'ils avaient vu passer tous les passagers de la porte 10. Les deux femmes qu'on leur avait demandé de repérer n'en faisaient pas partie. Mais il y avait une personne qui attendait porte 12 en tenant un panneau MARY PERKINS. Un second vol de Los Angeles allait arriver à cette porte d'un instant à l'autre. Visiblement, on les avait mal informés sur la compagnie et le numéro de vol. Les hommes se mirent d'accord en silence. D'abord l'un d'eux se rendit à la fontaine d'eau potable. Lorsqu'il remonta le hall, ce fut vers la porte 12 où attendait Jane. Elle fit mine de ne pas l'avoir vu. Elle regardait sa montre, puis l'horloge sur le mur, puis le tapis.

Enfin le second homme se mit à marcher le long de la fenêtre, feignant d'observer quelque chose sur la piste et de se rapprocher pour obtenir un meilleur angle de vue. Puis, l'air de rien, il se retrouva dans la salle d'attente où était Jane. Il consulta sa montre et s'assit.

Restait une dernière question. Si les deux hommes étaient entraînés, ou s'ils avaient le moindre flair pour ce genre de travail, ils prendraient soin de ne pas l'effrayer. Une conductrice de limousine venant chercher les étrangers dans les aéroports devait avoir l'habitude de rouler seule la nuit et, de fait, être attentive à ne pas se faire suivre. Le plus opérationnel, pour eux, serait donc de rester derrière elle, à une distance respectable.

Jane se tourna pour faire face à la porte 12, afin d'attirer les deux hommes là où elle voulait qu'ils soient. Elle leva les yeux sous la visière de sa casquette et utilisa le reflet de la fenêtre : oui, ils étaient parfaitement en place, la surveillant derrière son dos, incapables de voir la porte 10.

Jane perçut un mouvement derrière eux. Mary Perkins n'était pas une novice. Elle sortait du couloir de débarquement avec célérité. Dix pas dans le hall, et elle tournait déjà le coin, où elle disparut.

Jane avait besoin de maintenir leur attention, et elle se leva pour faire quelques pas vers la porte. Elle choisit le siège disponible le plus proche de l'arrivée et posa son panneau contre sa poitrine. Son cœur ralentit. Un léger caillot s'était introduit dans le sablier du temps, et plus longtemps il durerait, mieux cela vaudrait. Les hommes étaient convaincus que l'avion de Mary Perkins était sur le point d'atterrir alors qu'elle était déjà en bas, en route vers le comptoir de location de voitures.

Une hôtesse annonça : « Vol 907 de Los Angeles, débarquement à la porte 12 dans quatre minutes environ. » Jane pouvait déjà voir les lumières de l'avion glisser au bout de la piste. Elle ne broncha pas pour que les deux hommes ne ressentent pas le besoin de changer de position. Elle constata que l'avion était gros, ce qui augmentait considérablement ses chances.

L'appareil roula lentement jusqu'au terminal et se dirigea vers le dispositif d'arrivée. Les équipes au sol bloquèrent les roues, le tunnel de débarquement s'étendit de quelques mètres pour atteindre le fuselage, et les moteurs furent coupés. Quelques personnes proches de Jane se levèrent pour s'agglutiner près de la porte. La plupart des passagers qui transitaient par McCarran étaient des étrangers, aussi la foule des parents et amis était-elle restreinte.

Jane se plaça parmi eux. Elle tendit le panneau vers les premiers passagers qui sortaient. Il y avait des couples d'âge moyen, des hommes voyageant seuls, quelques vieilles dames. Puis passèrent une dizaine de personnes des deux sexes, des étudiants, et elle se souvint qu'il y avait une université ici. À ce moment-là, elle aperçut deux femmes âgées d'une trentaine d'années. L'une d'elles était blonde.

Elle avait tenu le panneau MARY PERKINS sous son menton, et à présent elle le fit glisser sans laisser son geste apparaître derrière elle. Elle se plaça là où les deux femmes ne pouvaient que la voir, et tenta de les regarder d'un air engageant. Elles lurent le nouveau panneau : LIMOUSINE PRIVÉE, TOUS HÔTELS, TROIS DOLLARS.

La blonde s'arrêta et demanda : « Trois dollars pour nous deux, ou trois chacune ? »

Jane sourit. « Si vous allez au même endroit, je vous prendrai pour quatre dollars. »

La blonde annonça l'hôtel César.

« C'est bon », dit Jane.

Les trois femmes traversèrent rapidement le hall. Jane ne regarda pas derrière elle pour voir si les hommes les suivaient. Elle savait qu'ils y étaient. « Vous êtes déjà venues à Las Vegas ?

– On vient de temps en temps. Quand on en a assez de bien se conduire. On joue, on se couche tard, et on ne corrige plus une seule copie, dit la blonde qui s'était désignée pour la conversation.

– Vous êtes enseignantes ?

– Oui, dit l'autre qui avait des cheveux bruns frisés. Comme si ça ne se voyait pas. »

Jane se sentit coupable d'avoir à agir comme elle le ferait, mais en vérité elles avaient un côté inodore et sans saveur. « Non, toutes sortes de gens viennent à Vegas. Moi je me contente de les balader. Une fois que vous êtes ici, vous êtes ce que vous voulez – du moins tant qu'il vous reste de l'argent. Je n'aurais pas imaginé que vous étiez enseignantes, pourtant. Et la plupart des gens non plus.

– Ah bon ? dit la blonde.

– Vraiment. Quant à ces deux types… Vous savez, ceux auxquels vous avez tapé dans l'œil en sortant de l'avion. Eh bien, je parierais qu'ils ne vous imaginent pas en profs.

– C'est une vanne », dit la plus posée. Et comme pour le prouver, elle éclata de rire.

Jane les avait appâtées, et c'était suffisant. À un moment ou à un autre, sur le chemin du hall des bagages, elles se retourneraient pour observer furtivement les deux hommes. Regarder, cela n'avait rien à voir avec un intérêt réel, et peu importait qu'elles soient des nonnes ou des homosexuelles vivant depuis dix ans une relation stable et définitive. Si elles étaient de simples êtres humains, elles se retourneraient. L'idée d'être suivies pouvait les effrayer, les dégoûter ou au contraire les arranger, mais elles auraient besoin de regarder, et lorsqu'elles le feraient, les deux hommes y verraient une confirmation.

Jane les emmena aux tapis roulants des bagages et attendit pendant qu'elles tentaient de repérer leurs valises. La brune dit : « Est-ce que ce sont ces deux-là ? Ne vous retournez pas. »

Jane répondit sans se retourner : « Un grand brun musclé avec des santiags. Un plus petit avec des cheveux bouclés. Tous les deux en veste, sans cravate.

– Oui, dit la blonde. C'est exactement eux. »

Son amie se tourna d'un air médusé. « Tu les as regardés ?

– Bien sûr que oui, dit la blonde. Mais j'ai le sentiment que ce n'est pas notre genre. Pas de chance. »

La plus calme des deux l'était moins que Jane ne l'avait soupçonné. « Peut-être que mon genre à Las Vegas n'est pas le même que mon genre à Woodlands Hills. » Elle plaisantait, mais l'affaire l'agitait quand même.

Jane décida de ne pas exciter leur curiosité plus avant. « Un tas de choses moches arrivent dans cette ville. Des gens que vous n'auriez pas envie de connaître traînent dans les aéroports en cherchant une aventure. »

Les deux valises apparurent sur le tapis roulant et la blonde les en retira d'un geste pondéré. Jane les souleva et marcha vers la sortie. Elles avaient les deux hommes sur leurs talons. Jane utilisa ces quelques secondes pour se préparer. Si Mary Perkins n'avait pas réussi à louer la voiture à temps, ou plus probablement, loué la voiture et décidé de ne pas la diriger vers les lumières et les dangers de l'aéroport, Jane allait se retrouver en panne avec deux innocentes sur les bras, et face à deux types qui pouvaient trouver l'occasion idéale pour les pousser à l'arrière d'une voiture.

Elle sortit dans l'air frais du désert, posa les valises sur le trottoir et regarda autour d'elle. Elle prit soin de ne pas se retourner mais elle savait que les deux hommes devaient approcher. Une voiture surgit alors de la zone d'arrivée de United Airlines, quelques mètres plus loin, et glissa vers elles. C'était une Lincoln noire, et Jane reconnut le visage tendu de Mary Perkins derrière le volant. Celle-ci stoppa devant Jane à cinquante centimètres du trottoir.

La succession et l'économie des gestes de Jane étaient à présent cruciaux. Elle ouvrit la porte arrière et dit aux deux femmes de monter. À l'instant où elles furent à l'intérieur, elle poussa la sécurité et claqua la porte. Ramasser des individus sur un trottoir était chose aisée, mais les sortir d'une voiture verrouillée demandait du temps et de la force. Jane souleva les valises, contourna précipitamment la voiture et frappa sur le coffre. Mary Perkins se pencha à la fenêtre et lui tendit la clé. Jane rangea les bagages, referma le coffre, et regarda autour d'elle en courant vers le siège du conducteur. Elle ne pouvait pas les voir, ce qui signifiait qu'ils étaient quelque part pas loin, occupés à prendre leur propre voiture. « Je conduis », dit-elle.

Mary Perkins eut à peine le temps de se glisser sur le siège du passager que Jane était déjà au volant et qu'elle dirigeait la grosse voiture dans le réseau routier. Elle conduisait vite, pour être certaine que les hommes se préoccupent de la garder dans leur champ de vision. Elle tourna rapidement à droite dans Las Vegas Boulevard. Le *Strip*, l'endroit chaud de la ville, commençait juste après l'entrée de l'aéroport, et déjà elle glissait devant de grands hôtels : Excalibur, Tropicana, Aladdin, Bally's à droite, Dunes à gauche. Un feu les arrêta à Flamingo Road, mais elle ne parvenait toujours pas à identifier la voiture qui la suivait dans la longue file de phares. Le feu passa au vert et elle parcourut les deux cents mètres illuminés par les lumières clignotantes du Flamingo Hilton à sa droite, et du parking du César à gauche, puis s'engagea dans la longue allée qui menait à l'entrée principale.

« Comment faites-vous pour gagner de l'argent avec quatre dollars par course ? demanda la blonde.

– Plein d'hôtels, dit Jane en haussant les épaules. Plein de vols, et rien ne ferme jamais ici, alors nous faisons beaucoup d'heures. On conduit chacune notre tour. » Elle se tourna vers Mary Perkins. « Ça me rappelle que si tu as envie de piquer un somme, c'est le moment.

– Merci », dit Mary qui avait compris et s'allongea dans le siège de manière à ce que sa tête ne dépasse pas de l'appuie-tête.

Jane gara la voiture devant l'entrée de l'hôtel et courut ouvrir le coffre. Le portier ouvrit aux deux passagères tandis qu'un porteur prenait leurs valises. Le portier fit un geste en direction de la porte avant, mais Jane intervint : « Elle ne descend pas. »

La blonde remercia Jane, lui tendit sept dollars, puis suivit les valises en direction de la réception.

Jane se tourna vers le portier : « J'ai vu deux sales types sélectionner ces deux-là à l'aéroport et nous suivre. Je n'ai pas voulu les effrayer, mais vous pourriez avoir envie de prévenir la sécurité.

– Je vois, dit le portier. Merci, je m'en occupe. » Il gagna son bureau à côté de la porte et décrocha son téléphone.

Jane se remit au volant et démarra. « Gardez la tête baissée. Quoi qu'il arrive, restez couchée et hors de vue. » Elle chercha les deux hommes des yeux en faisant marche arrière pour reprendre l'allée vers le *Strip*. Lorsqu'elle aperçut une voiture bleu foncé s'immobiliser le long du bâtiment, elle l'observa dans son rétroviseur jusqu'à ce que les deux types de l'aéroport en sortent. Ils allaient perdre les prochaines heures à chercher les deux femmes dans l'énorme complexe hôtelier, puis à les surveiller pendant un moment. Aucun membre du personnel ne les aiderait, et tôt ou tard deux ou trois hommes en costumes sombres, extrêmement polis, et qui les auraient observés grâce au réseau vidéo de l'hôtel et les miroirs sans tain des plafonds, leur demanderaient ce qu'ils voulaient.

« Est-ce que je peux me relever ? demanda Mary Perkins.

– Oui, je crois que maintenant c'est bon. »

Mary Perkins s'assit. « C'est la direction de l'aéroport. Je croyais que nous allions partir par la route.

– Certainement pas.

– Pourquoi pas ? Il fait sombre, tout est vide, et on pourrait avancer de quelques centaines de kilomètres.

– Ce serait effectivement la chose logique à faire », dit Jane en soupirant.

Elles rendirent la voiture au parking et achetèrent deux billets pour le premier vol. Il s'avéra qu'il était à destination de New York, avec une escale à Chicago. Il leur fallut marcher vite pour atteindre la porte à temps. Il était presque trois heures du matin, et n'importe quel poursuivant aurait eu à se déguiser en mobilier d'aéroport pour échapper à la vigilance de Jane.

À peine étaient-elles assises que Mary Perkins chuchota : « Je n'arrive pas à y croire. À l'heure qu'il est ces mecs ne savent pas où ils sont, et encore moins où nous sommes.

– Nous sommes en vie, dit calmement Jane. Maintenant je vais dormir. Ne me réveillez pas avant l'arrivée à Chicago. »

Elle ferma les yeux et se prépara à l'expérience déplaisante de voir de nouveau défiler les jours précédents. Quelques images brillantes et crépitantes surgirent, mais elles n'étaient ni en ordre ni cohérentes, et ne la firent donc pas souffrir. Après s'être assoupie un court instant, elle vit le poing arriver avant d'avoir reculé pour l'éviter. Le sursaut spasmodique la réveilla, mais lorsqu'elle détendit de nouveau ses muscles, elle tomba dans un sommeil profond et presque animal qui la plongea dans l'obscurité, à l'abri des souvenirs récents.

5

Jane s'éveilla au moment où l'avion entamait sa descente, et où la pression dans ses oreilles s'intensifiait. Les moteurs changèrent de tonalité, et elle redressa son siège. Le sommeil lui laissait une raideur dans les épaules, mais elle était en forme. Les Anciens croyaient que les rêves étaient le lieu où l'on obtenait les informations secrètes. Les rêves représentaient pour certains l'expression d'un désir inconscient de l'âme, pour d'autres un message enfoui là par un Esprit gardien. C'étaient deux façons de dire la même chose. Si la force surnaturelle existait, l'âme et le gardien étaient tous deux surnaturels. Si elle n'existait pas, alors l'âme était la psyché, et l'Esprit gardien, l'ami imaginaire de l'esprit solitaire.

Cette fois-ci Jane ne pouvait se souvenir d'aucune des impressions qui avaient traversé son esprit pendant trois heures. Peut-être était-ce là le message de son propre inconscient : assez. Elle avait enregistré suffisamment de tragédie et de violence les jours précédents pour pouvoir couper le circuit et éteindre la lumière. Le repos avait fait son office : elle avait de nouveau les idées claires. Tandis qu'elles pénétraient dans le terminal d'O'Hare, Jane jeta un coup d'œil sur un moniteur vidéo affichant les arrivées et les départs.

« Encore une correspondance à prendre ? » demanda Mary Perkins.

Jane continua à marcher. « Une fois qu'un jeu a commencé, il faut le gagner. Ce qui exige de se souvenir de tous les mouvements effectués. Nous avons envoyé deux hommes à New York avec une escale à Chicago. Les deux que nous avons laissés à Las Vegas peuvent consulter le plan de vol, et voir qu'un avion a décollé pour Chicago à l'heure où nous sommes parties. Lorsque vous commencez à mettre les chasseurs sur votre propre piste, il est temps de la quitter. »

Elles suivirent la foule qui se dirigeait vers les tapis roulants des bagages et quand elles passèrent devant les agences de location de voitures, Jane attira Mary Perkins sur le côté. Quelques minutes plus tard, à bord d'une Plymouth blanche, elles empruntaient la voie express 294 en direction de la route 80.

Jane conduisait vite mais de façon régulière, au milieu d'un groupe de voitures allant à la même allure. Elle faisait mentalement les comptes : deux hommes abusés à l'embarquement du vol pour New York, trois laissés à la porte à Los Angeles, deux qui suivaient les deux autres femmes à Las Vegas. Sept. Celui qui avait téléphoné avant d'embarquer dans l'avion pour New York faisait un rapport à quelqu'un, donc ils étaient plus que sept. Qui étaient-ils, et pourquoi Mary Perkins valait-elle tous ces efforts ?

« Où allons-nous ?

– À Detroit, à environ quatre cents kilomètres d'ici », dit Jane. Elle tourna la tête et scruta le rétroviseur central pour contrôler les phares qui débouchaient sur la voie de droite. « À l'aéroport vous avez dit que vous n'aviez pas le temps de me raconter quoi que ce soit, et je n'avais pas le temps d'écouter. Nous avons à peu près cinq heures devant nous. »

Mary Perkins resta silencieuse pendant un long moment. Elles dépassèrent une sortie où un néon surplombait un bâtiment beaucoup plus imposant que les stations d'essence qui l'entouraient. Mary eut un petit grognement, comme un rire étouffé. « Jimmy Fugazi's End Zone Restaurant. Vous avez remarqué tous ces sportifs devenus trop vieux pour la compétition qui achètent des restaurants ? »

Cette fois Jane observa sa passagère. Mary avait probablement la trentaine, mais elle paraissait accorder déjà une attention exagérée à ses cheveux, sa peau et ses vêtements. « Il faut bien qu'ils investissent leur argent quelque part.

– Tous les sportifs professionnels veulent posséder des restaurants, dit Mary. Cela n'a rien à voir avec l'argent. C'est simplement parce qu'ils sont incapables de renoncer à être le centre d'intérêt. Même le jockey le plus stupide sait qu'il ferait mieux d'investir dans n'importe quel Sicav, et pourtant ils veulent tous un restaurant. Tous les escrocs en ont déjà un. Ce dont ils rêvent, c'est un casino. Un escroc est essentiellement paresseux. Avec un casino, les gens viennent jusqu'à lui pour être dévalisés, et ils apportent l'argent en liquide. Comme ça il peut le prendre, et voler le gouvernement en même temps. Il n'y a qu'un seul jeu plus fort que celui-là. »

Jane sentait que Mary Perkins concédait plus qu'elle ne l'avait jamais fait, et elle attendit patiemment.

« Ce qui m'est arrivé… enfin, pas spécifiquement à moi…, ce qui est arrivé, c'est qu'un jour de 1982 le Congrès a annulé la loi Garn-Saint-Germain. Les banques de dépôts immobiliers ont ainsi été débarrassées de toute réglementation. Elles pouvaient facturer, payer, acheter, vendre comme bon leur semblait, prendre des dépôts de n'importe quels montants venant de n'importe où, et puis prêter cet argent à qui elles voulaient, ou même ne pas le prêter et investir elles-mêmes. J'ai compris que c'était peut-être la première grande opportunité dans la vie américaine depuis la découverte de l'or à Sutter Mill, et j'ai donc sauté sur l'occasion. »

Mary jeta un coup d'œil à Jane pour voir si son expression avait changé, mais ce n'était pas le cas et elle poursuivit : « Ce n'est pas seulement les réglementations qui ont changé. Il n'y avait plus personne pour légiférer. Cela faisait partie du programme. Si vous n'avez pas de lois, vous n'avez pas à engager de légistes. Reagan licenciait le gouvernement. »

Jane apprenait enfin quelque chose sur Mary Perkins : c'était une voleuse. Mais si elle voulait savoir qui étaient ceux qui la poursuivaient, il lui fallait en découvrir plus sur ce qu'elle avait volé. « Qu'aviez-vous à voir avec les banques de dépôts immobiliers ?

– J'ai travaillé dans l'une d'elles en sortant de l'Université. Lorsque j'ai débuté, les légistes connaissaient encore tous les protagonistes. Et les règles du jeu avaient cinquante ans. L'argent qui rentrait venait entièrement de gens de la région, possesseurs de comptes courants, et l'argent qui sortait allait à des hypothèques sur des pavillons appartenant à des familles de la même région.

– Je parie que vous avez fait partie de ceux qui ont changé tout ça ?

– Non, pas la faible femme que j'étais. J'ai juste participé à la fête. Car c'était ça, une fête. Il faut que vous compreniez ce qui se passait. Un jour, les lois changent, et toutes les banques de dépôts déterminent leur propre taux. Le lendemain, des courtiers acceptent de l'argent du monde entier, le divisent en parts de cent mille dollars et déposent l'argent dans la banque du pays, qui propose les intérêts les plus élevés ce jour-là. Si la Bubba and Billy Bank, à Kinkajou au Texas, offre un quart de point supplémentaire, elle reçoit soudain des millions de dollars en dépôt : de l'argent du pétrole arabe, de l'argent *prélevé* dans les affaires, de l'argent de la drogue de L.A. et de Miami, de l'argent des Yasuka du Japon, de l'argent que la C.I.A. blanchissait pour envoyer à un quelconque tyran, et beaucoup, beaucoup d'argent du Trésor public.

– Attendez, vous avez dit l'argent du Trésor public ? » Peut-être Jane s'était-elle trompée sur les types de l'aéroport. Si c'étaient des sortes d'agents fédéraux, ils pouvaient s'être préparés à suivre une femme comme celle-là.

« Bien sûr. Vous ne croyez pas qu'ils le gardent dans une grande boîte sous le lit du Président ? Mettons que, pour un programme donné, un budget d'un milliard de dollars soit débloqué. Cet argent est mis sur un compte épargne à court terme, pour être disponible à tout moment. Un courtier le sort lorsque les intérêts sont au plus haut. Des intérêts à huit pour cent courant sur six mois pour un milliard de dollars, cela fait quarante millions, vrai ?

– Si vous le dites…

– Pas question que cet argent dorme. Il ne peut pas rester placé s'il y a une autre banque qui offre des intérêts plus élevés. Sur un milliard de dollars, ce qui est valable, c'est un intérêt de dix millions. Il y avait toutes sortes de responsables municipaux, universitaires, ou encore des États entiers qui obtenaient leur budget plusieurs mois avant de le dépenser. Ils comptaient sur ce délai, pour eux les intérêts étaient une manière de faire fructifier leur argent. Peu leur importait que cet argent soit à la Bank of America ou à la Bank of Corncob, dans l'Iowa, de toute façon il était assuré.

– En quoi est-ce que cela a créé une opportunité pour vous ?

– Attendez. Il fallait d'abord que quelques détails supplémentaires changent. C'est là que Glockenspiel City Savings se met soudain à exister.

– Glockenspiel City Savings ?

– Vous savez, la petite caisse des dépôts avec un million en actif, accumulé sur vingt ans. Un jour ils offrent un taux intéressant. Le lendemain, ils ont quatre cents millions de dollars en dépôt. Ce qui est arrivé diablement plus souvent qu'on aurait pu le croire. Mais il y a un hic. Admettons que le taux proposé soit de neuf pour cent. Pour faire un profit, eux-mêmes doivent tourner à peut-être dix, onze ou douze pour cent. Or il y a très peu d'endroits à Glockenspiel City même où vous pouvez investir à dix pour cent, et aucun endroit où investir quatre cents millions de dollars. Il vous reste donc à vous tourner vers le grand et vaste monde qui entoure Glockenspiel City. »

Mary Perkins disait tout cela sur un ton apaisé, comme si elle avait oublié qu'elle était assise dans une voiture qui se précipitait dans la nuit du Midwest pour préserver sa vie. Elle semblait avoir retrouvé son calme en parcourant un territoire qui lui était familier, un endroit rempli de chiffres. Jane la laissa parler.

« La caisse des dépôts de Glockenspiel City est tenue par un type nommé Cyrus Curbstone. Pendant des années et des années, il paie trois pour cent sur les épargnes, facture six pour cent sur les prêts. Il connaît ses limites parce qu'elles sont définies par une loi depuis les années trente. Il est honnête. Il est né là, et il a deux concessions au cimetière, une pour lui et une pour Mme Curbstone, juste derrière celle de grand-maman, et un rang avant celle du colonel Curbstone qui a pris une balle à Gettysburg. Mais je sais que Cyrus Curbstone est vulnérable.

– Vous avez dit qu'il était honnête. Quelle était sa faiblesse ?

– Un jour Cyrus se réveille et se retrouve sur une autre planète. Il est censé payer neuf pour cent et en faire payer douze. Sa banque se retrouve soudain avec quatre cents millions de dollars en dépôt. Son mode d'investissement habituel ne lui donnera pas les quarante ou cinquante millions dont il a besoin pour faire du profit. C'est alors qu'une charmante personne entre en scène. Moi, par exemple. Recommandée, disons, par un courtier qui a à placer beaucoup de parts de cent mille dollars dans la cagnotte de la banque. Ou alors peut-être ne suis-je qu'une relation sociale de l'un de ses clients habituels. De toute façon, je suis promoteur ; ou encore l'associée principale d'un partenariat limité. Je suis en possession d'un bout de terrain mis à prix pour vingt millions, je veux en faire une station de vacances, et j'ai besoin d'un prêt de dix millions pour la financer.

– Le terrain existe ?

– Bien sûr. Ce qui ne signifie pas que je le possède, ou qu'il vaille réellement vingt millions de dollars.

– Les actes notariés ne sont pas consultables ?

– Si, bien sûr. Le propriétaire est Pan-Financial de San Diego, ou Big Deals de Boca Raton. Je ne suis qu'une employée.

– Comment faisiez-vous pour lui faire croire que ça valait vingt millions ?

– À cette époque, il n'y avait dans le pays aucune loi sur les expertises. Donc j'ai obtenu d'un expert qu'il dise ce que je voulais. Il suffisait de faire une plus-value bidon.

– Une plus-value bidon ?

– Vous achetez le terrain un million. Vous le vendez à votre beau-frère six. Il vous le revend dix. Vous le vendez à Big Deals vingt.

– Ça marchait ?

– Bien sûr que ça marchait. Ça se fait depuis l'Antiquité.

– Si c'était aussi courant, c'était sûrement risqué.

– Connaissez-vous l'expression “vendeur motivé” ?

– Oui.

– Eh bien, dès que Cyrus Curbstone a commencé à obtenir ces dépôts de courtage, il est devenu un prêteur motivé. Il a quatre cents millions à placer. S'il en obtient dix pour cent, il se fait quarante millions par an. Il paie ses dépositaires neuf pour cent, trente-six millions ; avec ses frais généraux, il lui reste peut-être deux millions de profit. Il est partiellement propriétaire de sa boîte, ou du moins gros actionnaire. Les autres sont des gens du coin, des amis à lui. Il lui faut ce profit. Alors que s'il laisse les dépôts dormir, il perd trois millions par mois. Cent mille par jour. À peu près quatre mille deux cents dollars par heure. C'est-à-dire que quand ce type dort huit heures, ça lui coûte trente-trois mille dollars.

– Vous voulez dire que Cyrus Curbstone s'est leurré lui-même ?

– Non. Cyrus n'avait jamais joué gros auparavant, mais il n'était pas stupide. J'étais une gentille femme d'affaires, très présentable. Je m'habillais bien. Je sentais bon, je souriais, j'avais de l'argent. J'avais une affaire fructueuse et je voulais la développer. Les bonnes affaires ont besoin des banques. Les banques ont besoin des bonnes affaires. Il a été trompé parce qu'il faisait exactement ce qu'il était censé faire : les premières années, une grande société ressemble exactement à celle que je lui proposais. Il a donc omis de vérifier.

– Mais qu'allait-il se passer si…

– S'il disait non ? Si Cyrus ne mordait pas, je l'aurais laissé à quelqu'un avec un hameçon plus alléchant, et je serais allée voir son compère

Homer dans la ville d'à côté qui avait à l'époque cinq cents millions de dollars à faire bouger. Mais nous avions très rarement à agir ainsi. Cyrus aurait eu à mener une enquête assez difficile pour trouver une raison de m'éconduire, et il savait qu'il n'avait pas le temps de l'entreprendre. Il devait trouver du travail pour ses dollars.

– Donc vous avez eu votre prêt. Et ensuite ?

– Big Deals a obtenu le prêt. Big Deals l'a dépensé : frais de construction, salaires, etc. Mais Big Deals a négligé de payer les intérêts.

– Qu'a fait Cyrus ?

– Je passe sur quelques coups de téléphone, rendez-vous et menaces. Habituellement ça durait des mois. Lorsque Cyrus s'aperçoit qu'il a un problème, il peut faire plusieurs choses. L'une est de saisir le terrain. Parfait pour moi. Je viens juste de vendre dix millions de dollars un gros bout de Manitoba d'un million. Une autre est d'accepter mes excuses et de recouvrir le prêt d'un autre prêt qui inclut les intérêts que je lui dois. Maintenant le prêt est de onze millions. Quelques-unes de ces banques ont charrié des prêts comme celui-là pendant cinq ans.

– Pourquoi ?

– Parce que Cyrus ne perd rien tant qu'il n'annonce pas que le prêt est improductif. S'il fait un nouveau prêt, non seulement il ne perd pas les dix millions, mais il peut sortir un autre million d'actif. Ce qui satisfait les légistes, si l'un d'entre eux vient à s'intéresser à Cyrus – avec tout le travail qu'ils ont. La banque semble en bonne santé, et Cyrus a l'espace qu'il faut pour respirer.

– Pourquoi a-t-il besoin d'un espace vital aussi onéreux ?

– Parce qu'il n'a pas atteint les quarante millions dont il a besoin pour un profit. S'il apprend très vite, il fait peut-être trente-cinq millions : huit pour cent trois quarts. Il doit encore payer neuf pour cent aux dépositaires, donc il a peut-être un trou d'un million à la fin de l'année. D'un certain point de vue, ce n'est pas mauvais. Pour que sa banque soit quatre cents fois plus grosse que l'an dernier, elle lui coûte un million de dollars. Mais à présent il est sur un manège qui va de plus en plus vite. Il a besoin d'attirer plus de dépositaires pour pouvoir faire plus de prêts. S'il obtient deux cents millions de plus, il peut gagner peut-être cinquante ou soixante millions l'année suivante et absorber facilement le million de dollars qu'il a perdu. Comme je l'ai dit, il n'est pas stupide. Il sait qu'il a l'air très grand sur le papier aussi longtemps qu'il bouge vite. Mais si quelqu'un prend une photo – c'est-à-dire qu'il arrête le processus et qu'il l'étudie – sa banque est insolvable. Donc, maintenant, il a intérêt à garder le système en mouvement. »

Quelque chose manquait dans l'histoire de Mary Perkins : qui étaient les sept hommes qui la poursuivaient ? « Depuis, il a dû comprendre que vous ne lui rendriez pas son argent.

– D'une certaine manière, ils en savaient tous trop. Voyez, Cyrus avait été dans le circuit assez longtemps pour avoir vu les problèmes aller et venir – la crise du pétrole et le glissement boursier des années soixante-dix, l'inflation qui avait suivi. C'était un survivant. La question que la situation puisse durer pour toujours ne se posait pas. S'il surmontait la crise, à la fin il serait à la tête d'une énorme société. Mais s'il s'arrêtait là, il n'était plus dans les affaires. Parfois ces types étaient capables de n'importe quoi pour faire travailler leur argent – prêter n'importe quoi à n'importe qui, puis trafiquer les livres pour empêcher le prêt de devenir négatif.

– Donc vous avez obtenu des prêts importants, et vous êtes partie avec l'argent.

– C'était ma spécialité. Il y avait d'autres gens qui faisaient les gros titres en construisant des empires dingues – en se prêtant à eux-mêmes de l'argent pour construire des communautés fantômes dans le désert et en se rémunérant par des salaires de cinquante millions. Mais ce que j'essaie de vous expliquer, c'est que tout cela durait depuis longtemps, et que ceux dont vous avez entendu parler n'ont pas été les seuls à le faire. Ni même à se faire attraper. Ce sont simplement ceux qui se sont fait condamner. Qui n'ont pas eu de chance.

– Pourquoi ?

– Il fallait d'abord que l'un de ces petits fonctionnaires fédéraux débordés de travail les approche, pour examiner tous les papiers concernant les prêts. Il fallait qu'il repère le vôtre, qu'il remarque qu'il y avait quelque chose de vraiment louche, qu'il pose des questions, obtienne les mauvaises réponses, et qu'il persuade ses supérieurs d'intervenir sur ce prêt-là, et pas un autre. Même les procédures étaient stupéfiantes. Toutes ces histoires qu'on a entendues sur les inspecteurs bancaires au regard froid, perçant l'obscurité et cadenassant tout, c'est un mythe. Cela n'arrive jamais comme ça. Jamais.

– Vous me dites que c'était une mise en scène pour les caméras de télévision ?

– Non, les images étaient vraies. Ce que vous ne voyiez pas, c'est ce qui s'était passé avant. L'inspecteur commence à poser des questions. Six mois s'écoulent avant que quelqu'un se mette à fureter dans la banque. Puis vient la lettre de premier niveau.

– La lettre de premier niveau ?

– Oui. On l'appelle aussi "Notice d'opposition". Y sont indiquées l'anomalie repérée et la manière d'y remédier. Six mois plus tard, l'inspecteur contrôle de nouveau la banque et voit que rien n'a été fait. Soit il examine les choses de plus près, soit il vous force à accepter de placer le prêt dans la colonne des débits au lieu de celle des crédits. Six mois après, c'est la lettre de caution. Puis l'admonestation.

– C'est grotesque. On se demande comment certains de ces gens ont pu se faire prendre.

– C'était comme d'être poursuivi par un glacier. Vous pouviez vivre toute votre vie sans le voir s'approcher. Il s'approchait, certainement. Mais on avait tout son temps pour s'enfuir.

– Et certains ont attendu trop longtemps.

– Très peu, en fait. Environ un millier de personnes en sont réellement arrivées jusqu'au tribunal : leurs prêts immobiliers étaient tellement incontrôlables que le gouvernement les avait mis tout en haut de la liste des cessations. Elles perdaient sûrement des millions par jour pour en arriver là. Ensuite, quelques fonctionnaires devaient se rendre compte que vous étiez si visiblement coupable que cela valait la peine de passer quatre ans de leur vie à s'occuper de ça. Un avocat de l'État devait être convaincu que l'affaire était un grand chelem, pour ne pas baisser sa moyenne de cas résolus. Puis son patron devait être sûr que vous aviez volé tant d'argent que lorsque l'affaire serait jugée, ils pourraient récupérer suffisamment de millions pour rembourser le coût de la procédure, et suffisamment de millions pour que le contribuable ait l'impression d'avoir été remboursé. Et encore assez de millions supplémentaires pour que ça ait l'air de vous avoir mis au pilori, pour effrayer les autres adeptes de la haute voltige.

– Comment est-ce que ça marchait ?

– Pas terriblement bien. Pour mettre en accusation, ils devaient plonger le juge et le jury dans toute cette paperasse de prêts, de plus-value bidon, d'estimations des actifs et dossiers divers. Une personne ordinaire parvient à peine à comprendre sa propre feuille d'impôts. Tous ces papiers étaient rédigés pour tromper des comptables qualifiés : ils présentaient la plupart de ces types comme des victimes. Pour ce que j'en sais, beaucoup d'entre eux l'étaient. Environ un tiers s'en sortaient, et environ la moitié des autres étaient accusés de n'importe quoi qui puisse les mener en prison. La sentence moyenne était de trois ans.

– Vous dites qu'ils étaient choisis de façon à ce qu'il puisse y avoir des saisies. Ne devaient-ils pas faire face à cela ?

– Oui, ils disaient tous qu'ils étaient fauchés. Même s'ils possédaient cent millions de dollars cachés dans une boîte sous leur lit, ils avaient aussi des papiers prouvant qu'ils étaient débiteurs de deux cents millions.

– Mais cela fait des années que le gouvernement confisque des terres, des immeubles et autres qu'il met ensuite en vente.

– Si vous en savez autant, vous n'avez pas à me demander comment ça marche. Les sociétés de prêt que le gouvernement a saisies étaient les pires, parce que c'étaient celles qu'il avait les moyens de saisir. Les pires étaient celles où quelqu'un avait trafiqué une plus-value bidon pour faire passer un bout de terrain d'un millier de dollars au milieu d'un immense dépôt toxique, où un entrepreneur fantôme leur avait construit un immeuble en dessous des normes pour qu'ils puissent faire monter le prix du terrain, à une valeur d'un million.

– C'est une histoire intéressante, dit Jane. Mais c'est de l'histoire ancienne. C'est terminé depuis des années.

– Ah bon ? Alors laissez-moi vous poser une question. Où est-il ?

– Quoi ?

– L'argent.

– Au début il n'existait pas, n'est-ce pas ? Si vous prenez quelque chose qui vaut mille dollars, et que vous dites que cela en vaut un million, puis que cela reprend la valeur d'un millier, il ne s'est rien passé.

– Il s'est passé quelque chose. Quelqu'un est sorti de la pièce en tenant un chèque d'un million de dollars qu'il n'avait pas auparavant, et donc il a tiré un bénéfice de neuf cent quatre-vingt-dix mille dollars. La caution était fictive, mais l'argent qu'il a obtenu de la banque était réel. Il n'avait même pas à payer d'impôts dessus. Un prêt n'est pas un revenu. C'est une déduction.

– J'avais oublié ça.

– Évidemment. C'est ce qu'on attend de vous. Tout le monde se fait à l'idée que l'argent est une chose flexible, malléable. On parle d'inflation et de déflation, de flux et de liquide. Pourquoi l'argent ne s'évaporerait-il pas ?

– Quelqu'un l'a obtenu, mais si personne ne peut mettre la main dessus, alors il s'est vraiment évaporé. Et une partie de l'affaire est terminée.

– Ce n'est pas terminé, dit Mary. Nous entrons dans le deuxième round.

– Le deuxième round ? Les dix mille dollars qui se sont enfuis sont toujours en fuite ?

– Non. Mettons qu'une accalmie s'installe dans l'industrie de l'emprunt. Il n'y a plus rien qui ressemble à une caisse des dépôts. Celles qui restent sont simplement des banques qui n'ont pas encore changé leur nom. Cette oie-là a été mangée. Les escrocs travaillent toujours mieux dans les moments d'expansion, lorsque tout le monde est bien trop occupé pour effectuer des vérifications. Pendant ces moments-là, presque toutes les affaires dont vous êtes censé vous occuper sont susceptibles de faire des bénéfices, et la valeur de n'importe quelle sorte de caution monte. Mais il y a encore des affaires inachevées.

– Alors que signifie inachevé ?

– Je vais vous donner un autre exemple : un type qui est entré dans l'industrie de l'emprunt juste après que la loi a changé. Il ne faisait pas trop parler de lui avant cela. Le gouvernement lui a mis la main dessus en 89 ou 90, lorsqu'il a pris le contrôle de la caisse des dépôts à laquelle ce type empruntait. Le gouvernement avait magouillé ici et là pendant les quatre ans nécessaires pour le choper. Son avocat et le procureur montent tout simplement un marché juridique. Il va coopérer avec les enquêteurs, écoper de six mois pour avoir fait une fausse déclaration sur un formulaire de prêt, et payer vingt millions de dommages.

– Le gouvernement a fait cela ?

– Vous le feriez ?

– Non.

– Eux non plus. Le type offre vingt millions, cela signifie qu'il en possède quarante. Il n'a pu que voler une telle somme. Il est convoqué au tribunal, accusé, condamné à la sentence type de trois ans, et on l'intime de rembourser cinquante millions de dollars. Il dit qu'il ne les a pas. Il va en prison et l'on cherche, en vain, des comptes cachés, des faux noms et tout le reste. Il fait ses trois ans, pendant lesquels le délai de prescription expire, amnistiant toutes ses malversations à la banque.

– Vous voulez dire qu'il est libre ?

– Il ne peut plus jamais être inculpé par le gouvernement pour les crimes qu'il a commis afin d'avoir l'argent. Bien sûr, il ne peut toujours pas faire étalage de ses vingt, quarante ou cent millions. N'oubliez pas qu'il a promis sous serment qu'il ne les possédait pas. Mais de manière générale, ses problèmes judiciaires sont terminés. À présent, il a des problèmes d'ordre non judiciaire.

– Qui sont ?

– Eh bien, réfléchissons un peu. Il a eu une condamnation de trois ans pour les raisons suivantes. » Elle les compta sur ses longs doigts fins, aux ongles semblables à des pointes de couteau. « Il n'a jamais commis aucun délit auparavant. Il n'est pas armé, ni violent, ni dangereux. Il n'a pas de connexion connue avec le crime organisé ou le trafic de drogue. On pense qu'il détient une fortune, mais les fonctionnaires fédéraux n'ont rien trouvé de tel. Qu'est-ce que tout cela signifie ?

– Qu'il a plutôt bien caché l'argent.

– Exact. Vous avez gagné un voyage aux Caraïbes. »

Jane regarda Mary Perkins de plus près. « Je crois que je sais ce que sont ses problèmes d'ordre non judiciaire.

– Oui, répondit Mary. Il n'est pas assez violent pour menacer qui que ce soit, et il n'a aucune connexion sérieuse. S'il se fait voler tous ses millions, il ne peut même pas faire appel à la police car il aurait à avouer qu'il a possédé cet argent, et cette fois-ci sa condamnation ne serait pas de trois ans, mais de trente. Il est la victime parfaite. » Après un long silence, Mary Perkins ajouta : « Il me ressemble beaucoup. »

6

Jane conduisait avec habileté sur l'autoroute plongée dans l'obscurité, alternant entre de longs intervalles dans le sillage des semi-remorques, si le conducteur ne traînait pas, et des périodes pendant lesquelles elle déboîtait dans le flux des autres véhicules et y louvoyait. Elle restait toujours à une vitesse légèrement inférieure à celle de l'ensemble de la circulation pour éviter de solliciter la police locale, mais c'était sa voiture qui finalement avançait le mieux. Il était difficile d'observer et d'identifier les phares qui apparaissaient dans son rétroviseur, aussi Jane ne s'en préoccupait-elle pas.

« Pourquoi vous taisez-vous ? demanda Mary Perkins.

– J'attends votre histoire.

– Je viens de vous la dire.

– Vous m'avez raconté pas mal de choses sur la manière dont vous avez volé de l'argent. Vous ne m'avez rien dit sur vous-même. Je pensais que vous étiez juste en train de vous échauffer.

– Que voulez-vous savoir ?

– Quel est votre nom ?

– Mary Perkins. » L'agacement faisait traîner un peu sa voix. « Je vous l'ai dit dans les toilettes de Los Angeles.

– D'accord. » Jane garda le silence pendant un long moment.

« Oh ! finit par dire Mary Perkins d'un ton léger. Vous voulez parler du nom sous lequel je suis née. Je ne l'ai pas utilisé depuis des années. Cela me fait un drôle d'effet de le prononcer : Lily Smith.

– Pourquoi avoir choisi Mary Perkins ?

– Bien, je travaillais dans un domaine où ça ne semblait pas être une bonne idée d'utiliser le nom de mon certificat de naissance. Smith est sans problème, mais ça ressemble à un pseudonyme. Perkins est le genre de nom qui donne une bonne réputation. Mary Perkins fait penser à Mary Poppins, avec un *perk* qui donne un côté dynamique et chaleureux au lieu de *pop*, plus déroutant. Et *kins* est un son charmant, innocent… D'ailleurs tous les noms qui se terminent en *kins* sont anglo-saxons, façon "rustique né à la ferme", et pas "mes ancêtres étaient sur le *Mayflowe*".

– Et Mary vient simplement de Poppins ?

– C'est difficile de trouver un nom qui donne l'air plus innocent, dit Mary en souriant.

– Le mot "immaculée" vient à l'esprit…

– Oui, il y a aussi cet aspect, bien sûr. Mais il y en a d'autres qui ne sont pas aussi évidents. D'abord, Mary veut dire mère. En fait, il s'agit de "mère de quelqu'un d'important". Et c'est répandu, féminin. Voyez, si vous allez voler des banques… » Elle s'interrompit, comme si elle s'apercevait qu'il lui serait difficile de se faire comprendre, puis reprit. « Avez-vous déjà prêté attention à la manière dont votre banque est installée ?

– Je crois, oui.

– Vous avez le hall d'entrée, qui n'est là que pour vous faire croire que la banque est grande et solide. Au comptoir, il y a vingt femmes, et deux ou trois hommes trop jeunes pour se raser. Puis il y a quelques bureaux derrière, et là tout le monde est au téléphone. Ce sont habituellement des femmes, la cinquantaine. Elles ressemblent à des surveillantes, elles sont là pour superviser les vingt femmes et les quelques hommes devant, et pour estomper les erreurs.

– Je suppose qu'il ne s'agissait pas là des gens que vous tentiez d'impressionner.

– Pas si ce que vous venez chercher est beaucoup d'argent. Au-delà de ces bureaux du fond, il y a les vrais bureaux. Parfois, ils ne sont pas au même étage. Mais au bout d'un long couloir tapissé de moquette vous trouverez une énorme table avec une paire de ces stylos noirs démodés plantés sur un socle en marbre, une lampe avec un abat-jour vert, et rien d'autre. Derrière cette table, un homme d'âge moyen. Vous voyez, les banques sont constituées par niveaux. Vous pouvez rencontrer cinquante-deux responsables de département, et tous seront des femmes. Vous devez résister à la tentation de leur en dire suffisamment pour qu'elles vous disent non, et vous retenir jusqu'à ce que vous soyez devant cet homme.

– Et Mary, c'était pour lui ?

– Oui. C'est direct, court, et sans prétention. Ce n'est pas un surnom. Ce n'est pas un nom de garçon supposé faire mignon pour une fille.

Beaucoup de femmes utilisent des initiales dans les affaires : M.H. Perkins, ou M. Hall Perkins. Elles pensent que ça leur donne l'air sérieux. Elles se trompent. Cela n'influencera pas l'homme qui est dans le bureau du fond, et il est le seul pion qui compte.

– Ah bon ?

– Vous devez impressionner celui qui a le pouvoir de dire oui. Il ne veut pas être mené en bateau. Il ne veut pas non plus être en affaires avec aucune personne, de quelque sexe qu'elle soit, qui se sente suffisamment peu en sécurité pour cacher quelque chose. Il n'y a que le nom composé qui soit pire – la femme est mariée, fait qui comporte à la fois trop d'avantages et trop d'inconvénients, et doit être considéré avec soin. Un nom composé signifie surtout, de la part de la femme qui le porte, des convictions non conformistes sur les hommes et les femmes. L'homme dans le bureau du fond ne s'intéresse pas à ce genre de questions. Il s'intéresse à l'argent qu'il peut gagner. Il veut traiter avec quelqu'un qui gagnera beaucoup d'argent, et lui en versera une partie.

– Si j'ai bien compris, Mary Perkins passe la porte, mais pas M.H. Perkins.

– C'est ça. Elle est à la porte maintenant. Elle est énergique, chaleureuse et soignée, ses cheveux sont plutôt longs, et elle porte des talons hauts et un maquillage subtil. Elle porte de jolis bijoux, mais très peu, et ils sont discrets. Si Mary est mariée pour cette rencontre, elle arborera un solitaire juste un peu plus gros que ce qu'un banquier honnête peut offrir à sa femme, et c'est tout. Si elle ne l'est pas, elle porte peut-être une broche au revers de sa veste. Pourquoi ? Parce que c'est ainsi que sont les femmes qui ont gagné le plus d'argent. Et la manière la plus courante de l'obtenir est encore de se marier avec l'argent, aussi Mary est-elle féminine.

– Quel rapport avec les affaires ?

– Je ne parle pas des affaires. Je parle de la première impression, les cinq secondes qui séparent la porte du fauteuil. La finance est un domaine rude. Le type est malin, et surtout il est patient. Il en a beaucoup vu sur le chemin qui le sépare du bureau qu'il occupait avant. Pour pouvoir automatiquement récupérer dix pour cent de son prêt chaque année, il doit prêter l'argent à quelqu'un qui va gagner – qui va faire quinze pour cent avec son argent. Ce que je suis en train de vous décrire, c'est l'image de la gagnante à laquelle il croit.

– Et comment Mary Perkins en est-elle arrivée à être traquée ?

– Beaucoup d'informations insensées ont été publiées dans les journaux lorsque je suis passée en jugement. Mon avocate m'a dit que si accord préalable il y avait, la somme sur laquelle on s'accorderait – celle que j'admettrais avoir volée – importait peu puisque j'étais de toute façon ruinée. Le procureur pouvait annoncer un chiffre démesuré pour qu'elle-même y gagne une réputation, et je serais mise en faillite et n'aurais jamais à payer un sou. Résultat : les gens ont cru que je faisais partie de ceux qui avaient le gros lot. Maintenant ils le veulent. Je ne l'ai pas.

– Qui sont ces gens ?

– C'est l'une des questions à résoudre. Cela peut être n'importe qui. »

Jane la regarda. Mary était affalée sur le siège du passager, les yeux perdus dans l'obscurité derrière la vitre. Lorsqu'elle se tourna vers Jane pour rencontrer son regard, ce fut avec une expression étonnée et presque blessée. Ce qu'elle disait correspondait avec la vérité en un point : il n'y avait pas moyen de limiter le nombre des gens qui pouvaient avoir envie de dévaliser une femme qui avait volé des millions de dollars. Mais cela ne changeait rien au fait que Mary Perkins savait qui la poursuivait cette nuit, et qu'elle le niait avec insistance. « Pourquoi étiez-vous en prison ? »

Mary Perkins haussa les épaules. « Violation de ma parole. J'ai vu ces types et j'ai essayé de quitter la ville. »

Jane ravala sa contrariété. Visiblement, Mary était assez expérimentée pour savoir que les meilleurs mensonges sont simples et courts. Où commençait le sien ? Elle pouvait avoir remarqué que des hommes la suivaient, mais ce n'était pas pour cela qu'elle avait tenté de quitter la ville. Quelque chose d'autre avait dû se produire avant – quelque chose qui l'avait avertie de ce qu'ils voulaient. Les longues heures que Jane avait passées à entraîner cette femme d'un lieu à l'autre lui pesaient lourdement. « Où pensez-vous que vous pourriez aller avec le maximum de chances de ne pas être reconnue ?

– Le maximum de chances ?

– C'est ce que j'ai dit.

– Voyons. Nous venons de quitter la Californie, il est exclu d'y retourner. Le Texas est hors de question aussi. »

Jane se concentra sur les détails mécaniques pendant les minutes qui suivirent. À Ann Arbor elle prit la sortie Huron Street. « Quand avez-vous dormi pour la dernière fois ?

– Peut-être ai-je dormi quatre heures la nuit dernière. Les prisons ne semblent jamais se calmer avant que l'odeur du petit déjeuner se fasse sentir.

– Nous allons dormir à présent. »

Il y avait un motel juste après la sortie. Jane se gara et se rendit seule à la réception pour louer une chambre. Elle verrouilla la porte derrière elles, vérifia chacune des fenêtres, puis se déshabilla et s'étendit sur le lit le plus proche de la porte sans un mot. Mary Perkins n'avait d'autre choix que de l'imiter. Lorsqu'elle s'éveilla, le soleil perçait à travers la fente qui séparait les rideaux, et Jane, assise sur son lit, lisait le journal. Mary se redressa. « Quelle heure est-il ?

– Dix heures. On doit rendre la chambre à midi. Nous avons beaucoup de choses à faire. »

Mary Perkins se frotta les yeux et sourit. « Je suppose que nous y parviendrons. Après tout, nous n'avons pas de bagages.

– Non. »

Mary Perkins se leva. Elle avait été étonnée de voir Jane habillée, mais le journal attira soudain son attention. Vous êtes sortie ?

– Oui », dit Jane sans lever la tête. Mary Perkins constata qu'elle avait souligné des lignes dans la rubrique des petites annonces. Jane avait également posé un sac d'épicerie en papier sur la table.

« Je n'ai rien entendu du tout, dit Mary en se dirigeant vers la salle de bains. Vous êtes la personne la plus silencieuse que j'aie jamais rencontrée.

– J'ai pensé que vous aviez besoin de dormir. »

Mary examina la douche. Le robinet était chaud et le bac mouillé. Beaucoup de gens sont capables de se mouvoir sur la pointe des pieds, comme des chats. Mais comment la femme qui se tenait dans la pièce à côté pouvait-elle faire taire chacun de ses mouvements – les courses, la douche et le reste ?

Mary Perkins régla la température de l'eau et s'avança sous le jet. Elle admit qu'elle se sentait bien. Elle se trouvait dans une chambre claire, avait l'esprit clair, à trois mille kilomètres du danger, et elle prenait une douche. Une fois de plus, la chance ne l'avait pas quittée, d'où qu'elle provienne.

En forme et débarrassée de sa frayeur, Mary avait le temps de penser à la femme qui était là, sur le lit. Ce qu'elle sentait de Jane Whitefield n'était pas réconfortant. Non, l'animal n'était pas un chat. Le fait qu'elle y ressemble, qu'elle en ait la douceur, les grands yeux clairs et la démarche silencieuse, ne signifiait pas qu'elle était douce et gentille. Et Mary n'était pas du genre à se faire mordre au zoo.

La personne qui avait reconnu Jane Whitefield en prison était une femme noire nommée Ellery Robinson. On disait d'elle qu'elle avait été emprisonnée sur une violation de parole. Cela ne la rendait pas particulièrement intéressante, jusqu'à ce que Mary apprenne qu'elle avait été inculpée pour avoir tué un homme au lit avec un rasoir. Elle avait passé six ou sept ans de sa condamnation à vie dans la California Institution for Women à Frontera, un de ces endroits situés dans le désert sans fin à l'est de Los Angeles. Elle avait la cinquantaine à présent, et elle était petite et compacte avec un corps athlétique comme une adolescente coriace. Elle ne parlait jamais à personne. C'était une femme qui avait depuis longtemps perdu tout intérêt pour ce que les autres pourraient apprendre en l'écoutant. Mais il lui arrivait de répondre encore à des questions, si celles-ci n'étaient pas personnelles.

Un matin, Mary se trouvait dans le réfectoire lorsqu'une autre femme désigna Jane Whitefield et demanda à Ellery Robinson si elle savait quelque chose sur elle. Ellery Robinson avait pivoté de tout son corps dans la file qui attendait la nourriture pour la dévisager, avant de dire : « Elle fait disparaître les gens. » Point final. Ellery Robinson s'était retournée pour regarder la nourriture sur les chauffe-plats. Lorsqu'une autre jeune femme, dont c'était le premier jour en prison, ayant vu les plats, fondit en larmes, Ellery Robinson la fixa pendant une seconde, ne montrant ni sympathie ni mépris, comme si elle avait simplement voulu savoir d'où provenait ce bruit.

Mary Perkins avait rejoint Ellery Robinson qui s'était assise au soleil dans la cour, un bandeau sur le front et les manches de sa chemise de prisonnière roulées pour convenir à sa taille d'enfant. Mary Perkins avait souri mais Ellery Robinson avait seulement dit : « Qu'est-ce que tu veux ?

– J'ai entendu dire que tu sais qui est la femme qui est arrivée hier. Une grande brune, mince ?

– Oui.

– C'est vrai qu'elle cache les gens ? »

Ellery Robinson avait fermé un œil et penché la tête pour regarder Mary Perkins. « Pourquoi tu lui demandes pas à elle ?

– J'ai pensé que je devais d'abord me renseigner sur ce que je pouvais trouver. »

Ellery Robinson avait soudainement perdu tout intérêt pour Mary Perkins. Elle semblait déterminée à clore la discussion, et lui parla sur un ton rapide et monocorde : « J'ai entendu dire que quand quelqu'un a des problèmes – pas le genre de problème qui fait que les flics t'emmènent au tribunal, le genre de problème où les flics retrouvent ta tête dans une benne à ordures – ce quelqu'un a avantage à la rencontrer. »

Mary avait contemplé Ellery Robinson, mais son visage était resté inexpressif. « Tu es certaine que ce n'est pas pure invention ?

– La voilà, dit Ellery Robinson avec un mouvement de la tête en direction des cellules.

– Si tu la connais, pourquoi tu ne lui parles pas ? »

Pour la première fois, les muscles faciaux d'Ellery Robinson tressaillirent, mais il ne s'agissait pas d'un sourire. « Je n'ai pas ce genre de problèmes. Si c'est ton cas, va la voir toi-même. »

Mary Perkins avait eu l'air gêné. « Ici tout est nouveau pour moi. C'est la première fois que je suis arrêtée.

– Non, ce n'est pas la première fois. » Ce n'était pas une accusation. Il n'y avait pas trace de reproche ou d'ironie derrière ces mots. Il n'y avait rien du tout. Puis elle sembla admettre que ses paroles avaient fait reculer Mary Perkins d'un pas. « Beaucoup de mauvaises filles ici. Tu n'es pas la pire. » Elle ferma les yeux et se tourna légèrement sur le côté, pour éviter l'ombre de Mary et être de nouveau en plein soleil.

À présent Mary était sous la douche dans le Michigan, et elle se sentait en sécurité. Elle avait commencé à se détendre lorsqu'elle sentit que quelque chose avait encore changé. Elle se tendit instantanément et fit volte-face. Il y avait une forme derrière le rideau.

« Séchez-vous, dit Jane, mais pas les cheveux. »

Mary éteignit la douche, attrapa une serviette et se tourna pour se sécher. « Pourquoi ?

– Pourquoi quoi ?

– Pourquoi pas mes cheveux ? »

Jane fouilla dans le sac en papier et en sortit une boîte avec une photo de jolie fille. « Nous les sécherons après les avoir teints.

– Teints ? Et si je refuse de les teindre ?

– Comme vous voulez, dit Jane. Il y a des moyens faciles pour rester cachée, et des moyens difficiles. Changer la couleur de vos cheveux en est un facile. »

Mary regarda le modèle sur la boîte. Un retoucheur avait couvert d'une couleur châtain les cheveux de la femme représentée sur la photo. « Cette couleur ?

– Où est le problème ? dit Jane en posant la boîte sur le lavabo.

– C'est que j'ai toujours été blonde. »

Jane leva les yeux pour l'observer un instant dans le miroir, puis Mary la vit les poser sur le modèle de la boîte. Elle ne dit rien, mais visiblement elle comparait, elle aussi, la couleur de ses cheveux avec celle de la boîte. Elle attrapa d'un geste rageur une autre serviette et l'enveloppa autour d'elle pour l'accrocher sous ses bras comme un sarong. « Je veux dire que je me suis toujours sentie blonde. Je suis blonde depuis longtemps. »

Jane ne se tourna pas vers elle pour lui parler : « Nous avons moins de deux heures avant de rendre la chambre. Si vous voulez avoir l'air différente, il faut le faire avant de louer un appartement, pas après, lorsque tout le monde vous aura déjà vue. Je vous attends à côté. Réfléchissez. »

Mary s'assit sur le rebord de la douche et regarda le miroir. Il était juste assez haut pour qu'elle n'y aperçoive que sa couronne de cheveux blond platine. Ils étaient clairs et brillants, presque métalliques lorsqu'ils étaient mouillés. Elle marcha jusqu'à la porte et cria : « D'accord, allons-y. »

Jane entra, enfila des gants de caoutchouc, tira une chaise près du lavabo, et se mit au travail sur les cheveux de Mary. Les odeurs âcres et la saleté étaient familières à Mary, mais cela faisait des années qu'elle ne les avait pas endurées en dehors d'un salon de coiffure.

Jane travaillait en silence avec une extrême concentration, jetant régulièrement un coup d'œil à sa montre. Quand ce fut terminé, elle brossa les cheveux de Mary.

« Vous avez pas mal pratiqué cela, n'est-ce pas ? demanda Mary.

– Une fois les choses faciles exécutées, les plus difficiles ont davantage de chances de marcher. Teindre ses cheveux, acheter de nouveaux vêtements, porter des lunettes, tout cela est facile. Tout est faisable en une journée, et cela ne comporte aucun risque. Si vous vous concentrez sur ce que vous êtes en train d'accomplir, vous pouvez vous en tirer aussi bien que moi.

– Que suis-je en train d'accomplir ? »

Jane lui jeta un regard impatient dans le miroir. « Vous avez mis beaucoup de temps à essayer de devenir Mary Perkins. Vous y avez réussi. Vous n'avez qu'à revenir en arrière. Pour l'instant, vous n'avez plus rien à voir avec Mary Perkins. Elle aimait Las Vegas. Vous détestez. Les lumières vous donnent mal à la tête et dans la rue tout le monde ressemble à un zombie. Mary Perkins faisait en sorte que les hommes d'affaires la remarquent et pensent à elle. Oubliez tous vos efforts pour y parvenir. Devenez celle qui ne retient pas l'attention. C'est facile, et si vous ne le faites pas, vous êtes perdue. Quiconque cherche à vous retrouver peut frapper aux portes en montrant votre photo. »

Mary Perkins étudia son reflet dans le miroir. L'effet n'était pas aussi désagréable qu'elle s'y était attendu. La femme qui la regardait n'était ni démodée ni quelconque. Elle était même assez attirante, et avec un peu de maquillage elle pouvait l'être plus. Ce qu'elle voyait, c'était surtout une femme qui n'avait jamais existé, une version adulte de Lily Smith. « Bien, dit-elle. Que changeons-nous maintenant ?

– Ça suffira pour l'instant. Venez. »

Mary resta dans la voiture pendant que Jane se rendait à la réception du motel et posait les clés sur le comptoir. À son retour, elle démarra. « Bon, à présent venons-en aux choses plus difficiles. Avez-vous des papiers à un autre nom que Mary Perkins ?

– Lila Samuels.

– Jetez-le aux orties avec Mary Perkins. Vous êtes allée en prison. Même si vous ne l'avez pas exactement raconté ainsi, vous avez fait l'objet d'une enquête et probablement avez-vous été arrêtée plus d'une fois. Les autorités connaissent vos alibis, et tous ceux qui le souhaitent aussi.

– Il faut bien que je sois quelqu'un.

– J'ai des papiers que vous pouvez utiliser. Votre nom est Donna Kester. Vous avez trente-cinq ans. »

Mary Perkins dévisagea Jane. « Vous avez de faux papiers sur vous ? Mais vous avez été arrêtée, vous aussi, et votre sac a été fouillé. »

Jane dirigea la voiture hors du parking et remonta la rue. « Ils n'étaient pas dans mon sac. » Jane avait apporté les papiers pour Mona et les avait collés sous la boîte à gants de chaque voiture qu'ils avaient louée en traversant le pays. Lorsque Dennis avait démoli la dernière voiture, elle s'était rendue à la casse et avait retrouvé les papiers intacts. « Vous pouvez être Donna Kester sans vous inquiéter de rien pendant un moment. »

Elles visitèrent trois appartements différents avant de trouver le bon, dans un immeuble au centre d'un grand complexe résidentiel dans Huron Street. L'endroit semblait contenir une grande proportion de célibataires, mais c'était suffisamment éloigné de l'université du Michigan pour qu'il reste de la place. Donna Kester avait une carte de crédit et cela suffit à lui faire obtenir un contrat de location débutant deux jours plus tard. Qu'elle n'ait pas d'employeur ne faisait que confirmer la version selon laquelle elle venait juste d'arriver en ville.

Cet après-midi-là, Jane loua une chambre dans un autre motel en bordure de Ann Arbor, après le carrefour de Huron Street et de la route 94 qui devenait Liberty Road. Jane s'assit sur l'un des lits jumeaux, C'était le crépuscule, et un vent froid commençait de souffler dehors, annonçant que les jours brefs de l'automne s'achevaient ici en nuits d'hiver. Les branches d'arbres qui grattaient et heurtaient les gouttières de l'immeuble étaient nues, et le macadam humide du parking derrière la vitre serait gelé au matin.

« C'est l'endroit parfait. Il y a environ trente-cinq mille étudiants à la faculté, et la plupart d'entre eux ne sont pas d'ici. Ce qui doit faire environ cinq mille enseignants, tous originaires d'ailleurs. Presque tous sont mariés, il faut ajouter les cinq mille membres du personnel. La plupart de ces gens viennent de revenir pour le premier semestre. Vous êtes l'une des cinquante mille personnes qui arrivent dans une ville d'une population annuelle qui ne doit guère dépasser cent mille personnes.

– Vous essayez de me vendre un appartement ?

– Non. J'essaie de vous faire comprendre quelque chose. Si vous devez devenir une fugitive, mieux vaut que vous sachiez vous y prendre. Vous ne m'avez jamais parlé de ceux qui vous poursuivent. Peu importe. Ce n'est pas ici qu'ils vous chercheront en premier. Le mieux que vous puissiez faire, c'est choisir un lieu qui vous rende invisible. Il y a toujours environ cinq endroits où l'on cherche quelqu'un qui se cache. Si vous êtes stupide, vous serez dans l'un d'entre eux. Ceux-là mis à part, tous les autres se valent, et les chances de vous retrouver diminuent radicalement.

– Où chercheriez-vous ? Vous avez parlé de cinq endroits.

– Je n'ai pas autant d'informations qu'eux sur Mary Perkins. Vous êtes allée à Las Vegas, une ville que vous aimez. Vous êtes trop futée pour y retourner, et Reno en est trop proche, alors moi je chercherais du côté d'Atlantic City. Vous avez dit que vous avez travaillé au Texas et en Californie, où les gens vous connaissent. Mais cela nous laisse beaucoup de villes dans l'intervalle qui plairaient à Mary Perkins : j'essaierais Scottsdale, Sedona, Santa Fe. Vous aimez l'odeur de l'argent et le soleil. » Elle regarda Mary et constata que sa liste l'effrayait. « Le cinquième endroit se situe quelque part dans le Sud. »

Mary Perkins ressemblait à quelqu'un qui, ayant payé pour se faire dire la bonne aventure, apprendrait qu'elle n'avait pas de ligne de vie. « Où ?

– Vous avez une trace d'accent du Sud. Comme je sais que vous avez séjourné en prison, je consulterais les rapports d'arrestations pour trouver la ville où vous êtes née. C'est toujours le cinquième endroit. »

Mary Perkins regarda Jane avec une expression qui voulait exprimer une surprise amusée, mais qui n'y parvenait pas ; son visage n'affichait qu'une immense angoisse. « Pourquoi ? »

Les yeux de Jane étaient fatigués et tristes. « Je ne sais pas. Il y a des gens qui vous diront que c'est parce qu'ils connaissent leur propre territoire mieux qu'un étranger, mais ils disent cela même si chaque mètre carré a été passé au bulldozer et reconstruit le jour où ils sont partis. Certains d'entre eux disent que c'est parce qu'ils peuvent obtenir de l'aide de leurs amis et de leurs parents, mais la moitié du temps ils ne la demandent pas lorsqu'ils en sont là. Ils y vont, même si tous les gens qu'ils y connaissaient sont morts et enterrés.

– Vous me donnez les raisons auxquelles vous ne croyez pas. Quelles sont les vraies raisons qui font que l'on y retourne ?

– Je vous dis que je ne crois pas que les gens qui le font savent pourquoi. Peut-être est-ce juste un sentiment qu'éprouvent les êtres humains parce qu'ils sont aussi des animaux. On va s'échouer là où on s'est un jour senti le plus en sécurité, là où était sa mère. » Elle regarda Mary Perkins un instant. « C'est l'instinct des vaincus, et il vous fera mourir.

– Alors que faire ?

– Voici un endroit où personne ne vous cherchera. Vous avez déjà l'air un peu différente, et si vous faites ce qu'il faut, vous changerez plus encore. Vous avez des papiers au nom de Donna Kester qui devraient fonctionner. Les cartes de crédit sont réelles. Vous obtiendrez les factures. Le permis de conduire vient de New York mais il est également vrai. Quelqu'un a réellement passé l'examen. Vous pouvez en obtenir un nouveau ici, avec l'ancien et votre certificat de naissance. Il sera réel aussi. » Un homme que Jane connaissait avait trouvé un travail à la mairie d'une petite ville, et il avait ajouté quarante ou cinquante actes de naissance dans le registre. Il vendait à peu près un nom par an, et les chances étaient réunies pour que personne n'en repère un et ne regarde le reste de plus près.

Mary Perkins avait l'air de plus en plus paniquée. « Combien de temps devons-nous rester ici ?

– Ça dépend de vous. Si vous voulez mon avis, le voici : passez du temps autour de l'université, là où se rassemblent une foule d'étrangers de toutes sortes et des brutes professionnelles avec casques et épaulettes. Achetez-vous un long manteau chaud avec un grand col, et portez un chapeau et une écharpe.

– Vous êtes en train de me dire que vous me laissez tomber, n'est-ce pas ? Je croyais que vous alliez me protéger et m'installer. »

Jane choisit soigneusement ses mots, s'efforçant de ne pas laisser son agacement transparaître dans sa voix : « Vous êtes venue me voir avec des problèmes, deux hommes sur votre dos. Je vous ai sortie de ces problèmes parce que vous me l'avez demandé et que je ne pensais pas que vous pouviez vous en sortir seule. Maintenant vous êtes suffisamment en sécurité si vous le voulez. C'est ici que je vous laisse.

– C'est parce que vous pensez que je ne peux pas payer, n'est-ce pas ? Eh bien, je peux. J'ai de l'argent avec moi, et j'en aurai plus lorsque je pourrai voyager. Suffisamment pour vous dédommager du temps que vous me consacrez.

– Gardez votre argent », dit Jane. Elle ramassa son sac et les clés de la voiture. « Plus vous en aurez, plus longtemps vous resterez tranquille sans faire de bêtises. » Elle ajouta : « Soyez prudente.

– J'ai le droit de savoir pourquoi vous agissez ainsi.

– Non, vous ne l'avez pas. » Jane sortit, ferma la porte, et traversa le parking jusqu'à sa voiture. Elle démarra et roula autour du pâté de maisons, passant deux fois devant le motel. Lorsqu'elle fut certaine que personne ne surveillait l'endroit ni n'avait suivi la voiture, elle se dirigea tout droit vers la route 94 et mit le cap vers l'est, jusqu'à la jonction avec la 23 pour l'Ohio.

7

Jane atteignit Toledo. Elle prit la direction de l'est et franchit l'étendue plane de la vaste région des lacs. Elle retournait chez elle. Au matin, lorsqu'elle traversa l'extrémité sud-ouest de l'État de New York, elle eut l'impression d'avoir quitté le territoire ennemi. Trois heures plus tard, elle garait sa voiture de location au parking de l'aéroport de Rochester pour donner l'impression qu'elle avait pris un avion vers l'est. Puis elle attrapa une correspondance pour l'aéroport de Buffalo où elle avait laissé sa propre voiture.

Jane sortit de la ville et se dirigea vers le nord et Deganawida à la fin de l'après-midi. Le soleil était déjà tombé à l'ouest et sa faible lumière n'adoucissait plus vraiment la morsure du vent du Niagara. Elle descendit la rue principale, près du vieux cimetière qui s'était rempli avant la guerre hispano-américaine, prit le raccourci le long des voies de chemin de fer, et bientôt elle s'engageait dans sa rue. La maison était l'une des cent constructions en bois, étroites et à deux étages, qui s'alignaient derrière des pelouses sur toute la longueur de la ville, d'une crique à l'autre, trois kilomètres plus loin.

Jane engagea la voiture dans le chemin du garage, et instantanément ses yeux inspectèrent les alentours. Depuis qu'elle savait se tenir debout et regarder par-dessus les haies pour surveiller le monde pendant qu'elle jouait, Jane avait pour habitude d'observer les lieux. Les maisons de ce bloc avaient été construites avant le tournant du siècle pour les gens qui travaillaient dans les usines et les chantiers navals aujourd'hui fermés, et les arbres étaient hauts et épais. Leurs racines poussaient les blocs du trottoir en brèches dangereuses pour les patins à roulettes.

Le jardin de Jane était luxuriant. L'herbe, épaisse et encore humide des pluies tombées pendant son absence, avait besoin d'être tondue. Elle regarda l'étroite bâtisse. Des douzaines de couches de peinture étalées par des générations de Whitefield avaient arrondi les angles, la couvrant d'un revêtement qui paraissait onctueux et organique. Le rideau de la fenêtre d'angle de Jake Reinert se souleva ; il avait entendu le moteur de la voiture d'à côté.

Jane marcha jusqu'à sa porte, la déverrouilla, et se glissa à l'intérieur pour frapper le code du système d'alarme avant qu'il ne se déclenche. Elle laissa la porte ouverte de telle sorte que Jake sache qu'elle avait envie de parler. Dans la cuisine, elle remplit la cafetière, ouvrit le congélateur et déballa un morceau de pain de maïs et une barquette de myrtilles qu'elle posa dans le micro-ondes.

Jane entendit le pas lourd et un peu raide de Jake sous le porche. « Entre donc », dit-elle en cherchant le miel dans son placard. La sonnerie du micro-ondes retentit et, avant même que Jake ne fût confortablement assis, elle avait posé sur la table le pain de maïs, les myrtilles et le miel. Elle l'entendit peiner un peu en s'appuyant sur ses bras pour s'asseoir.

« Je t'ai apporté ton courrier. » Il posa une pile de lettres sur la table.

« Merci. L'arthrose ?

– C'est l'hiver.

– Les nuits sont froides ?

– Oh... Il y en a sans doute eu beaucoup trop pour mes vieux os. »

Il la regarda s'affairer et sortir les tasses, les assiettes et les couverts en argent, et rien n'échappait à son regard. Jane portait un maquillage plus épais qu'à l'habitude. Son œil droit était à demi fermé, la pommette de ce côté semblait tendue – pas exactement bouffie, mais tuméfiée. Elle se déplaçait tout de même vite et avec grâce, mais ne prenait pas plusieurs objets à la fois : elle en soulevait un et le posait avant de prendre le suivant. Il en conclut qu'il s'agissait d'un poignet foulé.

Jake connaissait Jane Whitefield depuis trente-deux ans ; il avait connu sa mère quelques années avant sa naissance et son père depuis toujours. Enfant, il était venu dans la même cuisine, et il avait regardé la grand-mère de Jane poser pour lui sur la même table le pain de maïs, les baies et le miel. Les femmes senecas obéissaient à une loi ancienne qui disait que tout arrivant, à n'importe quelle heure du jour ou de la nuit, devait être nourri.

Jane Whitefield n'était pas seulement une connaissance, Jake était son voisin et l'avait vue se transformer ; mais cela ne faisait que deux ans qu'il avait découvert accidentellement que la petite Janie avait pris son essor. À la voir, les choses étaient devenues plus difficiles depuis peu. « Dur voyage, cette fois-ci ? » Jake avait eu peur d'avoir l'air idiot en parlant ainsi, mais il l'avait dit ; une femme qui gagnait sa vie en protégeant les fugitifs et en leur apprenant à se cacher ne faisait probablement que des voyages difficiles. Jake l'avait formulé ainsi parce que cela montrait qu'il connaissait la nature de ses occupations, et sous-entendait qu'il n'en était plus choqué. Il considérait cela comme une forme nécessaire d'hypocrisie.

À la grande surprise de Jake, Jane ne saisit pas l'occasion pour le rabrouer ou faire une plaisanterie. « Oui, c'était horrible. » Elle mit une assiette de pain de maïs devant lui et commença à manger le sien, mais elle reposa la fourchette. « Tu sais, j'ai toujours cru qu'un jour je m'éveillerais en ne supportant plus les gens, en pensant qu'ils ne valent pas toute cette peine. Eh bien, ce n'est probablement pas à cause de cela que je m'arrêterai. J'en ai perdu deux, Jake.

– Perdu ? Tu veux dire que tu ne les retrouves plus ?

– Non. » Jane parlait distinctement, mais sur un ton retenu qui laissait présager ce qu'elle allait dire, parce que c'est à voix basse qu'on parle de la mort. « Ils ont été tués.

– Comment ?

– Je ne sais pas exactement. Je veux dire... Je sais ce qui est arrivé, mais pas comment. Nous

– nous trois – nous emmenions un petit garçon Californie. Il y a eu une embuscade. Je ne l'ai pas vue venir parce que ce n'était pas dans une allée sombre, ou une route déserte. C'était dans un tribunal. Les deux autres ont dû s'arrêter pour me donner le temps d'emmener le gosse à l'intérieur pour le mettre en sécurité.

– Je suis désolé. » C'était la formule de circonstance lors d'un décès. Un homme de son âge aurait dû avoir quelque chose de mieux à dire, mais s'il l'avait su un jour, il ne s'en souvenait jamais quand il en avait besoin.

« Quelqu'un a été plus fort que moi. Il savait quel appât utiliser, et il savait où cet avocat – celui qui est mort – allait se rendre. Mais le piège qu'il a posé n'était pas destiné à cet avocat. Il était destiné à quelqu'un comme moi.

– Comment le sais-tu ?

– Il savait que je trouverais un moyen pour faire entrer le gamin dans le tribunal avant l'ouverture le matin, ou du moins étudier le bâtiment pour en connaître les entrées et les sorties et savoir qui était censé être là. Donc, à la dernière minute, il a fait transférer le procès dans un autre tribunal. »

Jake prit une bouchée de pain de maïs avec du miel, et réfléchit à ce qu'elle avait dit. « Qui est-ce ? un flic ? demanda-t-il.

– Il traquait ce petit garçon à travers tout le pays depuis des années. Un flic véreux, il y a toujours moyen de l'éviter en changeant de ville. Il se trouve rarement une raison suffisante pour qu'il vous suive. D'un côté de la frontière, il est invulnérable. De l'autre, il n'a pas de pouvoir légal et la police locale se demande ce qu'il trafique. Non, je pense que c'est autre chose. »

Jake renonça à faire semblant de ne pas regarder son visage. « Comment t'es-tu blessée ? »

Lorsqu'elle leva les mains et prit sa tasse, il vit ses doigts et ses poignets. « Au tribunal. »

Jake termina son pain de maïs, but son café, et réfléchit. Elle avait dû recevoir quelque chose comme un coup sur un côté du visage. Et elle avait les mains, les poignets et probablement les coudes très abîmés ; sans doute étaient-ce les traces des dents et d'un coup de tête de quelqu'un. Il était possible qu'une autre personne soit morte. « Dois-je guetter les sirènes de police ?

– Non, un juge s'est assuré de me faire sortir de là avant qu'on en arrive à ce stade. » Elle remarqua son regard sidéré. « Il y a des gens comme ça. Je ne sais pas si je t'ai jamais parlé de cet aspect des choses. Des gens qui n'ont aucune raison de prendre des risques le font. Il savait qu'il pouvait avoir des problèmes – être destitué par exemple – mais il l'a quand même fait.

– Les gens sont beaucoup plus sympathiques lorsqu'on les regarde individuellement que lorsqu'on les regarde en général. » Il haussa les épaules. « Donc tu es rentrée chez toi. »

Elle secoua la tête. « J'ai tenté de le faire, mais il m'est arrivé quelque chose en chemin. J'ai croisé une femme. Elle avait entendu parler de moi en prison, en Californie. Elle avait besoin de moi pour s'en sortir. J'ai commencé à lui venir en aide. Puis je me suis rendu compte que je ne pourrais pas. Je lui ai donné des papiers, des conseils, et je l'ai abandonnée.

– Était-elle en danger quand tu l'as quittée ?

– Non.

– Alors, c'était le bon moment pour s'arrêter. »

Elle le regarda par-dessus sa tasse. Il ne pouvait voir sa bouche, seulement l'étrange bleu intense de ses yeux contre sa peau mate. Pour Jake, c'était comme s'il regardait les deux parents de Jane à la fois. La peau et les longs cheveux noirs qui couronnaient son visage étaient senecas. Mais de sa mère elle avait les yeux bleu clair, qui provenaient de quelque part en Europe du Nord. Il essaya de parler à ces yeux, sentant de manière superstitieuse qu'il avait quelque chose en commun avec eux. Il avait l'espoir que quelqu'un derrière ce regard partageait au moins une ou deux idées avec lui. Mais avant même d'avoir prononcé un mot, Jake prit conscience que cela n'avait pas de sens. C'était comme s'il confondait Jane avec sa mère parce qu'elles portaient la même robe. « Je ne veux pas me mettre à te donner des conseils. » Il mentait. « Je n'en ai jamais donné, et pourtant si l'on m'avait écouté, il y aurait sacrément moins de confusion sur cette terre. Mais j'en connais un bout sur le temps qui passe. Peu importe ce que tu fais de toi, le jour vient où c'est terminé. Soit tu meurs soit tu deviens quelque chose d'autre. Si tu passes ta vie à la pêche, peu importe le temps que tu y passes : le jour où tu arrêteras, il y aura toujours des poissons quelque part. Et non seulement tu ne peux pas revenir les chercher, mais mieux vaut ne pas essayer. »

Jane se leva : elle était redevenue la jeune femme d'à côté. Elle souleva soigneusement les assiettes, les posa dans l'évier, et commença à nettoyer la cuisine. Il observa sa silhouette haute et droite, et ses longs cheveux noirs qui tombaient à sa taille.

Jake se leva lui aussi, et signifia qu'il comprenait que leur rendez-vous s'achevait. « Bien, merci pour le café, mais j'ai beaucoup de choses à faire dans le jardin avant le dîner. Il fait noir si tôt maintenant. J'ai à peine le temps de me réveiller et déjà les lampadaires s'allument.

– Merci Jake, dit Jane en posant un baiser sur sa joue.

– Je serai chez moi si tu as besoin de quoi que ce soit, dit-il en gagnant la porte. J'imagine que ce que tu as au congélateur ne doit pas être bien beau à regarder. » Il s'arrêta près de la porte pour jeter un regard suspicieux au système de sécurité. « Je peux ouvrir sans devenir sourd ?

– Oui, dit-elle. Il est éteint.

– N'oublie pas de le remettre », dit-il en sortant.

Jane ferma la porte et resta là, à écouter son pas s'éloigner sur les marches de bois, puis sur le trottoir, avant de bouger. Elle retourna dans la cuisine, fit la vaisselle, essuya le plan de travail et éteignit la lumière. Elle avait nettoyé le four et vidé son réfrigérateur avant d'aller chercher Timmy et Mona à Chicago, donc elle n'avait plus rien à faire dans la pièce. Elle entra dans le salon. Avant de partir, elle avait également astiqué toute la maison, et réglé le thermostat à une température suffisante pour empêcher les tuyaux de geler si le vent du Canada devenait précocement féroce. Il n'y avait pas un grain de poussière.

Jane monta le vieil escalier verni, et entra dans sa chambre. Le chiffre zéro scintillait sur le répondeur. Elle retira les vêtements qu'elle portait depuis le Michigan, les posa dans le sac à linge de son placard, et entra dans la salle de bains. L'eau chaude jaillit dans la baignoire. L'air devint vaporeux et se condensa sur les miroirs.

Jane laissa l'eau monter presque jusqu'au bord, puis tourna le robinet, s'allongea dans la baignoire et ferma les yeux. Elle avait très peu dormi les jours précédents, attendant que Mary Perkins s'assoupisse et que son souffle devienne profond et régulier avant de se lever, de mettre une chaise près de la meilleure fenêtre, et de s'y asseoir en surveillant la rue devant le motel. Dès qu'elle s'endormait, elle voyait dans son rêve Timothy Phillips.

Jane se redressa, se lava les cheveux, puis s'étendit de nouveau et submergea sa tête pour que l'eau chaude rince le shampooing, et apaise les hématomes et les plaies sur sa joue et sa mâchoire. Elle retint son souffle une minute et demie, écoutant le bruit sourd des tuyauteries, sentant ses cheveux flotter tout autour de son visage et de ses épaules, comme un nuage d'algues douces. Puis elle remonta lentement la tête à la surface et cambra le dos pour faire pendre sa chevelure alourdie le long de son épine dorsale. Elle s'étendit encore pour sentir l'eau nettoyer tout son corps, dissolvant lentement le sentiment de saleté, l'espèce de souillure qu'elle ressentait chaque fois qu'elle avait été en prison. Les douches qu'il y avait là-bas ne pouvaient pas en venir à bout. Il lui fallait l'eau qu'on trouve au-dehors.

Jane resta allongée dans l'eau jusqu'à ce qu'elle refroidisse, puis sortit et se sécha délicatement avec une grande serviette épaisse, l'enroula autour d'elle et brossa ses cheveux. Sa peau était attendrie, comme si tous ses pores s'étaient ouverts et avaient délivré la poussière du voyage. Là-dessous, une couche entière de cellules était partie. Jane se sentait neuve. Elle enfila un sweat-shirt gris clair, un jean délavé et des chaussettes blanches, puis s'allongea sur son lit en regardant le plafond, les bras en croix. Elle relâcha consciemment chaque muscle, d'abord ceux de ses pieds, de ses chevilles, de ses mollets et des genoux, des cuisses puis des doigts, des mains et des poignets, des avant-bras, ses biceps, puis successivement tous les muscles de son dos, de la taille aux épaules, et s'endormit.

Jake Reinert ratissait les feuilles du jardin à l'arrière de sa maison et en remplissait des sacs. Le problème, quand on a planté des arbres étant jeune, c'est que la maudite plante devient plus grande et plus vigoureuse au fur et à mesure que soi-même l'on devient vieux et raide, jusqu'au jour où l'on a du mal à ramasser les feuilles. Son problème à lui était pire encore, parce que c'était son grand-père qui avait planté celui qui se trouvait maintenant au-dessus de sa tête. C'était absurde de s'obstiner à ramasser les feuilles du sycomore, mais c'était la première tâche qui s'était présentée à lui lorsqu'il avait cherché un moyen d'arrêter de penser à Jane. Cependant, le ratissage ne l'occupait pas suffisamment pour l'empêcher de penser à elle.

Il se souvenait du jour où il avait commencé à s'inquiéter tout le temps, lorsqu'elle avait dix ou onze ans. Jake travaillait à l'usine chimique des Chutes. Il gagnait bien sa vie pour l'époque, mais c'était un travail pénible, et le danger était constant. Il fallait verser des produits chimiques caustiques dans les grandes cuves plusieurs fois par jour, et de petites gouttes pouvaient frapper sa combinaison sans qu'il le remarque. À la fin de la journée, il y avait des hommes dans l'atelier dont les vêtements se désintégraient déjà ; les trous d'épingles dans leurs pantalons et leurs chemises s'étaient suffisamment élargis pour se rejoindre. À l'époque, personne ne disait grand-chose là-dessus parce que cela se passait dans une région où la plupart des gens travaillaient dans la chaleur des aciéries, risquant leurs poumons près des forges et des presses hydrauliques, ou encore dans les chantiers à bois, où tout ce qui émettait un bruit avait la capacité de vous couper en deux.

Il y avait beaucoup d'Indiens dans la partie de l'usine où Jake travaillait. Quelques Tuscaroras de la réserve de Lewiston, deux ou trois Mohawks qui passaient le Rainbow Bridge avant l'aube tous les matins depuis Brantsford, en Ontario, et quatre Senecas – deux de Cattaraugus et deux de Tonawanda. Ils plaisantaient tout le temps les uns avec les autres ; les mots de leurs langues et leurs rires peuplaient l'atelier. Au déjeuner, ils s'asseyaient autour de l'un des longs bancs qu'ils couvraient du papier de la boucherie, et jouaient autant de levées d'euchre qu'ils le pouvaient en une demi-heure, frappant les cartes si vite qu'il était parfois difficile de les apercevoir. Les Indiens étaient environ dix dans l'atelier, mais huit seulement jouaient, et il y avait toujours deux jeux en même temps. Ils faisaient de grandes marques sur le papier pour établir les scores. L'euchre se joue habituellement jusqu'à dix, mais eux allaient jusqu'à cent.

Jake les observait souvent durant les pauses. Un jour, il entendit un énorme rugissement de rire. L'une de leurs interminables parties s'achevait. Les deux perdants étaient assis à leurs places, l'air solennel et statufié, exactement comme un cinéphile les aurait imaginés. Les deux gagnants étaient debout et leur frappaient allégrement le nez avec les cartes pendant que tous les autres les montraient du doigt et riaient. Si le perdant était vu en train de rire ou même de bouger un muscle de son visage, sa pénalité était doublée. Jake n'avait pas besoin qu'on lui donne des explications. Ils jouaient à *Nosey*, c'est ainsi qu'on appelait cela lorsqu'il était enfant. Plus tard, lorsqu'il les connut mieux, les Indiens l'avaient mis au parfum. Le nom du jeu était un mot indien – qui, comme tous ceux qu'il connaissait, semblait résonner comme « yadadadadadada ». Jake leur demanda donc : « Qu'est-ce que ça signifie ? » L'un d'eux réfléchit un instant avant de dire : « Nosey. »

Ils acceptèrent Jake sans en avoir l'air et, durant l'été, lorsque les gens partaient en vacances, c'était à lui qu'on proposait de s'asseoir à la place du joueur absent. À la fin d'un mois de juillet, il était assis avec son déjeuner et regardait les marques sur le papier de la boucherie, convaincu que si son partenaire, Doyle Winthrop, et lui n'avaient pas de chance, ils rentreraient chez eux avec le nez rouge. Ou un peu plus rouge, dans le cas de Doyle.

C'est à ce moment que l'un des Mohawks était revenu d'un quai de chargement, la mine assombrie. Il avait parlé à deux d'entre eux à voix basse, et l'un d'eux était allé parler à trois autres, à l'autre bout de l'atelier. Finalement, Doyle Winthrop s'était retourné et avait fixé Jake pendant un moment, puis il était venu s'asseoir à ses côtés.

Doyle s'était appuyé sur les coudes au travers de la table, avait regardé Jake droit dans les yeux et dit : « Tu étais un ami de Henry Whitefield, n'est-ce pas ? »

Après cela les détails n'avaient plus grande importance, mais Jake les écouta quand même. Henry travaillait dans les charpentes métalliques. Il avait fait partie de la bande d'Iroquois qui était allée construire un grand pont quelque part dans l'Ouest. Doyle dit qu'un des câbles qui tenaient la poutre sur laquelle Henry travaillait s'était rompu. Henry était tombé. Leur génération avait combattu en Europe et dans le Pacifique, et ce souvenir ne s'était pas estompé. La confédération iroquoise avait officiellement et indépendamment déclaré la guerre à l'Allemagne, et tous, dans cette petite bande qui en était venue à inclure Jake Reinert, avaient vu des amis se faire pulvériser par des armes lourdes. Ils avaient tous vécu ce genre d'expérience, mais aucun d'entre eux ne prononça un autre mot ce jour-là.

Jake était rentré tôt et sa femme Margaret était déjà aux côtés de Jane et de sa mère. Depuis ce jour il avait essayé d'être serviable, mais ce n'était pas le genre de femmes qui avaient besoin de beaucoup d'aide. Jane était une bonne élève. Elle s'était débrouillée pour s'offrir des études à Cornell, et apparemment elle avait fait ce qu'on lui demandait, parce qu'on lui avait attribué un diplôme.

Jake avait recommencé à s'inquiéter sérieusement pour Jane une année ou deux après cela, lorsque sa mère était morte. Elle était alors une ravissante jeune fille, avec un diplôme et le monde entier à ses pieds. Elle revint s'installer dans la vieille maison d'à côté, où elle vécut toute seule. Jane avait toujours eu des petits boulots d'été lorsqu'elle revenait de l'Université, mais à présent, ses déplacements étaient trop irréguliers pour que l'on puisse deviner quoi que ce soit de ses activités. Sa jeune voisine n'était pas simplement secrète, elle était opaque.

S'il s'arrangeait pour se planter devant elle lorsqu'elle tondait sa pelouse, de façon à ce qu'elle ne puisse l'ignorer, pour lui poser une question comme « Qu'est-ce que tu fais en ce moment ? », elle répondait amicalement, comme toujours : « Je tonds ma pelouse. » Puis elle s'emparait de la conversation, la tournait à la plaisanterie, et lui relançait la balle. « Lorsque j'en aurai terminé avec celle-ci j'irai tondre la tienne, n'est-ce pas ? Cet endroit devient une horreur et tu fais baisser le prix du terrain d'ici à Buffalo. »

Ce fut vers cette époque que Jake commença à remarquer les visiteurs. Peut-être venaient-ils depuis un bon moment, et ne les avait-il pas remarqués parce qu'il allait travailler tous les jours. Mais ils étaient là. Les étrangers arrivaient par la porte principale. Quelquefois c'étaient des femmes, mais la plupart étaient des hommes. La porte s'ouvrait, et ils disparaissaient à l'intérieur. Parfois, tard dans la nuit, il entendait un moteur de voiture, et ils se volatilisaient. Le plus souvent, Jane était partie elle aussi, et elle ne revenait pas avant un mois ou plus.

Après deux ans de ce régime, Jake décida de faire comme s'il ne connaissait pas les frontières entre une petite conversation et une indiscrétion. Il lui demanda où elle trouvait l'argent pour vivre. Elle dit qu'elle faisait un travail de « consultante ». Ce qui repoussa Jake à quatre ou cinq pas en arrière et le détermina à trouver ce qui se passait. Des théories variées lui vinrent à l'esprit. Jane avait visiblement beaucoup d'argent, et ne semblait pouvoir produire aucune justification qui puisse tranquilliser l'esprit de quiconque.

Il s'était rongé d'inquiétude durant encore cinq années qui l'avaient rapproché de sa tombe, jusqu'à la nuit où il avait entendu l'alarme. Il s'était rué à sa fenêtre d'angle et avait poussé l'interrupteur du porche, dont il se servait si rarement qu'il n'était même pas certain que l'ampoule de deux cent cinquante watts fonctionne encore. Là, pris dans la lumière soudaine, il n'y avait pas un ou deux hommes, mais quatre. Celui qui était le plus proche de lui avait mis la main dans sa poche et sorti un revolver. Ce n'était pas le revolver standard que portait la police de Deganawida. Il était gros et carré comme les colts 45 utilisés dans l'armée. Jake considérait, encore aujourd'hui, qu'il avait eu beaucoup de chance que la seconde réaction de l'homme ait été de détourner son visage avant de s'en aller, et non d'ouvrir le feu.

Après cette nuit, il était allé voir Jane et avait exigé des réponses aux questions qu'il avait posées de moins en moins poliment au fil des années. Celles qu'il obtint n'étaient pas du genre à inciter une personne raisonnable à mieux dormir. Un homme poursuivi par un ennemi très spécial s'était débrouillé pour se faire traquer jusqu'à la porte de Jane. Et quatre de ces ennemis avaient fait effraction pour voir s'il n'y avait rien là qui puisse les aider à savoir où il était.

À présent Jake ramassait son sac de feuilles et le vidait dans le grand baril de son garage. Cette région était différente des autres, parce que les Indiens n'en étaient jamais partis. Il y avait tant de contrastes entre les groupes (les Anglais du Massachusetts, qui après avoir combattu ici pendant la Révolution, avaient compris combien la terre était meilleure ; les Irlandais recrutés dans leurs tourbières pour creuser le canal de l'Érié, probablement parce que quelqu'un s'était imaginé qu'ils pouvaient survivre au paludisme mais peut-être aussi parce que personne ne s'était inquiété qu'ils n'y survivent pas ; les fermiers allemands qui arrivaient dès qu'il y avait assez d'eau dans les fossés pour faire flotter leurs biens dans des péniches) que les Indiens n'étaient pas plus étrangers que les autres. Après cela le reste du monde était arrivé.

Les noms de la plupart des endroits étaient restés à peu près les mêmes que ceux que leur avaient donnés les Senecas, et les routes étaient de simples améliorations des sentiers qui les reliaient. Les villes avaient été construites sur les sites des villages des Senecas qui y vivaient encore. Au début, ce n'était rien de plus qu'une épicerie, puis quelques cabanes supplémentaires, et enfin un moulin.

Aujourd'hui encore, ce que les gens prenaient pour des attitudes et des expressions régionales venait tout droit des Senecas. Lorsqu'on voulait dire qu'on était toujours présent à la fin d'une grande fête, on disait qu'on était « resté jusqu'à ce que le dernier chien soit pendu ». Presque tout le monde ignorait qu'il s'agissait de la fête du nouvel an Seneca en hiver, et du cinquième jour durant lequel on étranglait un chien blanc et le suspendait à un piquet. Personne n'avait fait cela depuis au moins cent ans.

C'était facile d'oublier en temps normal qui étaient les Indiens, ou qui étaient les Polonais, aussi les gens oubliaient. Mais chaque fois que Jake en arrivait à penser qu'il était certain que tout le monde se ressemblait, l'un d'entre eux faisait quelque chose d'absolument incompréhensible. Sauf si l'on se souvenait que c'était quelque chose que son grand-père avait l'habitude de faire.

8

Jane s'éveilla brusquement dans l'obscurité. Ses mains agrippaient la ganse fleurie cousue par sa mère sur le couvre-lit capitonné. Dans son trouble, il lui fallut un moment pour comprendre qu'elle était à Deganawida, et qu'elle s'était endormie tout habillée. Son esprit avait combattu quelque chose dans le noir, mais elle n'avait pas réussi à conduire cet ennemi jusqu'à son éveil et sa conscience. Un son subsistait, peut-être laissé par le songe. Elle l'entendit de nouveau. C'était simplement la sonnette de la porte d'entrée.

Jane avança jusqu'à la fenêtre et regarda le perron. Une faible lueur tombait sur le front de Carey McKinnon, et il portait un grand sac d'épicerie en papier brun. Jane se précipita devant le miroir, alluma une lampe, brossa rapidement ses cheveux, puis se rua dans la salle de bains où elle ouvrit son tiroir de maquillage. Mais la sonnette retentit de nouveau.

Elle descendit l'escalier, traversa le salon, et ouvrit la porte en veillant à rester hors d'atteinte de la vive lumière du porche. « Oh, quel dommage ! dit-elle. J'espérais une livraison à domicile.

– Impossible, dit Carey. Ils ne viennent pas à onze heures du soir. Je passais par hasard en revenant du travail et j'ai vu ta voiture.

– Impossible, dit Jane. Deganawida est au nord de l'hôpital. Amherst est complètement à l'est.

– Je devais m'arrêter par ici pour m'acheter ces fleurs. » Il ouvrit le sac et sortit une douzaine de roses blanches. « Puisque tu es debout, de toute façon, pourrais-tu me rendre service et les mettre quelque part ?

– Bon, d'accord. » Elle prit le bouquet. « Je suppose que tu ferais mieux d'entrer pendant que je m'en occupe. Je ne veux pas que tu fasses peur aux dobermans de Mme Oshinski. »

Il entra et ferma la porte derrière lui. Il avait eu un mouvement de plongeon pour passer le seuil de la porte, baissant la tête pour planter ses pieds sur le paillasson. Même dix ans après l'Université, alors que ses cheveux blonds comme le sable se faisaient déjà un peu plus rares sur le dessus, Carey continuait à avoir l'air d'un grand garçon en pleine croissance.

Il la suivit dans la cuisine. « Alors, comment s'est passé ton voyage ?

– Qui a dit que j'étais en voyage ?

– Oh ! Alors est-ce que ta voiture a apprécié son mois de repos au garage ?

– J'étais en voyage, concéda-t-elle. Californie. C'est tout à fait comme dans les publicités. »

Il hocha la tête. « Chaud.

– C'est ça. Pourquoi un médecin comme toi rentre-t-il chez lui si tard ? Tu as été appelé ?

– Tu rêves. Je travaille aux urgences. La nuit, les routes deviennent glissantes, la fièvre monte, les gens nettoient des armes chargées. »

Jane détacha les tiges des roses et les arrangea joliment dans un vase en cloisonné qui avait appartenu à sa grand-mère. Elle le posa sur la table de la salle à manger.

« Magnifique, dit Carey.

– Je les ai simplement mises là où tu ne pourras pas les oublier en partant.

– Non, tu n'as qu'à les garder. Elles sont toutes mouillées. » Il fit mine de plier son sac en papier. « Oh, j'oubliais. Ils m'ont donné ça aussi. » Il sortit une bouteille de champagne. « Cadeau pour un achat ou quelque chose comme ça. Je n'ai rien compris à ce que disait la femme dans la boutique. Un fort accent polonais…

– Ta mère était polonaise.

– Ah bon ? Je ne comprenais pas non plus. » Il alla jusqu'à l'évier, fit sauter le bouchon du champagne, et sortit deux verres du placard.

Jane dut s'avancer dans la lumière pour prendre son verre. Carey le heurta doucement avec le sien, puis la suivit dans le salon.

« Alors pourquoi travailles-tu aux urgences ? » dit-elle en s'asseyant sur ses jambes repliées dans le canapé. « Tu as fini par envoyer quelqu'un au diable ? »

Sa voix changea un peu comme chaque fois qu'il parlait de son travail : « J'ai décidé que j'avais besoin de me former, donc j'ai pris le service du soir, il y a une quinzaine de jours. Si Jake te le demande, j'ai encore tout le temps d'ausculter les grains de beauté suspects de mes patients.

– Pourquoi un jeune charlatan comme toi aurait-il besoin de se former ? Tu somnolais pendant tes études ?

– Je suppose que j'aurais dû dire "réviser". C'est la médecine de base. La porte d'entrée au bout du couloir s'ouvre, et voilà madame la Mort. Tu dois la regarder dans les yeux, tourner autour d'elle, et lui donner un coup de pied au cul. C'est passionnant. Par ailleurs, le type qui s'en occupait m'a demandé de l'aider. Les internes des urgences tiennent à peu près le temps d'un test de pilotage, et lui était proche du crash avant l'explosion finale. Ils ne s'en sortent pas toujours. » Il sembla remarquer qu'elle l'écoutait. « Au fait, tu as une tête épouvantable.

– Comme c'est aimable à toi ! Voilà à quoi les femmes ressemblent quand on les réveille. »

Il tourna la tête vers la gauche comme pour prendre à témoin une tierce personne. « Infirmière, de la lumière ! » Les yeux de Jane suivirent involontairement ceux de Carey, et il orienta la lampe vers elle : « Oh... Jolies contusions, et quelles éraflures... Tu as fini par envoyer quelqu'un au diable ? »

Elle savait que la version de l'accident de voiture ne passerait pas avec le docteur McKinnon. « Je me suis fait attaquer dans le parking de mon hôtel.

– Je suis désolé, Jane, dit-il en penchant la tête pour mieux l'observer. Que s'est-il passé ?

– Pas grand-chose, vraiment. Il est sorti de derrière un pilier du parking souterrain pour m'arracher mon sac. J'ai crié et le surveillant du parking est arrivé. L'autre s'est envolé.

– Et il va bien ?

– Pourquoi cette question ? dit-elle en fronçant les sourcils.

– Tes mains.

– Oh, dit-elle. Eh bien, j'ai un peu résisté. Je ne suis pas assez idiote pour mourir pour un sac à main, mais il m'a fait peur. »

Carey était déjà sur ses pieds et il se dirigeait vers la porte.

« Où vas-tu ?

– J'ai laissé ma sacoche dans la voiture. Je l'ai toujours avec moi au cas où je pourrais faire payer quelqu'un.

– Tu es un véritable ami, mais ce que j'aime chez toi, c'est que tes grands pieds tassent la neige devant ma maison l'hiver. Ça m'aide pour sortir ma voiture ensuite. Qui t'a dit que je voulais un traitement médical ?

– Je vais simplement chercher mon attirail. Le vieux Jake a sans doute reconnu ma voiture, et il est suffisamment adroit pour me piquer mes drogues. »

Carey sortit. Elle entendit son coffre claquer, puis ses pas revenir jusqu'au porche. L'instant d'après il était rentré, la sacoche noire ouverte à ses pieds. Il s'assit près d'elle et lui fit doucement tourner la tête d'un côté et de l'autre. Puis il sortit une bouteille et versa quelque chose sur un coton, essuya son visage avec le liquide glacé, et regarda le fond de ses yeux avec une petite lampe. Ensuite il prit les mains de Jane dans les siennes et les observa, plia ses poignets une ou deux fois, les regardant comme s'il pouvait voir au travers.

« Docteur, dites-moi seulement si je pourrai encore jouer du piano.

– Entendu. Tu n'as jamais joué. » Il ne souriait pas. « Le poignet n'a qu'une petite entorse. Il sera d'attaque dans quelques jours. Les lacérations sur les articulations ont déjà l'air en voie de cicatrisation – probablement parce que tu n'as pas mis de fond de teint dessus. Tu as de la chance. Les dents humaines sont une source d'infection incroyable. » Il prit un petit aérosol dans son sac et en vaporisa ses mains. C'était plus froid que le désinfectant, mais en séchant, la douleur semblait disparaître. Il souleva sa main et embrassa le bout de ses doigts. « J'adore le goût de ce produit. » Il la regarda avec tendresse. « Tu veux savoir la vérité ? Ça aide à cicatriser. Nous ne le disons à personne, bien sûr. »

Jane ne trouva pas de réplique. Depuis les douze ou treize ans qu'elle connaissait Carey McKinnon, ils étaient amis. Ils s'étaient embrassés sur les deux joues, mais c'était le copain qu'elle pouvait appeler pour ne pas aller au cinéma ou à un dîner toute seule. Le champagne était une agréable surprise. Mais les roses apportaient une note ambiguë, et cette ambiguïté augmentait et devenait de plus en plus embarrassante.

« Lève-toi », dit-il. Elle obéit. Il fit bouger ses bras et palpa ses coudes, pressa le radius et le cubitus entre ses doigts. Il posa l'une de ses grandes mains sur sa cage thoracique, et la frappa avec l'autre. « Est-ce que ça fait mal ?

– Ouh ! Bien sûr que ça fait mal, arrête. » Dans d'autres circonstances, elle l'aurait frappé en retour, mais pour l'instant il était médecin. Du moins le supposait-elle.

« Ton foie n'a pas été touché, de toute façon. Tu peux prendre du champagne sans craindre la mort.

– Oh ? Combien de temps me reste-t-il, docteur ?

– Qu'est-ce que ça peut me faire ? » Il avala une gorgée de champagne. « À ta place, je serais mort depuis vingt ans. Tu te dorlotes comme un cheval de course, et les femmes résistent mieux à l'usage que les hommes. » Son regard parcourut son corps avec une franchise qu'elle n'aurait pu jurer être du détachement. « C'est simplement une meilleure machine.

– Alors tu dois vraiment trimbaler une vieille carcasse. » Elle étira ses bras engourdis et se frotta les épaules.

« Simple douleur musculaire.

– N'aie pas l'air si déçu. C'est la seule douleur que je puisse supporter pour l'instant.

– Un choc d'adrénaline et tes muscles passent du repos à la super-performance en une seconde ou deux, la tension est énorme. D'ici deux jours, tu seras de nouveau sur pied à apprendre le bras de fer aux camionneurs, ou quelle que soit ton occupation habituelle.

– Je fais du conseil en entreprise.

– La révolution, en entreprise ou ailleurs. » Il commença à fermer son sac mais quelque chose l'arrêta. Il sortit une bouteille transparente avec un liquide qui ressemblait à du vinaigre. « Essaie donc ce truc.

– Qu'est-ce que c'est ? »

Il lui tendit la bouteille. « Ne néglige jamais les échantillons gratuits. Les médecins en reçoivent un nombre incroyable, et de temps à autre, il y en a un qu'on peut légalement donner à ses amis. Ce truc est génial.

– À quoi ça sert ?

– C'est une huile de massage très réputée. Elle contient un analgésique léger. Ça procure une douce chaleur aux muscles endoloris. »

Jane ouvrit la bouteille et renifla. « Tu ne mens pas, en tout cas. Elle sent trop bon pour être un médicament. »

Il lui reprit la bouteille. « Viens, dit-il. Allonge-toi et je vais t'en mettre un peu.

– M'allonger ? Est-ce que tu peux être un peu plus précis, s'il te plaît ? Ou peut-être un peu moins...

– Madame, je vous l'assure, je suis un praticien qualifié. Monte là-dessus. » Il désigna la table de la salle à manger.

Elle fit quelques pas indécis dans cette direction et regarda la table d'un air sceptique. « Tu es sûr ?

– Bien, si je te demandais de t'allonger sur ton lit, est-ce que tu accepterais ?

– Peut-être. » Elle se demanda immédiatement ce qu'elle avait exactement voulu dire par là. S'il ne s'agissait pas de ce qu'elle craignait, pourquoi avait-elle hésité ?

« Eh bien, s'il n'est pas occupé, utilisons le lit. » Il se dirigea vers l'escalier.

Jane but une grande gorgée de champagne. Ils étaient amis depuis si longtemps que la possibilité d'un changement soudain était déstabilisante. Elle ne voulait pas le perdre. Elle prit la bouteille et le suivit. « Je pensais à toi il y a quelques jours, dit-elle. Je parlais avec un gamin.

– Grand ou petit ?

– Euh… grand, je pense, pour son âge. Il a huit ans.

– Dis-lui de faire de la chirurgie, alors. Les dermatologues sont petits, c'est la règle. Les chirurgiens sont grands. »

Il s'arrêta à la porte de sa chambre, et elle passa devant lui pour s'asseoir sur le lit. Elle leva les yeux. « Est-ce que tu es certain que tu n'as pas une idée derrière la tête ? »

Carey but une gorgée de champagne et la regarda pensivement. « Ça m'a traversé l'esprit. Comme toujours. Nous ne l'avons jamais fait auparavant, et ce n'est pas le meilleur moment pour commencer. Je n'ai vraiment pas envie de te perdre pour un désaccord sur la manière de nous y prendre. C'est assez délicat, et tu as l'esprit très critique.

– Faux. Mais que se passera-t-il s'il s'avère que nous avons fait une terrible erreur ? Est-ce que tu seras encore capable de m'appeler lorsque tu voudras aller dans un endroit où aucune personne respectable ne t'accompagnerait ?

– Difficile à dire. Et toi ? Si tu cherches quelqu'un pour t'amuser, est-ce que ce sera encore moi ? »

Elle l'observa pendant un moment. « Je ne sais pas. Je suppose que nous devrions en parler un jour où nous ne serons pas épuisés, et avant d'avoir ouvert la bouteille. » Elle s'allongea sur le ventre, les bras pliés et les mains sous le menton. « Pour l'instant, j'ai besoin d'un vieil ami qui accepte de me masser. »

Il s'assit sur le lit à côté d'elle, souleva son sweat-shirt de quelques centimètres, versa un peu d'huile dans sa main, puis lentement et gentiment l'étala sur le creux de son dos en mouvements circulaires.

« Oh, que c'est bon. » Elle soupira.

Il œuvra patiemment. Ses grandes mains malaxaient doucement les muscles endoloris, exactement aux bons endroits, remontant à présent le long de son dos jusqu'aux épaules. Jane sentait les nœuds tendus de son échine se relâcher. Les mains de Carey continuaient à se mouvoir vers les muscles les plus tendres, le long de sa colonne vertébrale. Lorsqu'il s'arrêta pour verser plus d'huile sur sa peau, Jane remonta son sweat-shirt presque jusqu'à ses épaules, hésita, puis le glissa par-dessus sa tête et le posa près d'elle. Elle était nue jusqu'à la taille maintenant, mais c'était idiot de le faire travailler sous un vêtement. Si Carey voyait ses seins, il les verrait.

Il avait posé ses mains sur ses épaules, puis sur les attaches des muscles du cou, puis le long de son cou jusqu'à son crâne. Elle eut la chair de poule et frissonna, puis se détendit de nouveau. Elle était si relâchée et à l'aise maintenant que tous les muscles du haut de son corps étaient au bord d'une sorte de sommeil, une paralysie indolente, si heureux de ne pas bouger qu'ils semblaient ne plus lui appartenir. Ils attendaient simplement que Carey les touche de nouveau.

« Jusque-là, tout va bien ?

– Je suis prête à mourir immédiatement. Donne-moi juste un peu plus de champagne et continue à masser, et tu peux leur dire de tirer sur la gâchette quand ils veulent. »

Il redescendit le long de sa colonne, et elle commença à imaginer qu'elle pouvait le voir clairement d'après la position de ses mains sur sa peau. Elle se souvenait d'avoir parlé de lui à Timmy. Elle avait dit qu'il était spécial, et il l'était. Inopinément, le mot « ange » affleura à son esprit et elle rit.

« Qu'est-ce qui te fait rire ?

– Rien, dit-elle d'une voix qui souriait encore. Tu es un ange.

– Et tes jambes ?

– Mes jambes ?

– Est-ce qu'elles te font mal ? »

Elle réfléchit. Il ne pouvait pas la masser avec de l'huile à travers son jean. Il le savait. « Pas pour l'instant. » Lorsqu'elle eut dit cela, Jane sentit sa propre déception qu'elle ne prit pas le temps d'analyser, s'empressant d'ajouter : « On n'est jamais trop prudent, remarque. » Elle tendit la main sous son estomac pour déboutonner le jean et baisser la fermeture éclair.

Il fit glisser le jean le long de ses jambes et dégagea ses chevilles, et la gorge de Jane se contracta. Mais les mains de Carey s'étaient posées sur la plante de ses pieds, les pressaient en petits mouvements circulaires, et elle eut l'impression qu'il lui envoyait des messages qui remontaient jusqu'à ses épaules et son cou. La tension ne partait pas, mais elle n'était plus désagréable. Il s'occupait de ses tendons d'Achille, de ses mollets, et très doucement de l'arrière de ses genoux, puis doucement et soigneusement, des tendons de ses cuisses. Elle était calme et heureuse, et elle ne pensait plus à rien, suivant simplement son contact. Mais les mouvements de ses mains passèrent pendant un moment entre ses cuisses, et elle sentit son dos se cambrer pour les écarter très légèrement.

Il continuait de travailler son dos et ses jambes, mais d'une seule main. Il se déshabillait de l'autre. Puis il lui retira son slip, et la tourna doucement pour embrasser son visage tuméfié. Ils se réunirent lentement, comme elle avait toujours su qu'ils le feraient.

Tout commença avec une lenteur déterminée, une aisance sensuelle et une simplicité qui déclenchèrent en elle une ardeur qui se transforma en joie. Mais le sentiment ne cessa pas. Il s'intensifiait. Après cela, à chaque seconde, l'espace de chaque battement de cœur semblait infini. Puis elle prit conscience qu'elle entendait une voix de femme, et elle se demanda depuis combien de temps elle gémissait et poussait de petits cris qu'elle ne pouvait retenir. Enfin elle oublia de penser, plongée dans une succession de sensations dont chacune semblait atteindre la note la plus élevée – couleurs, sons, mouvements. Elle était presque effrayée lorsque l'intensité augmentait, et le mot « ange » lui revint à l'esprit, mais cette fois elle ne rit pas parce que tout était clair et immédiat comme dans une fièvre indolore, et elle n'avait plus aucune distance intérieure, ni d'autre volonté que de se laisser emporter.

La nuit entière s'écoula sans qu'elle ne perçoive le temps, parce que Jane avait l'impression qu'elle aurait dû abandonner quelque chose d'essentiel pour accéder à la réflexion. Tous deux s'arrêtaient parfois de bouger et laissaient leur cœur battre silencieusement, étendus dans une étreinte toujours différente, comme de simples amis traversant ensemble le sommeil. Mais alors, l'un d'eux frémissait et l'autre acquiesçait simplement, chaque fois la question et la réponse différaient complètement puisque la dernière fois ne s'était pas évanouie, et qu'ils gravissaient ensemble les marches d'un éblouissement.

À l'aube ils étaient étendus sur le lit, les yeux clos, lorsqu'il parla : « Que penses-tu du mariage ? »

Le souffle de Jane se bloqua. Avoir de magnifiques enfants. Vivre ici – pas dans cette maison, mais du moins tout près, dans la grande maison de pierre à Amherst avec lui. Peut-être était-ce la direction qu'elle était en train de prendre, et cette nuit la conduisait loin de la mort, comme elle-même l'avait fait pour les autres. Elle n'aurait jamais à lui dire ce qu'était un guide parce que tout serait terminé – était déjà terminé puisqu'elle avait commencé à perdre.

« Pas de réponse ?

– C'est le vœu le plus cher de toutes les filles. Tu penses que celui qui possède le Buffalo Bill pourrait être partant pour m'épouser ? Peut-être le père de ces quintuplés ? C'est quelqu'un qui sait s'en sortir avec les couches-culottes.

– Je suis sérieux, dit Carey. On devrait se marier. »

Jane s'assit, puis se pencha vers lui et l'embrassa, laissant ses cheveux tomber de chaque côté de son visage comme un rideau. Elle s'étendit. « Merci. Je crois qu'il faudra que nous en parlions sérieusement un de ces jours.

– Est-ce que ça veut dire oui ?

– Ne sois pas idiot.

– Ça signifie ?

– J'ai toujours aimé tout ce que je sais de toi.

– Alors pourquoi dis-tu non ?

– Je n'ai pas dit non. » Elle s'assit de nouveau et passa la main dans ses cheveux pour défaire des nœuds imaginaires. « J'ai dit que nous devrions avoir une conversation sérieuse un jour. Je l'aurai dès que tu voudras, mais je ne vais pas dire oui à l'instant.

– Moi je peux le faire. » Il s'était assis lui aussi. Elle soupira. « Quand avais-tu fait l'amour pour la dernière fois, Carey ? » Il pinça les lèvres et dit avec réticence : « La nuit dernière.

– Tu veux dire la nuit avant celle-ci ? Au dernier changement d'équipe aux urgences ?

– Avec une collègue. Ce n'est pas une habitude. C'est une diagnosticienne merveilleuse, une personne de la plus haute…

– Je ne veux pas savoir.

– Tu me poses une question et la réponse ne t'intéresse pas ?

– Tu ferais un mari volage.

– Jane, cette histoire avec ma collègue… Il n'y a rien dont tu puisses être jalouse là-dedans. C'était un événement unique, et isolé. Deux patients sont morts juste avant la relève, après que nous avions fait tout ce que nous pouvions. Je pense que nous nous sommes simplement réconfortés. Il y a quelque chose de profondément enfoui dans le cortex cérébral qui se déclenche lorsque tu perds une vie, des instincts primitifs oubliés qui disent : "Baise tant que tu le peux, parce qu'un de ces jours ce sera ton tour." C'est une réaction animale élémentaire, qui s'est développée pour préserver les espèces après le massacre de la préhistoire. Elle-même en est sans doute abasourdie. La prochaine fois que nous ferons équipe ensemble, nous serons parfaitement professionnels.

– J'en suis certaine. Tu es un bon médecin, et si elle ne l'était pas, tu le saurais. Mais je t'assure, maintenant que tu as couché avec elle, elle ne va pas rester abasourdie bien longtemps. Elle t'attend probablement à l'instant, sur le pas de ta porte. Et si ce n'est pas le cas, peu importe, parce qu'il y aura une autre occasion bientôt. Il y en a une, en fait. C'est moi. Le monde est rempli de femmes – à l'infini – et chacune d'entre elles a quelque chose : un petit sourire qui fait que tu as envie de sourire toi aussi, ou des seins parfaits comme des pamplemousses. Tu te souviens de celle-là ? C'est probablement pourquoi elle rôdait dans ton supermarché – pour que tu puisses faire la comparaison.

– Tu exagères. Tu veux que je commence à citer tes propres exploits ?

– Non, dit Jane. Tu exagères. Cela fait partie de ce dont je parle. Ce que nous savons l'un sur l'autre sonnera très différemment si le mariage pointe son vilain nez. Et je ne te critique pas.

– Ah bon ?

– Non, je n'ai jamais pensé une seule seconde qu'il y avait quoi que ce soit de mal dans ce que tu faisais. Je le pense toujours. Mais il ne serait sensé de t'épouser que si j'étais certaine que tu as une bonne raison de devenir monogame.

– Tu penses vraiment cela ? » demanda Carey.

Elle sourit et appuya sa tête contre son épaule. L'effet de bien-être était surprenant. « Tu veux petit-déjeuner ? » En un instant, elle était debout et se dirigeait vers la cuisine. Elle enfila son peignoir en traversant l'entrée. Puis elle entendit la petite sonnerie, s'arrêta, et retourna dans la chambre. Il était assis et regardait tristement l'alarme portable attachée à sa ceinture sur le sol. « Ton alarme s'est déclenchée. Quelqu'un doit être en train d'entrer par effraction dans ton pantalon. »

Carey ramassa l'appareil, enfila son pantalon, marcha jusqu'au téléphone près du lit et coinça le combiné sous son menton en composant un numéro. « C'est l'hôpital. » Il boucla sa ceinture. En descendant l'escalier, elle l'entendit qui disait : « Docteur McKinnon. »

Jane entra dans la cuisine et empaqueta un peu de nourriture pendant qu'il parlait au téléphone. Elle l'entendait tourner en rond au-dessus, sans doute assez inapte à se rendre présentable. Lorsqu'elle perçut ses pas dans l'escalier, elle vint à sa rencontre et lui tendit le petit sac brun.

« Désolé, dit-il. Je t'appelle dès que j'ai terminé.

– Merci. » Elle ajouta : « Si je ne suis pas dans le coin, ne t'inquiète pas. Je peux avoir à sortir de la ville.

– Tu vois ? » Il fit une grimace. « Rien n'a changé. Tu as toujours dit des choses comme ça. » Il l'embrassa longuement et doucement, prit sa sacoche et se précipita vers sa voiture.

Jane pensa à ce qu'elle venait de dire. Elle n'avait aucun projet de départ. C'était simplement la vieille habitude : ne jamais donner à personne une raison de demander à la police de vous chercher.

Jane pensa à retourner au lit, mais si elle dormait elle serait en décalage avec le soleil et la lune, et elle détestait encore plus cette impression que la fatigue. Jane passa la journée à nettoyer sa maison déjà propre, à tondre sa pelouse et à bêcher ses plates-bandes. Elle tenta de ne pas penser à ce que pouvait faire Carey McKinnon, ou à être Mme McKinnon, ou à trouver la bonne manière d'aimer une personne en particulier. Ce qu'elle avait besoin de savoir n'était rien de ce que l'on peut se figurer à l'avance. Il lui fallait attendre d'être certaine qu'elle n'était pas en train de convertir un vieux copain en prix de consolation pour un échec. Ce ne fut qu'à la nuit tombée que Jane retourna dans son lit et s'autorisa à dormir.

9

Jane s'assit dans sa cuisine avec un café. Le soleil commençait à peine à se lever. La lumière derrière la fenêtre était encore grise et diffuse. Elle ne savait pas depuis combien de temps elle entendait les oiseaux, mais ils lançaient leurs trilles en volant de branche en branche. Jane utilisa le café chaud et le calme pour retourner dans son rêve, un rêve dont elle pouvait reconnaître chaque élément.

Elle avait couru toute la nuit à travers les bois, en tentant de se frayer un chemin jusqu'à la rivière. Elle était sans doute une enfant, parce que ses parents étaient avec elle. Il y avait quelque chose de gros, de sombre et de féroce qui les pourchassait, mais elle était incapable de l'apercevoir au milieu des arbres. Chaque fois qu'elle essayait de regarder par-dessus son épaule, la chose semblait plus proche, mais elle ne discernait qu'une ombre masquant certaines étoiles, ou des branches secouées lorsque la chose écrasait un buisson.

Puis Jane passa dans sa salle de séjour, se campa au centre de la pièce et s'éclaircit les idées en enchaînant les cent vingt-huit mouvements du tai-chi. Ses muscles étaient moins endoloris que la veille. Peut-être l'onguent de Carey avait-il fait son effet, après tout – ou quelque chose d'autre. En bougeant lentement, son corps empruntait une partie de sa conscience comme il l'avait appris au cours de longues années, pour prendre les positions appelées « Saisir la queue du moineau » et « Croiser les mains et porter le tigre dans la montagne ». Jane termina comme elle avait commencé, presque en flottant. Puis elle enfila un survêtement, suspendit la clé de sa maison à un fil autour de son cou, descendit les marches et se mit à courir.

Elle courut d'abord lentement et aisément dans l'air froid de l'aube, et allongea graduellement ses foulées au fur et à mesure que son corps se réchauffait et que ses muscles se détendaient. Elle fila vers le sud, jusqu'à la rivière, le long de la bande d'herbe grasse. Deganawida était pleine de vie ce matin. Des gens qui venaient de se lever roulaient dans Niagara Street, se dirigeant vers leur travail. Les cheveux des hommes étaient encore humides de leur douche et collés sur leurs têtes. Les enfants portaient déjà leur manteau de demi-saison ; leurs mères les pressaient le long du trottoir, s'assurant au moins qu'ils étaient partis dans la direction de l'école. Au pont Grand Island, elle fit demi-tour. Le retour à la maison lui donnerait juste le temps suffisant pour se doucher, se changer et manger quelque chose avant l'ouverture de la bibliothèque.

Dans la bibliothèque, Jane gagna le comptoir où elle récolta tous les numéros du *Los Angeles*

Times du mois précédent, puis se réfugia dans la petite pièce des ouvrages à consulter sur place où personne n'allait jamais à moins d'avoir fait un pari. Elle s'y assit pour lire.

Le premier article qui attira son attention était vieux de deux jours.

L'ENQUÊTE SUR LES MEURTRES DU TRIBUNAL NE PROGRESSE PAS

VAN NUYS. – Au terme des derniers développements de l'étrange saga de Timothy Phillips, le jeune garçon kidnappé, héritier d'une grosse fortune de San Francisco, un porte-parole de la police de L.A. a concédé aujourd'hui que l'instruction n'avait jusqu'ici produit aucune preuve contre quiconque. Les étranges événements qui ont causé la mort de deux personnes au tribunal de Van Nuys, et l'arrestation de quatre autres personnes le mois dernier, font, selon le capitaine Daniel Brice, toujours l'objet d'une investigation.

Les détails connus restent succincts, mais la police a reconstitué une partie du puzzle : au moment où débutait l'audience à la cour, le matin du 15, l'avocat Dennis Morgan, 38 ans, de Washington D.C., a arrêté sa voiture devant le tribunal pour laisser sortir son client de huit ans, Timothy Phillips, et Mona Turley, 29 ans, la femme qui se faisait prendre pour la mère de Phillips. La voiture de location a alors heurté un véhicule qui arrivait. Le conducteur Harold Kern, 23 ans, et le passager James Curtain, 26 ans, tous deux de Los Angeles, ont été légèrement blessés, mais selon la police, Morgan est… (voir la suite p. 29)

Jane chercha impatiemment la page 29. L'article se poursuivait en bas, à gauche.

… décédé au cours de cette collision.

Kern et Curtain se sont précipités dans le tribunal, cherchant manifestement de l'aide pour Morgan. Mona Turley, comme le suppose la police, a dû croire que les deux hommes la poursuivaient avec des intentions hostiles. Une altercation a suivi, à laquelle de nombreux passants ont pris part. Le pugilat a dégénéré en bagarre dans le couloir du cinquième étage. Là, les huissiers d'une salle voisine ont réagi à l'agitation.

La police a mis en état d'arrestation, outre Curtain et Kern, Roscoe Hull, 22 ans, Max Corto, 28 ans, tous deux de Burkbank, et Colleen Mahoney, 29 ans, d'Orlando en Floride.

Une fois l'ordre rétabli, le corps de Mona Turley a été découvert au bas d'un escalier. La jeune femme a apparemment été victime d'une chute de l'étage supérieur. Les sources policières confirment avoir enregistré un dédale d'allégations contradictoires. Mais les témoignages oculaires ont établi qu'aucune des cinq personnes appréhendées ne pouvait avoir quitté le couloir une fois la controverse engagée.

Selon le capitaine Brice, en l'absence d'éléments prouvant que l'un quelconque des combattants ait jamais rencontré la défunte, ou ait eu un motif de lui vouloir du mal, et du fait qu'ils ne se trouvaient pas dans la cage d'escalier au moment du décès, ceux-ci ne peuvent être considérés comme suspects. Le capitaine pense que le drame n'a pas encore été élucidé, mais il n'est pas exclu que Turley ait été submergée par l'angoisse d'une éventuelle accusation d'enlèvement, ou par le remords, et qu'elle ait volontairement mis fin à ses jours.

Jane s'adossa à son siège, les yeux sur les alignements parfaits des épais volumes sur les étagères en face d'elle. Ils avaient tué Mona. Mais que pouvait-elle faire, sinon aller au tribunal, sous l'identité de Colleen Mahoney, pour proférer un mensonge en disant qu'elle les avait vus ? Il y aurait au moins vingt témoins pour parader à la barre en la contredisant. Les deux types qui étaient dans la voiture avaient certainement brisé la nuque de Dennis après le choc, mais elle ne les avait pas vus non plus.

Puisque la police n'avait trouvé aucune connexion entre eux et l'affaire Timothy Phillips, il devait s'agir de mercenaires. Sans aucun doute, la police et le F.B.I. recherchaient-ils tranquillement Colleen Mahoney, mais il n'y avait aucune raison pour qu'ils la retrouvent. Colleen Mahoney n'existait plus.

Elle chercha d'autres articles sur Timothy Phillips. Celui qu'elle trouva était daté de la veille.

HOFFEN-BAYNE LAVÉ DE TOUS SOUPÇONS

Un porte-parole du bureau de l'avocat du District a lu aujourd'hui une déclaration dénonçant les rumeurs selon lesquelles la société financière Hoffen-Bayne aurait tenté de s'approprier les millions de Timothy Phillips, héritier de sa défunte grand-mère et victime d'un enlèvement.

« La rumeur est infondée », a déclaré le procureur Kyle Ambrose. « Il suffit de lire les conditions du trust. Celles-ci garantissent que Hoffen-Bayne n'aurait rien à gagner au décès du jeune Phillips. Dans une telle éventualité, tout l'argent devrait être remis à des associations caritatives. Je suis convaincu qu'ils ont déposé une motion pour faire constater le décès de l'enfant parce que c'était la procédure qui convient dans ce cas, et qu'elle est cohérente avec le comportement d'une société civile valable. Une société fait très peu de profits sur la gestion des grandes fortunes organisées en trust sans cessionnaires. L'intention de la grand-mère était de subvenir aux besoins de son petit-fils, non de construire une pyramide, en croissance permanente, de capitaux bloqués. » Ambrose a souligné que Hoffen-Bayne avait toutes les raisons de se réjouir du fait qu'on ait retrouvé Timothy Phillips. « Une fois les biens attribués aux associations caritatives, la compagnie aurait perdu les pourcentages annuels importants prélevés sur la gestion du trust. À présent, ces pourcentages seront maintenus jusqu'à ce que le garçon atteigne ses dix-huit ans, et ils pourraient l'être aussi longtemps qu'il le souhaitera. »

Jane relut deux fois l'article. Dennis avait été convaincu que les hommes qui poursuivaient Timmy étaient payés par Hoffen-Bayne. Dennis était avocat, et il y avait eu quelque chose dans les documents qui l'avait persuadé que Hoffen-Bayne avait un motif rationnel pour agir ainsi. Mais le bureau du procureur de Los Angeles était rempli de légistes spécialisés. Et ils semblaient absolument certains que des sociétés comme Hoffen-Bayne ne pouvaient être impliquées dans l'assassinat de leurs clients.

Elle tenta de considérer la chose d'une manière logique. Hoffen-Bayne avait choisi de faire constater légalement le décès de Timothy Phillips. Si les dirigeants de cette société étaient capables de commanditer un meurtre, ils auraient pu attendre d'avoir vraiment tué l'enfant, abandonner le corps là où il serait découvert, et laisser le procureur faire son travail. Ou encore, ils auraient pu attendre, et faire la démarche au moment qui leur soit le plus avantageux. Non, elle devait envisager qu'ils avaient déjà attendu, et qu'ils avaient jugé le moment idéal. Or aucun élément concret ne justifiait qu'ils agissent précisément maintenant. Il faudrait encore dix ans avant que Timmy ne prenne le contrôle de l'argent et qu'il ne les remercie, dix années supplémentaires d'importants intérêts annuels, selon le procureur.

Jane se leva pour se rendre à l'accueil de la bibliothèque, et croisa le regard d'Amy Folliger. « Puis-je faire quelques photocopies ?

– Certainement. Dix *cents* la copie. Mais j'ai peur que tu ne doives signer ce formulaire, ajouta-t-elle sur un ton désolé. Il relève la bibliothèque de toute responsabilité si tu violes un droit de reproduction. »

Jane jeta un coup d'œil au formulaire. La première page était un résumé de la loi sur le copyright de 1978. Elle signa au bas et remit la feuille à Amy.

« Désolée, dit celle-ci. T'es-tu jamais demandé comment on en était arrivé à ce point ?

– Quel point ? »

Les grands yeux d'Amy s'élargirent sous les lunettes cerclées d'argent que Jane ne lui avait jamais vues en dehors de son travail à la bibliothèque. « Aujourd'hui, on légifère sur tout. Bien sûr, il faut bien rédiger la loi. Mais est-ce que tu as jamais entendu parler d'un avocat oubliant une chance de s'attribuer des honoraires perpétuels ?

– Une ou deux fois, dit Jane. J'imagine que si nous nous conduisons bien pendant une centaine d'années, tout cela pourra changer. » Elle photocopia les articles, puis marcha jusqu'au présentoir de la presse et remit soigneusement les exemplaires du *L.A. Times* à leur place.

Jane rangea les copies dans son sac et sortit de la bibliothèque. En approchant de sa voiture, elle composa le mot qu'elle voulait écrire à Karen, l'avocate, pour expliquer ce qui la préoccupait, puis y renonça.

Jane était passée près d'une cabine téléphonique devant la bibliothèque et elle retourna sur ses pas. Elle composa le numéro. Une secrétaire décrocha. « Je suis Jane Whitefield, elle me connaît. Dites-lui que je m'apprête à lui envoyer un fax.

– Voulez-vous un rendez-vous pour une consultation ou…

– Non, merci. Elle sait où me rappeler. » Jane raccrocha et s'engagea dans Main Street jusqu'à la petite papeterie tenue par Dick Herman depuis que son père avait pris sa retraite quelques années auparavant. La collection d'autocollants qui envahissait la vitrine annonçait qu'on pouvait disposer de boîtes postales, de photocopieuses, et, à présent, d'un fax.

Après avoir transmis les coupures de presse, Jane rentra chez elle. Elle passait la porte lorsque la sonnerie du téléphone retentit. Peut-être Carey n'était-il pas avec la grande praticienne ? Elle attrapa le combiné au moment où son répondeur se mettait en marche. « Vous êtes bien au… » Le répondeur s'arrêta. « Allô ?

– Salut, Jane. » La dernière fois que Jane l'avait entendue, Karen lui demandait, d'un ton purement spéculatif, si par hasard il y avait moyen de protéger un témoin qui venait juste de sauver l'un de ses clients. « J'ai eu ton message. Mais qu'est-ce que c'est ?

– Est-ce que tu as lu les articles ? dit Jane.

– La deuxième femme, je suppose que c'était toi ?

– Tu n'as pas besoin de le savoir.

– Ne t'en fais pas, la relation avocat-client est confidentielle.

– Je ne suis pas une cliente.

– Si tu as des problèmes, tu l'es.

– Je n'en ai pas. J'ai juste besoin de conseils. Comment s'y prennent-ils pour s'approprier l'argent ?

– Je n'en ai pas la moindre idée, dit Karen. Si c'était évident, je ne serais certainement pas la seule à pouvoir m'en apercevoir. Sans avoir lu les documents qui ont instauré le trust, je ne peux faire que des suppositions.

– D'accord, alors laisse-moi essayer. Quelle est la période de prescription pour une malversation frauduleuse dans un trust ?

– Ici c'est quatre ans. Il faudrait que je regarde pour la Californie.

– Suppose qu'ils aient récupéré l'argent de Timmy le jour où la vieille dame est morte. Ils déclarent Timmy décédé, et c'est bon ? Personne ne peut rien faire ?

– Non. Il est mineur, n'est-ce pas ? La procédure ne peut pas débuter avant qu'il ait atteint dix-huit ans, lorsque l'argent lui revient. S'il ne s'aperçoit de rien pendant quatre ans, ils sont au clair, à partir du moment où ils n'ont rien fait de pire.

– Et s'il était mort ?

– Alors c'est l'héritier le plus proche qui obtient l'argent – sans doute un adulte – et les pendules recommencent à tourner. Qui est-ce ? »

Jane garda le silence une minute. « Les associations caritatives. C'est pour ça, n'est-ce pas ?

– Je ne comprends pas.

– Voilà l'explication ! C'est pour cela qu'ils voulaient la mort de Timmy – légale ou réelle. Pour que l'héritier ne soit plus une personne.

– Je ne suis pas certaine de te suivre.

– La grand-mère de Timmy a créé ce trust. L'argent était censé aller à son fils. Le fils est mort. Le nouveau bénéficiaire était son petit-fils, un nouveau-né. Timmy. Il n'y avait pas d'autres parents ou s'il y en avait, grand-maman n'était pas séduite. Le procureur l'a mentionné dans l'article : l'argent va aux associations caritatives.

– C'est impossible. Les associations caritatives ne sont généralement pas gérées par des idiots. Ils reçoivent tout le temps des donations, et leurs avocats savent parfaitement s'assurer qu'ils obtiendront ce que le donateur voulait qu'ils obtiennent. Les associations caritatives sont une corporation, c'est comme un individu devant la loi. Elles ont quatre ans avant que la prescription ne s'écoule. Les avocats passeront le testament et les papiers de la fondation au crible dès qu'ils en entendront parler.

– Non, dit Jane. Le trust ne revient pas aux associations caritatives. Seul l'argent leur revient. »

Karen aspira une bouffée d'air. « Oh non, dit-elle. Tu me dis que la vieille dame n'a pas cité d'associations caritatives particulières ?

– Personne n'en a jamais mentionné aucune. Et Dennis, un autre avocat qui a examiné le dossier, dit qu'il s'agissait d'un terme général. Il était convaincu que l'argent allait disparaître, mais il n'a pas précisé comment. »

La voix de Karen semblait lasse, mais elle parlait vite, comme si elle lisait quelque chose d'imprimé sur ses paupières. « Alors je peux imaginer beaucoup de façons d'y parvenir. Voilà la plus simple. Timmy est déclaré mort – de fait ou légalement – et ils obtiennent un certificat de décès. Donc ils distribuent l'argent à une association caritative de leur choix, ou même de leur propre fabrication, et l'argent leur revient d'une manière ou d'une autre : salaires et services fantômes, missions rémunérées, n'importe quoi.

– Est-ce que c'est comme ça que tu ferais ? »

La voix de Karen devint monocorde. « Merci beaucoup.

– Tu sais ce que je veux dire. Est-ce le moyen le plus malin ? Pourquoi ont-ils choisi ce moment précis pour faire constater la mort de Timmy ?

– Ce que je viens de t'indiquer, c'est le moyen idiot. Le moyen le plus intelligent est toujours de rester aussi proche de la légalité que possible. S'ils étaient les seuls mandataires, ils pouvaient détourner l'argent depuis le début. Ils pouvaient prélever des intérêts énormes, facturer toutes sortes de frais, et cuisiner un peu les comptes pour faire apparaître des pertes dans les investissements. Ce ne serait pas du vol. Ils veilleraient à conserver une somme substantielle. De quelle somme s'agit-il ?

– Je ne sais pas. J'ai l'impression que ce sont des dizaines de millions. Peut-être des centaines.

– D'accord. Disons que nous avons cent millions. Avec quatre ou cinq pour cent d'intérêt par an, en tant que mandataires, ils peuvent s'en sortir. Ils peuvent également faire virtuellement n'importe quoi avec le capital. Il y a des directives écrites dans tous les États que je connais, mais elles sont vastes et ouvertes aux interprétations. Ils peuvent aussi, si personne ne fait la connexion, investir dans l'élevage de chinchillas de leur copain, lequel fera faillite. S'ils sont suffisamment intelligents pour voler lentement le trust et pour diversifier les investissements afin de le faire paraître infructueux, ils peuvent empocher beaucoup.

– Infructueux ?

– Oui. Le trust a beaucoup d'actions dans quinze cents sociétés, vingt millions en bons fédéraux et une perte de cinq millions de dollars sur le ranch de chinchillas. Ce n'est pas brillant d'admettre qu'ils se sont tout simplement trompés sur le chinchilla, mais ce n'est pas malhonnête.

– Et alors ?

– Ils le font deux ou trois fois de plus au fil des années, s'assurant que les proportions sont bonnes – neuf gagnants, un perdant. Ils empochent beaucoup, mais c'est en partie caché par le fait que la plupart des investissements rapportent de l'argent. N'oublie pas que même les bons investissements montent et descendent, les mauvais sont donc difficiles à repérer. Lorsqu'ils ont pris tout ce qu'ils pouvaient, ils cliquent sur “quitter”.

– Comment font-ils ?

– Ils remplissent les termes de la fondation – c'est-à-dire qu'ils distribuent l'argent aux associations caritatives. Simplement il n'y a plus cent millions, mais vingt.

– Et personne ne remarque la disparition des quatre-vingts millions ?

– Tant que la fondation ne change pas de mains, personne ne vérifie. Si tu as vingt millions, tu peux arroser correctement le monde des associations caritatives. Tu te gardes de faire un chèque de vingt millions à l'une d'entre elles avant de fermer les comptes.

– Que fais-tu ?

– Tu divises le capital en parts de dix mille dollars et tu le disperses. Cela fait deux mille chèques de la fondation Agnes Phillips, dont personne n'a jamais entendu parler. Chaque année, tu envoies dix mille dollars à quatre cents associations caritatives différentes dans tout le pays. Et cela cinq ans de suite. La première année, lorsque la Fondation des Enfants de Kankakee reçoit un chèque d'Agnes Phillips, que fait-elle ?

– J'ai compris.

– Elle t'envoie un mot de remerciement. Il ne lui viendrait pas à l'esprit de demander un audit de la fondation qui fait le don de dix bâtons. Il s'agit d'une association caritative, elle ne peut être que reconnaissante. Peu lui importe la dimension de la fondation, ce qu'elle espère, c'est recevoir un nouveau chèque l'année prochaine pour pouvoir aider plus d'enfants.

– Donc au bout de six ans l'argent est dépensé, et la prescription couvre les quatre-vingts millions volés ?

– S'ils obtiennent seulement cinq pour cent de retour sur l'argent qu'ils dispersent, ils gagnent deux ans supplémentaires. Ce qui travaille le plus en leur faveur, c'est que pendant cette période, à peu près huit ans, personne ne pose aucune question. C'est l'essentiel. Si, à la fin de ces huit ans, il y a un audit général, les consultants ne pourront trouver aucune erreur de gestion de moins de huit ans, ni aucun vol. À partir du moment où le début des versements date de plus de quatre ans, plus rien n'a grande importance.

– Alors qu'est-ce que je fais maintenant ?

– Je vais te dire ce que je ferais à ta place. Je m'assurerais que Timothy Phillips est bien protégé. Rien de tout cela ne fonctionne si l'héritier est en vie. »

10

Jane se rendit dans une cabine téléphonique à quelques kilomètres de chez elle, appela les renseignements de Los Angeles pour obtenir le numéro de la Haute Cour de Van Nuys, puis demanda à être mise en relation avec le bureau du juge Kramer. Il était encore tôt le matin en Californie, et la secrétaire lui parut irritable et somnolente. « Secrétariat du juge Kramer.

– Pourriez-vous, s'il vous plaît, lui dire que Colleen veut lui parler ? » Le patronyme qu'il lui avait donné lui était sorti de l'esprit.

« Un moment. Je vais voir s'il est disponible. »

Le nom lui revint en mémoire. Mahoney.

– Excusez-moi ?

– Colleen Mahoney. »

Jane imagina la secrétaire pressant le vieux bouton, marchant jusqu'à la vieille porte de chêne, frappant respectueusement, et entrant dans la pièce obscure aux stores horizontaux. Elle lui laissa quelques secondes pour annoncer l'appel au juge Kramer, et quelques secondes supplémentaires au juge pour qu'il situe Colleen Mahoney et décroche, mais il était déjà en ligne. « Juge Kramer.

– Bonjour, monsieur le Juge. Vous vous souvenez de moi ?

– Oui. Quelle surprise !

– J'ai découvert une chose intéressante.

– Qu'est-ce que c'est ?

– Eh bien, le procureur, après avoir jeté un coup d'œil au trust de Timmy, a déclaré qu'Hoffen-Bayne ne pouvait rien entreprendre de malhonnête. Mais il est passé à côté d'un détail important.

– Quoi donc ? »

Jane parlait avec détermination. « Si Timmy mourait, l'argent irait aux associations caritatives. Le procureur en déduit que tout serait alors en règle. Mais la grand-mère n'a pas dit : "Au cas où Timmy mourrait, dispersez immédiatement le trust et divisez les biens entre les associations caritatives suivantes" ou : "Que le trust se poursuive en distribuant ses revenus aux associations caritatives suivantes." Elle a dit : "Distribuez l'argent." Point final. Aucune organisation spécifique n'est citée nommément dans la donation. Si tel avait été le cas, l'organisation en question aurait été en droit de demander à consulter les comptes.

– Vous dites qu'Hoffen-Bayne a en tête de dévaliser le trust, de donner les miettes aux associations caritatives, et tout ça, sans que personne ne s'en aperçoive ? Je ne vois pas comment ils pourraient imaginer s'en sortir ainsi.

– Un de mes amis avocat pense que ça aurait pu marcher si Timmy n'avait pas réapparu. Tant qu'il n'y a pas d'héritier, personne n'a le droit de réclamer un audit.

– Sauf l'État de Californie.

– J'ai une question à vous poser : à la mort de la grand-mère, le trust a-t-il dû être soumis à une validation ?

– Non, il en a été exempté.

– Et n'est-il pas censé faire une déclaration de revenus annuelle ?

– Certainement.

– Mon ami semble penser que c'est la seule occasion pour l'État de procéder à un contrôle systématique, sauf si le trust change de mains. Quelqu'un doit en faire la demande et il faut une raison légitime. Et la durée des prescriptions pour les détournements financiers est d'environ quatre ans. »

Le juge émit un sifflement. « Votre ami semble avoir travaillé plus sérieusement que je ne l'ai fait. S'ils ont effectivement fait régulièrement leur déclaration de revenus, déclaré Timmy décédé, et pris leur temps pour la distribution aux associations caritatives, alors oui, ils peuvent probablement éviter un contrôle précis jusqu'à ce qu'il soit trop tard pour engager les poursuites. Mais votre ami doit pratiquer dans un autre État. Ici, la durée de la prescription n'est pas de quatre ans, mais de deux.

– Formidable, murmura-t-elle.

– Mais ils n'y arriveront pas : ils n'ont pas de certificat de décès. »

Jane dit sur un ton calme et posé : « S'ils ont déjà volé de l'argent à Timmy, ils ont besoin d'un tel certificat.

– Tout va bien. Timmy est sous la protection de la police.

– Ah oui ? J'ai pu entrer dans sa chambre, parler avec lui, l'emmener faire une promenade, et le ramener sans être inquiétée.

– Je vais ordonner son déplacement.

– Le déplacer, c'est augmenter le danger. Dites-leur simplement que vous ne le gardez pas au secret, que vous voulez qu'il soit protégé, et ils feront de leur mieux. Je suis certaine que vous le savez : nul ne peut empêcher quelqu'un qui le veut vraiment de tuer Timmy.

– Alors, bon Dieu, que voulez-vous que je fasse ?

– Supprimez le mobile.

– Comment ?

– Le meurtre de Timmy servirait à dissimuler une escroquerie. Donc il faut mettre cette escroquerie au grand jour. Le gamin est sous votre tutelle. Ordonnez un audit de ses biens.

– D'accord.

– Et pourriez-vous provoquer un effet de surprise ? Vous savez… comme une descente de police ?

– Oui. Je dois faire des enquêtes préliminaires d'abord, et j'aurai à établir des éléments concrets pour justifier une perquisition, mais je le ferai. Mais qu'est-ce que vous voulez découvrir de plus ?

– Rien. » Puis elle ajouta : « Monsieur le Juge ?

– Quoi ?

– Je ne sais pas si vous l'avez compris, mais s'ils s'aperçoivent de ce que vous allez faire, vous allez représenter une menace à leurs yeux.

– J'en suis conscient, dit-il d'un ton sec. Bon, j'ai soixante-trois plaignants et leurs maudits avocats alignés dans une salle de tribunal qui m'attendent, donc si vous voulez bien m'excuser…

– Prenez soin de vous, vous êtes un homme exceptionnel.

– Bien sûr que je suis exceptionnel. Au revoir. »

Jane raccrocha et rentra chez elle. Elle grimpa l'escalier, ouvrit son placard, puis se souvint qu'elle avait donné la valise qu'elle cherchait à l'Armée du Salut de Los Angeles. Elle retourna au rez-de-chaussée, dans le petit bureau qu'elle s'était installé dans la pièce où sa mère faisait sa couture, fouilla dans l'armoire et dénicha une vieille valise marron. Elle était un peu plus petite, mais Jane n'emporterait pas grand-chose avec elle. Elle fixa le téléphone des yeux un moment, puis composa un numéro. Un répondeur se mit en marche. « Carey, c'est Jane. J'ai bien peur d'avoir eu raison pour le voyage. Je t'appelle quand je rentre. Pendant ce temps-là, il faudra t'amuser tout seul. Au revoir. » Elle remonta dans sa chambre et entreprit de faire ses bagages.

Comme Jane posait sa valise et traversait la cuisine pour s'assurer que les fenêtres étaient verrouillées et la nourriture rangée dans le congélateur, elle aperçut la pile de lettres que Jake lui avait apportées. Elle ne s'était même pas souciée de les regarder. Appuyée sur le plan de travail, elle jeta un coup d'œil à chaque enveloppe, cherchant les factures. Il y avait plusieurs enveloppes imprimées, mais c'étaient des publicités.

Elle ouvrit finalement celle du dessus. Elle était fine, carrée et rigide, venant de Maswell-Lammett Investment Services à New York. Elle contenait une carte de vœux. C'était une carte ancienne, une photographie coloriée à la main. Elle représentait un torrent, et, difficile à distinguer du premier coup d'œil, un daim émergeant à peine d'un buisson. Les feuilles des arbres étaient d'un rouge vif, jaunes ou orange. La légende en était : « Été indien. » Lorsque Jane l'ouvrit, un chèque s'en échappa. L'écriture féminine disait : « Vous m'avez dit qu'un matin après un an ou deux je m'éveillerais, que je regarderais autour de moi et me sentirais bien parce que tout serait terminé. Vous m'avez dit qu'alors je vous enverrais un cadeau. J'ai trouvé la carte il y a des mois, et je l'ai gardée, mais vous êtes quelqu'un de difficile à dénicher. Merci. maRiée et Enceinte. » R était pour Rhonda et le E pour Eckerly, du moins l'avait été.

Jane prit le chèque et l'examina. La machine du caissier avait imprimé dessus : « Deux cent cinquante mille dollars. » Le donneur était la société de placements et le tampon indiquait : « Vente de portefeuille. » Elle mit le chèque dans son sac et jeta un dernier coup d'œil à la carte. Rhonda s'était sans doute trouvée rusée d'inscrire son nom en code. Si les gens que son ex-mari avait payés pour la pourchasser avaient eu connaissance de l'existence de Jane, ils auraient pu identifier les empreintes digitales de Rhonda sur le papier et probablement retrouver sa trace par l'intermédiaire du chèque.

Jane mit la hotte de sa cuisinière en marche et sortit une casserole de métal, enflamma la carte et la posa dans la casserole. Il y aurait un jour où un hôte indésirable passerait par cette maison. Peut-être serait-ce un chasseur de primes, ou peut-être un policier enquêtant sur sa mort. Qui que ce soit, il ne trouverait aucune trace des centaines de fugitifs susceptibles de devenir des rentes pour sa retraite. Après avoir brûlé la carte, elle éteignit la hotte, aspergea les cendres, puis les laissa couler dans le siphon de l'évier. Elle mit le reste du courrier à la poubelle, prit sa valise, brancha l'alarme et sortit sur le porche.

En verrouillant la porte et en jetant un dernier regard à sa maison, elle pensa aux jours anciens, lorsque les Senecas partaient régulièrement en groupe de trois ou quatre guerriers pour attaquer les tribus du Sud et de l'Ouest. Après chaque combat, ils couraient le long du sentier dans la grande forêt, ne s'arrêtant parfois pas pendant deux jours et deux nuits.

Lorsqu'ils étaient de retour dans le Nundawaonoga, ils approchaient de leur village en poussant un cri spécial pour annoncer aux gens ce qu'ils allaient célébrer. Mais parfois c'était un guerrier solitaire, seul survivant, qui remontait la piste. Il venait se reposer et prendre de la nourriture, il pleurait ses amis pendant un temps. Puis il rassemblait tranquillement ses armes, ses mocassins de rechange et ses provisions, et il reprenait la piste. Il repartait vers ses ennemis, même si c'était à mille miles à l'ouest, vers le Mississippi, ou au sud vers le Cumberland. Il restait seul dans la forêt et observait l'ennemi jusqu'à ce qu'il soit certain de connaître ses habitudes, ses défenses et ses vulnérabilités. Il observait et attendait jusqu'à ce qu'il sente que les autres aient cessé de guetter une attaque iroquoise, cette attente dût-elle durer un an ou deux.

Jane pensa en gagnant sa voiture que le cadeau de Rhonda arrivait au bon moment. Si elle déposait l'argent sur le chemin de l'aéroport, il représentait beaucoup de paires de mocassins de rechange.

11

Jane s'embarqua sous le nom de Wendy Simmons pour Dallas-Fort Worth, et de là c'est Diane Newberry qui s'envola pour San Diego. Puis elle prit la navette de l'aéroport jusqu'à l'alignement de grands hôtels à Harbor Island. Elle descendit au Trave Lodge, et poursuivit à pied jusqu'au Sheraton East, parce qu'il semblait le plus important de tous.

Jane réserva une chambre avec une carte de crédit au nom de Katherine Webster. Elle l'avait obtenue de la même façon que les cinq autres cartes qu'elle possédait : elle les avait « élevées ». De temps en temps, Jane faisait un voyage pour « élever » des cartes de crédit. Elle commençait par un faux certificat de naissance, avec lequel elle passait l'examen pour obtenir un vrai permis de conduire, puis se rendait dans une banque et ouvrait un compte chèques. Si la somme qu'elle déposait était suffisante, la banque lui proposait une carte de crédit le jour même. Sinon, elle utilisait le chéquier pour des virements à ordre. En quelques mois, la nouvelle femme qu'elle était devenue commençait à recevoir des courriers d'offres spontanées. Parmi les catalogues et les demandes de contribution, il y avait inévitablement des offres de cartes de crédit. Elle les utilisait avec soin – une nouvelle carte dans chaque nouvelle ville. Lorsque Katherine Webster disparaissait d'un endroit, elle ne réapparaissait pas dans un autre. Une femme nommée Denise Hollinger prenait sa place.

Quant aux banques, celles qui éditaient leurs propres cartes de crédit étaient satisfaites de se payer chaque mois sur le compte chèques, et Jane n'avait rien d'autre à faire que de conserver un crédit élevé. Pour les autres, elle remplissait simplement la section changement d'adresse sur le troisième relevé, et les suivants étaient expédiés à un homme d'affaires fictif nommé Steward Hoffstedder. L'un des services offert par Hoffstedder était de payer les factures de ses clients. Il avait une boîte aux lettres à New York pour recevoir les factures, et il émettait des chèques, soigneusement imprimés, émanant d'une grosse banque new-yorkaise. L'imaginaire M. Hoffstedder était si fiable que chaque année la plupart de ses clients voyaient la limitation de crédit de leur carte bancaire augmenter.

Parfois Jane « élevait » une catégorie de carte de crédit différente. L'opération commençait avec l'ouverture d'un compte chèques joint avec son mari, lequel était tellement occupé qu'elle devait porter les papiers à signer à la maison pour qu'il les paraphe. Elle les réexpédiait par courrier. Les mois passant, le mari payait ses achats par correspondance avec ses chèques, et obtenait sa carte de crédit. Puis Jane fermait le compte chèques joint et s'assurait que l'imaginaire M. Hoffstedder recevait les factures de son mari imaginaire. Elle pouvait utiliser la carte de ce mari fictif pour payer les réservations par téléphone, et lorsqu'elle voyageait, elle laissait les gens s'interroger sur son statut d'épouse, de maîtresse ou de collègue, sans préciser quoi que ce soit.

Lorsque Katherine Webster eut réservé sa chambre, elle y apporta les journaux de San Diego, commanda un dîner, et commença à mettre en œuvre le plan qu'elle avait imaginé au cours de son long voyage à travers le pays. D'abord, elle retint par téléphone une voiture de location, en demandant que les clés soient livrées à la chambre de M. William Dunlavey et que la voiture soit mise à sa disposition au parking de l'hôtel. Elle passa quelques minutes à lire les « Pages entreprises » du *San Diego Union*, puis régla son réveil à six heures et se mit au lit.

Lorsque l'alarme l'éveilla, Jane vérifia de nouveau le nom qu'elle avait trouvé sur la page d'annonces des entreprises : Marcy Hungerford, de Del Mar, siégeant au Comité des Femmes du St James Fund-Raising et présidente d'honneur du bal de cette année, se rendait dans sa propriété familiale de Palm Beach. C'était ce qu'il y avait de plus convaincant. Les présidentes d'honneur étaient soit célèbres soit riches, et Marcy Hungerford n'était pas célèbre. Elle réunissait des fonds de donation, et elle était active dans ce milieu, donc elle devait avoir un numéro de téléphone accessible. Jane consulta l'annuaire et y trouva le nom accompagné d'une adresse.

Jane emprunta l'escalier menant à la piscine, sortit par la porte du garage, et contourna le bâtiment vers le parking. Elle n'eut pas de difficulté à trouver la voiture de location. Elle avait dit à la femme au téléphone que M. Dunlavey aimait les grosses voitures noires, et celle-ci avait un petit autocollant sur le pare-chocs arrière gauche au nom de la compagnie de location. Elle marcha le long de la file de voitures en stationnement jusqu'à ce qu'elle en trouve une avec une étiquette Auto Club, la détacha d'un coup d'ongle et revint la coller sur celle de sa propre voiture.

Jane roula jusqu'à l'autoroute du Golden State, se dirigea vers la première sortie pour Del Mar, passa sur un haut plateau et redescendit par la route qui longeait l'océan. Les maisons à l'ouest de la route étaient vastes et très espacées, et elle pouvait voir de larges bandes de grève plane de l'autre côté. La maison de Marcy Hungerford lui parut tout à fait satisfaisante. Elle avait deux étages, un long toit incliné et des pilotis côté plage. De l'autre côté, à peu près deux cent cinquante mètres la séparaient du garage pour quatre voitures proche de la route. Elle passa en roulant très lentement devant la maison et examina l'extérieur. L'agencement était trop complexe pour que Marcy Hungerford ait donné leur semaine à tous les domestiques, ou qu'elle les ait emmenés avec elle, mais ils ne poseraient pas de problèmes. Avant qu'ils ne comprennent que quelque chose n'allait pas, tout serait rentré dans l'ordre.

À neuf heures, Jane trouva une petite boutique à San Diego qui proposait un service de boîtes postales, et versa une mensualité au nom de Marcy Hungerford. Puis elle roula jusqu'à Del Mar et se rendit à la poste. Elle remplit un formulaire de changement d'adresse et fit envoyer tout le courrier de Marcy Hungerford à sa nouvelle boîte postale, qui serait opérationnelle dès le lendemain.

À dix heures, Jane se rendit à un téléphone payant dans un coin retiré du Balboa Park et composa un numéro à Los Angeles. Comme elle glissait les pièces dans la fente, elle regarda de nouveau sa montre.

« Hoffen-Bayne, dit le standardiste.

– Je voudrais parler au responsable des nouveaux clients, s'il vous plait.

– Votre nom ?

– Marcy Hungerford.

– Patientez un instant je vous prie, je vous passe M. Hanlon. » Elle entendit des cliquetis, puis une voix masculine dit calmement : « Ronald Hanlon. Que puis-je faire pour vous, mademoiselle Hungerford ?

– Madame, dit Jane. Je suis en train d'envisager une nouvelle organisation de mes finances, et je me renseigne ici et là. J'aurais aimé en savoir plus sur Hoffen-Bayne.

– Eh bien, nous sommes dans les affaires à Los Angeles depuis 1948 et nous nous occupons d'un éventail assez complet de placements financiers pour un grand nombre de clients. Notre équipe est composée de spécialistes de l'investissement, de spécialistes des taxes, de comptables, de spécialistes en gestion immobilière, et ainsi de suite. Si vous pouviez me donner une idée générale de vos besoins, je pense que je pourrais vous informer plus précisément. »

Ce qui signifiait : combien d'argent avez-vous ? « Bien, dit Jane, les affaires de mon mari sont gérées par la Chase Manhattan. » Ce qui établissait qu'elle ne s'était pas trompée d'adresse ; les banques gèrent rarement moins de quelques millions. « Mais j'ai quelques avoirs que j'aimerais gérer séparément. » Elle gardait un ton chaleureux et opaque. Peut-être y avait-il des problèmes dans le couple. Si tel n'était pas le cas, la Californie étant un État de communauté des biens elle pouvait parfaitement, en plus de la moitié de ce que son mari avait à la Chase Manhattan, parler d'argent dont ce dernier ne connaissait pas l'existence. Elle en donnait un avant-goût à M. Hanlon. « J'aimerais que quelqu'un en qui j'ai confiance puisse gérer mon argent avec prudence, pour qu'il me rapporte un revenu régulier annuel. » La « prudence » signifiait qu'elle n'avait plus besoin de prendre des risques, et le « revenu » était une autre allusion à un divorce.

Hanlon mordit à l'hameçon lentement et avec souplesse. « Oui, voilà qui semble avisé. Je peux vous mettre en contact avec nos comptables, le service des taxes, et un planificateur financier.

– Et le service de la gestion immobilière. Avez-vous des dispositions pour vous occuper de propriétés à l'étranger ? France et Italie ? »

Elle avait lâché le morceau. Il ne parlait pas à une dame avec un portefeuille d'un million ou deux. « Je pense que la meilleure chose à faire serait de prendre rendez-vous, nous pourrions en parler en détail avec des conseillers de différents services. Quand seriez-vous libre ?

– C'est le problème. Je vis à San Diego et je pars pour Palm Beach aujourd'hui. » Elle regarda sa montre pour voir combien de temps elle avait parlé.

« Quand serez-vous de retour ?

– Je ne sais pas exactement. Peut-être dans un mois. Je m'informe auprès de différentes sociétés. Je voudrais regarder cela de plus près pendant mon séjour. J'aurai déjà fait une première sélection quand je reviendrai. » L'idée d'une rivalité serait utile. « J'aurais aimé que vous m'expédiiez des documents qui pourraient m'aider à faire mon choix. » Elle décida que Marcy Hungerford n'avait aucune raison d'être vague, et en faire quelqu'un de naïf ne serait d'aucune utilité. « J'aimerais connaître les antécédents et les qualifications de votre personnel spécialisé dans les investissements, les plans financiers. Enfin, vous voyez ce que je veux dire. »

M. Hanlon parut un peu surpris. Peut-être étaitelle allée trop loin. « Je pense que nous avons de quoi vous renseigner. Quelle est votre adresse ?

– C'est 99233 The Shores, Del Mar, Californie 91182. » Elle consulta de nouveau sa montre. Elle n'avait plus que quelques secondes avant que l'opératrice n'intervienne et ne lui réclame des pièces de monnaie supplémentaires.

« Téléphone ? »

Jane lui donna celui de Marcy Hungerford. Le répondeur ou les domestiques lui apprendraient qu'elle était absente.

« Parfait, je vous envoie tout cela immédiatement. »

Plus que dix secondes. « Bien. Je le lirai attentivement. Et merci. » Elle raccrocha et traversa la pelouse luxuriante du parc en direction du zoo. Elle était satisfaite. Hanlon ferait une démarche sérieuse pour l'impressionner avec les activités d'Hoffen-Bayne. Le plus important était de savoir s'il avait percuté sur les antécédents. Celui qui avait poursuivi Timmy Phillips était dans la société depuis sept ans, et il y travaillait encore.

Le matin suivant, lorsque Jane sortit courir sur la plage, elle pensa aux moyens d'examiner la structure de la société. Si Hoffen-Bayne existait depuis 1948, ils avaient très certainement déjà été attaqués en justice. Elle pouvait se rendre à l'Université et engager un étudiant en droit pour sonder les dossiers juridiques du Comté. Elle obtiendrait au moins les noms des membres du personnel d'Hoffen-Bayne qui avaient été assignés à comparaître.

Mais cela nécessitait d'imaginer une nouvelle histoire à raconter à l'étudiant en question, afin qu'il se sente à l'aise pour faire ce travail, mais pas suffisamment pour en parler librement. De plus, l'étudiant devrait se rendre dans un bâtiment public ; là, l'étonnante curiosité dont il ferait preuve à l'égard d'une certaine société ne manquerait pas d'attirer l'attention. De là à ce que l'on subodore qu'il aidait quelqu'un à instruire une affaire… Cette sorte d'information pouvait ensuite facilement venir aux oreilles d'Hoffen-Bayne. Quelqu'un, chez eux, avait certainement découvert que Dennis Morgan faisait des recherches. Elle décida de ne pas impliquer un innocent de plus dans ce gâchis.

À quatre heures, Jane rentra par l'autoroute du Golden State jusqu'à Del Mar et s'arrêta à la petite boutique où elle avait ouvert sa boîte postale. En regardant par le hublot, elle constata que Marcy Hungerford avait beaucoup de courrier. Jane fit le tri parmi les lettres, les factures et catalogues jusqu'à ce qu'elle trouve l'enveloppe d'Hoffen-Bayne, puis retourna à la poste et remplit un nouveau formulaire de sorte que le courrier de Marcy Hungerford soit de nouveau distribué chez elle.

Elle pensa à écrire « Erreur de distribution » sur les enveloppes et à les glisser dans la boîte la plus proche, mais décida que le moyen le plus sûr était de faire comme s'il n'y avait pas eu d'interruption dans le service. Elle attendit vingt heures, lorsque la plage devint obscure, pour passer devant la maison de Marcy Hungerford à pied et déposer le courrier dans sa boîte avant de revenir à sa voiture.

À l'hôtel, Jane décacheta l'envoi d'Hoffen-Bayne et commença à l'étudier. Elle constata immédiatement que M. Hanlon, visiblement convaincu que Marcy Hungerford était une cliente valable, n'avait ignoré aucune de ses allusions. Une brochure imprimée donnait de brefs descriptifs des différentes branches de la société. La couverture montrait une photographie retouchée de l'immeuble de Wilshire Boulevard, et à l'intérieur, Jane trouva des graphiques et des tables de valeurs destinés à démontrer les gains élevés de leurs clients, avec un texte annonçant des services personnalisés. M. Hanlon avait également dicté une lettre à l'attention de Mme Hungerford, et il y avait fait agrafer une liasse de biographies sortant de l'ordinateur.

Le lendemain matin, Jane rendit sa clé à l'hôtel et prit l'autoroute pour Los Angeles. La côte californienne l'avait toujours mise mal à l'aise. L'air était tiède, calme et tranquille, comme si l'on ne se trouvait pas à l'extérieur. À gauche de la route, l'océan bleu gris montait et retombait en longs rouleaux paresseux, presque gélatineux lorsque les bancs d'algues brunes tissaient leur réseau à la surface. À l'est, les collines basses, sèches et d'un jaune tendre, lui procuraient toujours un effet soporifique parce qu'elles étaient difficiles à discerner, trop vagues pour qu'on sache si elles étaient petites et proches, ou vastes et lointaines. Une fresque de pentes abruptes, celles des montagnes sombres et découpées, leur faisait une toile de fond.

Le paysage semblait désert le long de la route. Difficile de croire que ç'avait été la partie du continent la plus peuplée lorsque les missionnaires espagnols et leurs soldats étaient arrivés. Les Indiens d'ici n'avaient pas été en guerre pendant des siècles, comme les Iroquois, et ce n'étaient pas des combattants. Les premiers Européens qu'ils avaient vus les avaient parqués dans des camps de concentration, où ils les avaient obligés à construire des missions de pierre et à travailler dans les champs, avant de les enfermer la nuit dans des baraquements, les hommes d'un côté et les femmes de l'autre. Ils étaient enchaînés, fouettés, affamés, torturés et exécutés pour toute infraction contre les autorités religieuses. Ils mouraient des nombreuses maladies qui proliféraient dans leurs quartiers nauséabonds. Et ils avaient été ainsi progressivement exterminés.

La Californie était un endroit triste, un abattoir à l'origine, qui ne pourrait jamais être complètement lavé de ce souvenir. Cet endroit avait été perpétuellement remodelé par de nouveaux occupants incapables d'expliquer

12

En fin d'après-midi Jane s'installa dans un restaurant face à l'immeuble d'Hoffen-Bayne pour l'observer par la fenêtre. Le bâtiment était peu élevé pour ce quartier de Los Angeles, seulement quatre étages. Le rez-de-chaussée hébergeait un café et une agence de voyages, et la réception d'Hoffen-Bayne occupait le premier niveau. Une heure plus tard, Jane traversa la rue et se rendit sur le palier supérieur de la rampe de parking du gros immeuble d'assurances voisin du petit bâtiment. Là, elle pouvait parfaitement étudier les fenêtres du haut, et distinguer les bureaux individuels, occupés par les experts financiers, les courtiers et les experts-conseils, et les grands espaces paysagers occupés par les comptables et les secrétaires. Elle attacha une attention particulière aux bureaux d'angle, visiblement privilégiés.

À six heures, les gens à l'intérieur sortirent eurs sacs des tiroirs de leurs tables de travail et teignirent leurs ordinateurs. Jane alla déambuler long de la petite rue perpendiculaire à Wilire Boulevard. Elle observa les hommes et les mmes qui sortaient de l'immeuble et prenaient pourquoi ils agissaient ainsi. Ils passaie douces collines au bulldozer pour obten espaces plats où ils construisaient des amé ments hideux et surpeuplés qui recouvraien beaux sites comme une lèpre. Ils creusaie grattaient le territoire en l'ensevelissant sou ciment, et chaque ville ressemblait à toutes autres. La reconstruction était tellement mass que tous les grands ensembles semblaient av entre dix et vingt ans, et commençaient déjà paraître périmés.

Jane roula trois heures sur l'autoroute jusqu'. celui d'Hollywood. Elle sortit à Vermont, puis s'engagea dans Wilshire Boulevard où les grands immeubles abritant des sociétés surgissaient brutalement dans le béton.

Les événements qui s'étaient succédé avaient un caractère très impersonnel : une société respectée avait géré un compte, et elle avait décidé qu'il était temps de déposer une requête pour faire reconnaître le décès d'un de ses clients. Mais quelque part, derrière ce vernis opaque et anonyme, il y avait un individu. L'argent est volé par des êtres humains. Parfois les voleurs travaillent ensemble et parfois séparément, mais le auteurs de détournements de fonds les plus pro pères travaillent seuls. Le moment de s'intéress à cet individu était venu.

I
é
le
sh
fe

leurs voitures sur le parking réservé au personnel. Après avoir inscrit les numéros d'immatriculation, les marques et les modèles, Jane assortit les voitures aux personnes qu'elle avait localisées par la fenêtre.

Sur un morceau de papier Jane dessina quatre grilles représentant les fenêtres de l'étage supérieur, et les intitula « N », « S », « E », et « O ». Elle nota à l'emplacement de chaque fenêtre le signalement de la personne qui y était apparue, et ce qui s'était passé à ce moment-là. Un supérieur pouvait surgir chez un subordonné, mais lorsque plusieurs personnes se réunissaient dans un bureau, c'était habituellement celui d'une personne haut placée.

Une heure plus tard, les fenêtres supérieures étaient obscures mais le café et l'agence de voyages étaient encore en activité. Jane entra dans le hall, prit l'ascenseur jusqu'au premier étage, et tomba sur les portes vitrées d'Hoffen-Bayne. Elles étaient, bien entendu, verrouillées. Jane espérait trouver un organigramme placardé sur le mur, mais il n'y en avait pas. L'aire de réception était lambrissée, avec un mobilier luxueux qui la faisait ressembler à une salle d'attente de médecin. Il n'y avait pas d'entrée secondaire dans le complexe, et un petit autocollant sur la porte indiquait : « Protégé par Intercontinental Security », et en dessous : « Contrôle d'accès et système vidéo centralisé. » Jane n'avait pas particulièrement envie de parier sur ses capacités à déjouer le genre de système de sécurité utilisé par une compagnie détenant autant d'argent. Elle fit donc demi-tour et reprit l'ascenseur jusqu'au sous-sol de l'immeuble, au niveau du parking. Là, elle trouva une porte avec un panneau « Entrée interdite ». La serrure n'était pas électrifiée, et Jane n'eut aucune difficulté à glisser la carte de crédit de William Dunlavey entre le pêne et le chambranle, puis à repousser la clenche. La pièce contenait des boîtiers de disjoncteurs et un central téléphonique qu'elle ouvrit pour étudier le diagramme affiché à la porte qui indiquait les extensions des différents bureaux de l'immeuble. Jane les nota soigneusement avant de retourner à sa voiture.

Installée dans une chambre d'hôtel, à trois kilomètres de Wilshire Boulevard, elle entreprit de comparer son plan des bureaux avec les extensions téléphoniques. Un seul numéro avec quinze extensions, par exemple, ne pouvait appartenir qu'à un subalterne. Les bureaux qui l'intéressaient étaient ceux du troisième et du quatrième étage, et elle se concentra là-dessus. Elle composa chacun des numéros et une voix numérisée lui indiqua à quelle partie de la société elle s'était adressée – investissement, gestion immobilière, facturation, expertise comptable – mais aucun nom. Elle utilisa l'information pour éliminer de nouveau certains bureaux. La personne qui avait escroqué le trust devait exercer un pouvoir là où l'argent était placé, et également avoir la main sur la manière dont la société en conservait la trace. Il ne partageait son bureau avec personne, et ne rédigeait pas de factures pour les services externes, ou pour la gestion immobilière, ni ne répondait au téléphone pour les autres. Grâce aux notices biographiques que M. Hanlon lui avait envoyées, elle compléta certaines parties de son tableau avant de s'endormir.

Le lendemain matin, Jane se rendit dans le parc de location automobile d'Hollywood, où elle déclara que M. Dunlavey n'aimait pas la voiture qu'il avait louée à San Diego et qu'il lui avait demandé de la faire changer pour un modèle différent. Elle sortit au volant d'une Toyota Camry blanche, qu'elle gara dans la rue qui flanquait la partie ouest du bâtiment d'Hoffen-Bayne pour observer ce côté de l'immeuble pendant que les dirigeants arrivaient au travail.

Jane poursuivit ses observations et travailla sur l'organigramme de la société pendant trois jours encore. Chaque matin, elle rapportait la voiture qu'elle avait louée la veille et se rendait dans une agence différente pour en louer une autre, sous un nouveau nom. Chaque soir, elle sélectionnait l'un des présumés dirigeants et le suivait jusque chez lui quand il quittait son bureau. Chaque nuit, elle dormait dans un hôtel choisi dans un nouveau quartier de la ville.

L'après-midi du cinquième jour, Jane était pratiquement certaine que l'homme qu'elle cherchait était le « Napoléon blond ». Son nom était Alan Turner et il occupait le bureau d'angle au sud-est du quatrième étage. Ce qui lui offrait la plus belle vue sur la ville et obligeait ceux qui venaient le voir à passer devant nombre de secrétaires et intermédiaires, et à marcher longtemps avant d'accéder à son bureau. La voiture qu'il conduisait, une BMW 740l bleu marine, valait environ soixante mille dollars. Ce n'était pas la plus chère, mais comme quatre autres seulement sur le parking, elle portait la plaque de Green Import Auto, une société de location de Beverly Hills. Ce qui signifiait que cinq personnes seulement chez Hoffen-Bayne bénéficiaient d'une voiture de fonction.

Celui qui avait escroqué Timmy devait, sept ans auparavant, avoir été suffisamment haut placé dans la hiérarchie pour pouvoir prendre des décisions sur le portefeuille du trust Phillips sans craindre une vérification. Il fallait également qu'il ait été sûr de rester assez longtemps dans cette position pour dissimuler son forfait jusqu'au bout. Des cinq personnes qui possédaient des voitures de fonction, et qui occupaient le type de bureau adéquat, deux avaient intégré la société au cours des quatre dernières années. Parmi les autres, l'un était un avocat spécialisé dans les taxes et les impositions, un autre dirigeait le service de l'immobilier. Rien dans le passé de l'un ou de l'autre n'indiquait qu'il ait pu remplir une autre fonction ou qu'il ait suivi la formation nécessaire pour gérer un trust. Le seul qui soit resté assez longtemps dans la société et dont les compétences semblaient convaincantes, était Alan Turner, responsable du service des investissements et planifications financières.

Jane décida de tester un véhicule de Green Import Auto. Au volant d'une Mercedes grise munie d'un téléphone, elle longea l'immeuble d'Hoffen-Bayne jusqu'à l'angle sud-est. Elle attendit que quinze heures sonnent, l'heure où même les gens importants étaient revenus de leur déjeuner. Le soleil était à l'ouest. Les stores de Turner étaient donc levés. Elle tourna dans Wilshire Boulevard, s'approcha du bâtiment, puis composa le numéro de M. Hanlon, le vendeur, et bloqua le combiné sur son socle pour pouvoir parler dans le haut-parleur en conduisant.

« Hanlon à l'appareil. » Elle savait qu'il était dans son bureau, de l'autre côté de l'immeuble.

« Bonjour, ici Marcy Hungerford. Nous avons parlé ensemble il y a quelques jours et vous m'avez envoyé des documents. » Elle ralentit et se gara dans la petite rue bordée d'arbres.

« Oui. Avez-vous eu le temps d'y jeter un coup d'œil ?

– Oui, et je pense que votre société est l'une de celles avec lesquelles je vais discuter. » Jane voulait qu'il soit clair que Marcy Hungerford ne s'engageait pas. L'affaire n'était pas encore dans le sac.

« Bien. J'ai réfléchi à ce que vous m'avez dit et je crois que j'aimerais vous faire rencontrer l'un de nos partenaires pour une discussion. » Les vendeurs ne prenaient pas de décisions de ce genre ; les responsables, oui. Il avait parlé de son appel à son patron. « Êtes-vous de retour à Del Mar ?

– Non, je ne serai pas là avant une semaine. Je voulais simplement vous dire que j'ai reçu vos informations et que je les prends en considération. »

Hanlon poursuivit sur un ton chaleureux, comme s'il ne l'avait pas entendue : « L'homme que j'aimerais vous faire rencontrer a beaucoup d'expérience. Il travaille avec nous depuis douze ans, et la gestion personnalisée, sous tous ses aspects, n'a aucun secret pour lui. »

Jane écoutait attentivement. Pendant qu'elle enquêtait sur eux, ils avaient mené leur propre enquête sur Marcy Hungerford. Le nom avait sans doute fait mouche. Jane ne s'était pas trompée, mais désormais la prudence était nécessaire. Ils en savaient plus qu'elle-même sur la dame. Elle décida de ne plus tergiverser, d'autant qu'il ne lui servirait à rien de faire passer Marcy Hungerford pour une idiote. « Bien. Je serai ravie de venir vous voir et de le rencontrer dès mon retour en Californie. Pouvez-vous me mettre en contact avec la personne qui s'occupe de son emploi du temps ?

– Je vais voir s'il peut vous parler lui-même dès à présent. Je suis certain qu'il en serait enchanté, s'il est disponible.

– C'est encore mieux. »

Une cascade de musique ennuyeuse se déversa dans le combiné, et Jane observa l'homme à la fenêtre de l'angle. Elle le vit prendre le combiné. Il parla quelques secondes avec Hanlon, tendit la main pour attraper un dossier, l'ouvrit, puis poussa un bouton sur son téléphone.

« Bonjour, madame Hungerford, je suis Alan Turner.

– Bonjour. » Elle démarra la voiture.

« J'ai cru comprendre que vous pensez à nous pour gérer vos actifs.

– C'est cela, oui. » Elle remonta la rue, tourna à droite au coin, et poursuivit vers l'ouest. « J'étudie actuellement différentes propositions. J'aimerais trouver quelqu'un à même de prendre les rênes de ma fortune.

– Parfait, c'est pour offrir ce genre de service que nous sommes dans les affaires. Notre équipe est essentiellement composée d'experts de la finance sous toutes ses formes, et…

– C'est ce que m'a dit M. Hanlon. Mais laissez-moi vous expliquer. Je veux savoir qui cordonnerait le tout. Je ne voudrais pas avoir à appeler trente personnes chaque fois que j'ai une question à poser.

– Je comprends parfaitement. Avec votre approbation, je m'occuperai moi-même de vos intérêts. Je continue à gérer quelques comptes.

– C'est très aimable.

– Voilà ce que je vous propose. Nous pourrions nous rencontrer à votre retour de Palm Beach. Nous examinerons votre compte courant. Puis je vous proposerai un portefeuille hypothétique qui sera suffisamment diversifié pour vous assurer un bon revenu. Nous pourrions même nous arranger pour qu'il se maintienne à perpétuité pour vos héritiers, si vous le souhaitez. »

Jane n'en doutait pas. « Voilà qui ressemble à un trust.

– Et c'est précisément cela. D'après mon expérience, les gens occupés – et je sais que vous l'êtes, avec vos œuvres et tout le reste – ne veulent pas perdre leur existence à administrer leur fortune. Au cours des années, j'ai aidé pas mal de nos clients à établir des trusts, et jusqu'ici nous nous sommes fort bien débrouillés pour eux. »

À présent, Jane avait la preuve qu'ils avaient mené leur enquête sur Marcy Hungerford : elle n'avait jamais mentionné ses œuvres. « Et quel est votre tarif ?

– Notre commission est de cinq pour cent sur le revenu. Bien sûr, il y aura des prélèvements ponctuels de temps à autre pour les courtiers, les prêts sur certains achats, et ainsi de suite. Mais vous savez que ces frais ne reviennent pas à Hoffen-Bayne. Ils peuvent être relativement élevés la première année, lorsque nous développerons un groupe d'actifs diversifiés dans un portefeuille coordonné, et il y aura les prélèvements légaux si vous décidez d'établir le trust, mais ces coûts diminueront au fil des années.

– Tout cela me semble parfait, dit Jane. Je crois que vous m'avez convaincue. Je vous rappelle à mon retour.

– Magnifique, je suis impatient de vous rencontrer.

– Au revoir. » Jane frappa sur une touche pour interrompre la conversation, puis dirigea la Mercedes jusqu'à l'agence de location. Elle observa quelques autres modèles avant d'informer le loueur qu'elle n'avait pas trouvé de voiture suffisamment confortable pour elle. Sa Honda Acura de location la mena jusqu'à l'entrée du Hilton, sur la colline surmontant la Universal, où elle prit une chambre. C'était un hôtel confortable, et la perspective d'y rester quelques jours, pendant qu'elle s'occupait de la paperasse, n'était pas désagréable. Après s'être installée et avoir fait monter un dîner, elle laissa des instructions au concierge pour recevoir les éditions du matin et du soir du *Los Angeles Times* dans sa chambre, et partit se promener.

Elle déambula autour du complexe d'immeubles qui surplombait la colline, puis traversa le parking jusqu'à une rangée de cabines téléphoniques face à la tour des studios de la Universal. Elle passa en revue ce qu'elle allait faire. Il n'y avait aucun moyen pour que quiconque retrouve la trace de Jane Whitefield à partir d'un appel effectué d'une cabine publique, dans un endroit fréquenté par des millions de personnes chaque année. Elle était en sécurité.

Avec le décalage horaire de trois heures, elle l'attraperait juste au moment où il rentrerait chez lui. Jane était un peu mal à l'aise. Elle avait décidé de téléphoner maintenant parce qu'elle avait peur de le réveiller trop tôt le matin, et qu'elle voulait être certaine de le trouver. Mais elle savait aussi que s'il avait décidé de faire quelque chose d'autre avant de rentrer chez lui, c'était le moment parfait pour vérifier qu'il était sorti. Jane n'avait pas le choix : elle devait se comporter comme si elle surveillait son emploi du temps, et elle détestait cela. Elle introduisit une pièce dans la fente et composa le numéro de Carey McKinnon. L'opératrice lui dit combien d'autres pièces il lui fallait, et elle les lâcha dans le combiné.

« Allô ? » La voix de Carey semblait ténue, comme s'il était épuisé.

« Allô, Carey, c'est moi.

– Ça alors, bonsoir ! » Il semblait ravi et Jane y fut très sensible. « Tu es rentrée ? » Elle remarqua qu'il n'avait pas dit « Jane », et l'idée qu'il pouvait avoir une raison lui traversa l'esprit.

« Non, je n'ai pas terminé ce boulot. J'avais juste envie d'entendre ta voix. »

Elle aurait aimé qu'il dise : « Et j'avais envie d'entendre la tienne. » Sans doute parce que cela lui aurait prouvé qu'il n'y avait pas d'autres femmes dans la pièce avec lui. Mais elle eut honte d'avoir eu cette idée. Carey lui répondit : « Exactement mon sentiment. Je dois t'avoir ratée de peu l'autre jour. Ton message m'attendait quand je suis rentré. Quand seras-tu de retour ?

– Je ne sais pas encore. »

Elle entendit le bip de Carey qui se déclenchait. « Oh ! merde, mon alarme.

– J'ai entendu.

– Écoute, donne-moi ton numéro de téléphone, et je te rappelle dès que je rentre de l'hôpital.

– Je suis désolée, mais je t'appelle de l'extérieur et je ne l'ai pas sur moi. De toute façon, je n'y suis jamais. Je te rappellerai dans un jour ou deux, quand les choses se calmeront.

– N'oublie pas.

– Au revoir, Carey.

– À bientôt. »

En sortant de la rangée de cabines, Jane dut esquiver un groupe d'adolescents asiatiques qui passaient en riant et en bavardant. Elle aurait aimé ne pas avoir cette tournure d'esprit : elle anticipait toujours une déception. Et il était ridicule de penser de cette manière à Carey – comme si elle avait le droit d'attendre de lui qu'il ne voie pas d'autres femmes. Il avait émis cette éventualité, mais elle l'avait écartée. Rien ne lui prouvait qu'une autre femme était avec lui, de toute façon. Elle s'inventait seulement un moyen de se rendre malheureuse. Sur le chemin de son hôtel, Jane se souvint avec désespoir qu'une alarme pouvait se déclencher pour signaler sa remise en fonction après une période d'arrêt.

Elle passa la fin de la soirée à essayer de penser à Alan Turner, mais son attention revenait toujours à Carey McKinnon. Elle s'en voulait d'être méfiante, et lui en voulait à lui d'être le genre de personne qui la rendait méfiante. Il était probablement innocent, et si elle se préoccupait suffisamment de lui pour être dans cet état, que fabriquait-elle à des milliers de kilomètres, à se forger des images atrocement claires de ce qu'il pouvait faire avec d'autres femmes ? Elle aurait dû être près de lui. La force de son désir de le voir la surprenait, et elle se demanda pourquoi ce désir était plus fort aujourd'hui qu'hier. Était-ce la voix de Carey qui avait éveillé une frustration dont elle n'était pas consciente – peut-être était-ce l'amour, mais peut-être aussi un réflexe sexuel trivial, comme le chien de Pavlov qui salivait en entendant une cloche ? Ou était-ce la conversation qui avait déclenché un instinct encore plus bestial, celui de revenir au galop pour défendre son partenaire contre ses rivales ? Jane fut tentée par deux fois d'appeler l'hôpital pour vérifier si Carey était au travail, mais elle réussit à combattre sa pulsion.

Les heures passant, la nuit était maintenant trop avancée pour appeler l'un des numéros de Carey avec une excuse valable. Jane se souvint alors de ce qui l'avait conduite à Los Angeles. Elle avait décidé qu'il était nécessaire de trouver qui avait tenté de tuer Timmy Phillips. Ce qui était vrai une semaine auparavant devait l'être encore aujourd'hui. Turner était le premier suspect, et tout ce qu'elle pourrait apprendre sur lui pouvait sauver la vie d'un petit garçon. Penser à quoi que ce soit d'autre était une perte de temps. Parvenue au bout de son raisonnement, elle s'endormit rapidement.

Au moment où le soleil du matin s'élevait au-dessus de la crête voisine dans une lumière éblouissante, Jane étala sur la table de sa chambre toutes les informations dont elle disposait sur Alan Turner, et les passa au peigne fin. Elle avait son nom, le numéro de la voiture qu'il conduisait, l'adresse de son bureau, et l'adresse de sa maison de Hillcrest à Beverly Hills, où elle l'avait suivi deux jours auparavant. La notice biographique que Hanlon avait envoyée à Marcy Hungerford indiquait que Turner avait été diplômé de l'université de Pennsylvanie en 1969, et qu'il avait obtenu un master en économie à l'université de Californie du Sud.

Elle rédigea une lettre signée par Turner à l'attention du service des diplômes de cette dernière université demandant qu'une copie de ses diplômes soit envoyée au directeur du personnel de Furnace Financial, à Chicago. La Furnace était une société que Jane avait fondée quelques années auparavant. Son existence légale était authentique, mais sa direction était brumeuse et son implantation physique consistait en une boîte postale louée dans un petit centre commercial de Chicago. Jane s'était arrangée pour que tout ce qui arrivait là soit réexpédié dans une autre boîte à Buffalo. Elle appela le propriétaire de la petite boutique où se trouvait la seconde boîte, et lui demanda d'appeler le Hilton lorsque arriverait un courrier adressé par l'Université.

Jane raccrocha et composa immédiatement le numéro de Carey. Lorsque son répondeur se mit en marche, elle essaya de penser au message approprié. Elle savait qu'il ne travaillait pas à cette heure-là, du moins le supposait-elle. Mais s'il y avait eu une femme avec lui hier soir, celle-ci n'était sans doute pas encore partie. Elle dit simplement : « C'est Jane Whitefield. » Elle attendit pour qu'il puisse changer d'avis, ou aller jusqu'à un poste où la femme ne pourrait pas l'entendre. « Je crois que tu me manques de nouveau. » En raccrochant, Jane ferma les yeux.

La migraine commençait à l'envahir. Bon, pensa-t-elle. J'ai dit que je l'appellerais et je l'ai appelé. Ça suffit. J'ai du travail.

Elle roula jusqu'au Service des Véhicules automobiles de Glendale pour y remplir un formulaire. Sur la ligne supérieure, elle inscrivit le numéro d'immatriculation de la BMW que conduisait Turner, et dans l'espace vacant précisa qu'il avait éraflé sa voiture dans un parking. On lui procura l'adresse et le nom du propriétaire, qui n'était autre que la compagnie de location Green Import Auto, mais également celui du conducteur, Alan Turner, avec son numéro de permis.

Deux jours plus tard seulement, le courrier de l'université de Californie du Sud arriva à Chicago. Jane demanda au propriétaire de la boutique de l'ouvrir et de le lui lire. Elle obtint ainsi le numéro de sécurité sociale de Turner. Avec ce numéro et celui du permis, elle pouvait faire déposer par Financial Furnace une requête réclamant à la banque d'Alan Turner un état de ses différents crédits.

Elle apprit de la sorte que Turner payait une hypothèque d'un million huit cent mille dollars à une société nommée Southland Mortgage. Ce qui devait correspondre à la maison de Hillcrest. Il possédait plusieurs cartes de crédit, et versait des mensualités pour éviter d'avoir à payer des intérêts. Il avait coché la case « divorcé » sur ses papiers d'hypothèque, ce qui voulait tout simplement dire qu'il n'avait pas de seconde épouse et donc de second revenu. Mais elle fit une découverte : Turner remboursait un autre prêt de six cent mille dollars à la Banque de Californie du Nord. Il s'agissait d'un second domicile.

Jane trouva dans l'annuaire plusieurs succursales de la Banque de Californie du Nord dont un Service des hypothèques à San Bernardino. Elle composa leur numéro de téléphone, et demanda le département des crédits. Quiconque prête de l'argent doit avoir un service des crédits. Une seconde plus tard, une voix de femme lui répondit.

« Monica Butler, bureau de San Francisco, dit Jane. J'ai ici une demande de prêt pour un client qui a déjà une hypothèque de six cent mille chez nous. J'aimerais savoir de quel bien immobilier il s'agit.

– Son nom ?

– Alan R. Turner. Vous avez besoin de son numéro de sécurité sociale ?

– Non », répondit la femme. Elle frappait le nom sur un ordinateur. À l'intérieur d'une même entreprise, aucune règle de réserve n'est appliquée. La femme transposait simplement l'information d'un dossier interne à un autre.

« Il s'agit de 1522 Morales Prospect, à Monterey.

– Avez-vous une clé ?

– Bien sûr, 93940.

– Merci. » Jane raccrocha et nota l'adresse. L'image qui se profilait de Turner était cohérente et consistante : il gagnait beaucoup d'argent, était prudent et déterminé. Il faisait des économies en utilisant une voiture de fonction. Son gros revenu et sa stabilité, il s'en servait pour payer deux hypothèques déductibles, sur deux des adresses les plus prisées de l'hémisphère Ouest, et ne payait donc probablement qu'un minimum d'intérêts. Mais les prix étaient relativement faibles pour l'endroit, et il ne prenait pas beaucoup de risques. Turner n'était pas un fanatique de l'endettement, car sa carte de crédit n'avait jamais affiché de déficit pendant plus d'un mois. Il ne ressemblait pas à un escroc. S'il avait tranquillement dévalisé le trust Phillips pendant des années, il était assez clairvoyant pour savoir qu'un jour un étranger pouvait jeter un coup d'œil à ses actifs. Soit Turner était extrêmement subtil, soit Jane n'avait pas tablé sur la bonne personne à Hoffen-Bayne.

Le lendemain, Jane se leva avant l'aube, s'approcha de la porte de sa chambre, ramassa l'exemplaire du *Los Angeles Times* qui avait été glissé dessous, et le déplia pour lire la deuxième page, où étaient annoncés les principaux articles. En bas à gauche un encart disait : « Un magistrat ordonne la saisie des livres de comptes d'Hoffen-Bayne (Voir section financière). » Jane avait perdu trop de temps.

13

À cinq heures du matin, Jane avait rendu la clé de sa chambre au Hilton et roulait déjà dans Laurel Canyon Boulevard. Elle n'avait même pas pris le temps de lire entièrement l'article, mais elle l'avait parcouru en descendant à la réception, et plus longuement en attendant que le portier aille chercher sa voiture. Le juge avait pris des voies détournées. Il avait déposé des requêtes concernant des documents spécifiques que Hoffen-Bayne avait dûment produits une semaine auparavant. Il avait probablement agi ainsi pour leur donner l'impression qu'il allait simplement jeter un œil sur quelques rapports annuels soigneusement truqués. S'il n'avait rien demandé, ils auraient flairé quelque chose de louche. Puis, la nuit précédente, il avait délivré un mandat et envoyé des flics et un camion dans Wilshire Boulevard. Elle parcourut la colonne des yeux mais aucun nom n'était donné.

Jane décida d'éviter Wilshire Boulevard. Les bureaux seraient déjà envahis par les journalistes et les flics, et dès que les clients auraient lu le journal, par pas mal d'investisseurs paniqués.

Tout le monde serait débordé. Elle devait se rendre à Beverly Hills.

Elle atteignit Sunset Boulevard et tourna à droite. Même à cinq heures du matin, les rues étaient animées, mais les véhicules circulaient rapidement. Elle se fraya un chemin entre les voitures. L'horizon était encombré par d'énormes panneaux lumineux avec des images d'acteurs géants, l'air mâle et assuré, et d'actrices dont les lèvres humides avaient la dimension d'une tranche de pastèque.

Le juge avait fait son travail. Timmy était, du moins pour le moment, en relative sécurité. Il avait déjà dit aux autorités tout ce qu'il savait. Le juge avait réduit les raisons qu'avaient ses ennemis de le supprimer. Pourquoi, en effet, tuer un témoin qui a déjà témoigné ? Jane n'avait plus qu'à s'occuper de Turner à présent. Elle avait calculé qu'elle aurait quelques jours de plus pour enquêter sur lui, et elle était surprise de se sentir frustrée à ce point. Non pas qu'elle ait perdu tout espoir de pouvoir faire plus que les autorités pour récupérer l'argent de Timmy. Jane n'était pas certaine de ce qu'elle pensait vraiment de cet argent. Il lui fallait combattre la conviction dans laquelle elle avait été élevée qu'accumuler une fortune était une chose méprisable.

Ce n'était pas une idée inventée par ses parents. C'était une attitude ancienne qui n'avait jamais totalement disparu. Autrefois, aucune famille ne faisait de provisions disproportionnées de nourriture. Tout ce que l'on possédait était partagé avec une équité scrupuleuse. Chaque maison commune était tenue par les femmes du clan, et chaque femme avait le droit de vivre là, d'y élever ses enfants, et d'y dormir avec son mari lorsqu'il était présent. Les hommes étaient des guerriers et des chasseurs, partis dans la forêt la plus grande partie de l'année, et ils possédaient rarement davantage que ce qu'ils pouvaient porter. S'ils voulaient être respectés, ils ramenaient beaucoup de viande et de butin au village. Le statut d'une personne était à la mesure de sa capacité à apporter des choses à partager, et non de ce qu'il était capable de prendre et de thésauriser. Lorsque les Blancs étaient arrivés, le bruit avait rapidement couru que le meilleur moyen de trouver les chefs iroquois était de chercher les hommes en haillons.

Tout ce qui devait arriver à l'argent de Timmy arriverait, que Jane soit ici ou à Deganawida. C'était Turner qui l'intéressait. Elle voulait savoir si la gestion parcimonieuse de ses comptes, sa manière de vivre respectable et pondérée ne faisaient pas partie d'un plan destiné à masquer une avidité telle qu'elle puisse le conduire à tuer des gens.

Elle touma dans Hillcrest et passa lentement devant la maison de Turner. Il lui fallait être vive et attentive ce matin-là. Les quartiers les plus prospères de Los Angeles faisaient l'objet d'une étrange et discrète surveillance, dont on voyait ici et là quelques indices : le sigle de patrouilles de sécurité sur chaque pelouse, de petites caméras de surveillance discrètes sur les toits des grandes maisons, et beaucoup de serviteurs invisibles qui observaient. Le son d'un hélicoptère au-dessus de sa tête lui rappela que, probablement, un policier scrutait les environs avec des jumelles de vision nocturne. Une voiture inconnue garée au mauvais endroit, un étranger marchant dans la rue, et surtout quelqu'un évoluant avant le lever du soleil, étaient autant de signes inquiétants à relever et à inscrire dans un rapport.

Elle traversa Sunset sur le versant nord, gara sa voiture dans une rue secondaire près d'un bâtiment médical, dans un espace masqué par un arbre et une grosse Land Rover, et s'aplatit sur le siège pendant qu'elle enfilait survêtement et chaussures de sport. Elle tira ses cheveux en arrière, les attacha avec un élastique et se mit à courir lentement vers les maisons.

Les trottoirs ici étaient larges et plats, et la rue était bordée de deux longues rangées de palmiers. L'air était chaud pour cinq heures et demie du matin, et elle pouvait entendre la circulation autour d'elle sans voir aucune voiture descendre Hillcrest pour l'instant. Elle courait lentement et sans effort, moins pour éviter de se froisser un muscle que pour se soustraire à l'attention de ceux qu'elle croiserait. Une femme trottant laborieusement à l'aube dans une rue résidentielle n'était qu'une femme de plus attelée à la tâche ingrate de préserver sa ligne et ses muscles ; une femme se propulsant comme une étoile filante, c'était déjà plus suspect.

Jane prit son temps et regarda les maisons de plus près. Peu étaient éclairées à cette heure. Les garages étaient tous cachés loin derrière les maisons à l'extrémité de longues allées, et personne ne laissait sa voiture dans la rue. Lorsqu'elle approcha du pâté de maisons comprenant celle de Turner, elle ralentit, comme pour reprendre son souffle.

La maison était éclairée derrière les stores baissés. Elle regarda les fenêtres quelques secondes, et jeta un coup d'œil à sa montre. Il était exactement cinq heures trente. Lorsqu'elle releva les yeux, une des lumières s'était éteinte. Elle recommença à courir. S'il éteignait les lumières, c'est qu'il allait sortir. Elle s'approcha de la maison, la tête droite mais les yeux rivés à gauche pour observer le bâtiment et le jardin. Comme elle arrivait à la hauteur de la maison, une autre lumière disparut.

Jane aperçut un quotidien déposé sous le porche. Elle poursuivit sa course, mais ce détail la préoccupait. À cette heure-ci, Turner ne pouvait certainement pas ignorer que son bureau avait été perquisitionné. S'il n'était pas là-bas, à sa table de travail chez Hoffen-Bayne, quand les flics étaient arrivés et avaient commencé à vider les armoires de leurs dossiers, il y avait eu au moins quelqu'un pour le prévenir. Les journalistes avaient appelé. Était-il possible qu'il ne se soit pas soucié de savoir ce que les quotidiens en diraient le lendemain matin ?

Elle cessa de courir au bout du pâté de maisons et, en traversant la rue, jeta un coup d'œil à celle de Turner. Deux lumières subsistaient. Jane accéléra de nouveau, cette fois vers Wilshire, regardant en arrière de temps à autre pour voir si rien n'avait changé. Peut-être était-il sorti pendant la nuit pour acheter le journal dès la première livraison. Mais elle admit que cela n'avait aucun sens. Les kiosques vendaient alors l'édition imprimée l'après-midi de la veille, avant la saisie.

Jane fit demi-tour et se dirigea vers sa voiture. Le soleil allait se lever avant peu. Il y aurait bientôt des gens dehors, même dans ce quartier tranquille. Elle se changea dans sa voiture et enfila un chemisier et un jean.

Elle emprunta de nouveau Hillcrest en voiture. En passant devant la maison, elle vit les deux autres lumières s'éteindre. Elle regarda sa montre, il était exactement six heures. Jane était à présent certaine que les lumières étaient branchées sur une minuterie. Celles qu'on vendait dans les quincailleries avaient des cadrans de réglage sommaires, et il était difficile de les installer à d'autres moments qu'aux heures et aux demi-heures. Jane les avait toujours utilisées dans sa maison lorsqu'elle partait en voyage, et avait résolu le problème en décalant l'heure du cadran. Turner n'était pas aussi fort qu'elle là-dessus. C'était peut-être un voleur, mais il n'avait pas appris à penser comme un voleur. Et il ne les avait même pas réglées de façon à ce qu'elles ne s'éteignent pas avant le lever du soleil.

En tout cas, il était possible que Turner ait mis les minuteries en marche et qu'il ne soit pas encore parti. Elle s'arrêta devant une petite épicerie avec une grille de fer au travers de la porte, trouva une cabine, et composa son numéro. La sonnerie retentit longuement et ne déclencha aucun répondeur. Jane laissa sonner une dizaine de fois et retourna dans sa voiture. En démarrant, elle consulta son rétroviseur et vit avancer une voiture équipée de phares sur le toit, comme celles de la police. Le véhicule avait des rayures bleues et jaunes, et sur la porte un écusson indiquait : « Intercontinental Security. » Elle le laissa passer, puis le suivit à distance. La voiture vira deux rues après Sunset, et revint vers Hillcrest, à une vitesse stable, le chauffeur jetant des coups d'œil tranquilles aux maisons pourvues de sigles de sécurité bleu et jaune. Il se gara devant la maison de Turner et sortit. L'homme était jeune et large d'épaules et portait un uniforme près du corps comme celui d'un policier, avec un ceinturon et une arme qui l'obligeaient à tenir ses bras un peu éloignés de son buste comme s'il portait deux seaux. Il ouvrit le portail, fit courir une lampe électrique sur une ou deux fenêtres, et ramassa le journal. Turner était parti.

Jane continua sa route et tourna à gauche dans Sunset Boulevard, puis à l'ouest pour prendre l'autoroute 405 près de l'université. C'était la route que Turner avait dû emprunter après avoir appris la nouvelle. Il pouvait s'être dirigé vers le sud et l'aéroport, mais elle était certaine qu'il ne l'avait pas fait. C'était un homme modéré, et avisé. Il avait pris la deuxième voie de secours, celle qui le menait hors de la ville en toute sécurité, mais qui ne lui donnait pas l'air d'avoir voulu fuir le pays. Il était parti vers le nord et sa maison de Monterey.

14

Jane roula jusqu'à la colline qui sépare Los Angeles de la vallée de San Fernando et emprunta l'autoroute de Ventura. Elle s'arrêta pour prendre un petit déjeuner à Santa Barbara, dans le restaurant d'un complexe hôtelier qui s'étalait le long de la plage. Le temps qu'on lui prépare sa commande lui parut long, et elle demanda à la serveuse de lui emballer son repas pour manger en route. À l'aéroport de Santa Barbara, au nord de la ville, Jane, après avoir rendu sa voiture, s'envola pour San Francisco, où elle loua une autre voiture pour rouler jusqu'à Monterey par la côte. En début de soirée, elle descendit dans un petit motel à l'intérieur des terres, à deux kilomètres de l'océan.

Après sa douche, Jane s'enveloppa dans une vaste serviette-éponge, s'assit sur le lit et composa le numéro de Carey McKinnon. La première sonnerie n'avait pas retenti qu'elle avait déjà raccroché. Elle avait attendu, écoutant le grésillement des ordinateurs de la compagnie de téléphone qui transmettaient l'appel à travers le pays jusqu'à la maison de Carey, et elle avait senti en elle quelque chose qui lui déplaisait. Ce n'était pas pour lui laisser un message tendre avant qu'il s'endorme, ni même pour se réconforter du son de sa voix qu'elle lui téléphonait. Or c'étaient là les seules raisons sensées d'appeler Carey cette nuit. Si la tension qui l'habitait n'était qu'une curiosité morbide ou le besoin maladif de laisser libre cours à ses soupçons, la seule décision décente à prendre était de le laisser tranquille.

Jane ouvrit sa valise et passa en revue ses vêtements. Elle décida qu'une soirée à Monterey était l'occasion idéale pour une tenue noire et sobre. Elle enfila un pull-over à col roulé, une veste et un pantalon, et attacha ses cheveux. Les accessoires feraient la différence. Elle encercla d'un anneau noir ses cheveux noués, et y enfonça une pointe fine et aiguisée, terminée par une poignée en T à l'une des extrémités. Avant de mettre la bouteille de parfum dans son sac, elle l'ouvrit et la respira prudemment. La douce odeur de fleurs sauvages nuancée de terre humide agaçait un peu le nez. Elle avait réalisé elle-même ce concentré limpide, un mélange de podophylle et de racines de ciguë. L'absorption de ces racines avait été la méthode de suicide coutumière chez les Iroquois.

Elle choisit une paire de chaussures souples en cuir noir à vingt dollars. Elles avaient des semelles en caoutchouc comme des tennis, mais sans motif distinctif. Elles étaient lisses, plates et rugueuses, une texture qui pouvait rendre ses empreintes impossibles à identifier.

Jane laissa allumées les lumières de sa chambre au cas où elle reviendrait, mais déposa sa valise dans le coffre de sa voiture au cas où elle repartirait directement. Elle fit ses préparatifs avec soin parce qu'elle n'aurait pu dire à quoi elle se préparait. En démarrant et en sortant du parking, elle commença à se sentir mal à l'aise. Si Jane avait vu une femme orner ses cheveux d'une broche conçue pour être enfoncée dans le cœur d'un être humain, ou mettre un flacon d'extrait de ciguë dans son sac, elle y aurait lu le signe d'un projet de meurtre. Ceux qui portent des armes sans savoir pourquoi le comprennent généralement après avoir touché leur cible.

Jane fit un rapide inventaire de ce qu'elle pensait de Turner. Elle le soupçonnait de détrousser les enfants, mais elle n'avait découvert aucune preuve qu'il ait commandité la mort de Timmy et de ses parents, ou engagé des tueurs pour Mona et Dennis au lieu de les laisser entrer au tribunal. Elle voulait le voir et l'observer. Il ne semblait pas représenter une menace physique, et elle ne sentait pas la nécessité de se munir d'une arme à feu ; une telle précaution aurait été de mauvais augure. Le poison ne prouvait rien. Au cours des ans, Jane avait promis à ses clients qu'elle mourrait plutôt que de révéler où elle les avait conduits. Affirmer cela sans garder à portée de main les moyens d'accomplir son geste équivalait à une trahison.

Elle roula jusqu'à l'adresse de Morales Prospect, où elle s'autorisa une longue observation. La maison, construite très en retrait d'un grand terrain, était en partie cachée par quelques grands pins qu'on avait conservés en la construisant. Le premier étage était en faux Tudor, avec un toit haut, abrupt et mansardé, mal assorti, et la façade en brique du rez-de-chaussée faisait environ deux mètres de haut. Il y avait de faibles lumières aux fenêtres du premier étage, mais celles du bas étaient obscures. Même la lumière du porche était éteinte. En passant, Jane put constater que la maison était abritée sur trois côtés par les vestiges d'une plantation de pins. Les arbres poussaient jusqu'au bord de la route et touchaient presque le garage.

Elle chercha un endroit pour garer sa voiture. Huit cents mètres plus loin, elle trouva une station-service fermée avec cinq ou six voitures en attente d'une réparation, alignées le long du trottoir. On avait remplacé le capot de l'une d'entre elles par une épaisse bâche en plastique, fixée à l'adhésif, pour ne pas laisser entrer l'air de la mer dans le moteur. Jane entra dans le parking toutes lumières éteintes, se gara près de cette voiture, et fit glisser la bâche sur son propre capot.

Jane reprit la route à pied, restant dans l'ombre des haies et des arbres qui limitaient les jardins des grandes propriétés, pour que d'éventuels phares ne frappent que ses vêtements noirs et non son visage ou ses mains. Mais cette partie de Monterey était une route touristique, battue par les vents sur quatre cents kilomètres, et les gens y roulaient probablement le jour, lorsqu'ils y voyaient bien.

En dix minutes, Jane fut sous les arbres du flanc de la maison. Elle sentait la couche d'aiguilles douces sous ses pieds et l'odeur des pins qui envahissait l'air calme. Elle trouva son chemin jusqu'au garage et regarda par la fenêtre. Elle pouvait y voir le reflet patiné de la BMW noire. C'était donc l'endroit où Turner était venu attendre la fin du scandale, laissant les questions et les feux de la rampe à son avocat. Elle fit lentement le tour de la maison, restant sous les arbres.

Jane inspecta les fenêtres du rez-de-chaussée, puis celles du dessus. Elle examina les auvents et les gouttières, à la recherche de lampes qui auraient pu s'allumer automatiquement au moindre bruit, mais ne nota rien d'alarmant.

Elle voulait voir Alan Turner. Elle retourna à l'endroit où les arbres lui faisaient un meilleur abri à l'arrière de la maison, et regarda les fenêtres du haut qui étaient éclairées des deux côtés. On ne voyait ni la lueur d'un poste de télévision ni, au plafond, l'ombre de quelqu'un traversant les pièces. Jane sentit le besoin urgent de voir ce qu'il faisait et à quoi il ressemblait ce soir-là. Peut-être était-elle arrivée trop tard, et s'était-il allongé pour se reposer sans éteindre les lumières avant de s'endormir. Il avait conduit beaucoup plus longtemps qu'elle, et sans doute en grande partie de nuit. Il devait être fatigué.

Elle se sentait attirée par les lumières. Lorsqu'elle s'avança sur le côté de la maison pour regarder par une fenêtre, elle vit le petit autocollant bleu et jaune d'Intercontinental Security. Jane fit un pas en arrière tandis qu'elle tentait d'analyser le malaise qu'elle ressentait. Il semblait que tous les bâtiments qu'elle approchait depuis qu'elle avait commencé à s'occuper de Timmy aient porté l'un de ces sigles sur leurs fenêtres. Les systèmes d'alarme ne la surprenaient pas – elle en possédait un elle-même – mais la Californie semblait tapissée d'autocollants d'Intercontinental. Était-ce ainsi depuis des années sans qu'elle l'ait remarqué ?

Mais il était logique que Turner ait recours à la même société de protection que celle employée par Hoffen-Bayne. Sans doute faisait-il passer le coût du système d'alarme de ses deux maisons dans la facture mensuelle destinée à Hoffen-Bayne. Elle décida que son malaise provenait du fait qu'elle avait fixé son attention sur le sigle. Si quelqu'un qu'elle connaissait avait une maladie dont elle n'avait jamais entendu parler, elle remarquait soudain les articles qui en traitaient dans les journaux et les gens qui en parlaient, jusqu'à avoir l'impression que le monde entier avait été contaminé.

Jane chassa Intercontinental de son esprit et s'efforça de réfléchir d'une manière plus immédiatement efficace. Le fait que Turner ait un système d'alarme la mit sur ses gardes. Quels que soient les pièges et les gadgets inclus dans ce système, ils devaient être éteints tant que Turner était debout et circulait, sans quoi il risquait de les déclencher lui-même. Les circuits périphériques, en revanche, étaient certainement en fonction.

Elle se mit en quête des faiblesses de la construction. Le système d'alarme protégeait les fenêtres et les portes. Le toit haut et abrupt n'avait pas de lucarnes ni de grande ouverture, et si Turner se trouvait dans une pièce à l'étage, il l'entendrait marcher. Elle baissa la tête. Cette maison était comme toutes celles de Californie. Les sols ne gelaient jamais, et il n'y avait pas de cave. Les maisons étaient chevillées à des fondations d'un mètre, et on laissait un vide sanitaire sous les sols pour les tuyaux et les gaines. Près de la porte de la cuisine, une petite trappe de bois couvrait un puits d'accès d'un mètre sur soixante centimètres. Jane souleva silencieusement la trappe. En regardant à l'intérieur, elle appréhenda un instant les araignées et les rats, mais se convainquit qu'il n'y en aurait pas. Jane se glissa sous la maison et referma la trappe derrière elle.

La terre battue était poudreuse. Il faisait sombre sous la maison, mais on pouvait voir à intervalles réguliers le clair de lune à travers les petites entailles des fondations. Jane identifia la conduite de gaz au-dessus de sa tête, et la suivit vers le centre de la maison, longeant, ici et là, de larges tuyaux d'écoulement et d'autres plus étroits pour l'eau. Finalement Jane parvint à l'endroit où les conduites de gaz se rejoignaient et remontaient. À côté se trouvait une ouverture carrée d'un mètre de large environ.

Tendant la main pour sentir l'endroit où débouchait l'ouverture, elle toucha un grand filtre de tissu. Elle le repoussa et l'inclina, puis le tira vers elle. Elle tendit de nouveau la main et reconnut à tâtons un rang de brûleurs. Il y avait environ quarante-cinq centimètres entre la partie active de la chaudière et le sol, mais Jane estima que cet espace pouvait probablement convenir. Elle palpa précautionneusement l'intérieur de la chaudière jusqu'à ce qu'elle trouve le panneau qu'on retirait pour nettoyer le filtre. C'était l'ouverture frontale de la machine.

Jane plaça ses doigts sur le bord et le sommet du panneau et le poussa lentement vers le haut. Il glissa de quelques centimètres, lorsque, avec un éclair et un déclic soudains, la lampe pilote s'alluma. Les brûleurs situés juste au-dessus de sa tête commencèrent à siffler en expulsant le gaz. Jane redescendit vivement et s'allongea sur le dos pendant que la flamme bleue s'étendait au sommet du rang de brûleurs. Elle pouvait voir à présent la mystérieuse lumière bleutée, et elle constata qu'elle avait assez bien estimé la forme et la structure de la chaudière. Pour poursuivre ses observations, Jane tourna la tête d'un côté et de l'autre en la soulevant autant qu'elle l'osait.

Il y avait des sortes de commutateurs de sécurité qui éteignaient la chaudière lorsque la porte était ouverte pour qu'elle ne démarre pas à ce moment-là, risquant d'incendier la maison. Pendant que Jane les cherchait, le moteur du souffleur se mit en marche et le feu redoubla d'intensité. Il ne fallait pas le laisser trop longtemps en marche, ou le métal tout autour allait devenir brûlant. Protégeant toujours sa tête, Jane glissa ses doigts sous la base du panneau, et poussa de nouveau vers le haut. En libérant le panneau de la chaudière, elle avait enclenché la sécurité. Soigneusement, elle poussa le panneau plus haut jusqu'à ce qu'il soit démonté, puis le posa sur la tranche pour ne pas faire de bruit et s'allongea de nouveau.

Quelques minutes plus tard, jugeant que l'air était suffisamment refroidi, elle tendit la main dans l'espace libéré par le panneau pour sentir ce qu'il y avait autour. Une porte en bois faisait face à l'ouverture : la chaudière devait être contenue dans un espace aménagé comme un placard. Jane monta les doigts sur la paroi jusqu'à ce qu'elle rencontre une charnière.

S'asseyant sur le sol, Jane attendit de pouvoir toucher les brûleurs des doigts avant de faire sa tentative. Elle se redressa précautionneusement, s'accroupit, puis se souleva pour passer la partie supérieure de son corps dans la chaudière. Là, elle tendit la main afin d'atteindre la poignée de la porte et l'entrouvrit légèrement. Debout, Jane se glissa sous les brûleurs puis par l'ouverture frontale de la chaudière, sortit du placard et referma la porte derrière elle.

Elle se trouvait dans un couloir sombre avec un sol en chêne cérusé, et, sur les murs blancs, une série de petits cadres contenant des marines au crayon. Au bout du couloir, elle aperçut le hall d'entrée. Le boîtier du signal d'alarme était accroché au mur, près de la porte principale. Une petite lumière rouge était allumée, indiquant que le système fonctionnait. À l'autre bout du couloir, il y avait un escalier. Si elle-même avait dû installer un système de sécurité, c'est là qu'elle aurait placé un piège interne. Les pièces à l'étage étaient en général l'endroit le plus sensible. Jane s'avança lentement vers le flanc de l'escalier, attrapa la rampe, et posa les pieds dans les intervalles entre les barreaux, à l'extérieur. Elle était à trois mètres de haut, juste au centre de l'escalier, lorsqu'elle aperçut le mécanisme de l'œil électronique. Il était placé à trente centimètres au-dessus d'une marche. Impossible de se glisser dessous, et même en montant trois marches à la fois, on ne pouvait éviter le rayon. Des patins de pression avaient sans doute été placés sous le tapis, au cas où quelqu'un aurait localisé l'œil électronique à temps.

Elle resta à l'extérieur de la rampe jusqu'au sommet des marches et ensuite l'enjamba pour atteindre le couloir. Il pouvait y avoir d'autres pièges à cet étage, mais si Turner était là, la zone était probablement déconnectée.

Chaque extrémité du couloir ouvrait sur une pièce éclairée. La maison était plongée dans un silence absolu. Aucun mouvement ne se faisait entendre, pas le moindre ronflement ni craquement de chaise. Elle se demanda un instant si elle n'avait pas eu beaucoup de chance : elle était peut-être entrée pendant son absence. Mais elle se souvint de la voiture dans le garage.

Jane regarda les rectangles de lumière des deux pièces et choisit celle qui était sur sa gauche. La porte était légèrement plus proche de l'escalier, et si elle devait fuir, elle ne voulait pas que Turner ait trois pas d'avance sur la seule sortie possible. Lentement, elle se dirigea vers le bout du couloir, les épaules pratiquement collées au mur. En général, c'étaient les lattes de parquet centrales qui craquaient.

Sur le pas de la porte elle se pencha pour pouvoir utiliser les vitres obscures comme miroir. Et lorsqu'elle y aperçut l'image de Turner, elle se jeta en arrière. Jane avait cherché une forme humaine, et en la trouvant plus bas et plus près que prévu, son réflexe fut de se précipiter pour éviter le coup ou le choc. Mais au moment même où elle se protégeait physiquement, son état d'esprit avait totalement changé.

Les cheveux blonds étaient trempés de sang et sous le corps, l'épais tapis beige en était saturé. La périphérie de la flaque formait déjà un cercle brun sombre, et les poils du tapis durcissaient en brins emmêlés. Elle tendit le cou pour apercevoir le revolver, et le trouva là où il était censé être, près de la main droite. Elle était suffisamment au fait de la manière dont les policiers traitaient les scènes de suicide pour savoir que l'idée d'entrer dans la pièce était mauvaise. En laissant un cheveu ou un fil de ses vêtements, elle deviendrait immédiatement la personne à rechercher.

Elle se pencha à l'intérieur pour vérifier qu'il existait une décoloration semblable à celle que produit la poudre sur la tempe droite de Turner, autour du trou. L'autre tempe reposait sur le tapis et Jane décida que c'était tout aussi bien. L'excavation de sortie de la balle devait être plus grande et donc le spectacle plus insoutenable.

Jane n'avait pas imaginé que Turner pourrait se donner la mort. S'il avait falsifié ses comptes, il devait être sur le point d'être démasqué et convaincu de vol. Mais beaucoup de gens dans ce type d'affaires avaient souffert de ce genre de publicité, et apparemment un bon pourcentage d'entre eux n'étaient jamais allés en prison. S'il avait été sur le point d'être accusé de meurtre, l'inculpation était plus probable, mais en deux ans les autorités n'avaient fait aucun progrès sur les premiers assassinats, et ils n'avaient même pas été capables de coffrer les hommes qui avaient brisé le cou de Dennis et jeté Mona en bas des escaliers. Aucune crainte qu'ils puissent livrer son nom.

La descente de police devait avoir paniqué Turner. Baissant les yeux sur lui, Jane sentit une sorte de sympathie pour sa terreur et sa mort désespérée, mais peut-être ne faisait-elle qu'éprouver l'immédiateté de cette mort. La sueur et le sang étaient encore frais, et l'odeur de la peur flottait encore dans la pièce, déclenchant chez Jane des réactions physiques instinctives plus fortes que le dégoût qu'il lui avait inspiré vivant.

Elle retira ses chaussures et repartit par le même chemin, traînant un peu les pieds pour effacer les marques invisibles qu'elle avait pu laisser avec ses semelles. Devant l'escalier elle hésita et jeta un coup d'œil dans la seconde pièce éclairée. Pourquoi y avait-il de la lumière là aussi ? Il avait, certes, les moyens de payer son électricité. Mais alors pourquoi avait-il éteint toutes les lumières du rez-de-chaussée ?

Deux feuilles de papier sur le bureau attirèrent son attention. On les aurait dites exposées au centre de la flaque de lumière de la lampe. Jane entra dans la pièce.

Les pages avaient été frappées et imprimées sur l'ordinateur installé dans la pièce. Elle regarda la deuxième feuille, celle avec la signature. « J'assume toute la responsabilité de mes actes. Alan Turner. »

Puis elle regarda la première. « Ceci est mon dernier message. Lorsque vous le lirez, je serai parti, et vous ne pourrez plus m'atteindre. » Jane n'avait jamais lu une lettre de suicidé auparavant, mais elle avait toujours supposé qu'elles étaient adressées aux membres de la famille ou à des amis, comme des lettres personnelles.

« La raison pour laquelle j'ai décidé de mettre fin à ma vie est que je n'ai pas su résister à la tentation de voler l'un de mes clients. Je pensais que Timothy Phillips ne serait jamais retrouvé vivant, et donc que je ne spoliais personne. Plus tard, il est apparu qu'il n'était pas mort. Ceux qui se faisaient passer pour ses parents envoyaient des lettres, et je savais que si je les laissais faire, je serais pris. Je me suis rendu à Washington, D.C., d'où provenaient les lettres, et j'ai accepté une rencontre. J'ai engagé deux hommes pour suivre le couple après le rendez-vous et trouver où ils habitaient avec l'enfant. Je ne suis pas certain, aujourd'hui, de ce que j'aurais fait s'ils avaient suivi mes instructions, mais ils ne les ont pas suivies. Ils ont forgé un plan à eux. Ils avaient probablement l'intention d'enlever le garçon pour récupérer son argent. Mais en tout cas cela n'a pas marché. La seule chose que j'ai apprise, c'est que les parents étaient morts et que le garçon avait disparu. Je regrette d'avoir procédé ainsi. Parce que j'ai engagé ces hommes, j'étais, et je suis techniquement coupable d'avoir organisé deux meurtres. Je dois ajouter qu'aucun de mes associés ou collègues n'a bénéficié en aucune manière de mes actions, et qu'aucun d'entre eux n'a eu connaissance de mon escroquerie ou de tout ce que j'ai fait pour la masquer. Je ne connais pas les noms des deux hommes que j'ai engagés pour retrouver le garçon à Washington. Je les ai rencontrés dans un bar et j'ai conclu l'affaire dans un parking à l'extérieur. Il n'y a rien d'autre à dire. »

Jane examina la page sans la toucher. Le texte allait jusqu'au bas du papier. Puis il y avait la deuxième page avec « J'assume totalement la responsabilité de mes actes » et la signature. Les experts en graphologie considéreraient certainement la signature comme authentique. C'était la première page qui lui semblait être un faux.

Elle avait trouvé étrange que Turner rédige une lettre de suicide à l'ordinateur, mais l'objectif était clair à présent. Une fois Turner mort, on était simplement entré sur son fichier, on avait effacé ce qu'il y avait sur la première page, puis rédigé un autre texte que l'on avait imprimé. Les imprimantes mettaient une distance supplémentaire entre l'auteur et le papier. Il n'y avait aucune variation dans la frappe, aucune caractéristique qui puisse révéler l'identité de l'auteur de la première page, et celle de l'auteur de la seconde. Peut-être Turner avait-il signé une feuille blanche avant qu'ils ne le tuent. Ensuite ils avaient simplement passé la feuille dans l'imprimante. Peu importait. Il avait été tué de la bonne manière, et il était tombé de la bonne manière. Tout était en place. Le système de sécurité était en marche, donc la police supposerait que personne n'avait pu entrer pour le tuer et repartir. Si les enquêteurs ne relevaient aucun indice suspect – une substance douteuse chimique sur sa main droite, ou des empreintes de doigts étrangères sur la crosse du revolver –, c'était un suicide.

Elle resta immobile un instant. Elle avait l'intuition que l'homme qui avait fait cela était celui qui l'avait piégée au tribunal. Turner avait probablement mérité sa mort. Mais ce n'était pas à lui qu'elle aurait dû penser tout ce temps. Celui dont il eût fallu s'inquiéter n'était pas cet homme, qui avait eu son rôle à jouer mais n'avait pas posé suffisamment de questions sur ce qui allait se passer si le plan échouait. Il fallait rechercher celui qui serait toujours debout même si tout se passait mal. Il avait été dans cette pièce. Si elle avait senti la peur, elle savait maintenant que cette peur n'était inspirée que par lui. Malgré la ruse déployée à déguiser sa présence, la position parfaite des objets dans la pièce la rendait plus tangible encore.

Jane ne prit pas le temps de formuler un plan clair et logique. Tout ce qu'elle savait, c'est que les arrangements faits par son ennemi l'avaient été pour son bénéfice à lui. Elle attrapa la fausse lettre de suicide, alla jusqu'à la pièce où gisait le mort, ramassa le revolver, le glissa sous sa ceinture, puis enfourcha la rampe jusqu'au rez-de-chaussée. Ensuite elle reprit son chemin par la chaudière, ferma la porte du placard derrière elle, remit en place le panneau de métal, et rampa hors de la maison.

En dix minutes elle était de retour à la station-service et retirait la bâche de plastique de sa voiture. Elle laissa sa clé dans la boîte aux lettres du motel et roula en direction du sud. Elle ne connaissait ni le nom de son ennemi ni l'endroit où il vivait mais à présent elle savait quelque chose à son propos. Ce n'était pas un simple comptable qui avait engagé quelques têtes brûlées pour entraver une procédure judiciaire, afin de cacher son méfait aux autorités. C'était un professionnel.

15

Jane roula toute la nuit. Une fois franchi le dernier coteau précédant le Comté de Los Angeles, à Thousands Oaks, elle s'arrêta pour prendre un petit déjeuner dans une énorme cafétéria environnée de collines brunes et arrondies. La pendule indiquait sept heures lorsqu'elle avala sa première gorgée de café. À ce moment précis, des hommes au volant de gros engins montèrent à l'assaut des collines, rasant les sommets pour les niveler. Les lotissements n'allaient pas tarder à se dresser.

Elle patienta dans un centre commercial jusqu'à midi, puis retint une chambre d'hôtel à Burbank. Le bâtiment de brique était flanqué d'un ascenseur en verre, sans doute pour donner aux futurs hôtes une idée de ce qui allait émerger sur le terrain vide et grevé de fosses en contrebas. Jane se réjouit que le projet immobilier en cours n'ait pas encore commencé à surgir, parce qu'elle avait besoin de sommeil. Elle ferma les rideaux, se déshabilla, et éteignit la lumière. Elle savait que des rêves allaient probablement surgir, mais elle était trop fatiguée pour les combattre. Allongée sur le lit, elle fixa l'unique lumière, le signal rouge du détecteur de fumée sur le plafond, puis relâcha sa volonté et s'assoupit.

Dans son rêve elle était à genoux sur la terre nue, dans un enclos sombre. Une voix lui soufflait que l'espace était un carré d'environ quatre mètres cinquante de côté. Comme ses yeux s'habituaient peu à peu à l'obscurité, elle identifia la texture de la face interne de l'écorce d'orme qui constituait les murs et le toit de la maison commune. Il était construit dans l'ancien style, long de trois cents mètres avec de chaque côté des compartiments comme celui où elle se trouvait. Elle compta dix brasiers successifs au long de l'espace central. Des formes sombres d'hommes, de femmes et d'enfants étaient repliées près des feux ou évoluaient tout autour.

Un des enfants releva la peau d'ours qui pendait à l'est de la maison commune pour couvrir la porte, et Jane dut baisser les paupières pour éviter l'éblouissement. Elle savait, d'après la lumière du soleil, que c'était le matin. Lorsque l'enfant détala au-dehors et que la peau d'ours retomba, Jane ne leva pas la tête parce qu'elle pensait à ce que la lumière lui avait montré. Elle était vêtue d'une jupe de cuir et de mocassins, et le sol nu ne heurtait pas ses genoux parce qu'elle portait une paire de cuissardes. Elle observa avec détachement que ses vêtements étaient constitués d'une peau de daim très douce – preuve que tout cela se passait dans les Temps Anciens.

Un lacet tissé d'herbes aromatiques des marais et de perles en coquillages lui ceignait le cou, et elle le toucha. Jane respira l'odeur fraîche de l'herbe, un parfum qui agrémentait celui du repas en préparation, mêlé à l'odeur des corps de la trentaine d'occupants de la maison commune.

Elle entendit un bruit et se retourna pour apercevoir une grande silhouette, celle d'un homme allongé sur la plate-forme la plus basse le long du mur de son enclos. Il remuait, sur le point de s'éveiller. Elle ne savait pas qui il était, mais sur une autre plate-forme, un mètre cinquante au-dessus de lui, il y avait ses affaires à elle : les mocassins de rechange qu'elle porterait à la place de ceux qu'elle avait aux pieds à présent, le plateau *gaowo* en écorce d'orme qu'elle utiliserait pour préparer le pain de maïs, sa collection de *ahdoquasa*, ces bols aux bords polis pour boire la soupe, avec les poignées sculptées en forme d'hommes et de femmes s'embrassant. Ele savait que l'homme devait être son mari, mais il restait endormi dans l'ombre, le visage tourné vers le mur, parce qu'il n'était pas encore temps pour elle de le voir.

Elle entendit quelqu'un l'appeler au-dehors, et, dans la logique des rêves, elle comprit que la voix était sa raison d'être là. Jane se leva et passa devant les feux jusqu'à la peau d'ours. Une main forte agrippa son bras, et elle se retourna. Un homme, dont le visage restait indiscernable dans le noir, dit en seneca : « Si tu ne veux pas rêver des morts, tu n'y es pas obligée. Si les femmes chantent le *Ohgiwe*, ils partiront. » Elle connaissait cette voix.

« Je sais, Jake », dit Jane. Elle souleva le coin de la peau d'ours et sortit dans la lumière.

« Jane ! » dit une voix. Elle était rauque et aiguë, presque inhumaine, comme le cri d'un perroquet. « Jane ! »

Elle regarda autour d'elle, et ses yeux saisirent un éclat d'un bleu profond au-dessus d'elle dans un érable, puis un autre qui voleta d'un vieux sycomore. Les deux taches bleues avançaient par pulsions successives, un plongeon et un battement d'ailes pour remonter, puis un autre plongeon et un autre battement, et les griffes attrapaient les branches de l'arbre à côté du premier. Jane reconnut les deux geais bleus qu'elle avait capturés en Californie. Ils se posèrent sur la plus basse branche de l'érable juste au-dessus d'elle. Le mâle pencha la tête sur le côté et la fixa d'un seul œil, noir et brillant. « Jane !

– Qu'y a-t-il ? »

La femelle sauta pour inverser sa position sur la branche, la tête à la place de la queue, et se pencha. « Nous avons fait ce que tu nous as demandé. Nous avons emmené Dennis et Mona à Hawenneyugeh.

– Merci, dit Jane. Mais vous devez retourner chez vous maintenant. Vous ne survivrez pas dans ce climat, et l'hiver arrive. »

Le mâle s'agitait nerveusement d'avant en arrière sur la branche, et elle pouvait entendre ses griffes gratter l'écorce. « Nous sommes venus pour toi. »

Les geais la regardèrent sans bouger. Jane sentit son appréhension monter. « Est-ce que je vais mourir aussi ? Tant de gens meurent pour rien. »

La femelle sauta dans l'herbe à ses pieds et tourna la tête de chaque côté pour poser successivement chacun de ses yeux sur Jane. « Ce n'est pas censé être *pour* quelque chose. C'est ce que nous sommes.

– Que sommes-nous ?

– Hawenneyu, le Jumeau Droitier, crée les gens, les oiseaux, les arbres. Hanegoategeh, le Jumeau Gaucher, crée le cancer, la chasse aux oiseaux, la maladie des ormes. Pour chaque mesure une contre-mesure : Hawenneyu crée les airs, Hanegoategeh les transforme en vents froids ; Hawenneyu fait le feu et les maisons, Hanegoategeh fait brûler les maisons.

– Êtes-vous venus pour me dire que c'est mon tour de partir ? demanda Jane.

– Pour t'avertir. Si tu veux rester en vie, respirer l'air et boire l'eau, alors regarde et écoute. Rien n'a changé depuis le début du monde. On continue à évoluer dans un pays sauvage. Il ne faut rien négliger de ce que l'on voit, de ce que l'on entend. Apprendre à connaître son ennemi. »

Elle observa les deux oiseaux. « Qui est mon ennemi ?

– Pense à la manière dont il travaille, dit la femelle.

– Il a tué des gens, dit Jane. Il n'y a rien de particulier à cela. Sauf peut-être la brutalité avec laquelle il a massacré les Decker…

– En supprimant toute trace du passage du petit garçon dans la maison, rappela le mâle.

– Et Mona et Dennis ? demanda-t-elle. Il a engagé des hommes pour battre Dennis à mort et jeter Mona au bas d'une cage d'escalier.

– Il a attendu que la séance soit planifiée dans un lieu donné pour la faire transférer dans un autre. Vous avez dû vous rendre là où une douzaine d'hommes attendaient, alors que l'audience avait déjà commencé.

– Et Alan Turner ? dit la femelle.

– Quoi ? dit Jane.

– Nous savons comment tu es entré dans sa maison, comment tu as évité le déclenchement de l'alarme, en entrant et en sortant. Mais comment a-t-il pu passer, lui ?

– Je ne sais pas, dit Jane. Je suppose qu'il a sonné à la porte. Alan Turner lui a ouvert. Ils devaient se connaître.

– Tu n'y es pas, dit la femelle. N'importe qui pouvait entrer en sonnant à la porte. Mais comment est-il *sorti* sans déclencher l'alarme après avoir tué Turner ?

– Oui, comment a-t-il fait ? » demanda Jane.

Elle s'éveilla et écouta les bruits des voitures sur l'autoroute à quelques rues de là. L'heure de pointe devait avoir débuté. Mais elle se souvint que ce terme n'avait pas de signification pour la périphérie de Los Angeles. Les voitures encombraient les rues à toute heure du jour et de la nuit. Elle s'assit et regarda autour d'elle, puis alla prendre une douche.

Elle avait simplement eu besoin de dormir. Elle ne connaissait toujours pas le nom de l'homme, mais dans son sommeil elle avait compris quelque chose sur lui. Il pouvait être entré dans la maison de Monterey sans avoir déclenché l'alarme parce que Turner l'avait laissé entrer. Mais la seule façon de sortir sans déclencher l'alarme après la mort de Turner avait été de connaître le code.

16

Ellery Robinson ouvrit la porte de son appartement avec un regard circonspect. « Entrez, dit-elle calmement. Ce n'est pas le genre d'endroits où il faut traîner sur un palier éclairé. »

Jane lui obéit et observa le jeu des muscles sur les bras fins tandis qu'Ellery fermait la porte blindée, puis tournait le verrou.

« Je vous attendais. Je savais que vous m'aviez reconnue en prison. Comment m'avez-vous retrouvée ? Je ne suis pas dans l'annuaire.

– Je suis allée à votre ancienne adresse et j'ai posé des questions à droite à gauche… Vous avez encore des problèmes.

– Rien de grave. Le flic chargé de mon contrôle judiciaire pense que je suis hautaine, donc quand je lui rends ma visite réglementaire, il oublie de l'inscrire.

– Vous êtes sûre que ce n'est pas parce que vous l'avez regardé de haut ? »

Ellery Robinson secoua ses maigres épaules. « Lorsqu'une femme noire a passé l'âge d'être appréciée pour son gros cul, ils se souviennent qu'ils avaient commencé par ne pas l'aimer beaucoup de toute façon.

– Pouvez-vous y changer quelque chose ?

– On sait maintenant que ce type n'est pas fiable. Ses rapports ne suffisent plus à envoyer quelqu'un en prison.

– Il a vraiment dû faire une erreur.

– Ouais... Quand j'étais en prison, j'ai entendu dire qu'il s'est fait surprendre dans son bureau, allongé sur une jeune Mexicaine. Il a obtenu ce qu'il voulait gratuitement, comme ça, pendant des années. Il lui suffisait de cocher une case dans un formulaire pour les faire reconduire à la frontière, alors elles lui accordaient beaucoup de faveurs.

– Il sait qui l'a dénoncé ? »

Pour la première fois, Ellery Robinson sourit légèrement, et Jane retrouva un instant la jeune femme qu'elle avait rencontrée des années auparavant. « Ça peut être n'importe qui. Tout le monde savait. »

Jane s'assit en silence et la regarda. Elle avait vieilli ces onze dernières années, mais cela semblait l'avoir affinée et adoucie. Ellery Robinson supporta son regard un moment et dit : « Et vous, est-ce que vous allez bien ?

– Je n'ai pas à me plaindre.

– Vous voulez dire que vous ne pouvez pas vous plaindre à moi, n'est-ce pas ? dit Ellery Robinson. Vous pensez que j'aurais dû venir avec vous.

– Je ne sais pas. Personne ne peut dire ce qui se serait passé.

– Ne soyez pas désolée pour moi, j'ai eu ma vie, vous savez. Lorsque j'étais en prison, je m'asseyais au soleil dans la cour, je fermais les yeux et je suivais ma sœur Clarice et son bébé, toute la journée dans ma tête. Les femmes, en prison, pensaient que j'étais devenue folle, que j'étais comme plongée dans le coma. Mais moi, je vivais à l'intérieur de ma tête.

– Vous ne regrettez pas ?

– Je regrette d'avoir commis un meurtre. Je ne regrette pas qu'il ait été tué. Il le fallait. »

Jane hocha la tête. « Vous vous débrouillez maintenant ?

– Je suis satisfaite. Je sais ce que vous avez à l'esprit. C'est cette femme dans la prison, n'est-ce pas ?

– Mary Perkins ? Non, elle est loin maintenant.

– Alors quoi ?

– Je sais qu'en prison, dans les bureaux de contrôle judiciaire, ou dans des endroits de ce genre, on entend certaines choses.

– Oui, ça arrive.

– Avez-vous, par exemple, entendu parler d'Intercontinental Security ? »

Le visage clair et serein d'Ellery Robinson se figea de dégoût. « Si vous voulez engager quelqu'un, ne vous adressez pas à eux. Si c'est vous qu'ils recherchent, ne les laissez pas vous trouver.

– Ils semblent avoir beaucoup de clients.

– Oh oui, c'est une grosse société. Et elle ne date pas d'hier, de même que Pinkerton's, ou Brinks. Je pense qu'ils étaient chargés de la sécurité des trains, des banques ou ce genre de choses. D'après ce que je sais ils le font toujours ; je ne suis pas actionnaire.

– Avez-vous déjà entendu parler de vols dans les endroits qu'ils sont censés protéger – comme s'ils avaient déjoué leur propre système d'alarme ou quelque chose comme ça ?

– Non. Ce que j'ai entendu sur eux, c'est qu'ils pratiquent la chasse à l'homme.

– Quelle sorte de chasse à l'homme ?

– Le genre habituel. Filatures, mandats d'amener, recherches pour interrogatoires, fuyards. Des gens en liberté provisoire disparaissent, la personne garante aussi. Des employés s'enfuient après avoir volé l'argent de la caisse. La police ne fait pas grand-chose, alors les entreprises engagent Intercontinental.

– Et ensuite ?

– Celui qu'ils ramènent est dans un piteux état. Parfois un bras cassé, une jambe, ou la figure abîmée.

– C'est une vieille entreprise. Ils ont toujours eu cette réputation ? »

Ellery Robinson haussa les épaules. « Je n'en sais rien. J'ai été absente pendant quelques années. C'est depuis mon retour que j'ai entendu des choses.

– Qui vous les a racontées ? Pourriez-vous m'aider à contacter quelqu'un ? »

La petite femme s'adossa sur le vieux canapé et fixa le plafond un moment. Elle semblait y chercher des noms et des adresses, et Jane savait qu'elle en rejetait certains pour des raisons qu'elle tairait.

Le jeune homme se tenait près d'une voiture dans le noir. Il était grand et massif, avec une veste trop épaisse pour la saison et un pantalon bleu informe. Jane vit qu'il y avait un lampadaire juste au-dessus de lui, mais à la place de l'ampoule il ne restait que quelques morceaux de verre brisé.

Ellery Robinson avait suivi le regard de Jane. « Les dealers tirent dessus la nuit, et la municipalité les remplace le jour. Tout le monde y trouve son compte. » Elle prit le bras de Jane. Le jeune homme regarda le trottoir de droite trois ou quatre secondes, puis celui de gauche. Satisfait, il s'éloigna de la voiture, et vint jusqu'à elles sur la pelouse.

Ellery Robinson leva la tête et dit : « Voilà la femme. » Puis elle se tourna vers Jane : « Il ne vous fera aucun mal. » Ensuite elle fit demi-tour et s'engagea dans l'amoncellement de détritus du grand chantier gris qui la séparait de sa chambre.

Jane s'adressa au jeune homme : « Merci d'être venu. »

Il se mit à marcher, et elle accorda son pas au sien. « Faut pas s'arrêter de marcher, ou bien tout le monde remarque que tu t'occupes pas de tes affaires.

– D'accord.

– Elle a dit que vous vouliez des infos sur Intercontinental.

– Oui », dit Jane. Elle attendit la question logique mais celle-ci ne vint pas. Il ne se sentait pas concerné par le fait qu'elle veuille se renseigner, et Jane se souvint qu'Ellery Robinson n'avait pas pris la peine de les présenter l'un à l'autre par leur nom.

« J'ai travaillé pour eux.

– Combien de temps ?

– Deux semaines à peu près. » Il anticipa la question suivante : « En octobre. Ils ont mis des annonces dans le coin. Ils cherchaient d'urgence des agents de sécurité pour deux grands centres commerciaux, pour Noël. Pas le genre gamins blancs en uniforme devant une boutique dans Crenshaw. Ceux-là se seraient fait malmener, et rien de plus.

– Que s'est-il passé ?

– Ils m'ont engagé comme stagiaire. Ce qui veut dire qu'ils n'ont pas besoin de payer des gages réguliers. Ils m'ont fait passer au détecteur de mensonge, puis j'ai eu deux jours de formation, et au boulot. J'ai bossé dans le centre commercial une semaine et demie.

– Pourquoi vous ont-ils viré ? »

Les yeux du jeune homme se rivèrent aux siens puis il les détourna : « Contrôle de sécurité : ils ont eu mon casier judiciaire. Ils ne pouvaient pas m'engager.

– Qu'avez-vous découvert avant de partir ?

– Vous n'allez pas me croire ; j'ai des antécédents et je suis un "ancien employé remercié". »

Jane regarda vers le ciel, puis le long du mur du complexe. « C'est une nuit froide et humide pour L.A. Il va probablement pleuvoir bientôt, d'après ce que je sens. Et vous pouvez ne pas me croire, mais je me suis rarement trouvée dans cette partie de la ville après minuit, quel que soit le temps.

– Je vous crois, dit-il.

– Si j'avais pensé que vous me mentiriez, je ne serais pas assez stupide pour être ici, n'est-ce pas ?

– Ouais.

– Alors dites-moi ce que c'était.

– Ils cherchent des jeunes gens avec de bonnes motivations, et ils leur donnent les capacités nécessaires pour réussir. Comme dans l'armée.

Un type vient vous expliquer comment se comporte un voleur dans un grand magasin pour que vous sachiez qui vous devez surveiller.

– Et il savait de quoi il parlait ?

– Il y avait plein de gens dans cette pièce qui auraient pu répondre à cette question, mais pas moi. Je pense que c'était assez ressemblant, en tout cas, parce qu'ils écoutaient tous. Ça leur donnait probablement des idées pour la morte-saison.

– Les capacités pour réussir. Pouvez-vous me dire quelque chose sur ce type ? Qui était-il ?

– Son nom était Farrell. Une espèce de vieux type, avec des cheveux gris raides comme une brosse et des chaussures nickel. Ils l'appelaient l'officier d'entraînement. Après nous avoir expliqué comment repérer les voleurs, il nous a dit ce qu'il fallait en faire.

– Les emmener dans l'arrière-boutique et appeler le chef de rayon ?

– Ouais. Il dit que le système n'est pas satisfaisant. Ils sont convoqués au tribunal et le jour d'après ils recommencent de plus belle. Donc, le chef de rayon les emmène quelque part et leur fait peur.

– Peur comment ?

– Farrell dit que c'est selon l'initiative de chacun. La société juge les chefs de rayon selon le résultat.

– Quels sont les résultats ?

– Selon Farrell, il y a trois sortes de voleurs : ceux qui n'en ont pas besoin et qui recherchent sirnplement une espèce d'excitation, ceux qui font partie d'une bande et qui ensuite revendent ce qu'ils ont volé, et les camés. Il n'y a aucun moyen de les faire cesser, mais vous pouvez vous arranger pour que la fois suivante, ils aillent dans une autre boutique.

– Avez-vous vu des choses comme ça ?

– Une fois. Une femme s'est fait prendre avec un sac à double fond où elle fourrait des trucs. Le chef de rayon l'a emmenée dans l'arrière-boutique un moment, puis il l'a expédiée par la porte des livraisons. Elle courait.

– Je sais que certains commerçants réagissent de cette façon. Qu'avez-vous vu d'autre ?

– La semaine suivante, le rapport sur mes antécédents arrive, donc je suis viré. Je rends mon uniforme et je rentre à la maison. Deux jours plus tard, j'ai un appel. C'est Farrell. Il dit qu'il est désolé d'apprendre ce qui est arrivé, mais qu'il peut peut-être faire quelque chose pour moi. J'ai de l'initiative et des motivations, et je n'ai pas peur de ce qui doit être fait. Il dit que parfois il y a du travail pour des gens qui ne passent pas le contrôle des antécédents. Je travaillerais toujours pour Intercontinental, mais ils me régleraient en liquide. Une sorte de boulot au noir, et qui paie beaucoup mieux.

– Est-ce qu'il a dit ce que vous feriez ?

– J'ai vingt-deux ans. Jamais eu de boulot à cause d'un casier judiciaire de cinq pages. Deux condamnations. Coups et blessures, trois ans dans une maison de redressement. Attaque à main armée, trois de plus à Soledad. Vous croyez qu'il cherchait un neurochirurgien ?

– Vous avez dit qu'il y avait beaucoup de gens dans le cours d'entraînement qui avaient ce type de problèmes. Est-ce que d'autres ont reçu la même offre ?

– Je ne sais pas.
– Que lui avez-vous répondu ? »

Ils arrivaient au bout du bloc de maisons. Il s'avança au bord du trottoir et regarda attentivement de chaque côté de la rue avant de s'aventurer hors de l'abri du gros bâtiment. « Je vous ai dit que je ne pouvais pas trouver d'autre boulot.

– Donc vous avez signé.

– Il m'a fait venir dans un autre bureau. Pas le grand où ils engagent et entraînent des gens. Celui-là était à Van Nuys. Il y avait huit ou dix hommes qui traînaient – des Blancs, des Noirs, quelques Mexicains. Tout le monde bien habillé, mais ne faisant pas grand-chose. Le sigle sur la porte indiquait : "Enterprise Development." »

Jane se souvint des hommes du tribunal. Ils portaient tous des vêtements de sport ou des costumes, et aucun d'entre eux n'exhibait rien qui puisse le rattacher à Intercontinental. « Où exactement à Van Nuys ?

– Au 5122 Van Nuys Boulevard. Gros immeuble. Petit bureau.

– Et là, qu'est-ce que vous avez fait ?

– Farrell est venu et m'a parlé un moment.

– Qu'est-ce qu'il vous a dit ?

– À peu près ce que tout le monde vous raconte quand vous faites un travail rémunéré en liquide. Si quelque chose va mal, ils vous retirent l'argent. Mais si vous dites quoi que ce soit à quiconque, ils vous tombent dessus en masse et vous êtes tout seul.

– Et il ne vous disait toujours pas ce qu'il voulait de vous ?

– Si, dit le jeune homme. Chasser.

– Pardon ?

– C'est ce qu'il a dit. Voilà comment ça marche : Intercontinental a une liste de gens recherchés. La boîte fait tout ce qui est légal pour les trouver. Tout ça à découvert. C'est une grosse entreprise avec des bureaux dans cinquante villes et beaucoup de gens sur les fiches de paie. Mais il y a quelques cas qui n'apparaissent pas dans les livres. Par exemple, un type qui disparaît en même temps qu'une puce électronique ou un tableau célèbre ou autre. Intercontinental est au courant, il sait qui a l'objet ou qui en a obtenu de l'argent. De toute façon, le gars est en fuite.

– Alors ils le chassent.

– Ouais. Pour le reste, il a parlé du type qui dirige.

– Qu'est-ce qu'il a dit ?

– Comment il en est arrivé là. Il était au bureau de L.A., il y a quelques années, et il a organisé tout ça. Il est né là-bas, dans les bois, dans le Nord, c'est un traqueur. Il se prenait pour un chien. Une fois qu'il avait l'odeur, il n'abandonnait jamais. Farrell dit qu'il poursuivait les tueurs tout seul, juste pour le plaisir. Il y trouvait son énergie, comme un chasseur.

– Quand ça ?

– Quoi ?

– Quand est-ce qu'il poursuivait les tueurs ?

– Avant. Quand il était flic. »

Jane était de plus en plus tendue. « Quel est son nom ?

– Bearclaw. »

Ce n'était pas exactement une surprise, mais elle sentit une onde électrique la parcourir. « Barraclough ?

– Barra quelque chose. Il est…

– J'ai entendu parler de lui. » Elle tenta de se débarrasser de la foule de pensées qui envahissaient son esprit. Elle pouvait presque voir le visage de Danny Mittgang, huit ou neuf ans auparavant, lorsqu'elle lui avait demandé ce qu'il fuyait. Il n'avait pas dit que la police de Los Angeles le recherchait comme témoin direct ; ce qui était sorti de sa bouche avait été « Barraclough. » Et il s'était mis à transpirer et à respirer difficilement. Le nom était déjà si familier dans certains milieux qu'il s'attendait à ce qu'elle le connaisse.

Elle l'avait entendu de nombreuses fois par la suite, et chaque fois c'était lié à une histoire bizarre. L'ami d'un fugitif, qui avait refusé de le trahir la première fois qu'on l'avait interrogé, avait tout raconté à Barraclough. Un homme d'âge moyen qui avait commis un délit administratif oubliait étrangement qu'on n'avait aucune preuve contre lui, et se jetait sur Barraclough en tirant sur lui. Pour confondre un suspect, Barraclough utilisait des informations qui ne pouvaient provenir que d'une écoute, mais aucune trace de l'écoute n'était produite au procès. Elle avait noté ce nom et celui de quelques autres policiers venus de plusieurs parties du pays, parmi ceux qui étaient capables de faire absolument n'importe quoi pour attraper un suspect. Mais la différence entre Barraclough et les autres était que lorsqu'une personne prononçait son nom, elle le faisait en tremblant.

Jane tenta de se concentrer. Elle savait qu'elle n'obtiendrait pas un second entretien avec ce jeune homme. « Comment êtes-vous parti de là ?

– Pas de problème. J'ai dit à Farrell que je voulais pas faire ça.

– Pourquoi ?

– Je ne l'aimais pas.

– C'était le boulot que vous n'aimiez pas, n'est-ce pas ? »

Le jeune homme haussa les épaules. « Ellery a dit que vous pouviez être intéressée par la photo qu'ils m'ont remise, et je viens de vous dire que je n'ai pas eu de boulot. »

Jane tendit sa main. Dans sa paume il y avait deux billets verts tout neufs qu'elle avait tenus roulés depuis qu'elle était sortie de l'ombre pour le rencontrer. Ils se déroulèrent suffisamment pour qu'il puisse apercevoir les chiffres des centaines.

Il fouilla dans sa veste et sortit une photographie de sa poche. Il la lui tendit et préleva délicatement les deux billets.

Jane leva la photo, essayant d'attraper la faible lueur du lampadaire au loin. Elle ne voulait pas attendre de savoir si c'était l'une des photos de Noël que les Decker avaient envoyées à la grand-mère, ou l'un des souvenirs de famille que les tueurs avaient pris dans la maison de Washington. Elle aperçut des cheveux blonds, et la leva plus haut pour être certaine. Ce n'était pas du tout une photo de Timmy.

C'était le visage de Mary Perkins.

17

À Ann Arbor, Mary Perkins avait occupé la majeure partie du mois à devenir Donna Kester. Et elle avait découvert que Donna ne se sentait pas bien dans l'appartement que Jane Whitefield l'avait aidée à louer. Ce n'était pas la faute de Jane Whitefield – et pourtant Mary était toujours tentée de mettre la moindre de ses contrariétés sur le compte de Jane. Mary avait pensé que Donna Kester aimerait les lignes nettes et interminables de la résidence. Et voilà qu'elles lui rappelaient affreusement les hôtels où elle avait séjourné la plus grande partie de sa vie d'adulte.

L'hiver venu, l'immeuble lui parut d'une construction rudimentaire, comme si les charpentiers avaient laissé inachevé quelque chose qu'elle ne parvenait pas à identifier. La salle de sport partagée par les locataires était une grande boîte avec une paroi en verre. Des femmes beaucoup plus jeunes que Mary venaient y exhiber le résultat de nombreuses visites antérieures aux yeux de quelques jeunes gens. Mais ces derniers semblaient trop occupés à soulever leurs charges de plomb pour remarquer ce qui leur était offert.

La piscine dans la cour en promettait davantage pour l'été suivant, sans une seule chance de cacher les méfaits de l'âge sous une bonne paire de collants. Et la neige sale qui s'accumulait sur la couverture de plastique contribuait à donner l'impression que l'été n'était pas près d'arriver.

Comme Donna Kester se l'expliquait à elle-même, l'endroit n'était pas sympathique. Elle déménagea et loua le dernier étage d'une grande maison construite dans les années vingt, située plus près de l'université. C'était dans ce genre de maison qu'elle avait grandi à Memphis, avec beaucoup de boiseries assombries par le temps et un tapis d'une épaisseur capable d'étouffer les craquements dans les escaliers, très usé au centre.

Son appartement comportait une cuisine exiguë mais bien tenue, une chambre avec un lit en cuivre, qui n'était ni une imitation ni d'une qualité suffisante pour être une authentique antiquité. Le placard était petit, mais assez grand pour le type de garde-robe que Donna Kester était susceptible d'acquérir. Le salon contenait un mauvais canapé et un bon fauteuil. On aurait dit qu'un architecte d'intérieur l'avait orienté avec précision vers le poste de télévision, vingt ans d'âge, et ne recevant que deux chaînes qu'elle avait d'ailleurs du mal à regarder séparément. Mais les deux chaînes avaient des présentateurs qui semblaient faire d'excellentes prévisions météo, et c'était à peu près tout ce qu'elle leur demandait pour l'instant, parce que cela lui permettait de savoir comment se vêtir quand elle partait à la recherche d'un travail.

Mary commença à se sentir mieux en Donna Kester peu de temps après son déménagement.

Elle n'eut aucune difficulté à étouffer la curiosité du propriétaire avec une vague référence à un divorce. Par la suite, lorsque les gens avaient une question à l'esprit sur son absence de cursus professionnel et d'antécédent de crédit bancaire, elle laissait entendre que le sujet était délicat. Ses interlocuteurs pouvaient ruminer sur son divorce, imaginer des réponses plausibles, jusqu'à ce qu'ils sélectionnent eux-mêmes celle qui les satisfaisait. Il semblait parfois que Donna Kester savait tout ce que Mary Perkins savait sur les gens – sans que cela ne lui ait coûté autant.

Donna traversa le couloir, enfila son écharpe dans la manche de sa grosse doudoune, enfonça ses gants neufs dans les poches, et l'accrocha au portemanteau. Elle s'assit sur les marches pour retirer ses bottes et eut la sensation désespérante de sentir la neige fondue de sa dernière sortie mouiller les fesses de son pantalon. Elle se releva rapidement, rangea ses bottes sur le paillasson, et escalada précautionneusement les marches en chaussettes. Elle se sentait injustement punie. Elle pensait avoir appris depuis longtemps à repérer la neige sur les marches. Le tapis serait déjà sec s'il y avait eu une soufflerie d'air chaud au pied de l'escalier.

Si elle avait possédé cet endroit, un entrepreneur y serait déjà au travail. Elle ferait mettre une bonne grosse soufflerie près de la porte pour que la chaleur l'accueille dès l'entrée et réchauffe son manteau et ses bottes avant qu'elle ne ressorte. Elle rêva brièvement de racheter la maison aux Monahans. Elle s'imagina téléphonant à l'entrepreneur avant même que l'encre des paraphes n'ait séché.

Mary fouilla dans son sac et attrapa sa clé. Elle se sentit mieux. C'était une bonne vieille clé d'autrefois, une grosse tige d'acier de dix centimètres de long terminée par un anneau. L'objet ressemblait à la clé d'un château, ce qui procurait à Mary une sensation de sécurité. Et d'autres détails justifiaient ce sentiment. La serrure qui s'inscrivait dans une porte épaisse et solide avait à peu près les dimensions d'un jeu de cartes, avec de grosses gorges d'acier et des ressorts qui se détendaient comme un piège lorsqu'elle la verrouillait, et l'objet était visiblement là depuis un bon moment. S'il y avait eu une effraction, ils l'auraient remplacé.

Elle parvint en haut des marches, posa la main sur la poignée de porcelaine jaunie, poussa la clé à l'intérieur, et sentit la porte s'ouvrir. Les lumières étaient allumées. Elle fit volte-face et tenta de descendre les marches aussi vite et silencieusement que possible, mais elle savait qu'elle faisait trop de bruit – elle en avait déjà beaucoup trop fait en rentrant et en montant l'escalier – et elle s'appuya sur la rampe pour sauter autant de marches que possible, atterrissant bruyamment.

Elle bouillait de rage d'avoir été aussi stupide. Lorsqu'elle avait senti la flaque de neige fondue sur les marches, elle aurait dû comprendre que c'était quelqu'un d'autre qui l'avait laissée. Il ne s'agissait pas d'un indice subtil ; c'était un signe d'avertissement pratiquement tatoué sur ses fesses. Elle regrettait soudain absolument tout… Elle se maudissait d'avoir quitté l'énorme complexe résidentiel, bruyant et peuplé, pour cette vieille maison où ils n'avaient même pas à réfléchir à la manière de la rencontrer seule ; d'avoir loué ce second appartement parce que le fait de montrer une seconde fois de faux papiers augmentait le risque de cent pour cent ; et de faire confiance comme une gamine aux grosses serrures et à sa grosse clé – pire, elle s'était cachée exactement comme une gamine, pas en disparaissant, mais en posant sa propre main sur ses yeux.

En arrivant au bas des marches, au moment où elle réalisait avec horreur que le sens commun réclamait qu'elle se précipite directement dans la neige, sans s'arrêter pour prendre ses bottes, la voix l'atteignit avec douceur.

« C'est moi, dit Jane Whitefield. Ne courez pas, ce n'est que moi. »

Mary s'immobilisa, le visage tourné vers la porte. Puis elle se retourna et leva les yeux. Au sommet des marches la silhouette de la grande femme mince s'encadrait dans l'embrasure faiblement éclairée. La forme était sombre, une ombre plus profonde et, pendant une seconde, un reste de peur paralysa encore les poumons de Mary. Puis la femme ouvrit la porte et dit d'une voix très douce : « Je suis désolée de vous avoir surprise. »

Mary remonta l'escalier avec une lenteur délibérée, pour laisser se calmer les battements de son cœur. Jane avait parlé sur le ton de la conspiration. Les gens surpris sursautent et disent : « Oh ! » Ils ne dévalent pas un escalier de six mètres pour se ruer en chaussettes dans la neige. Ce genre de réactions s'empare de gens terrifiés qui fuient pour sauver leur peau. Nous allons laisser votre couardise s'estomper sans faire de commentaires, et nous lui donnerons un autre nom. Voilà ce que signifiait l'intonation de Jane.

Non, c'était même pire que cela. Jane savait que ce n'était pas seulement de la couardise. C'était la seule réaction saine de la part d'une femme qui se sentait si coupable que n'importe quel visiteur imprévu ne pouvait venir que pour l'anéantir. Jane identifiait parfaitement cette réaction, sans faire de commentaires.

Mary entra dans son salon. Elle chercha Jane mais ne put la voir ni l'entendre, et se remémora l'étrangeté qui l'avait toujours irritée chez cette femme. Sa tranquillité hiératique donnait aux autres l'impression qu'ils parlaient trop sans rien obtenir en retour, comme s'ils vidaient le contenu de leur cervelle par un gros trou noir ouvrant sur un endroit où plus rien n'avait de valeur. Jane voguait comme la reine des cygnes, et elle se fichait de savoir si les autres soupçonnaient qu'elle les trouvait stupides, petits, empâtés, et parlant trop fort.

Mary entendit la bouilloire siffler dans la cuisine, puis se taire, et elle en conclut que Jane se trouvait dans la petite pièce. Elle sentit la tension plomber sa nuque et ses épaules. Elle était ici chez elle, et il y avait un côté insultant dans le fait qu'une autre femme soit entrée et ait fouillé dans ses placards. Elle détesta devoir trop de choses à cette femme pour pouvoir lui exprimer son désaccord.

Mary se dirigea vers la petite cuisine juste au moment où Jane en sortait avec un plateau à thé en disant : « Je suis vraiment désolée d'avoir dû entrer de cette manière. J'aurais été furieuse si on m'avait fait la même chose, mais cela semblait mieux. Tout d'abord, je ne vous connaissais pas suffisamment pour savoir si vous vous seriez débrouillée pour mettre la main sur un revolver ou pas. Vous auriez eu tout le temps de le faire. »

Mary sentit les mots dissoudre ce qui lui restait de confiance en elle comme un sucre sous une pluie torrentielle. Elle était là depuis un mois, et il ne lui était jamais venu à l'esprit de se procurer le mode de protection le plus évident.

Mais Jane poursuivait, et Mary ne l'avait pas écoutée.

« … ne voulais pas que l'on me fasse sauter la tête, et je me suis figurée que si votre propriétaire entendait une femme monter les marches, il supposerait que c'était vous. J'ai fait très attention à ne pas vous attirer de problèmes en venant ici. Personne ne m'a suivie, ni n'a eu l'opportunité de me voir vous attendre dehors. Je vous ai vue arriver dans la rue et j'ai préparé du thé. » Elle tendit une tasse à Mary.

Mary huma et dit : « Il est différent.

– Je l'ai trouvé à L.A., dit Jane. Il est mélangé avec des feuilles de mûres. J'ai une faiblesse pour ce genre de bêtises. »

Mary trempa ses lèvres. Donc cette femme n'avait pas été fouiller dans ses placards : la bouilloire et l'eau étaient bien en vue. Mais Mary résista à son fléchissement. Quoi que veuille cette Jane, elle n'allait pas l'obtenir en lâchant un sachet de thé dans une tasse d'eau bouillante. Mary sourit : « Moi aussi. »

Le sourire de Mary était celui d'un chat qui ronronne en se frottant contre la jambe de quelqu'un. Jane voyait bien que ce sourire n'avait pas été simplement essayé devant le miroir. Sa grâce et son aisance félines ne pouvaient lui être venues qu'à l'épreuve du vaste monde, où elles avaient servi à négocier des choses tangibles. Jane regarda autour d'elle et déclara : « J'aime votre appartement. »

Mary espéra que Jane dirait quelque chose d'hypocrite sur l'ameublement.

« Vous avez très bien choisi. Quelqu'un qui voudrait arriver tout en haut de cet escalier aurait pas mal de difficultés à y parvenir, si vous vouliez vraiment l'arrêter. L'immeuble ressemble à une maison familiale du dehors, et personne ne chercherait un étranger ici. C'est très important. Le plus important n'est pas ce que vous feriez s'ils vous trouvaient, mais que vous soyez là où ils ne vous chercheront pas.

– Comment m'avez-vous trouvée ? Ou bien est-ce que vous étiez là, tout le temps, à me surveiller ?

– Pourquoi le ferais-je ?

– Je ne sais pas. Peut-être pour voir comment je me comporte. » Mary se rendit compte du poids de ses paroles. Elle décida de ne plus faire cette erreur. « Pour voir si j'avais les capacités pour m'en sortir.

– Non, dit Jane. Je ne joue pas à ces jeux-là.

– Alors vous avez changé d'avis à mon sujet. » Sans aucune raison, pensa Mary.

« Là encore, non. Je m'attendais à ce que vous soyez excellente. »

Mary était fatiguée. Elle avait passé la journée à tenter de persuader différents directeurs des ressources humaines de lui faire faire un test sur ses aptitudes dans les affaires, alors qu'ils ne souhaitaient que des références. Ensuite de lui accorder le bénéfice du doute en se fondant sur sa capacité à parler correctement, sur la promesse qu'elle pouvait obtenir des accréditations, et parce qu'elle était plaisante, convenable, et énergique. Et elle était à présent assise dans un pantalon mouillé. « Permettez-moi d'être plus directe, dit-elle. Vous m'avez aidée et je vous en remercie. Puis vous m'avez laissée. Assez mystérieusement, dois-je ajouter. À présent vous êtes de retour. Vous me dites que j'ai bien joué à cache-cache, mais vous voilà. Vous semblez n'avoir eu aucun problème à me trouver, ni à ouvrir la serrure de ma porte pour entrer et vous faire une tasse de thé. Je n'ai jamais eu de difficultés à croire que vous étiez meilleure que moi à ce jeu, mais à présent je ne suis pas simplement effrayée, mais plutôt morte de peur. Donc, que voulez-vous ? »

Jane posa sa tasse. « Vous ne devriez pas avoir peur. Je vous ai trouvée parce que je savais où vous chercher. Si vous aviez été stupide, vous seriez de nouveau partie dans les aéroports et les hôtels, et vous vous seriez inévitablement fourrée dans un des endroits où ils vous cherchent. Je sais que vous n'êtes pas stupide, donc j'étais certaine que vous étiez encore dans cette ville. Et qu'alliez-vous faire ? Si vous aviez voulu renoncer à la vie, vous seriez restée sur place et n'auriez pas bougé. Quelqu'un peut rester dans une pièce, en verrouillant la porte, pour toujours, sans qu'on le trouve, s'il a assez d'argent pour payer le loyer. J'ai pensé que vous étiez trop vivante pour aller dans cette direction, alors j'ai essayé la piste du travail.

– Qu'est-ce que c'est ?

– Vous êtes assez intelligente pour comprendre que plus vous en faites avec une fausse identité, mieux cela marche, parce que après un moment l'identité n'est plus tout à fait fausse. Vous n'êtes pas la seule femme en ville dont le passé ne remonte qu'à quelques années en arrière. Assez vite, il faudra creuser beaucoup pour détecter si vous êtes construite de toutes pièces ou si vous êtes simplement passée par les changements habituels – deux ou trois mariages qui donnent un nouveau nom, un ou deux déménagements d'un État à un autre, un changement de carrière ou deux. Après avoir éliminé la possibilité que vous soyez partie, ou tombée dans le coma, je savais que vous alliez chercher du boulot. C'est le meilleur moyen de commencer une nouvelle vie.

– Était-ce suffisant ?

– Le plus important et le plus sûr des employeurs à Ann Arbor, c'est l'Université. J'ai appelé le bureau du personnel. J'ai dit que j'étais membre d'un comité de faculté, et que je cherchais quelqu'un pour la gestion et l'administration d'une grosse bourse de recherche à l'école de médecine.

– Pourquoi cela ?

– Les membres de la faculté ne sont pas engagés par le bureau du personnel de l'université, mais directement par la faculté, et il y avait donc très peu de chances pour que la femme que j'ai eue au bout du fil cherche mon dossier, qu'elle n'aurait évidemment pas trouvé. Les écoles de médecine sont semi-autonomes, et donc j'ai pu jouer mon rôle sans rien connaître à son mode de fonctionnement. Je lui ai demandé de m'envoyer la liste des demandeurs d'emploi ayant une expérience en comptabilité, car j'ai cru comprendre que vous en faisiez partie. J'ai demandé combien de temps cela prendrait de les apporter dans mon bureau. Comme elle annonçait un jour ou deux, j'ai offert de venir les prendre moi-même.

– Vous avez eu mon adresse par ma demande d'emploi. Mon Dieu, c'est facile.

– Pas si facile, dit Jane. Personne ne savait ce que je savais… votre nouveau nom, la ville où vous deviez postuler pour du travail si vous en vouliez. » Elle regarda Mary Perkins par-dessus le bord de sa tasse. « Même pas Barraclough. »

Mary sentit sa colonne vertébrale se raidir. Elle envisagea plusieurs possibilités. Elle pouvait prétendre que le nom n'avait produit aucun effet sur elle, et plus tard trouver une chance de filer en douce. Elle pouvait créer une sorte de diversion – jeter sa tasse au visage de Jane et fuir. Mais même si elle passait la porte, le seul moyen d'aller plus loin, c'était d'utiliser le nom et la carte de crédit que Jane lui avait donnés. Elle n'était pas prête. Elle aurait dû l'être. « Comment connaissez-vous ce nom ? je ne l'ai jamais prononcé devant vous.

– Et pourquoi ? Vous m'aviez dit que vous ne saviez pas qui vous cherchait. »

L'esprit de Mary Perkins vacillait, résistant à la conclusion qui s'imposait. C'était vrai. Elle était allée trouver Jane Whitefield et Jane Whitefield l'avait sans cesse questionnée sur son histoire. Jane Whitefield ne savait pas. Cette femme ne pouvait pas avoir travaillé pour Barraclough – du moins, un mois auparavant, elle ne travaillait pas pour lui. « Je voulais que vous m'aidiez. Je ne donne des arguments que pour ce que je veux obtenir. Vous devez me donner vos propres arguments en échange.

– D'accord, dit Jane. Alors, mettons cartes sur table. J'ai décidé de vous aider.

– Malgré Barraclough ?

– À cause de lui.

– Vous le connaissez ?

– J'ai vu son travail. » Elle regarda attentivement Mary. « Vous a-t-il jamais vue ? »

La question n'avait aucun sens à moins que Jane Whitefield n'ait voulu gagner son argent en vendant quelqu'un d'autre à Barraclough, et en disant que c'était Mary Perkins. « Je suppose qu'il a beaucoup de photos de moi.

– Je ne parle pas de photos, dit Jane. Vous a-t-il vue réellement, face à face ?

– C'est important ?

– Oui. Dites-moi.

– On ne s'est jamais rencontrés, dit Mary Perkins. Lorsque je suis sortie de prison, il y a huit mois, il a entendu parler de moi. Il savait où je vivais. Comment il l'a su, je l'ignore. Ils m'avaient dit que ce serait secret pour aider à ma réhabilitation – vous savez, m'aider à me réinsérer dans la communauté, tenir mes vieux copains à l'écart, et tout ça.

– Il a été flic. Il sait comment marche le système. Il n'est pas venu vous voir lui-même ?

– Il a envoyé deux hommes. Ils m'ont expliqué qui il était.

– Et alors ?

– Il dirige le bureau d'Intercontinental Security à Los Angeles. Il est à la tête d'une énorme organisation, beaucoup de pouvoir, plus ses propres connexions avec tous les départements de la police. On ne peut ni lui échapper ni le combattre. Il avait lu des choses sur moi.

– Quoi ?

– Tout. Les journaux, la transcription de mon procès, les rapports d'enquête. Je ne sais pas non plus comment il a obtenu ça. Il a décidé que j'avais beaucoup d'argent volé caché quelque part. Il le voulait. Je ne pouvais pas appeler la police et dire qu'il voulait prendre cet argent, puisque je n'étais pas censée l'avoir.

– Vous m'avez déjà raconté ce scénario. Ce que vous ne m'aviez pas dit, c'est que vous l'aviez vécu vous-même. Vous courez toujours, et ils continuent à vous poursuivre. Comment avez-vous réussi à vous en sortir ?

– Ils n'ont pas posé un revolver sur ma tempe en disant "Paie ou tu es morte". Je leur ai dit que je n'avais rien. Mais ils ont dit que Barraclough savait que j'avais l'argent, qu'il avait suivi mon affaire. » Elle rit tristement. « Vous savez comment sont les procureurs. Ils friment devant le public, lançant des chiffres énormes, impossibles. "Voici combien on a volé à la caisse des dépôts de ce grand État tourmenté du Texas. Voici la jeune femme qui s'est fait prendre avec dix dollars de cette somme." Toutes ces absurdités ne sont pas seulement en train d'entrer dans le subconscient du jury ; elles entrent dans la transcription. Même si votre avocat prouve que c'est stupide, une fois que c'est dit, c'est dit. Ce qui a convaincu Barraclough que j'avais une somme d'argent folle – cinquante millions environ.

– Alors Barraclough les a envoyés à votre recherche, c'est ça ?

– Quoi d'autre ? Si j'avais eu une somme pareille, je n'aurais pas pu la traîner dans une valise. Il aurait fallu plusieurs voitures de fret, ou un compte numéroté en Suisse, ou ailleurs. Ils ont dit qu'ils me surveilleraient jusqu'à ce que je les conduise aux comptes.

– Lorsque tout serait terminé, que vous promettaient-ils ? Un peu d'argent, ou simplement votre vie ?

– Ils ont dit que Barraclough avait déjà fait cela assez souvent auparavant. Il prenait la moitié de la somme et laissait la personne partir.

– Vous les avez crus ? »

Mary Perkins ricana : « Est-ce que j'ai l'air plus jeune que mon âge ? C'est exactement comme si un homme vous demandait de retirer la moitié de vos vêtements.

– Qu'est-ce qui s'est passé ensuite ?

– Ils m'ont prise chacun par un bras pour me conduire à leur voiture. C'était une deux-portes, et donc il fallait se contorsionner pour passer derrière le siège avant. Le siège du passager était déjà levé quand ils ont ouvert la portière. Ils avaient éteint le plafonnier pour ne pas le déclencher en ouvrant. Je me souviens d'avoir vu cela et pensé : je vais mourir. Je venais juste de lire un article sur les tueurs en série et les kidnappeurs : "Quoi que vous fassiez, n'entrez jamais dans la voiture. Une fois que vous y êtes, plus rien n'est entre vos mains. C'est entre les leurs." Ils m'ont poussée à l'intérieur, et j'ai commencé à pleurer.

– Parce que vous pensiez que vous alliez mourir ?

– Je le savais. Je savais que j'allais mourir si je ne réagissais pas. Les larmes étaient la seule solution que j'ai trouvée. Cela les a rendus nerveux et méchants. L'un d'entre eux a dit que si je ne m'arrêtais pas, il me frapperait, et j'ai obéi. J'ai vu que cela les rendait trop sûrs d'eux. C'était un long trajet, et ils avaient attendu devant mon appartement pendant des heures. Ils ont été obligés de s'arrêter pour pisser. Ils parlaient d'aller dans une station-service, mais leur réservoir était plein, et ils ne voulaient pas que le pompiste remarque qu'ils avaient une femme avec eux. Ils ont donc attendu jusqu'à la frontière de l'État, et ils se sont garés devant un routier. L'un d'entre eux devait y aller, puis l'autre pendant que le premier restait avec moi. Je continuais à chercher une occasion de rentrer là-dedans pour pouvoir hurler à tue-tête, ou même provoquer l'un d'eux à me frapper, mais ils ne m'en donnèrent aucune. J'essayais de dire que je devais moi aussi aller aux toilettes. J'essayais de dire que je devais changer mon tampon. J'ai supplié, promis.

– Comment avez-vous fait ?

– J'ai mentionné le fait qu'il s'agissait d'une deux-portes ?

– Oui.

– Ils avaient laissé le moteur allumé pour pouvoir partir vite si quelque chose allait de travers. J'ai attendu que le premier revienne. C'était le conducteur. Il a ouvert la portière gauche, et l'autre a ouvert la droite pour en sortir. J'ai poussé le siège du conducteur en avant, je me suis allongée dessus, j'ai passé les vitesses, plongé, et poussé l'accélérateur avec la paume de la main. La voiture a démarré, pas vraiment vite, juste par secousses. Celui qui essayait de monter s'est fait rouler sur les pieds, et l'autre est retombé sur son siège. La voiture s'est dirigée vers la devanture du restaurant – et crac ! Lorsqu'elle est rentrée dedans, j'ai été projetée la tête la première sous le tableau de bord, sur mes coudes, le front coincé sur la pédale du frein. Le volant retenait mes fesses et je n'avais plus d'espace pour un saut périlleux. Celui qui était dans la voiture est tombé à plat ventre à côté de moi, son visage a frappé la boîte à gants.

– Pourquoi inventez-vous tout cela ? » dit Jane en fronçant les sourcils.

Mary Perkins eut l'air contrarié, et elle retint sa respiration. Finalement, elle expira. « Je n'en sais rien. Je suppose que je voulais avoir l'air brave.

– Qu'est-ce qui s'est réellement passé ?

– Une patrouille d'autoroute s'est garée à côté de nous. J'étais trop terrifiée pour jeter un seul regard sur eux. Le flic a vu que j'avais pleuré, et il a frappé à ma fenêtre et demandé si quelque chose allait mal. J'ai dit au flic que je me livrais à la police – que j'avais quitté Los Angeles en violation de ma parole.

– Pourquoi lui avez-vous dit que vous étiez libérée sur parole ?

– J'ai pensé que c'était un trait de génie. Si je disais que j'avais été kidnappée, ils me garderaient là pour témoigner. Ils pouvaient le faire ; j'étais vraiment en violation de parole. Même si j'arrivais à faire inculper ces deux-là, que pouvais-je en tirer ? Ils pouvaient ne pas avoir dit la vérité sur Barraclough, mais ils travaillaient pour quelqu'un. Ils n'auraient pas pu apprendre tout seul ce qu'ils savaient sur les transcriptions de mon procès, et le reste. Ils avaient peut-être vingt et un ou vingt-deux ans, et ils étaient bornés.

– Qu'est-il arrivé ?

– J'ai imaginé que les flics me ramèneraient à Los Angeles pour une simple audition, et que quand ce serait terminé, je pourrais sauter dans un avion et disparaître. Mais vous ne devinerez jamais. Lorsqu'ils ont identifié ces deux personnages, ils se sont révélés tous deux avoir un casier judiciaire. Et donc à la place d'une petite semonce, j'ai eu droit à quatre-vingt-dix jours de prison. La fréquentation des repris de justice est apparemment plus grave qu'une sortie de la ville sans en référer à votre contrôle judiciaire.

– C'est comme ça que vous m'avez vue ?

– Oui. Ils m'ont laissée partir deux semaines plus tôt, sinon ces types m'auraient eue avant que je n'arrive à l'aéroport. Mais ils doivent avoir un moyen de savoir quand quelqu'un bénéficie d'une sortie anticipée.

– Pas eux. Barraclough. » Elles restèrent silencieuses un moment, sirotant leur thé. Le vent froid du dehors était plus fort au premier étage de la vieille maison. La neige tombait dru à présent, comme parfois après le crépuscule, et les flocons blancs tourbillonnaient dans la lumière et frappaient la fenêtre comme le pare-brise d'une voiture en marche.

« Que savez-vous sur Barraclough ? »

Jane se détourna des flocons de neige et la regarda. « Ce n'est pas ce qu'on croit tous. Les gens pensent que c'est un chasseur d'hommes, et donc qu'il a le droit de chasser. C'est le risque que vous prenez : si vous fuyez, il y aura quelqu'un comme lui qui sera payé pour vous ramener. Mais ce n'est plus du tout un chasseur. C'est un cannibale.

– Que voulez-vous dire ?

– Il ne travaille plus pour le système, à attraper des gens et les ramener pour obtenir sa récompense. Il vit en avalant les gens.

– Qui d'autre ?

– Le dernier, que je sache, est un petit garçon de huit ans.

– Pourquoi poursuivait-il un petit garçon ?

– Le gosse a hérité de beaucoup d'argent et a disparu. Barraclough en a entendu parler, et il a tué au moins quatre personnes parce qu'elles s'interposaient entre lui et le gamin. Il les a tuées uniquement pour les retirer de son chemin et obtenir l'argent.

– Est-ce qu'il l'a eu ? »

Jane haussa les épaules. « Les avocats ont encore leurs contrôles et leurs études à faire, et ils doivent trier au moins huit ans de paperasserie. Lorsqu'ils auront fini, ils en apprendront probablement suffisamment pour accuser un expert-comptable, qui est déjà mort, d'abus de confiance ou autre. Ils découvriront également que tout l'argent a disparu. Ils ne le savent pas encore, mais c'est le cas. Barraclough n'aurait jamais tué le comptable s'il ne l'avait pas déjà.

– Pourquoi êtes-vous revenue ici ?

– Parce que je suis l'une de ceux qui l'ont laissé faire. Je ne veux pas qu'il vous fasse la même chose. »

18

La nuit était froide et la chaudière à mazout ronronnait dans la cave, deux étages plus bas. Jane s'assit tranquillement dans un coin de la pièce en regardant les flocons de neige duveteux tomber par la fenêtre, et après avoir rempli les ornières gelées de la chaussée, y étaler une couverture d'un blanc bleuté. Aucune voiture ne passait dans la rue pour défaire cette unité, personne n'était sorti pour laisser des empreintes humaines, et cela finissait par donner l'impression que Mary Perkins et elle étaient des survivantes dérivant dans un espace exempté de mouvement et de temps.

Mary s'étira et entra dans la cuisine. La neige tombait toujours, et Jane sentit monter l'odeur de la nourriture. Les assiettes heurtèrent la table. Le fumet de viande rôtie s'épaissit dans l'air, et la vapeur chargée de l'arôme des légumes couvrit les vitres. Jane entendit le grincement de la porte du four qui s'ouvrait, puis celui de sa fermeture. Les pas de Mary parvinrent jusqu'au seuil de la porte et elle dit : « C'est l'heure de manger. »

Sur la table il y avait un poulet, des asperges, des carottes et des pommes de terre, un excès de nourriture cuisiné distraitement, sans égard pour le nombre de convives. Elles mangèrent chichement et formellement. Le repas terminé, elles nettoyèrent la table et firent la vaisselle sans échanger un mot. Elles étaient comme deux étrangères échouées ensemble dans l'unique abri d'une étendue dépeuplée, cernées de centaines de kilomètres de vent hurlant et de flocons tourbillonnants – réunies non par choix, mais parce qu'il n'existait pas d'autre refuge.

Mary partit quelques minutes dans sa chambre et revint installer un oreiller et une épaisse couverture sur le canapé, puis referma la porte derrière elle. Jane retourna à la fenêtre. La neige tomba pendant deux autres heures avant qu'elle ne bouge pour s'étendre sur le canapé, se couvrir du plaid et s'endormir.

Dans son rêve, une neige légère et poudreuse tombait pendant qu'elle courait devant Mary dans la forêt. Jane ne sentait pas la morsure du froid parce qu'elle avait légèrement transpiré. Elle passait la tête sous des branches acérées couvertes de neige, sachant que si elle en heurtait une, la neige tomberait sur le sol. Leurs poursuivants liraient ces traces aussi clairement qu'une piste, et le vent était trop faible pour les couvrir.

Elles fuyaient par le sud d'Ann Arbor et Jane guettait l'apparition des rivières qui se jettent dans le lac Érié. La première serait le Raisin, la suivante le Maumee, puis le Sandusky. Cette forêt était une contrée sauvage. Des chasseurs de tribus venues de toutes les directions allaient y traquer les ours, les daims et les castors en hiver, et la traversaient l'été lorsqu'ils partaient s'entretuer. L'endroit était peuplé d'hommes armés depuis mille ans.

Elle écouta le souffle de la femme qui courait derrière elle, et à chaque souffle il y avait un peu plus de sa voix, comme une plainte. Jane s'arrêta et regarda derrière elle. Mary Perkins avait ralenti jusqu'à une marche titubante, trop fatiguée pour planter ses pieds dans la trace que Jane avait faite à son intention, et de temps en temps elle faisait des détours et gâchait ses forces pour éviter de profonds fossés. Jane revint sur ses propres empreintes et prit le bras de Mary. Celle-ci essaya de dire quelque chose, mais Jane l'attira à elle et murmura : « Ils ne sont peut-être pas loin, ne gaspillez pas votre souffle. La seule chose qui puisse nous être utile, c'est de bouger. »

Mary n'essaya pas de répondre, et Jane concentra son attention sur le sentier. C'était important, pour cacher les signes de leur passage, qu'elles parcourent autant de chemin que possible pendant que la neige tombait. Dès qu'elle eut formulé cette pensée, la neige cessa. L'air était glacé et immobile, et leurs pas produisaient le bruit sourd d'un tassement chaque fois qu'elles avançaient dans la neige vierge.

Ceux qui les poursuivaient étaient capables de conserver une allure rapide, courant dans leurs pas à elles aux endroits plats dont l'accès était aisé, et évitant les dépressions où leurs traces s'étaient perdues dans la profondeur. Jane regardait toujours devant elle, utilisant la réflexion de la lune sur la neige pour chercher n'importe quelle irrégularité du terrain qu'elle puisse utiliser pour camoufler leur trace – un buisson, un tronc tombé à terre, ou un ruisseau gelé menant à la prochaine rivière.

Loin derrière, elle entendit le premier appel des chasseurs. Leur cri fusa dans l'air gelé et un sifflement lui répondit quelque part à gauche.

« Nous devons courir maintenant », murmura Jane à Mary Perkins.

Elles avancèrent au pas de course, Jane de nouveau en tête, gardant des foulées limitées pour écarter la neige et préparer le chemin pour Mary. Elle entendit d'autres sifflements, puis un coup de fusil à gauche, et il y eut des voix sourdes quelque part derrière. Jane tomba dans un grand trou, puis se redressa en titubant et aperçut un torrent. Elles coururent sur sa rive pendant environ huit cents mètres. Tandis que Jane contournait un coude du torrent, la plate-forme apparut. Isolée sur la rive, c'était une rangée de rondins attachée trois mètres au-dessus du sol, entre deux jeunes arbres. Jane aperçut quelque chose à la surface de la plate-forme, se précipita vers l'arbre le plus épais et commença à l'escalader.

« Que faites-vous ? ils arrivent, dit impatiemment Mary.

– Nous ne leur échapperons pas en courant, chuchota Jane. Ils ne sont jamais fatigués et ils n'abandonneront jamais. Tout ce qu'on peut faire, c'est les tromper. »

L'arbre était lisse et à demi gelé, avec une couche de glace sur la face nord qui retenait la neige, mais Jane se hissa suffisamment haut pour regarder sur la plate-forme. Il y avait un cuissot de chevreuil encore couvert de peau, et un gros morceau de viande qui ne pouvait être que celle d'un ours. Des chasseurs les avaient posés là pour qu'ils restent gelés et hors d'atteinte des animaux. À côté de la viande, Jane trouva deux paires de raquettes. Elle les jeta sur le sol et se laissa tomber près d'elles.

Elle s'agenouilla et en attacha une paire aux pieds de Mary Perkins à l'envers, de façon à ce que la longue hampe étroite soit à l'avant. « Restez ici. Ne bougez pas. » Puis Jane courut le long du lit du torrent, jusqu'au bois où commençait la piste des chasseurs. Elle mit également ses propres raquettes à l'envers, et revint vers Mary Perkins. « Allons-y. »

Elles marchèrent plus facilement. Les raquettes les maintenaient à la surface de la neige. Jane suivit le torrent sur la droite pendant cent mètres jusqu'au premier endroit où les plantes basses pénétraient suffisamment la couche de neige pour compliquer leur trace, puis tourna de nouveau à droite, vers l'est. Les empreintes de Jane et Mary semblaient mener dans la direction opposée, et appartenir aux chasseurs qui avaient caché leur viande sur la plate-forme.

Lorsque le premier rayon du soleil les frappa, elles étaient dans une vallée ouverte, plane. Leur piste s'étendait derrière elles sur des kilomètres, et dès que le soleil serait suffisamment haut pour adoucir le vent du matin, la plupart de leurs traces seraient effacées. « Encore une petite course, pour nous mettre à couvert avant qu'ils ne nous voient. »

Elles commencèrent à courir vers l'est. Jane discerna un rang de buissons à feuilles persistantes, assez hauts pour cacher une femme debout. Elle aussi sentait la fatigue à présent. Toutes deux avaient avancé en silence toute la nuit, uniquement concentrées sur leur étrange progression avec les raquettes. La fin de leur périple était en vue à présent, et Jane accéléra. Dès qu'elles auraient atteint l'abri des buissons, elles pourraient s'asseoir et se reposer, peut-être même dormir à tour de rôle pendant que le vent soufflerait dans la vallée et balayerait les faibles empreintes de leurs raquettes. « Plus vite », dit-elle à Mary. Tout dépendrait de la manière dont elles se comporteraient pendant les minutes qui suivaient. Elles coururent, exhalant un souffle court jusqu'à ce que leurs jambes s'engourdissent.

Le soleil se levait juste derrière le rang d'épineux, brillant au travers des branches supérieures. Son éclat rendait la distance qui leur restait à parcourir difficile à évaluer. Jane serra les dents et courut encore, et enfin elles atteignirent leur but. Jane tira Mary entre les deux premiers arbres, puis plus profondément sous l'épaisse couverture, là où les arbres étaient petits et serrés, et elles plongèrent toutes deux dans la neige douce.

Jane était étendue, respirant profondément. Elle sentait les flocons glacés contre sa joue mais n'y prenait pas garde. Elle commença à se redresser sur ses coudes, et ses yeux se posèrent sur les buissons. Tout autour d'elle, ils commençaient à joncher le sol. Les hommes qui les tenaient les laissaient chuter, et ils tombaient dans la neige avec un chuintement lent, un murmure horrible. Tous les arbres semblaient se changer en hommes tandis que les guerriers sortaient de la masse des branches attachées en fagots, ou appuyées contre les petits arbres qu'ils avaient plantés dans la neige.

Des mains rudes et fortes attrapèrent ses bras. Un corps massif, vêtu de cuir, se jeta sur ses jambes, et un autre pressa son visage contre la neige. Jane étouffa presque. Ils attachèrent ses mains dans son dos, la tirèrent pour la remettre debout, et la poussèrent en avant. L'une de ses raquettes se défit. Mais lorsqu'elle tenta de s'arrêter et de baisser les yeux, un coup qui ressemblait à celui d'un poing la projeta en avant, et elle boita un moment avant que l'autre raquette ne se détache aussi. Jane essaya de jeter un coup d'œil derrière elle pour voir ce qui arrivait à Mary, mais une main la poussa avec une force telle que pendant un instant, elle ne vit que le ciel.

Ils les firent marcher jusqu'à un chemin qui menait par-dessus la colline à la prochaine vallée creusée par la rivière. Tandis que Jane montait, elle essayait de retrouver ses forces, mais ils l'obligeaient à avancer trop vite. Elle perçut un langage qui ne signifiait rien pour elle. Les bruits étaient rudes, gutturaux, et étranges. Lorsqu'elle eut atteint le sommet de la colline, son cœur cessa de battre un instant, puis repartit violemment.

Un camp sordide s'étalait en contrebas et l'endroit semblait avoir été établi par un fou. Il y avait quelques maisons communes, qui semblaient construites de manière provisoire par des Hurons ou des Ériés, et auxquelles étaient mêlés des wigwams algonquins faits d'écorces et de chaume, quelques tentes en peaux de bêtes comme celles des nomades des plaines, et, au centre, une masse de baraquements de planches. C'était comme si les ennemis de toutes les guerres des Nundawaono avaient, d'une manière ou d'une autre, survécu dans des vestiges déplacés, et s'étaient réunis ici pour la chasse d'hiver.

Comme Jane descendait en titubant sur le sentier escarpé vers l'énorme regroupement de demeures délabrées, elle pouvait voir de petites formes humaines en contrebas, leurs ombres longues dans la brillante lumière de l'aube. L'une d'entre elles les montra du doigt et cria quelque chose, et les hommes se précipitèrent hors de leurs abris pour se rassembler au centre du village. Jane les voyait parler et les désignait de la main, et elle sentait leur excitation monter. Lorsqu'elle fut traînée à la limite du village, leurs voix s'élevèrent en un cri dur et assourdissant, plein de haine et d'allégresse. Le cri augmenta tandis qu'elle s'en approchait, jusqu'à ce que son estomac se mette à vibrer, et les hommes commencèrent à tirer en l'air dans un crépitement déchaîné, comme l'explosion d'autant de grains de maïs.

Ils firent avancer Jane et Mary dans la neige boueuse entre les huttes et les poussèrent dans un enclos ceint de rondins de pin dressés taillés en pointe. Jane regarda autour d'elle et vit avec surprise des dizaines d'autres personnes – des hommes accrochés à leurs femmes et leurs enfants, essayant en vain de les entourer de leurs bras ; d'autres hommes qui avaient l'air d'avoir subi les pires épreuves avant d'échouer dans le petit enclos, avec des membres brisés et des visages striés du sang qui coulait de blessures dans les cheveux ; des femmes avec des yeux gonflés, clos, et des dents manquantes.

« Que va-t-il se passer ? dit Mary.

– Le combat n'a jamais cessé. Tant de gens ont été tués que le seul but à présent est de trouver des prisonniers à adopter.

– Adopter ? Mais nous sommes adultes.

– Lorsque les leurs sont tués, les guerriers capturent un ennemi pour prendre leur place – leur nom, leur travail, leur famille. »

La porte de l'enclos s'ouvrit et une cinquantaine de guerriers s'y ruèrent, peints et armés comme s'ils revenaient tout juste d'une bataille. Ils étaient agités et agressifs, certains dans une excitation folle, dansant d'un pied sur l'autre comme des boxeurs et criant dans le langage incompréhensible des ennemis. Un par un et avec réticence, ils remarquèrent quelque chose derrière eux et reculèrent devant un homme que Jane avait regardé traverser le groupe pour arriver au premier rang.

Jane baissa la tête comme les captifs autour d'elle afin de se donner une chance de l'observer sans attirer l'attention. Il était grand et musclé, portait une chemise près du corps et blanchâtre qui semblait avoir été composée de nombreux petits morceaux de cuir. Autour de son cou et de ses épaules pendait un collier de six rangées de petites perles blanches. Lorsqu'elle s'obligea à remonter jusqu'à son visage, elle faillit s'évanouir.

Il portait une Face. C'était un masque fait de scalp, peint en rouge vif avec des yeux de cuivre ronds et les dents serrées qui évoquaient à la fois la rage de la bataille, et la grimace hideuse d'un cadavre pourrissant. C'était terrifiant de voir une Face ici. Elle savait que c'était une Face des temps anciens, les traits qu'un être surnaturel avait montrés à un Seneca vertueux, des siècles auparavant, dans un rêve. Le Seneca avait sculpté la Face et l'avait sortie du tronc d'un tilleul vivant, lui avait offert du tabac, l'avait frottée avec de l'huile de tournesol, et nourrie de la même mixture de maïs et de sucre d'érable que celle que mangeaient les guerriers sur le chemin de la bataille. Elle ne représentait pas simplement l'Être surnaturel ; elle *était* l'Être surnaturel. Elle bénéficiait d'un pouvoir suffisamment grand pour guérir les maladies et changer le temps. Mais sur cet homme, ce pouvoir devenait la force du diable, de la sorcellerie, et de la mort.

La Face s'approcha et fixa Jane de ses yeux ronds et vides. Jane comprit que le collier n'était pas fait de petites perles, mais de dents humaines. Quand l'homme s'avança, elle reconnut avec répulsion ce que le cuir devait être : des bandes de peau prélevées sur des êtres humains. La Face fit le tour de l'enclos, s'arrêtant devant chaque captif pour tourner son regard arrondi et indéchiffrable sur lui pendant une seconde ou deux, avant de poursuivre.

Finalement la Face revint vers l'endroit où se tenait Jane. La Face s'arrêta et désigna Mary. Immédiatement un guerrier apparut dans le groupe et versa un seau de peinture noire et graisseuse sur la tête de Mary Perkins. La peinture coula jusqu'aux épaules de la jeune femme et courut le long de ses bras jusqu'au bout de ses doigts.

Mary poussa un petit cri et bredouilla : « Pourquoi a-t-il fait cela ? Qu'est-ce que c'est ? Une plaisanterie ?

– Non », dit Jane. La nausée montait par vagues, de son ventre à sa poitrine.

Mary frissonna de froid. « Ça doit être une initiation, n'est-ce pas ? » Sa voix était tendue et effrayée à présent, et un petit sanglot y perçait. « Que veulent-ils de moi ? »

Jane essaya de parler, mais ce qu'elle avait à dire était impossible à formuler. La peinture noire signifiait que la captive avait été désignée pour être brûlée.

19

Jane s'éveilla dans l'obscurité, le cœur battant. Elle s'approcha de la fenêtre. La neige avait cessé de tomber. Les trottoirs et les rues étaient blancs et calmes mais à l'est, le ciel avait suffisamment changé pour qu'il n'y ait plus de raison de se rendormir. Elle essuya les gouttes de sueur qui s'étaient formées sur son front. Elle avait essayé de nier ce qu'elle savait sur Barraclough, et ce savoir combattait pour apparaître à la surface de ses rêves.

Elle entra sans bruit dans la cuisine et mit la cafetière en marche. Puis elle attendit, assise, que Mary s'éveille, se souvienne, et trouve son chemin vers l'odeur du café chaud. La porte s'ouvrit, et Mary entra dans la cuisine, se versa une tasse et s'appuya contre l'évier pour boire à petites gorgées. « J'ai réfléchi. Je me suis débrouillée toute seule toute ma vie, et je pense que je peux rester hors d'atteinte de Barraclough si je ne fais rien de stupide. » Mais elle avait parlé sur un ton interrogatif.

« C'est possible. » Jane resta immobile. C'était le moment. Il faudrait y parvenir graduellement, dire à Mary ce qu'elle savait, et la laisser en tirer ses propres conclusions. « Vous n'avez qu'à éviter de faire quoi que ce soit de stupide.

– Comme de faire paraître ma photo dans les journaux.

– Exact. Vous devez également éviter de la mettre sur des papiers comme les cartes de crédit et les permis de conduire. Barraclough est le directeur régional d'une très grosse agence de détectives, et donc il peut sans doute trouver un moyen de faire circuler une photographie de vous. Vous savez, en promettant une récompense pour trouver quelqu'un qui a disparu.

– Je suppose que j'y parviendrai. Comme d'éviter de me faire arrêter.

– Ou de faire relever vos empreintes digitales.

– C'est ce que je disais.

– Mieux vaut également éviter de vous trouver en position de victime. Si votre maison est cambriolée, ou si votre voiture est volée, les enquêteurs prennent les empreintes du propriétaire pour pouvoir identifier celles qui appartiennent à quelqu'un d'autre. Certains États relèvent les empreintes pour les permis de conduire. Et beaucoup d'employeurs les réclament ; si vous avez besoin d'être assurée ou d'une patente, ou si vous avez besoin d'un dédouanement, c'est difficile à éviter. La plupart des sociétés engagent un service de sécurité pour s'occuper des détails et archiver les résultats de l'enquête – un service comme celui d'Intercontinental. »

Mary Perkins la dévisagea. « Vous essayez de me faire peur.

– Oui, dit Jane. C'est mieux. Je ne veux pas vous entendre dire un jour : pourquoi moi ?

– D'accord, dit Mary. Et quoi d'autre ? »

Jane fixa un point dans le vide. « Eh bien, ils n'attendent pas passivement que vous apparaissiez. Ils vous cherchent. Je le sais parce que j'ai parlé avec quelqu'un qui était engagé pour le faire. Mais la méthode la plus simple, c'est de vous conduire à vous livrer vous-même. Vous savez – une annonce dans les journaux disant qu'une tante à vous, très riche, est morte, et que les quatre-vingts personnes dont le nom suit sont mentionnées dans le testament. Ou bien la rubrique "offres d'emploi" propose un poste pour une femme aux yeux bleus de trente-quatre ans et demi et d'un mètre soixante-dix-huit, bonne en arithmétique. Ou encore une veuve aisée, vivant dans un grand manoir à l'écart, passe une annonce personnelle pour trouver une dame de compagnie : une femme du Sud, calme et non fumeuse, qui sait jouer à un jeu de cartes régional que vous êtes quasiment seule à connaître. Barraclough est parfaitement capable de louer une maison dans les dix endroits les plus plausibles, et d'engager dix femmes pour vous y attendre pendant un mois.

– Il ferait cela ?

– Sans aucun doute, dit Jane. C'est rapide, facile, et moins cher que les autres méthodes.

– Qui sont ?

– Eh bien, vous avez une histoire. Il y a des gens dont vous avez été proche. Ils iront les voir. Peut-être pour surveiller votre éventuelle visite, ou les intimider pour leur faire dire ce qu'ils savent. Si jamais vous avez laissé des vêtements quelque part lorsque vous vous êtes enfuie, grâce aux étiquettes ils localiseront les boutiques où vous pourriez vous fournir la prochaine fois. Plus vos vêtements sont onéreux, moins il y a de boutiques à chercher. Et ils savent que vous aurez besoin de vêtements d'été ou que vous risquez de renouveler votre garde-robe. Ils s'en serviront aussi pour se faire une idée de ce à quoi vous pourriez ressembler aujourd'hui, pour ne pas vous rater dans un endroit public : votre taille exacte, votre poids, votre style, et vos couleurs préférées. Puis il y a les analyses chimiques.

– Qu'auraient-ils à analyser ?

– Si vous avez porté des produits de beauté ou des parfums avec ces vêtements, ils les identifieront et les ajouteront à votre profil. Si vous adorez la cuisine thaï, ou si vous aimez aller au zoo, ils le sauront aussi.

– C'est de la folie. »

Jane haussa les épaules. « Pas plus fou que de placer des gens dans les aéroports de tout l'Ouest du pays. Intercontinental est une agence énorme, bien plus importante que la plupart des services de police. Il n'y a pas une ville aux États-Unis qui n'ait un laboratoire de criminologie, avec une section d'analyses chimiques. Il existe une machine appelée un chromatographe au gaz, qui identifie les substances. Sans aucun doute, Intercontinental en possède une, et probablement un spectromètre et un microscope électronique. Si votre boulot est de traquer les gens pour de l'argent, ce genre de matériel s'amortit rapidement.

– À vous entendre, c'est sans espoir.

– Pas sans espoir, il faut juste y réfléchir.

– Mais il y a des milliers de gens dans ce pays qui sont recherchés.

– Des millions.

– Eh bien, vous n'allez pas me dire qu'ils se font tous prendre.

– Cela dépend de qui les cherche et avec quelle énergie. Beaucoup sont des divorcés en fuite : l'homme qui ne veut pas payer la pension, ou le parent qui a perdu la garde de l'enfant et l'a emmené dans un autre État. Quelqu'un qui a une dette ou qui a détourné quelques dollars. Si cet individu n'est pas enragé et ne tire pas sur des gens dans les stations-service sur l'autoroute, les seules personnes qui s'intéressent à lui sont les flics de sa ville d'origine. Et puis il y a quelques millions d'étrangers en situation illégale. Ceux-là, personne ne les recherche. Il y a aussi des cas personnels : une femme menacée par un ancien petit ami. Elle n'obtiendra pas la protection de la police, donc elle déménage et change de nom. Il y a des millions de gens qui se cachent sous de fausses identités, et s'ils ne sont pas démasqués, c'est parce que personne ne les recherche.

– Ce que vous dites, c'est que si quelqu'un essayait, il y parviendrait.

– Non, dit Jane. Ce que je dis, c'est que tout dépend de qui cherche, et avec quels moyens.

– Vous pensez que je me ferai prendre, n'est-ce pas ? »

Jane hésita. « Vous pouvez prendre ce risque. Ou vous pouvez choisir d'en prendre d'autres.

– Qu'est-ce que ça veut dire ?

– Barraclough ne va pas abandonner. Il a à sa disposition beaucoup de gens entraînés, dans des agences du pays entier. Et il peut probablement imaginer une raison pour que la police vous cherche aussi, s'il le veut. Si vous apprenez vite et que vous ne faites jamais d'erreurs, il peut ne jamais vous trouver. » Jane la regarda attentivement. « À moins que vous n'en fassiez une, intentionnellement. »

Les yeux de Mary s'agrandirent et la couleur sembla quitter son visage. « Vous voulez m'utiliser comme…

– … appât. Oui. Ce qu'il fait n'est pas seulement diabolique. C'est illégal.

– Je ne peux pas. Je n'ai pas l'argent. Vous avez tort. Il a tort.

– Peu importe. Il pense que vous l'avez et il le veut. Ce qui le met dans une position d'infériorité. Votre chance de le piéger et de le faire condamner pourrait alors être plus grande que celle de lui échapper.

– Non, je ne le ferai pas. » Mary regarda Jane d'un air de défi.

« Faites comme vous voulez.

– Vous partez ce matin ?

– J'ai dit que je vous aiderais à vous installer.

– Mais je vous ai dit que je ne marche pas. Vous ne pouvez pas m'utiliser comme appât.

– Je vous ai entendue. »

Pendant les six jours qui suivirent, Jane Whitefield attendit. Lorsque Mary s'éveillait, elle trouvait la couverture pliée parfaitement et rangée près du canapé. Jane était au centre de l'unique espace du petit salon en train d'exécuter les mouvements lents et flottants du tai-chi.

Le sixième jour, Mary Perkins réagit : « Pourquoi faites-vous cela ?

– Ça me permet de garder une taille fine et des fesses fermes.

– Pourquoi faites-vous cela ? répéta Mary.

– Ça m'aide à me sentir bien. Ça me rend souple, ça m'aide à penser clairement et à me concentrer.

– Rassurez-vous, dit Mary. Je me tais.

– Ce n'est pas nécessaire, dit Jane. Le tai-chi repose surtout sur l'idée qu'au bout d'un moment le corps fait couler ses mouvements les uns dans les autres sans consulter la conscience.

– Celui-là, qu'est-ce que c'est ?

– Que voulez-vous dire ?

– Ils ont des noms, n'est-ce pas ?

– Oh, "Mains-de-Nuages". » Sans grand mouvement apparent, Jane prit une position radicalement différente. « Coq-d'Or-une-Patte. » Elle adopta une autre série d'attitudes.

Mary regarda pendant un long moment. « Où avez-vous appris à vous battre ?

– En me battant.

– Non, dit Mary. Je voulais dire, comme ça.

– Ceci n'est pas exactement destiné à se battre. C'est destiné à ne pas se battre. Votre adversaire se bat, mais vous le regardez. Il attaque, mais vous avez déjà commencé à envahir l'espace. Il lutte, mais vous n'êtes pas vraiment là. Vous êtes seulement passée par là sur le chemin d'autre chose. Vous lui faites mobiliser sa force en cercle, vous ajoutez la vôtre, et vous le laissez se faire mal.

– La sagesse mystique de l'Est mystérieux.

– C'est une question de logique. J'ai beau être une femme très forte, je serai toujours plus faible que n'importe quel homme qui essayerait de me faire mal. Si je lutte avec lui pour l'espace qui nous sépare, je serai assommée. Il va par exemple utiliser un bras, et peut-être son pied, pour lancer un coup. J'utilise alors tout mon corps en un seul mouvement pour ajouter de la force à son coup, et altérer juste un peu sa direction. Pendant cette fraction de seconde-là, je l'ai écrasé. »

Mary enfila son manteau, s'approcha de la porte et l'ouvrit. Avant de sortir, elle se tourna et dit : « Vous auriez dû laisser mollir vos fesses. Cela vous aurait rendue plus humaine. » Elle sortit et ferma la porte. Ce soir-là, elle rentra tard et sur la pointe des pieds.

Deux heures après, Jane ouvrit les yeux, et comprit qu'elle avait entendu Mary sortir à nouveau de sa chambre. Il était trois heures du matin, et elle était assise dans le grand fauteuil et la regardait.

« Vous essayez de m'user. Vous restez là, sans rien dire pour essayer de me convaincre. Vous vous mettez simplement devant mes yeux, là où je regarde, pour que je sois obligée d'y penser.

– Vous avez passé du temps avec des gens qui prennent tout ce qu'ils veulent.

– J'en ai fait partie.

– Alors vous pouvez prédire aussi bien que moi ce que pense Barraclough. Vous n'avez besoin d'aucun argument de ma part. »

Mary s'adossa dans le fauteuil et croisa les bras. « Pourquoi n'avez-vous pas mentionné le petit garçon ?

– Pourquoi l'aurais-je fait ?

– J'ai vécu de ma capacité à convaincre des gens de faire des choses stupides et qu'ils ne voulaient pas faire, alors je connais les règles. Le petit garçon est un pion essentiel. Me voilà, célibataire et seule, et comme tout être vivant, je sens mon horloge biologique diminuer. J'ai atteint l'âge où les femmes commencent à collectionner les chats. Le petit garçon est seul, et probablement terrifié. Barraclough lui a déjà volé son argent, et maintenant il va le tuer.

– Vous croyez ?

– Vous savez qu'il le fera, et c'est pour cela que vous êtes là. Si le gosse meurt, les flics vont tourner en rond en se cognant les uns dans les autres pendant un mois ou deux, et ensuite ils l'oublieront. Tant qu'il est vivant, il y a toujours une chance pour que Barraclough termine dans un tribunal face à un innocent de dix ans.

– Une chance infime.

– Mais aussi longtemps que le gosse est vivant, le risque persiste qu'au bout de dix ou quinze ans il découvre qui a tué ses quatre meilleurs amis et l'a dévalisé. Barraclough pensera qu'il ne veut pas se réveiller un matin face à un jeune homme au visage vaguement familier tenant un revolver contre sa tempe. » Mary garda un temps le silence. « Alors pourquoi n'avez-vous pas parlé de lui ? »

Jane s'assit et la regarda en face. « Des gens sont tués tous les jours. Le choisiriez-vous parmi des milliers et lui diriez-vous : “Vous êtes celui que j'ai choisi. Je me suis entraînée depuis que je suis enfant à ignorer les cris de ceux qui meurent, parce que si je me laissais aller à écouter ne serait-ce qu'un petit peu de ce bruit, je ne pourrais entendre rien d'autre ni penser à quoi que ce soit d'autre. Mais pour vous je vais risquer ma vie.”

– Vous avez raison, je ne le ferais pas.

– Je m'excuse de vous avoir parlé de lui.

– Mais c'est lui qui motive ce que vous faites, n'est-ce pas ?

– Je ne peux guère faire davantage pour lui. J'étais dans un combat, et tous les gens de mon côté, à l'exception de Timmy, sont morts. C'est tout.

– Je suppose que l'argent n'a pas grand-chose à voir avec ça.

– Pour moi ? Pas cette fois-ci.

– Vous êtes au-dessus de ce genre de considération.

– Rarement. Je dépense énormément. Mais l'argent n'est pas un problème urgent. Lorsque vous possédez ce dont vous avez besoin, c'est difficile de vous pencher au-dessus du vide pour en avoir plus. Et je ne peux même pas dépenser ce que j'ai. Une plus jolie maison ou beaucoup de bijoux modifieraient mon profil, et mes jours seraient sans doute menacés.

– Alors pourquoi l'argent de ce gamin a-t-il tant d'importance pour vous ?

– Ou votre argent ? C'est important parce que Barraclough veut l'obtenir. Il l'utilise pour devenir plus fort. Je ne veux pas qu'il y parvienne. Je ne veux pas le nourrir.

– Qu'est-ce que ça peut vous faire ?

– Je suis le lièvre et lui le chien. Je cours, il traque. Il le fait très bien, et de mieux en mieux. Il utilise Intercontinental pour recruter de jeunes types désœuvrés et dont le casier judiciaire les empêche de trouver un travail. Il sélectionne ceux qui ont une véritable expérience de la violence, et il les entraîne pour chasser.

– Nous parvenons finalement à quelque chose de sensé. Vous avez peur qu'il ne devienne un problème, n'est-ce pas ? Pas seulement pour des gens comme moi, mais pour vous.

– Il est un problème, déjà. Si je le laisse prendre des forces, il finira par me tuer. »

Mary retomba dans son fauteuil et poussa un énorme soupir. « Enfin. Merci.

– Vous n'avez pas changé d'avis ?

– Non, mais peut-être que je peux dormir maintenant. Vous ne valez pas mieux que moi. »

Mary ne réapparut dans le salon qu'aux environs de midi. Elle regarda Jane et son visage sembla se décomposer. « Vous êtes encore là.

– Même si vous ne m'aidez pas à avoir Barraclough, j'ai encore intérêt à m'assurer qu'il ne vous attrape pas.

– Combien de temps devrai-je vivre comme ça ?

– Après que nous vous aurons trouvé un travail, ce sera plus facile. Nous allons observer les autres femmes ici, faire des courses là où elles en font, acheter ce qu'elles achètent. Vous n'aurez rien d'autre à faire que vous aligner sur la multitude, là où elle se trouvera. »

Mary avait l'air de réfléchir. « Combien de temps devrai-je agir ainsi ? »

Jane haussa les épaules. « Le plus longtemps sera le mieux. La plupart des femmes ont des existences calmes et secrètes, et la plupart des femmes sont ordinairement heureuses. C'est important d'avoir de nouveaux amis, de faire partie de la communauté. Si vous savez comment vivent vos amies, vous vous sentirez mieux, ce qui vous empêchera de devenir paresseuse.

– Paresseuse ?

– Les gens ordinaires mettent un réveil pour se réveiller, vont travailler, prennent un peu de loisir, remettent le réveil et se couchent. La semaine est longue, et les gens ne sont pas payés autant qu'ils le méritent. Il y aura un jour où vous ne vous sortirez pas un caprice de la tête – une semaine aux Bahamas, ou peut-être seulement une robe vue dans un magazine. Peu importe ce que c'est. Vivez selon vos moyens. Je veux parler de vos moyens apparents. »

Le visage de Mary se durcit et elle cligna des yeux. « Je ne suis pas certaine de vous comprendre.

– Ne touchez pas à l'argent qui est à Zurich ou à Singapour.

– Je vous l'ai dit : il n'y a pas d'argent. » Elle fixa Jane pendant un long moment, attendant sa repartie.

Jane s'assit tranquillement et lui retourna un regard neutre. Mary finit par sauter sur ses pieds avec humeur, attrapa son manteau et passa la porte. Lorsque Jane entendit le claquement sec, elle se leva, mit son manteau, et se prépara elle aussi à sortir. Elle avait du pain sur la planche.

20

L'aéroport de Detroit-Wayne n'était qu'à trente-deux kilomètres à l'est de l'appartement de Mary Perkins, sur la route 94. L'avion parcourait à peine cinq cents kilomètres, et lorsque Jane Whitefield sortit de l'aéroport d'O'Hare, l'horloge indiquait quinze heures. Un taxi la déposa au centre commercial de State Street et elle continua à pied dans Madison Street. Un jour ordinaire, Jane aurait demandé au chauffeur de taxi de la déposer un peu plus loin, mais la neige de la nuit précédente était tombée au matin sur Chicago, et le vent la soulevait et la projetait à l'horizontale le long des immeubles. La plupart des piétons se ruaient d'un bâtiment à un autre, et Jane était certaine de ne pas être suivie.

Elle pénétra dans la Bank of Illinois avant seize heures, et en cinq minutes elle avait ouvert son coffre, dans l'isoloir prévu à cet effet. Quelques mois auparavant, Jane était venue à Chicago payer le loyer de la boîte postale de Furnace Corporation, s'acheter des vêtements et mettre à l'abri les papiers de Catherine Snowdon. Elle les consulta. Catherine Snowdon avait un certificat de naissance, un permis de conduire, une carte de Sécurité Sociale, une carte Visa et une autre de la Bank of America au cas où elle aurait besoin de liquide. Outre ces papiers, se trouvaient également dans le coffre ceux de Wendy Lewis, Karen Gottlieb, et Anne Bronstein. Elle les examina, vérifia qu'elle n'avait laisse passer aucune date d'expiration. Puis elle les replaça sous le carnet d'épargne et le Beretta, referma le coffre, et sonna pour appeler la femme qui la conduirait dans la salle des coffres pour le remettre à sa place.

Un guide avait plus besoin de papiers de secours que n'importe lequel de ses clients, mais Jane pouvait céder Catherine Snowdon à Mary Perkins. Elle cacherait les papiers d'identité avec dix mille dollars en liquide à une distance accessible à pied de l'appartement de Mary, au cas où cette dernière serait dans l'obligation de le quitter.

Jane attrapa un taxi puis reprit l'avion jusqu'à Detroit pour faire des courses. Dans une boutique de jouets, elle fit l'acquisition d'un tapis de couleur vive qui produisait une musique électronique lorsque l'on marchait à certains endroits. Jane bricolerait les fils pour que la pression sur le tapis déclenche l'allumage d'une petite ampoule. Deux vaudraient mieux qu'une, à l'intérieur de l'appartement et à l'extérieur, peut-être dans la boîte aux lettres, si cela ne risquait pas d'alerter le postier. Lorsque l'ampoule serait allumée, Mary Perkins saurait que quelqu'un l'attendait chez elle.

Dans une boutique de quincaillerie, Jane acheta des outils, des prises, du fil électrique, et une échelle de corde conçue pour descendre un étage en cas d'urgence. Elle décida que ses achats suffiraient pour l'instant. Mary devait s'habituer à beaucoup de choses dans un laps de temps très court, et elle serait moins sujette à l'erreur en cas de crise si elle n'était pas distraite par la complexité des solutions.

Jane s'arrêta dans une cabine téléphonique et composa son numéro à Deganawida. Elle entendit quatre sonneries, puis sa propre voix. « Bonjour, laissez-moi un message après le… » Jane composa son code et la bande du répondeur se rembobina. Cela lui parut long. Il y eut enfin quelques cliquetis, et la voix de Carey McKinnon.

« Jane ? C'est Carey. Je sais que tu consultes ton répondeur à distance, et c'est le seul moyen que j'aie pour te contacter. Je suis désolé d'avoir dû retourner à l'hôpital l'autre soir. Appelle-moi quand tu peux, à la maison ou à l'hôpital ou dans mon cabinet. Si je suis au bloc ou autre, laisse-moi un numéro pour te rappeler. » La voix électronique du répondeur ajouta : « Mardi, dix heures quinze. »

Mais la voix de Carey reprit : « Salut, Jane. C'est encore moi. Quelques jours sont passés et tu ne m'as toujours pas appelé. Est-ce que j'ai rêvé que tu avais dis que tu le ferais ? Je suis dans ma retraite habituelle. » « Samedi, dit la machine, quatorze heures trente. »

Le message suivant disait : « Je commence à penser que tu es furieuse contre moi. Si c'est vrai, s'il te plaît, appelle-moi et hurle. Deux semaines à tourner en rond en se posant des questions, c'est long. » « Vendredi, dix-huit heures cinquante-deux ».

Jane raccrocha puis composa le numéro de Carey. Lorsque son répondeur se déclencha, elle dit : « Salut, Carey, c'est moi. Je suis désolée de ne pas avoir pu te rappeler avant. Finalement, j'ai un boulot monstre. J'essaie de faire faire des affaires à une de mes clientes, et il s'agit de promotions de produits dans tout le pays. J'ai fréquenté plus d'aéroports que… dans toute mon existence, en tout cas. Il semble que je sois toujours vissée à un siège d'avion quand tu es chez toi, et à peine avons-nous mis un pied à l'hôtel qu'il faut préparer les chiffres pour le rendez-vous suivant auquel il faut se rendre avant l'heure du petit déjeuner. Assez de jérémiades. Je ne suis pas fâchée contre toi. Je t'appellerai quand je serai de retour. » Elle se retint de dire « je t'aime » parce qu'il ne le lui avait jamais dit, mais ensuite elle regretta d'avoir été mesquine. Elle préféra : « Tu me manques », puis raccrocha. Elle se répéta la phrase pour voir si elle la pensait vraiment, et constata que c'était vrai. Il lui manquait beaucoup.

Il y avait eu deux ou trois amis à l'Université qui avaient su qu'elle cachait des gens, mais Carey McKinnon n'en faisait pas partie. Chaque année qui passait rendait l'aveu plus difficile, mais ce n'était pas pour cela qu'elle s'était tue. Elle avait gardé cette relation-là pour elle. Elle avait besoin de se préserver un endroit où elle pouvait parler à des gens qui se préoccupaient d'elle, qui lui faisaient oublier qu'elle partait le lendemain conduire un fugitif hors du monde. Mais avec Carey, Jane avait planté un mensonge qui était devenu énorme, tellement lourd qu'il l'étouffait à présent. Et depuis que Carey l'avait demandée en mariage, Jane supportait à peine de parler à son répondeur.

En sortant de la cabine, elle se rendit compte que la seule solution qu'elle avait envisagée était de perpétuer le mensonge – lui dire que la profession qu'elle allait quitter était le conseil en entreprise. Jane ne pourrait admettre devant lui qu'elle n'était pas celle qu'il croyait. Elle se préparait à appliquer la méthode qu'elle avait enseignée à des douzaines d'autres personnes – choisir la vie qu'on veut et mentir cinquante fois par jour pour l'obtenir. La perspective lui sembla tellement vide, et sans espoir, qu'elle en eut honte.

Puis Jane reconnut qu'elle raisonnait comme si elle avait décidé d'épouser Carey. Ce n'était pas le cas. On décidait de se marier lorsqu'on avait des raisons de penser que l'on serait en vie le jour du mariage.

Jane prit un bus pour retourner à Ann Arbor et en descendit à l'université. Elle ne s'engagea pas dans Huron Street, vers l'appartement. Elle attendit minuit passé. Jane avait décidé de faire durer sa promenade, de donner un jour entier de solitude à Mary Perkins. Plus cette dernière disposerait de temps pour réfléchir, mieux elle réfléchirait.

Lorsque Jane s'engagea dans Huron Street, écoutant ses propres pas sur la neige dans l'air glacé et silencieux de la nuit, elle perçut progressivement un autre son, loin derrière elle. Il débuta bas et monta rapidement d'une octave par seconde jusqu'à ce que Jane identifie une sirène. Jane poursuivit son chemin, écoutant le bruit s'amplifier puis passer dans une rue parallèle. Une minute plus tard, une autre série de sirènes se fit entendre, quelque part à droite.

Elle regarda les intersections devant elle. Au loin, le gyrophare d'une voiture de pompiers apparut dans Huron Street. En parvenant à l'intersection suivante, elle sentit la fumée. C'était une brume légère et suspendue, comme celle d'un feu de cheminée dans l'air immobile. Jane accéléra, et prit la première rue sur sa droite. Cela ressemblait à un incendie. À minuit passé, chargée de ses achats, elle n'avait aucune raison de traverser un groupe de pompiers et de policiers. Elle s'engagea précipitamment dans une rue parallèle à Huron Street.

À deux blocs de la grande vieille maison où vivait Mary, Jane vit le ciel rougir. Elle lâcha ses sacs et se mit à courir. C'était la maison. Elle vit des gens sortir de chez eux pour se diriger eux aussi vers l'incendie.

Lorsque Jane arriva dans Huron Street, plusieurs camions étaient alignés devant la maison. Les imperméables des pompiers luisaient. Leurs casques mouillés reflétaient les flammes qui sortaient à présent des fenêtres les plus basses et léchaient les bandeaux de bois qui bordaient l'étage supérieur.

Jane s'efforça de ralentir sa course, regardant soigneusement toutes les formes humaines illuminées par le feu. Elle tentait de reconnaître quelqu'un qui puisse être Mary, presque déjà certaine qu'elle ne la trouverait pas. Le feu n'avait aucun sens, sauf s'ils l'avaient tuée par erreur. Ils n'avaient pas déclenché l'incendie pour tromper celui qui serait chargé de mener l'enquête – Farrell, l'officier d'entraînement, leur aurait au moins appris cela – mais parce que le feu les débarrasserait des empreintes digitales et des fibres textiles, et parce que l'eau et les bottes des pompiers anéantiraient leurs traces de pas.

Jane s'immisça dans la foule des curieux et observa les visages des gens qui s'étaient réunis en un grand cercle autour de la maison. Elle ne cherchait plus Mary ; elle cherchait d'autres visages, des visages qu'elle aurait déjà vus ailleurs.

Elle entendit le hurlement d'une nouvelle sirène. Un autre gyrophare apparut à l'angle de la rue et s'arrêta à dix mètres d'un camion de pompiers. Le véhicule était une ambulance. Jane s'avança dans cette direction, se faufilant parmi les spectateurs qui, fascinés par le feu, semblaient inconscients de son passage.

Elle s'approcha de l'ambulance et regarda les deux brancardiers sortir leur civière de l'arrière et se précipiter, non pas vers la maison de Mary, mais vers l'autre côté de la haie jusqu'à la pelouse de la maison voisine. Jane sentit un léger regain d'espoir, difficile à combattre. Peut-être était-ce là que les pompiers avaient emmené les victimes – hors de leur passage et à l'abri du danger – et si les ambulanciers étaient si pressés, ils pensaient avoir affaire à un blessé, et non à un cadavre.

Jane les suivit. Ils traversèrent la pelouse en courant jusqu'à deux pompiers portant des masques à gaz, agenouillés près d'un corps allongé sur la neige derrière la haie. L'un des pompiers avait une bouteille d'oxygène sur son dos, comme un plongeur, et il tenait le masque sur le visage de la personne allongée. Jane retint sa respiration tandis que les quatre hommes glissaient la victime sur le brancard. Lorsqu'ils la soulevèrent pour déplier les jambes, Jane eut un soupir de déception. La personne allongée sur le brancard portait un imperméable noir et de grandes bottes. L'un des pompiers devait avoir été intoxiqué par la fumée.

Elle se tourna vers la maison. Le dernier étage était en flammes à présent, et celles-ci dévoraient les murs intérieurs. Dans quelques minutes, le toit s'effondrerait dans l'appartement de Mary Perkins, et les tueurs auraient accompli ce que l'officier d'entraînement de Barraclough leur avait appris à faire lorsque les choses tournaient mal.

Jane observa les pompiers luttant pour tenir les lances droites pendant qu'elles projetaient d'énormes jets d'eau par les fenêtres du dernier étage. Elle remarqua deux pompiers qui contournaient la maison, portant de longues piques. La fumée avait laissé des traces sombres autour de leurs yeux et sur leur front que le masque ne couvrait pas. L'eau dégoulinait de leurs imperméables sur la neige tandis qu'ils trottaient vers leur camion. Elle pivota à temps pour voir les quatre hommes pousser le brancard vers l'arrière de l'ambulance. Le manteau ignifuge du pompier blessé n'était pas mouillé. Il avait été à l'intérieur suffisamment longtemps pour succomber à la fumée, mais il n'avait pas reçu une goutte. Les deux pompiers qui s'étaient agenouillés près de lui étaient secs, eux aussi.

Jane traça rapidement une diagonale vers l'ambulance sans quitter le brancard des yeux. Ils avaient passé les sangles par-dessus une couverture posée sur le manteau, et le masque était encore sur le visage. Elle ne pouvait voir les cheveux à cause de l'oreiller sous la tête et parce que les pompiers lui cachaient la vue. Tandis qu'ils atteignaient la rue éclairée, elle tenta désespérément de fixer des yeux le bord de la couverture : deux doigts de la victime en dépassaient à peine. La lumière rouge et tournoyante du camion de pompiers les frappa, éclairant des ongles polis et vernis. C'était Mary Perkins.

Jane fit un détour pour arriver devant l'ambulance, entrouvrit la portière du conducteur et se tapit sur le sol. Elle entendit les portes arrière s'ouvrir, le glissement des roues métalliques du brancard, puis le claquement des portes. Elle escalada le siège, passa une vitesse, mit le contact, et déboîta pour éviter le véhicule de pompiers garé dix mètres plus loin.

Puis elle redressa les roues et fonça. Jetant un coup d'œil dans le rétroviseur, Jane vit les quatre hommes faire quelques pas à sa poursuite, puis, comprenant l'inutilité de leur attitude, s'immobiliser sur la chaussée. Avant de tourner au coin de la rue, au premier feu, elle consulta encore le miroir. Il n'y avait plus personne.

Elle conduisit vite, laissant la sirène dégager son chemin, jusqu'à une petite rue où elle s'engagea en coupant le signal sonore et les lumières. Elle accéléra.

« Mary ! » Il n'y eut aucune réponse. Elle songea soudain que le gaz des bouteilles du pompier n'était probablement pas de l'oxygène. Il pouvait parfaitement s'agir d'un anesthésiant. Si c'était le cas, Mary avait autant de chances de mourir que de s'éveiller. Jane roula encore pendant une minute, puis se gara dans un parking derrière une école. Elle courut à l'arrière de l'ambulance, ouvrit la porte, monta et regarda

Mary. Ses yeux étaient grands ouverts et clignaient.

« Finalement vous êtes en vie. » Jane tira sur le masque à oxygène. Il était retenu par un élastique derrière la tête qu'elle fit glisser. La bouche de Mary était barrée d'un large sparadrap. Jane défit les sangles supérieures du brancard.

Mary se redressa immédiatement et fourragea pour dégager ses pieds. Elle sanglotait et tremblait, et elle tirait si fort sur les sangles que ses mains ne parvenaient pas à les défaire. Jane lui vint en aide. « Vous feriez mieux d'enlever vous-même le sparadrap. »

Mary s'exécuta et poussa un petit cri de douleur. « Ils m'ont piégée ! dit-elle en sanglotant. C'était sans issue. » Elle secoua le lourd manteau et Jane constata que Mary portait en dessous une veste qu'elle avait mise pour s'échapper de l'incendie. « Il y avait de la fumée, et ils ont frappé à la porte. Ils ressemblaient à des pompiers. L'un d'eux m'a donné un masque à oxygène et…

– Je sais, dit Jane. Venez, nous devons sortir de là.

– Vous ne pouvez pas continuer à rouler ? dit Mary en lançant un regard vers le siège du conducteur pour inviter Jane à y retourner.

– Non, nous forçons déjà la chance. Ils vont rechercher l'ambulance. Je suppose qu'elle est volée, donc la police va aussi s'y mettre. » Elle poussa Mary sur ses pieds et l'aida à sortir. « Il faut courir. »

Mary s'appuya contre l'ambulance. Elle fit un pas dans les bottes de pompier qui faisaient bouffer son pantalon beige juste au-dessous du genou, puis s'arrêta et serra sa veste contre elle : « Je ne peux pas.

– Essayez », dit simplement Jane. Elle accrocha son sac en bandoulière et avança au petit trot dans le parking. Quelques foulées plus tard, elle entendit Mary lui emboîter le pas.

Jane courait vers la grande pelouse à l'arrière de l'école. Tous les terrains d'athlétisme étaient équipés et à la bonne échelle, avec des tribunes de bois à côté ; ce devait être un lycée. L'herbe sous la neige était rare et nivelée, et il n'y avait aucun risque d'obstacles invisibles. Mieux, le sol était couvert de traces de pas où elle pouvait poser les siens. Arrivée à découvert, elle sentit le vent souffler de petites particules de neige contre ses joues. C'était le moment d'accélérer avant que la police ne trouve l'ambulance. Jane attendit un peu, le temps que Mary Perkins s'échauffe et se détende, puis allongea légèrement ses foulées. Les terrains de jeu leur offraient un avantage parce qu'ils pouvaient les mener à huit cents mètres de là, dans une rue éloignée de celle où l'ambulance était garée. Mais pendant qu'elles y couraient, elles étaient les seules taches noires dans un océan de neige immaculée.

Jane jeta un coup d'œil à Mary par-dessus son épaule, et constata que celle-ci interprétait son regard comme une autorisation tacite de ralentir. Jane se tourna dans la bonne direction et parvint rapidement à un trot confortable. Écoutant la cadence de Mary, elle évalua son souffle. La jeune femme n'était pas habituée à courir, mais elle semblait en être capable.

Lorsque Jane atteignit les poteaux d'en-but au bout du terrain de football américain, elle courut sur place en attendant Mary. « Nous pourrons marcher dès que nous serons à couvert », lui dit-elle, et elle redémarra aussitôt. Cette fois, elles étaient sans doute sur un terrain de football parce qu'il était plus long. Jane pouvait discerner ce qu'il y avait au bout du parc de l'école. Une haute barrière de chaînes s'élevait devant de grands arbres aux branches nues. Jane accéléra pour trouver la porte.

Elle découvrit rapidement un portail pourvu d'une chaîme épaisse et d'un gros cadenas. Jane se tourna vers Mary qui luttait pour la rejoindre. Il y avait des traces de pas sur la totalité du terrain. À moins que les gamins n'aient beaucoup changé depuis qu'elle avait quitté l'école, ils ne parcouraient pas quatre cents mètres pour contourner une barrière. Jane la suivit et trouva la réponse. La clôture longeait un parking municipal contenant des pelleteuses, des camions à bennes, des tracteurs, et un camion de forage garé à côté d'un bâtiment qui ressemblait à un entrepôt. Le parking était vide, on avait utilisé les pelleteuses pour pousser une énorme quantité de neige contre la barrière, presque jusqu'au sommet, à deux mètres cinquante du sol.

Mary arrivait enfin, respirant bruyamment mais pas épuisée. « Vous savez escalader les barrières ?

– Devinez.

– Je vais vous aider, dit Jane. Tout ce que nous avons à faire, c'est arriver en haut, et nous pourrons redescendre sur nos pieds. » Elle prit le bras de Mary et plaça énergiquement sa main sur une chaîne au-dessus de sa tête. Mary commença à escalader, et Jane attendit le moment où la jeune femme déciderait qu'elle n'y parvenait plus.

– Je ne crois pas… »

Jane tendit les bras, posa les deux mains sous les cuisses de Mary et la souleva plus haut. « Travaillez avec vos jambes. Les pieds dans les espaces, montez. Utilisez vos mains pour vous tenir. Montez. Bien. Montez. » Elle la suivit, et lorsque Mary arriva à la partie la plus impressionnante, là où le paquet de neige dépassait la barrière, Jane s'agrippa d'une main en poussant Mary de l'autre, pour la faire rouler sur la pente de l'autre côté.

Lorsque Jane atteignit à son tour le sommet et se laissa tomber sur la neige, elle trouva Mary encore allongée, respirant lourdement, s'efforçant de ralentir les battements de son cœur. Jane s'assit une seconde, puis s'étendit et s'enfonça dans la neige. « Restez couchée », dit-elle.

Le faisceau d'une lampe traversait le terrain. Jane le vit passer au-dessus de leur tête, éclairant une multitude de minuscules flocons soulevés par le vent. La voiture de police était garée près de l'ambulance, et le faisceau, énorme, couvrait les milliers de mètres de terrain désert. La lumière leur parvenait encore si vive qu'elle pouvait voir la trace du sparadrap sur la joue de Mary.

« Ce sont…

– Les flics, dit Jane. Ils éteindront la lumière dans une minute. À ce moment-là, surtout ne bougez pas. »

La lumière balaya le terrain, repartit, fit le tour de l'horizon, puis disparut. « Reposez-vous, dit Jane. Profitez-en pour vous reposer. » Elles étaient étendues dans le noir et elle écouta. Soudain la lampe resurgit, passa par-dessus leur tête puis balaya de nouveau le terrain. Jane prêta l'oreille au son du moteur, mais tout restait silencieux. Finalement la lumière disparut. « Bon, maintenant allons-y. » Elle se releva un peu, glissa jusqu'au bas du tas de neige, et attendit Mary.

Elles se précipitèrent à l'autre bout du parking, là où un portail ouvrait sur la rue, et s'immobilisèrent. Même type de cadenas et de chaîne. Le portail était aussi haut que le premier, mais avec des barbelés au sommet. Elles ne pouvaient revenir sur leurs pas parce que la police ne partirait pas avant d'avoir fait remorquer l'ambulance. Elle regarda autour d'elle. Il y avait certainement des outils tranchants dans le petit entrepôt qu'elle apercevait sur le bord du parking, mais l'effraction serait encore plus périlleuse que le passage d'une barrière, et au moins celle-ci n'avait pas d'alarme. Il y avait des camions, des tracteurs, et des pelleteuses partout. Mais même si elle réussissait à démarrer l'une des machines pour défoncer la barrière, le bruit alerterait les policiers garés plus loin. Puis ses yeux discernèrent les formes étranges à l'autre bout du parking.

« Bien. J'espère que vous avez de la force, parce que j'aurai besoin de votre aide. »

Jane courut vers le coin du parking où l'on rangeait pour l'hiver les balançoires, passa devant le terrain de jeux et s'arrêta devant trois toboggans. Les deux premiers avaient des cadres d'acier galvanisé d'un poids excessif. Le troisième était une sorte de tube en fibre de verre, et Jane pouvait en soulever une extrémité toute seule. Toutes deux la tirèrent vers la barrière, la levèrent de sorte que l'échelle reste de leur côté, firent passer le tube par-dessus le fil de fer barbelé.

Jane se tourna vers Mary : « Vous voulez commencer ? »

Mary escalada l'échelle, glissa les jambes dans le tube et sortit par l'autre extrémité dans la neige. Puis Jane l'imita et tomba au même endroit. Mary était impatiente de s'éloigner de la barrière à présent, mais Jane lui fit remarquer que si elles laissaient l'objet en place, la police n'aurait pas de mal à deviner par où elles étaient sorties. Elles repoussèrent le tube de l'autre côté et se dirigèrent vers le bout de la rue.

« Où allons-nous ? dit Mary.

– À l'université. »

Elles coururent en silence pendant le dernier kilomètre. Jane donnait de nouveau le rythme en écoutant les pas de Mary. Elle regarda sa montre. Il était plus de deux heures du matin, et même aux alentours de l'université il n'y avait plus un piéton. Par deux fois, Jane aperçut des phares au bout de la rue. Elle poussa Mary dans un espace sombre entre deux maisons jusqu'à ce que la voiture soit passée. Lorsqu'elles furent enfin arrivées à l'université, Jane ralentit. Elle entendit les pas de Mary résonner pendant quelque temps, puis devenir eux aussi plus silencieux.

Jane avançait, examinant chaque bâtiment. Finalement elle désigna un long immeuble de quatre étages. La façade portait l'inscription : « Helen Meleham Hall ». Jane s'arrêta. « Ce ne serait pas mal comme endroit pour nous abriter du froid.

– Qu'est-ce que c'est ? » Mary était si épuisée que l'intonation de sa voix en était changée.

« Je pense que c'est le dortoir des filles.

– En pleine nuit, il sera fermé.

– Bien sûr », dit Jane. Elle regrettait d'avoir mentionné le froid. Elles étaient toutes deux en sueur à cause de la course, mais l'air de la nuit avait déjà séché son visage et elle le sentait s'engourdir. Il était hors de question d'entrer par la porte principale. Celle-ci ouvrait sur une zone d'accueil qui ressemblait à la réception d'un hôtel. La porte en verre était pourvue d'un interphone et de serrures électroniques. Jane avait dû faire partie de la dernière génération d'étudiantes à endurer le couvre-feu et la vieille fille qui relevait les noms des retardataires. Mais le monde étant devenu plus dangereux pour les femmes depuis, il y aurait quelque chose de pire à la place, comme une vieille fille en uniforme, avec un 357 Magnum sur la hanche. Mary attendit Jane pendant qu'elle contournait le bâtiment à la recherche des sorties de secours. À l'arrière du bâtiment, le bruit d'un séchoir s'élevait dans la nuit.

Tout en s'avançant vers l'origine du bruit, Jane reconstituait quelques souvenirs. Lorsqu'une fille de dix-huit ans était loin de chez elle pour la première fois, les nuits comme celle-là étaient fréquentes. On était vendredi, un vendredi de la fin du semestre, et les piles de linge et de devoirs à rendre s'étaient accumulées. À cette heure-ci, la musique et les cris du dortoir avaient cessé, mais elle n'était pas prête pour autant à éteindre et à s'allonger. Car même si le matin devait venir dans quelques heures, avec sa ponctualité écœurante, elle avait toujours dix-huit ans et une vie bien remplie. Alors elle s'était convaincue que ce qu'elle faisait était éminemment pratique. Elle pourrait utiliser toutes les machines de la laverie en même temps, si elle avait suffisamment de monnaie, et le silence et la solitude l'aideraient à rédiger ses devoirs.

La fille était assise en face des séchoirs, les pieds posés sur une chaise, et elle soulignait des passages dans un livre. La buanderie était chaude et humide, et elle avait entrouvert la porte pour laisser sortir la buée.

Jane se précipita à l'angle du bâtiment et fit signe à Mary. Puis elle longea le mur jusqu'à la porte et étudia le système de fermeture. Une bâcle déclenchait une serrure blindée depuis une tranchée dans le sol, et le jambage était pourvu d'un loquet à ressort ordinaire. Jane ouvrit son sac, sortit une pièce de monnaie et se pencha derrière la porte pour glisser la pièce dans le trou du sol. Puis elle revint vers Mary et murmura : « Est-ce que vous avez gardé le sparadrap qu'ils vous avaient mis sur la bouche ?

– Quoi ? murmura Mary.

– Je ne vous ai pas vue le jeter. Où est-il ?

– Je ne sais pas, dit Mary. Je suppose que je… » Elle fouilla dans sa poche. « Le voilà. » Il était en boule.

Jane contourna la porte en effectuant un demi-cercle à l'abri de la lumière pour atteindre la charnière, et enfonça le sparadrap dans la petite cavité où le loquet se replacerait à la fermeture de la porte. Puis Jane retourna près de Mary et elles traversèrent ensemble la pelouse, pour aller attendre un peu plus loin.

Quinze minutes plus tard les séchoirs s'arrêtèrent et la fille plia ses affaires. Puis elle releva la bâcle de la porte qu'elle ferma doucement et lentement. À presque trois heures du matin, il était inutile de réveiller une centaine de voisines irascibles.

Jane attendit encore quelques minutes avant d'ouvrir la porte, de retirer le sparadrap du jambage et de pêcher la pièce de monnaie dans la tranchée. Enfin elle poussa Mary à l'intérieur. Elle referma la porte, et toutes deux montèrent par l'escalier de service jusqu'au premier étage, à l'écart des lieux collectifs, dans les longs couloirs où s'ouvraient les chambres. Jane marchait très doucement en observant chacune des portes. À chaque coude du corridor elle s'arrêtait et tendait l'oreille. Mais aucun bruit de pas ne se fit entendre. Jane trouva enfin une porte où quelqu'un avait glissé un mot plié qu'elle retira soigneusement pour le lire.

« Cindy, ta mère a appelé à peu près huit fois ! Je lui ai dit que tu étais à la bibliothèque. Appelle-la dès que tu rentres de Colombus. Lauren. »

Jane glissa la carte de crédit de Catherine Snowdon entre la poignée et la serrure jusqu'à ce qu'elle sente la résistance du poussoir, puis plia un peu la carte pour le déplacer. Avant de fermer la porte derrière Mary, Jane remit le mot en place. Cindy aurait besoin de temps afin de préparer un récit plausible pour sa mère.

Jane trouva le lit près du mur, en retira l'épaisse couverture qu'elle drapa sur la tringle derrière les rideaux pour qu'aucune lumière ne les traverse, puis alluma. Elle ouvrit le placard et sélectionna quelques vêtements. « Elle a à peu près votre taille, mais un tour de poitrine assez imposant. » Jane jeta un sweater sur le lit. « Mettez ça. » Puis elle-même retira son chemisier et enfila un pull.

Elle jeta un coup d'œil aux bottes de caoutchouc de Mary. « Vos bottes ne vont pas beaucoup nous aider. Essayez quelque chose là-dedans. »

Quelques instants plus tard, toutes deux portaient les vêtements de Cindy. Parmi lesquels un manteau court de demi-saison et une veste de l'université du Michigan réversible, que Jane retourna et enfila. Il y avait des endroits où elle pouvait encore passer pour une étudiante, mais pas dans une université. Jane prit mille dollars dans son sac et les posa sur la table. « Désolée, Cindy. J'avais besoin de m'habiller », écrivit-elle. Puis elle se tourna vers Mary : « Vous vous en sortez bien, vu les circonstances. Allons-y. »

Jane entraîna Mary dans la buanderie. Une fois dehors, elles marchèrent vers le centre du campus. Jane cherchait le secrétariat des étudiants où elle se souvenait que se trouvaient les petites annonces. Dans un grand hall qui succédait à l'entrée, des bristols s'alignaient sur un tableau. Jane ignora les annonces sollicitant une place dans une voiture et regarda avec attention les propositions. La plupart d'entre elles concernaient des déplacements pour la nuit de jeudi ou vendredi, et elles étaient déjà obsolètes. Elle en sélectionna une : « Départ de Columbus pour l'Ohio, samedi à cinq heures du matin, et retour après le match. Partagerais la conduite et l'essence. Doug », et nota le numéro de téléphone. Il était quatre heures du matin. Si Doug n'était pas idiot, il était déjà réveillé. Elle se rendit à la cabine téléphonique de l'entrée.

À cinq heures, la voiture pila devant la porte. Doug était corpulent et souriait facilement. C'était le genre de garçon destiné à s'étoffer bientôt et à jouer beaucoup au golf. Il fut surpris par ses deux passagères. En conduisant depuis sa chambre, il avait prévu de dire qu'il était content qu'elles se soient présentées, parce qu'il adorait la compagnie. Il aimait aussi les voyages dont il pouvait partager les dépenses, mais surtout, il aimait les femmes. Il aimait les regarder et entendre leurs voix, et sentir les parfums qui les environnaient. Lorsqu'il vit les deux femmes qui descendaient les marches, il pensa que ce jour allait être béni. Mais lorsqu'elles entrèrent dans la voiture et que la lumière s'alluma, il se rendit compte qu'elles étaient vieilles. Elles n'étaient pas aussi vieilles que la mère d'un copain. Mais elles l'étaient suffisamment pour ne pas du tout s'intéresser à lui, comme toutes les enseignantes dont il suivait les cours.

Sur la voie d'accès de l'autoroute, Doug mit son clignotant pour s'arrêter à la station d'essence mais la brune lui dit : « Est-ce qu'on ne peut pas s'arrêter un peu plus tard ? Il n'y a personne sur la route et on peut en profiter. Tout à l'heure on en mourra d'envie. »

Doug n'y trouva pas d'inconvénient. La jauge indiquait un demi-plein, et tout allait bien. Mais l'espace d'une seconde, il lui sembla que la femme avait une autre raison de ne pas vouloir s'arrêter avant d'avoir quitté Ann Arbor. Comme si son mari la poursuivait, ou qu'il traînait dans le coin. Ils ne s'arrêtèrent pas avant Toledo, et ensuite la brune insista pour payer l'essence et conduire les dernières centaines de kilomètres.

Il se trouva que celle qui était à l'arrière était une étudiante diplômée en économie. Elle avait travaillé dix ans et décidé de se remettre aux études. Elle était endormie la plupart du temps. La brune était plus bavarde. C'était une amie de la diplômée, et elle l'avait convaincue de venir au match. Peut-être n'était-elle pas si bavarde, car par la suite Doug ne put se souvenir d'avoir appris quoi que ce soit d'autre sur elle pendant les quatre heures de voyage. Sans doute l'avait-elle simplement encouragé à parler en souriant beaucoup.

Lorsqu'ils arrivèrent dans les environs de Columbus, la brune annonça qu'il leur fallait s'occuper de trouver des places pour le match au plus vite, parce qu'elle avait décidé Alene à venir au dernier moment, sur un coup de tête. Elle demanda à Doug de les déposer sur le campus de l'Ohio, où elles consulteraient les annonces d'offres pour des places.

Doug détesta renoncer aux fantasmes qu'il avait développés pendant quatre heures, les reprenant et les raffinant à chaque tournant de la longue route. Il s'était imaginé terminant l'expédition dans un hôtel de Columbus, où il célébrerait la victoire du Michigan dans un lit gigantesque en compagnie de deux femmes plus âgées. Mais Doug n'avait malheureusement pas été capable d'inventer un seul concours de circonstances plausible qui puisse mener à la réalisation de ces fantasmes. Et il ignorait totalement comment l'on en arrivait à proposer quelque chose comme ça. Il quitta ses prétendues partenaires avec un regret qui le poursuivit jusque tard dans la journée. Puis il rencontra une fille appelée Michele, qui se faisait appeler Micki avec un « i ». Elle l'avait vu sur le campus d'Ohio avec les deux autres femmes, et s'était convaincue qu'une sorte de sophistication mélancolique émanait de lui. Le dimanche soir, en roulant vers le Michigan avec Micki, il repensa aux deux femmes et se dit qu'elles avaient pu ne pas trouver de places pour le match. Il était loin d'imaginer qu'elles avaient pris des billets d'avion pour Boston sous des noms d'emprunt, et qu'elles avaient disparu durant l'escale à Cleveland.

21

Mary était étendue sur son lit dans le motel, et elle écoutait les avions passer au-dessus de sa tête. Elle avait déjà inconsciemment perçu leur rythme. Ils grondaient pendant quatre minutes quelque part à l'est, derrière l'immeuble, puis au-dessus de sa tête, puis dans le néant. Après une pause de quarante-cinq secondes, le suivant se mettait à gronder et à piaffer sur la ligne du départ.

Mary en avait assez d'attendre la question. Elle tourna la tête et regarda Jane. « C'est le dossier médical. »

Jane était assise devant la table ronde sous le lustre hideux, occupée à ranger des babioles qu'elle avait sorties de son sac. Il y avait beaucoup de liquide, et des rangées de cartes qui semblaient avoir été collées à la doublure. « Quel dossier médical ? » Elle n'avait pas levé les yeux.

« C'est à cause de vous que j'y ai pensé. Je voulais procéder comme vous l'auriez fait. Je suis allée voir un médecin à Ann Arbor. J'ai demandé un formulaire à envoyer à mon ancien généraliste, afin d'obtenir mon dossier médical. Je l'ai signé moi-même, et j'ai mis mon adresse à la place de celle du médecin, pour recevoir le dossier chez moi.

– Pourquoi avez-vous fait cela ? Vous avez besoin d'être suivie par un médecin ? »

Mary Perkins secoua la tête. « J'avais l'impression que c'était la bonne chose à faire – récupérer mon dossier médical maintenant, avant qu'il ne soit trop tard. J'avais l'intention d'y inscrire mon nouveau nom et de l'apporter à la première visite chez mon prochain généraliste. Je pensais qu'il était inconcevable qu'une femme de mon âge n'ait pas de dossier médical, et je savais que je ne pourrais pas en fabriquer un. De plus, ils sont confidentiels ; ils sont censés être protégés. »

Jane soupira. « Ils le sont. L'adresse à laquelle ils sont expédiés ne l'est pas.

– Oh, mais comment les hommes de Barraclough l'ont-ils eue ?

– Il y a plusieurs façons de procéder. Vous vous faites passer pour le responsable du contrôle judiciaire, et vous l'obtenez. Ou vous faites engager quelqu'un chez le médecin, pour surveiller le courrier. Ils peuvent également avoir voulu obtenir une copie de votre dossier, pour voir si vous suiviez un traitement exigeant de consulter l'un des quinze spécialistes du pays ; ou pour savoir si vous aviez besoin d'une opération chirurgicale. Ils peuvent aussi faire la même chose que vous : envoyer une lettre d'un véritable médecin réclamant le dossier. La secrétaire de votre ancien praticien dira qu'il a déjà été expédié à telle adresse. Bref, je n'en sais rien, et ça n'a pas beaucoup d'importance. L'avez-vous obtenu ?

– Obtenu quoi ?

– Le dossier.

– Oh, oui. » Elle eut l'air mal à l'aise. « Il a brûlé.

– Bien, dit Jane en retournant à son rangement. C'est un boulevard supplémentaire que Barraclough ne pourra plus emprunter. »

La voix de Mary s'éleva, d'abord calme, sourde et tendue, comme si elle fléchissait les muscles de sa gorge pour empêcher ses cordes vocales de se contracter : « Ils ont mis le feu pendant que je dormais, vous savez. L'incendie ne servait pas à masquer leur venue chez moi, mais à me faire sortir, et je suis sortie parce qu'ils étaient habillés comme des pompiers venus me sauver. Je ne pouvais pas voir leur visage sous le masque, le casque et l'imperméable.

– Je sais.

– Je n'essaie pas de vous dire ce qui est arrivé, dit Mary Perkins. J'essaie de vous dire comment ça m'est arrivé. » Elle poursuivit plus doucement : « À moi. » Elle fixa le visage de Jane pour y lire une réaction, et vit que Jane attendait. « C'est nouveau pour moi. Vous avez l'habitude de veiller sur les gens comme sur du bétail. Et vous faites bien plus que vous en occuper ; vous vous assurez qu'ils ne tombent pas d'une falaise, ou qu'ils n'avalent pas de poison ou une trop grande quantité d'eau.

– Il n'y a pas à avoir honte, dit Jane. Ils vous ont eue. L'histoire n'est pas sortie de votre imagination.

– Ils agissent de la même manière. Ils parlent doucement au bétail et disent : venez mon petit, tout va bien. Mais c'est faux. » Mary inspira une grande bouffée d'air. « Je ne suis pas habituée à être la seule à ne rien savoir, et cette façon de voir le monde n'est pas la mienne. Je suppose que j'aurais dû avoir suffisamment d'imagination pour comprendre ce qui se passait. Une fois j'ai rencontré des gens censés être durs, mais concrètement je ne les ai jamais vus faire quoi que ce soit. Je continue à me demander comment j'ai pu un jour avoir dix-huit ans, être futée et jolie, et un autre jour avoir le double, et me faire traquer par le feu chez moi par des hommes que je n'ai jamais vus. »

Jane haussa les épaules. « Vous m'avez dit comment tout est arrivé.

– Non, dit Mary Perkins. Non, ce n'est pas vrai. Je vous ai dit ce qui était arrivé à des banques de dépôts immobiliers. Pas ce qui m'était arrivé à moi. »

Jane cessa de trier ses affaires et commença à coller ensemble des cartes de crédit et des permis avec des bandes de ruban adhésif. Elle n'osait pas regarder Mary, de peur que quelque chose dans son regard ne lui donne un prétexte pour s'arrêter.

« Pendant l'été 1981, j'avais vingt-deux ans. Je venais d'obtenir mon diplôme de l'université de Floride. Les entretiens d'embauche se déroulaient parfaitement – je voyais qu'on m'appréciait – mais apparemment, je n'arrivais pas à me faire engager. Je me souviens que lorsque je revenais chez moi, je fermais la porte de ma chambre. Je retirais mes vêtements et les suspendais soigneusement, pour que mon maquillage ne les salisse pas lorsque je me jetais sur mon lit pour pleurer. Puis j'achetais d'autres journaux, et j'écrivais des lettres pour répondre aux annonces. Finalement, j'ai obtenu un travail, en octobre. Winton-Waugh Savings, à Waco au Texas, avait besoin d'une assistante en gestion. Je suis allée travailler dans le département des prêts, juste au moment où les choses ont commencé à chauffer. Je me souviens que je me faisais deux cent soixante-deux dollars par semaine. Assez vite, j'ai remarqué que les sommes d'argent qui rentraient dans la banque étaient énormes, et les prêts qui en sortaient, plus encore. C'est ainsi que tout a commencé.

– Qu'avez-vous fait ?

– J'ai été à une fête. » Son visage affichait un sourire ironique, comme si elle y avait pensé si souvent qu'elle s'attendait à ce que Jane comprenne. « La banque organisait un gigantesque banquet pour les gros clients, et j'ai été présentée à certains d'entre eux. Il y avait des hommes qui possédaient des dizaines de millions de dollars. Et j'étais là, avec eux, à parler de l'avenir et des investissements, comme si je faisais partie de leur monde. Il y en avait un, en particulier, qui était vraiment gentil. Son nom était Dan Campbell. Pas Daniel. Lorsqu'il signait, c'était Dan. Il avait tout : une grosse maison à Houston, un ranch d'élevage en Oklahoma, et un avion pour ses allées et venues. J'étais bien renseignée, parce que les dossiers de prêts étaient dans une armoire juste à côté de la table à laquelle je m'asseyais tous les jours.

« Il y a eu ce grand dîner aux chandelles sur des tables installées dans le hall de la banque, et un bal. Je n'avais jamais vu autant d'alcool, toutes ces bouteilles alignées sur le buffet, éclairées par-derrière, pour qu'elles ressemblent à des bouteilles de parfum. Lorsque la fête formelle a cessé, et que la plupart des gens sont rentrés chez eux, il faisait encore nuit. Une petite fête privée a suivi, pour environ une vingtaine de personnes comme Dan Campbell, dans les bureaux des dirigeants de la banque. Nous sommes tous allés dans le bureau de M. Waugh, mais les gens se promenaient dans le jardin par les portes coulissantes, et dans certains autres bureaux, leur verre à la main. Je ne sais pas comment Dan Campbell et moi sommes arrivés dans mon bureau. Quelques minutes après il a éteint la lumière, et verrouillé la porte. Il aurait fallu être attardée mentale pour ne pas comprendre que si nous ne faisions aucun bruit, personne ne saurait que nous étions là.

– Vous n'êtes pas obligée de me le raconter.

– Si, justement. » Le visage de Mary était tendu. « Dan Campbell m'a dit "Allez Lily, approchez un peu, je jure que je ne mordrai pas". Je n'étais pas une innocente petite chose. Je ne veux pas vous donner cette impression, ou induire que j'étais ivre, ou autre. Je n'étais pas béate d'admiration et hors de moi devant un homme mûr et plein de charme. Si j'étais éberluée par quelque chose, c'était d'être près de tant d'argent. Et puis je l'aimais bien, et il m'impressionnait. Je l'ai fait.

« Le jour suivant, j'ai repris ma place habituelle devant mon bureau. J'étais simplement médusée lorsque mon regard tombait sur un certain endroit de la pièce, et cela me rendait déprimée et stupide. Et voilà qu'arrive un livreur avec vingt-quatre splendides roses rouges dans un vase en cristal, et il les pose sur mon bureau. Je les regarde et pendant une seconde, j'ai cru que je n'étais peut-être pas cette idiote qui s'était laissé entraînée. C'était sans doute ce dont j'avais tenté de me convaincre pendant quelques minutes, la nuit précédente, lorsque j'avais oublié que c'était la banque qui m'avait invitée au dîner. Puis j'ouvre la carte, et elle était signée par M. Waugh, mon directeur. Il y avait un chèque de mille dollars : "Prime de rendement."

– Vous avez démissionné ?

– Non. Je n'ai pas démissionné. J'y ai pensé, mais non. On entend beaucoup parler de gens qui agissent ainsi, mais on n'en voit pas beaucoup. Les gens disent qu'ils sont partis, qu'ils ont renoncé à leur boulot, mais qu'au moins ils ont des principes. Mais la réalité est très différente. La réaction que l'on a devant une humiliation n'est presque jamais immédiate. Et je n'arrivais pas à me figurer un moyen de dire à M. Waugh ce que je ressentais en recevant un chèque pour ce que lui et moi savions que j'avais fait. J'ai décidé que je n'étais pas capable d'affronter cette conversation. Il ne me restait qu'à encaisser le chèque, et à continuer ma petite vie.

« La banque marchait de mieux en mieux à l'époque, et assez vite je n'ai plus fait partie du service des prêts, j'ai eu un poste de conseillère en financements. M. Waugh m'a un jour annoncé que nous devions faire un voyage d'affaires pour Houston. J'ai immédiatement pensé aux fleurs et cette idée m'a rendue malade, mais il n'y avait aucun moyen de m'en sortir. J'avais compris pourquoi la banque avait besoin de faire entrer et sortir l'argent, et mon travail était de le faire sortir, ce qui impliquait de rencontrer des clients. Et puis il y avait deux autres jeunes femmes dans le voyage : l'assistante de Waugh et une autre conseillère. Mon salaire augmentait de jour en jour, et j'apprenais beaucoup, alors je n'envisageais pas de partir. »

Jane savait que Mary ne mentait plus à présent. Elle ne se donnait plus d'excuses. C'était une confession.

« Nous avons rencontré un groupe de douze investisseurs qui avaient créé une société à responsabilité limitée pour développer un projet immobilier. Vous savez, je ne pourrais même plus dire aujourd'hui comment ils s'appelaient, mais c'était le truc habituel, quelque chose comme Sunnydale Vistas ou... De toute façon, la première réunion avait lieu dans un bureau installé près de River Oaks. Pas à River Oaks même, bien sûr, mais à proximité, pour que les gens puissent flairer l'argent sur la carte de visite. La tentation était réellement forte lors de la première réunion. Nous pouvions leur prêter soixante millions, peut-être plus ensuite. Ils désiraient le garder en dépôt jusqu'à ce qu'ils en aient besoin, avec les intérêts en garantie pour compenser nos coûts – qui étaient nuls – et des tirages de fonds de roulement proportionnels à ce qui était construit. Après cette réunion, nous étions censés sortir pour voir les terrains. C'était près de La Porte, dans la baie de Galveston. Les plans prévoyaient des canaux, avec des pontons pour chaque maison, des centres commerciaux et tout le reste.

« Pourtant, on n'a pas circulé en voiture. Pour avoir la meilleure vue, on est sorti sur un gros bateau loué par le département des ventes de la société pour impressionner les clients. On a regardé le terrain à la jumelle et on a discuté affaires jusqu'à la nuit, mais à ce moment-là aucun papier n'était encore signé. Un traiteur nous a servi à dîner, et aucun contrat ne sortait de la mallette de M. Waugh. Ça s'est poursuivi en cocktail, sur le pont supérieur. On parlait de l'argent et des meilleures choses qu'il peut procurer. Tous mettaient en avant leur extraordinaire réussite. Ils devenaient ivres et euphoriques. Assez vite, j'ai entendu de la musique monter de quelque part en dessous, avec des rires et des paroles à voix haute. Un à un, les gens ont commencé à disparaître. Cela a continué un moment, jusqu'à ce qu'il n'y ait plus que moi, Waugh, et trois investisseurs. Il faisait froid, et j'ai dit à Waugh : "Je vais peut-être descendre." Il m'a répondu : "Si vous voulez." Donc j'ai descendu les marches, dans la nuit, sur mes talons hauts, un Martini à la main.

– Les autres ne vous ont pas suivie ?

– Un seul. J'ai dû l'aider, parce qu'il était ivre. Donc je suis arrivée en bas et j'ai ouvert la porte de la grande pièce qu'ils appellent le salon. La musique était assourdissante. Ce que j'ai vu à ce moment-là m'a fait lâcher mon verre. C'était l'assistante de Waugh. Elle s'appelait Marla. Elle dansait tout en effectuant un véritable strip-tease pour quatre des investisseurs. Lorsque je suis entrée, elle en était déjà à retirer sa culotte, les pouces dans l'élastique de la taille, comme si elle allait leur faire passer l'équateur. J'ai fait marche arrière, mais l'ivrogne derrière moi m'a poussée à l'intérieur et Marla m'a aperçue. Elle est venue vers moi en se trémoussant bien en rythme, a mis ses bras autour de mon cou avec un grand sourire, et m'a susurré à l'oreille : "Viens, joins-toi à la fête" en m'attirant dans le salon. J'ai repoussé son bras et je lui ai demandé d'arrêter en disant : "Je ne suis pas une entraîneuse."

– Que s'est-il passé ?

– Elle s'est vraiment mise en colère – elle m'a envoyé un regard à faire tomber un pigeon d'une ligne électrique – et a dit : "Ne plaisante pas avec moi, mon chou. Qui, d'après toi, a rédigé ton dernier chèque de prime ?" Mais derrière elle, il y avait l'un de ces investisseurs. Il était impatient que le spectacle continue, et il a ôté ce qui lui restait sur la peau. Elle a grimacé, déplacé ses pieds en secouant les fesses puis s'est mise à onduler en dansant avec lui. Je me suis tournée et je suis sortie du salon. Je ne savais pas où aller. J'ai ouvert la porte qui donnait dans l'une des cabines, et là j'ai trouvé l'autre conseillère. Elle était au lit avec l'un des investisseurs, et deux autres regardaient. J'ai fermé la porte, je suis retournée vers les marches et je suis tombée nez à nez avec M. Waugh. Il a ouvert la porte du salon pour jeter un coup d'œil et Marla n'en était plus du tout au strip-tease. C'était une orgie. Il a ouvert un peu plus la porte pour me laisser passer, mais lorsqu'il a vu l'expression de mon visage, il a haussé les épaules et il est entré seul. J'ai passé les quatre heures qui suivirent seule, sur le pont, dans un froid glacial.

– Est-ce qu'il vous a licenciée ?

– Non, j'ai repris un avion de mon côté, et je suis allée travailler le lundi matin. Les formulaires du prêt m'attendaient sur mon bureau, signés. Soudain, le compte était à moi, et je devais faire le travail – faire passer le dossier devant le comité des prêts et chez les avocats, organiser les délais, etc. C'est moi également qui devais faire les chèques de prime : dix mille chacune. Personne n'en a parlé. Marla est restée invisible pendant des semaines. L'autre conseillère – elle s'appelait Kathy – n'était pas de mes amies. Elle ne me parla plus jamais. Je commençai à chercher du travail ailleurs. La banque prenait une ampleur démesurée, et nous avions suffisamment de travail pour ne pas être obligées de nous voir.

– Rien d'autre ne s'est produit ?

– À peu près un mois plus tard, alors que j'arrivais au travail, j'ai trouvé deux femmes étranges dans mon bureau. Très jeunes, vingt ans, et splendides. Marla est entrée, avec une expression totalement vide, et m'a dit : "Nous manquons vraiment d'espace ici. M. Waugh veut que vous retourniez dans votre ancien bureau pour faire de la place aux nouvelles conseillères." Derrière la porte, il y avait le niveau paysager, avec les secrétaires et les débutants. J'ai rangé mon bureau – les photos, les plantes et les trombones – et j'ai tout sorti, tout posé sur ma table d'autrefois. Quelque chose s'était passé. Je savais qu'ils voulaient que je m'en aille, et je voulais partir. Jusque-là, j'avais voulu les utiliser, prendre tout ce qu'ils pouvaient m'offrir aussi longtemps que nécessaire, et ensuite m'en aller pour un poste meilleur. J'avais spéculé sur la supposition que je les mettais mal à l'aise et que je ne l'étais pas. Mais cette fois, c'était trop. J'ai fermé ma porte et je suis entrée dans le bureau de M. Waugh. Il était au téléphone. Il a dit : "Je te rappelle immédiatement" sans me quitter des yeux. Il a raccroché. "Vous n'aviez pas besoin de raccrocher. Je voulais simplement vous dire au revoir", lui ai-je lancé. J'ai tendu la main et serré la sienne par-dessus son bureau. “Merci de m'avoir engagée.” Waugh était surpris. J'ai d'abord pensé qu'il était simplement rassuré parce que la scène n'avait pas été horrible, mais avant d'avoir traversé les bureaux pour sortir, j'ai compris qu'il s'était attendu à ma venue depuis cette histoire.

– Vous n'aviez pas d'autre travail ? »

Mary Perkins eut un petit rire triste. « Non. Comme rien ne se débloquait, je suis partie pour la Californie. Tout l'argent qui me restait est passé dans mon installation. Le chômage a duré six mois. J'avais vingt-quatre ans, et j'étais plus jolie que jamais parce que je n'avais pas assez d'argent pour manger régulièrement. Je n'essaie pas de susciter votre pitié. Mon ambition n'était pas seulement de trouver un endroit plus agréable à vivre, et gagner de quoi me nourrir. Je voulais devenir riche – vraiment riche. J'avais fait des croisières, traité de vrais marchés immobiliers, voyagé dans des avions privés, et je voulais retrouver ça. Donc j'ai réfléchi à la manière d'y parvenir, et je me suis lancée.

– Comment ?

– Je passais le plus clair de mon temps à l'agence pour l'emploi, et j'avais repéré les habitués. L'un d'eux avait essayé de me parler. Imaginez un peu : un type d'environ quarante ans vient prendre son allocation chômage, et il voit une femme qui lui plaît. Il va lui parler, lui dit de ne pas s'inquiéter – il est entrepreneur, il réussit ; dès le printemps, il aura de gros projets et il l'engagera. Il avait une bonne tête, il était chaleureux et ne paraissait pas stupide. J'ai donc décidé de faire sa connaissance. Je lui ai souri. Il s'est approché de moi et je lui ai demandé pourquoi il ne m'emmènerait pas prendre un café. Nous sommes allés au parking ; il conduisait une BMW qui avait trois ans d'âge et une serrure toute neuve sur le coffre. J'avais suffisamment d'expérience dans les prêts et les assurances pour savoir qu'une serrure ne s'use pas en trois ans. Si elle est remplacée, c'est que le propriétaire d'origine n'a pas donné les clés. Mais même si c'était un menteur, il avait vraiment une licence d'entrepreneur. Il ne lui manquait que le capital, du personnel, et quelque chose qui marche. Il était parfait.

– Parfait pour quoi ?

– J'avais décidé d'utiliser ce que je savais sur les prêts immobiliers. Je l'ai nommé promoteur immobilier. J'étais sa femme. Nous nous appelions les Comstock ou les Stafford ou les Stoddard. Nous nous rendions dans une ville où personne ne nous connaissait. Parfois on louait une maison dans un quartier tranquille et résidentiel, et on s'occupait essentiellement de faire connaissance avec nos voisins. À la longue, quelqu'un nous invitait dans son club, ou dans une maison de campagne, ou simplement à une fête. Une fois que nous étions admis, les banquiers nous repéraient. Parfois nous n'avions rien d'autre à faire que de dire à nos nouveaux amis que nous étions heureux ici, et que nous voulions acheter une belle maison. En 1983, beaucoup de responsables de banques de dépôts auraient fait n'importe quoi pour prêter un ou deux millions à n'importe qui, surtout pour quelque chose d'aussi normal qu'une maison, et ils cherchaient des occasions.

– Et ensuite ?

– Cela dépendait. Parfois nous trouvions quelqu'un qui nous vendait un million de dollars une maison en valant cent mille, pour nous restituer cinq cent mille dollars. Il ne nous restait plus qu'à quitter la ville le jour même. Le mieux était encore de sympathiser avec le responsable des épargnes-logements et sa femme, de faire leur connaissance au cours d'une réception. Je me débrouillais pour rencontrer l'homme en tête à tête – en me rendant seule à l'endroit où il déjeunait, ou en passant voir sa femme un samedi après-midi quand je savais qu'elle était sortie. Je le persuadais qu'il était tellement irrésistible que je n'avais même pas imaginé tenter ma chance. Si ça marchait, j'en faisais une liaison passionnée, et je me débrouillais pour qu'il n'ait pas envie qu'elle se termine tout de suite. À la longue, les projets immobiliers de mon mari venaient sur le tapis. Je disais quil avait l'intention de déménager dans un autre État afin de réaliser un projet, parce que les financiers locaux ne mesuraient pas son potentiel. Bobby obtenait son prêt. Lorsque Bobby ne remboursait pas, la banque émettait un nouveau prêt pour couvrir les intérêts, ou rachetait le projet. J'ai appris tous les tours qu'un banquier pouvait imaginer en regardant ces types essayer d'occuper Bobby pour qu'il ne comprenne pas ce qui se passait.

– Ça marchait à tous les coups ? »

Mary Perkins secoua la tête. « Rien ne marche à tous les coups. Lorsque le banquier n'était pas séduit, je me débrouillais pour qu'il ne puisse rien faire de pire que tout raconter à mon mari. Mais s'il me cédait une fois, cette option devenait impossible et il était parti pour le rodéo de sa vie. » Elle regarda Jane. « Vous pensez que j'ai inventé un scénario pour devenir une pute, n'est-ce pas ? Pour faire ce que je ne voulais pas faire pour M. Waugh. »

Jane haussa les épaules. « Je n'ai pas l'habitude de proférer ce type de jugements.

– C'est exactement ce que j'ai fait. À un moment, je couchais à la fois avec le mari et la femme, et tous les trois nous conspirions pour empêcher Bobby de s'en apercevoir en injectant de l'argent dans son affaire. Bien sûr, je devais aussi rendre Bobby heureux. Nous vivions comme un couple marié, et je ne pouvais pas me permettre de le laisser draguer au club du coin. Cela a duré environ trois ans.

– Qu'est-ce qui a mis fin à vos arrangements ?

– J'avais obtenu suffisamment d'argent et d'informations à la source pour faire les acrobaties dont je vous ai parlé. C'était essentiellement la même chose, sauf que Bobby avait amassé de quoi se retirer, et je l'ai quitté. J'obtenais les prêts moi-même, et j'y faisais défaut moi-même, mais je m'assurais d'abord que Cyrus Curbstone en ait tellement soupé avec moi pour qu'il n'ait pas envie qu'on parle de mon emprunt à la police.

– Comment vous êtes-vous fait prendre ?

– J'ai acheté une caisse des dépôts. Grossière erreur. Je croyais en savoir plus que je n'en savais. J'ignorais à quel moment il fallait y mettre le feu et prendre l'avion.

– Pourquoi me dites-vous tout cela maintenant ?

– Je veux que vous sachiez.

– Que je sache quoi ?

– Pourquoi je me suis accrochée à l'argent lorsqu'on m'a arrêtée et que les agents fédéraux voulaient le reprendre. Pourquoi je ne vous ai pas dit que je l'avais lorsque j'avais besoin de votre aide, alors que n'importe qui de normalement constitué l'aurait abandonné pour rester en vie. Ce n'était pas parce que j'avais besoin d'avoir beaucoup d'argent caché quelque part où je ne le reverrai probablement jamais ; c'est à cause de ce que j'avais dû faire pour l'obtenir.

– Et pourquoi maintenant ?

– Parce que maintenant que j'en sais assez pour vouloir abandonner, je ne le peux plus. Il prendrait l'argent mais ne me laisserait pas tranquille pour autant, n'est-ce pas ?

– Non.

– Il prétendrait qu'il y en avait davantage. Et lorsque je ne pourrais plus rien lui donner, tout ce qui lui resterait à faire serait de me tuer.

– Oui.

– Et il n'abandonnera jamais, n'est-ce pas ?

– Non, dit Jane. Jamais.

– Et si je me rends à la police, je serais obligée de reconnaître que je possède encore, mettons, cinquante millions de dollars. C'est moi qui irais en prison, et il sera toujours libre de me tuer.

– Cinquante millions de dollars. » Jane se remit à coller ses cartes dans la doublure de son sac. « Vous ferez un bon appât.

– Oui, dit Mary. Certainement. »

22

Jane et Mary quittèrent Cleveland avec des valises beaucoup trop volumineuses pour les vêtements qu'elles avaient achetés. Mais elles avaient d'autres courses à faire à Chicago. Elles firent l'acquisition d'une petite caméra vidéo automatique avec une bonne lentille de zoom, puis d'un micro directionnel. La brochure qui accompagnait le micro vantait ses capacités exceptionnelles à capter le chant des oiseaux sans avoir à approcher les farouches créatures de trop près. Le texte avait été visiblement rédigé dans le but de garantir la firme contre toute implication lors d'éventuelles procédures judiciaires. Puis Jane testa plusieurs magnétophones que l'on pouvait déclencher en parlant et, lorsqu'elle se fut fixée sur le meilleur, en demanda deux au vendeur.

« Pourquoi deux ? » murmura Mary à l'oreille de Jane tandis qu'il allait chercher l'article.

« Une conversation avec Barraclough n'est pas une expérience que je souhaite réitérer si le premier appareil n'a pas enregistré chaque mot. »

Jane acheta une vieille Toyota sous le nom de Catherine Snowdon. Elle avait cinq ans, et son précédent propriétaire l'avait conservée en bon état, graissée et huilée, mais sa couleur rouge la faisait ressembler à une voiture de sport. Jane la conduisit chez un carrossier au bout du parking, et pour cinq cents dollars, celui-ci la peignit en gris le jour même. Puis Jane passa prendre Mary au motel, et elles s'engagèrent sur la route 80. C'était l'hiver à présent, et elles devaient emprunter les grandes voies.

Elles roulèrent six jours durant : Davenport, Des Moines, Omaha, Grand Island, North Platte, Cheyenne, Salt Lake City. Juste avant Reno elles prirent la 395 vers le sud, longeant les Sierras à l'est jusqu'au désert. Jane prit une chambre dans un motel de San Bernadino, se reposa une journée, et commença à étudier les cartes du Comté de Los Angeles. Le lendemain elle se rendit à la préfecture, y fit enregistrer la vente de la voiture de Catherine Snowdon à Katherine Webster, résidente à Los Angeles, et changea les plaques d'immatriculation.

Elle passa deux jours à parcourir les autoroutes avant de trouver l'endroit qu'elle cherchait, à l'extrémité ouest d'un nœud confus d'échangeurs, de voies d'accès et de sortie. En prenant la direction de l'est, on rencontrait presque immédiatement une fourche. La moitié des voies rejoignaient l'autoroute de San Diego, puis se divisaient de nouveau entre le nord et le sud. Un kilomètre plus loin, on pouvait choisir entre le nord et le sud-est. Et après un kilomètre supplémentaire, une troisième intersection offrait d'aller au sud-est ou à l'est, vers Glendale et Pasadena. Avec un peu d'avance, une voiture se dirigeant vers l'est pouvait être très difficile à suivre.

Sur l'autoroute de Ventura, une petite borne jaune avec un téléphone de secours marquait chaque kilomètre. Jane sélectionna le téléphone marqué du numéro 177 à la peinture bleue.

Cette nuit-là, au motel, Jane testa l'équipement. À deux heures du matin, elle se rendit de nouveau dans la vallée San Fernando. Elle se gara dans une rue tranquille de Sherman Oaks, au nord de la route de Riverside, et parcourut à pied le reste du chemin jusqu'à la petite colline qui surplombait l'autoroute de Ventura au-dessus du paysage environnant. Elle dut passer son équipement sous une barrière avant de l'escalader.

Derrière, Jane était cachée de la route par d'épais buissons, et de l'autoroute par la barrière métallique des bas-côtés. La barrière devait empêcher les voitures de quitter la route et de dévaler la colline jusqu'aux maisons individuelles ; à en juger par la profondeur de certaines éraflures, elle avait déjà rempli sa mission. Jane dirigea soigneusement le micro directionnel vers l'autre côté de la chaussée, à sept mètres de la borne d'appel numéro 177. Puis elle ajusta l'ampleur du champ sonore de l'appareil jusqu'à ce qu'il capte le moindre son sur l'asphalte. Elle jeta une pierre vers l'emplacement visé. Le magnétophone se déclencha au moment où la pierre frappa le sol, puis s'arrêta aussitôt. Jane programma la caméra vidéo sur la mise au point automatique et la dirigea vers le même endroit. Puis elle éteignit tout, couvrit soigneusement l'équipement avec des feuilles et des branches, descendit la colline et, escaladant la barrière, retrouva sa voiture.

Jane et Mary s'enfermèrent dans le motel deux jours supplémentaires. Elles mémorisèrent et analysèrent le scénario que Jane avait prévu. Elles le répétèrent jusqu'à ce qu'elles aient l'impression que tout était déjà arrivé depuis des semaines, et qu'elles étaient simplement en train de reconstituer les faits.

« Combien de temps restez-vous ? demanda Jane.

– Dix secondes. Quinze au plus. juste assez pour éjecter les cassettes.

– Et s'il sort un revolver ?

– Je décampe.

– Et s'il le braque sur moi.

– Je ne peux de toute façon rien faire pour l'arrêter, donc je décampe. »

Tôt le matin, elles roulaient sur l'autoroute de Ventura jusqu'à la borne 177 en étudiant la circulation sur dix kilomètres dans chaque direction. Elles repéraient les voies les plus rapides, essayaient toutes les bretelles d'accès et de sortie d'une autoroute, puis passaient sur une autre.

« Pourquoi ne pas simplement l'appeler et enregistrer ce qu'il dit au téléphone ? demanda Mary.

– Non. En tant que directeur régional d'une grande compagnie de sécurité, son téléphone est équipé de circuits d'enregistrement et de détecteurs que même la police n'a pas les moyens de s'offrir. D'ailleurs, il ne dira rien qui puisse le compromettre avant de vous avoir vue. »

Le troisième jour, à seize heures, Jane Whitefield se rendit dans une cabine téléphonique de Barstow : « Je souhaite parler à M. Barraclough. Dites-lui que c'est Colleen Mahoney, du tribunal.

– Pouvez-vous patienter une minute ? demanda la secrétaire.

– Non, dit Jane. Je rappellerai dans deux minutes. Dites-lui de décrocher lui-même, sinon tant pis pour lui. » Elle attendit quatre minutes, puis composa de nouveau le numéro.

Cette fois, c'est une voix d'homme qui lui répondit : « Oui ? » La voix était grave, comme si elle provenait d'un corps imposant.

« Monsieur Barraclough ?

– Oui, c'est cela. » Il avait fait traîner le dernier mot comme s'il chantonnait, mais la diction était égale, distincte et paisible.

« Je suis…

– Je sais qui vous êtes, Jane. Je sais que c'est ainsi que vous aimez vous faire appeler. Que puis-je faire pour vous ? »

Jane sentit son esprit vaciller. Barraclough était loin d'être là où elle l'attendait. « J'ai Mary Perkins.

– Qui est Mary Perkins ?

– Je n'enregistre pas cette conversation, dit Jane. Votre téléphone non plus.

– Je sais que nous ne sommes pas sur écoute.

– Alors est-ce qu'elle vous intéresse ?

– Si vous l'avez, pourquoi avez-vous besoin de moi ? Vous vous êtes soudainement mise à m'aimer ?

– Si vous n'étiez pas en train de localiser cet appel, pourquoi poseriez-vous tant de questions stupides ? dit Jane. Je rappellerai ce numéro demain matin à cinq heures. Rencontrez-moi seul et sans armes, et je vous la montrerai. » Elle raccrocha, passa prendre Mary, et roula jusqu'à Los Angeles où elles louèrent deux voitures blanches identiques avant de laisser la Toyota grise à l'aéroport de Burbank. Elles passèrent la nuit dans un hôtel de Woodlands Hills.

À quatre heures du matin Jane se gara dans la rue qu'elle avait repérée sous la voie express et escalada la barrière pour mettre sa caméra, son micro et son magnétophone en marche. Puis elle roula vers l'ouest jusqu'à la grande cafétéria d'Agoura. À cinq heures précises, elle appela de la cabine qui s'y trouvait.

« Oui ? dit Barraclough.

– C'est moi. Dans vingt minutes, je passerai près du parking au coin de Woodley Avenue et de Burbank Boulevard, dans la zone de Sepulveda Dam. Si vous n'y êtes pas, je ne m'arrêterai pas.

– Attendez, je n'ai pas noté le nom des rues.

– Alors rembobinez l'enregistrement et écoutez-le », dit-elle avant de raccrocher.

Vingt minutes était un laps de temps énorme pour quelqu'un comme Barraclough. Jane pensa à tous les préparatifs qu'il avait déjà dû faire. Il avait certainement mis en alerte tous les stagiaires de la patrouille spéciale d'Enterprise Development. Et il avait sûrement trouvé un prétexte pour utiliser les équipements et le matériel d'Intercontinental. À l'heure qu'il était, il donnait des ordres afin de placer tous ses hommes autour de la zone de Sepulveda Dam. Mais sans s'affoler, froidement et méthodiquement.

Elle avait soigneusement choisi le lieu de la rencontre. Le grand terrain plat et ouvert, désert aux heures qui précédaient l'aube, avait été aménagé autour d'un bassin d'irrigation. Une grande ferme vide occupait une extrémité, un terrain de golf l'autre, entre les deux des tables de pique-nique et un terrain de base-ball. Le lieu donnait une impression de sécurité : une deuxième voiture y serait visible à trois cents mètres. Mais il suffisait à Barraclough de bloquer deux endroits précis de Burbank Boulevard et une extrémité de Woodley Avenue, et Jane était piégée.

Jane quitta le Ventura et poursuivit vers l'est dans Burbank Boulevard. Il s'écoulerait encore une heure avant que le soleil ne se lève. À cinq heures vingt exactement, elle longeait le terrain de golf, et à la sortie du long virage, elle aperçut la voiture. C'était une Chevrolet gris sombre, garée près de la route sur le petit plateau de graviers qui recouvrait le bassin d'irrigation vide. Au-dessus du pot d'échappement, elle repéra le petit courant de chaleur prouvant que le moteur était en marche. Elle ralentit à une vitesse de vingt kilomètres à l'heure, puis déboîta sur la gauche dans le parking et vint se garer à un mètre de la Chevrolet, à la hauteur de la portière du conducteur.

Il était difficile d'évaluer sa taille puisqu'il était assis, mais il lui donna l'impression d'être grand. Ses mains sur le volant étaient épaisses, avec des articulations carrées, et ses épaules dépassaient du siège. Sa chemise blanche à fines rayures semblait un peu serrée sur l'avant-bras, comme celle d'un flic. Il la portait sans veste, pour montrer qu'il n'était pas armé.

Elle le regarda en face. Les coins de sa bouche étaient relevés dans une sorte de sourire froid. Jane avait prévu qu'il essaierait de l'impressionner avec une expression intimidante, l'équivalent du regard d'un joueur de poker lorsqu'il fait monter la mise : « Mon argent est sur la table, alors montre-moi le tien. » Jane sentit une bouffée de chaleur dans sa poitrine gagner sa gorge. Elle serra les dents. Les yeux de Barraclough la clouaient à son siège. Clairs, presque gris, clignant un peu dans un simulacre de sourire, ils la fixaient avec une intensité déconcertante. Ils enregistraient sa peur et son malaise tout en exprimant le fait qu'il les savourait. Son esprit était visiblement centré sur elle, sur ce qu'elle ressentait et pensait, et sur le plaisir de lui inspirer de l'angoisse.

Il était temps de semer ceux qu'il avait emmenés avec lui. Jane appuya sur l'accélérateur et les roues arrière crissèrent en projetant des graviers. La voiture dérapa un peu quand une roue accrocha avant l'autre, puis elle jaillit du parking dans Burbank Boulevard. Jane se dirigea vers l'est, prit la rampe de la route de San Diego à cinquante à l'heure, et se glissa dans la voie de droite à quatre-vingts. Elle consulta son rétroviseur. La Chevrolet grise virait pour emprunter la rampe dans sa direction. Elle continua à accélérer tout en restant dans la voie centrale.

Jane regarda dans le rétroviseur afin de localiser ceux qui le suivaient, mais pas une seule voiture ne roulait aussi vite que les leurs sur la voie express. Elle observa les voitures devant eux. Pas la moindre anomalie. Elle attendit la dernière seconde pour couper la voie de droite et prendre la bretelle de Ventura, puis resta à droite jusqu'à ce qu'il soit presque trop tard avant de traverser les lignes vers la rampe de dégagement à gauche. Elle regarda de nouveau dans son rétroviseur, non pas pour vérifier qu'il la suivait toujours, ce qui était le cas, mais pour s'assurer qu'aucun autre véhicule ne les avait imités.

Jane roula vers l'ouest jusqu'à ce qu'elle aperçoive le téléphone avec les chiffres 177 peints en bleu, puis mit son clignotant et ralentit en se rangeant sur le bas-côté. Elle s'arrêta à six mètres de la borne, sortit de sa voiture, et marcha vers l'endroit où elle avait dirigé son micro et sa caméra. Les phares de Barraclough apparurent au bout de cinq secondes, puis son clignotant et, l'instant d'après il se garait sur la bande d'arrêt d'urgence, derrière sa voiture.

Barraclough ouvrit la porte côté circulation et sortit de la voiture comme s'il était invulnérable. Il marcha droit sur elle. Il portait quelque chose à la main. Elle recula vers la portière de sa voiture. Il vit son geste et sembla comprendre qu'elle se préparait à repartir. Il posa l'objet sur le sol et recula.

Jane garda les yeux sur lui en s'avançant pour le ramasser. C'était une petite boîte avec un anneau métallique et un interrupteur. Elle reconnut un détecteur de métal manuel, semblable à ceux qu'on utilise dans les aéroports lorsque quelqu'un a déclenché l'alarme de détection. Elle le fit courir sur son corps de la tête aux pieds, puis le lui tendit et il fit la même chose, se tournant pour qu'elle constate qu'il n'avait rien dans sa ceinture. La petite boîte n'émit aucun signal.

Les yeux de Barraclough parcoururent l'espace qui les entourait, puis la dévisagèrent. « Ça ne vous dérange pas si je regarde la voiture ?

– Allez-y. Ça vous dérange si je regarde dans la vôtre ? »

Le mystérieux sourire réapparut. « Non. » Il l'observa en faisant un pas vers sa voiture de location. Elle ne fit pas un geste. « Vous conduisez ou c'est moi ? ajouta-t-il.

– Pas question de monter dans une voiture avec vous », dit-elle.

Il regarda de nouveau autour de lui. Son réflexe était visiblement de scruter les environs immédiats pour repérer d'éventuels témoins. « Qu'est-ce qui vous a fait paniquer, là-bas ?

– Ce n'est pas ce dont je suis venue parler. Je pense qu'il y avait un piège. Vous me direz que non. Je pense que vous êtes un menteur. »

Son sourire sembla s'élargir. « De quoi vouliez-vous parler ?

– Vous recherchez Mary Perkins, et moi je la cache. Maintenant je suis prête à vous la vendre. »

Il loucha un peu en la dévisageant. « Pourquoi ? »

Elle lui retourna son regard. « Je fais cela depuis longtemps. Beaucoup de gens seraient morts sans mon aide.

– Je l'ai entendu dire, dit Barraclough. Un jour, j'en obtiendrai la liste.

– Non, vous ne l'aurez pas, dit-elle simplement. Quant à Mary Perkins, elle n'est pas le genre de personne pour laquelle je veux risquer ma vie. Elle n'en vaut pas la peine. Je lui ai donné sa chance et elle m'a déçue. Je sais qu'elle a beaucoup d'argent. Vous semblez penser que vous pouvez l'obtenir. Je ne m'intéresse pas à ce genre de travail. »

Barraclough pencha un peu la tête pour l'observer de plus près. « Vous savez ce qui se passera lorsque je l'aurai ?

– Vous lui extorquerez son argent. Je sais aussi qu'elle ne reviendra pas pour me raconter ce qui s'est passé.

– C'est vrai. »

Jane respira profondément. Elle avait réussi. L'enregistrement prouverait que Barraclough avait l'intention de tuer Mary Perkins. « C'est une offre valable un jour. Demain elle n'est plus à vendre. Vous la voulez ou pas ?

– Je la veux.

– Le prix est de trois millions en liquide. Vous me les remettrez en main propre, et je vous la livre trois semaines après. Je sais que vous marquerez les billets, donc j'ai besoin de temps pour les changer avant que vous ne vous lanciez sur ma trace. »

Un rire lui échappa brusquement, comme si un enfant venait de le surprendre en disant quelque chose d'anormalement profond. « C'est d'accord. Bien sûr, cela signifie que je dois la voir en personne. Je veux être certain que vous pouvez me la livrer.

– Vous la verrez. Elle sera là dans un instant.

– Ici ? » Il cogitait. C'était évident. Il voulait retourner à sa voiture pour prendre l'arme qu'il y avait cachée, mais il n'avait pas encore trouvé le moyen d'agir à l'insu de Jane.

« Là », dit Jane. Elle désigna, de l'autre côté des dix voies, la voiture blanche qui ralentissait sur le bas-côté dans la direction opposée. « C'est elle. » La voiture de Mary Perkins stoppa à l'endroit précis que Jane lui avait indiqué. « Elle sortira de la voiture et vous pourrez la voir. Puis elle prendra quelque chose que j'ai posé pour elle dans les buissons, là-bas. Elle pense que vous êtes en train de me vendre des cartes de crédit et des permis de conduire. » Mary sortit de la voiture et passa par-dessus la barrière vers les buissons.

Jane parcourut du regard le visage de Barraclough. « Ça vous va ?

– Difficile à dire. Elle est tellement loin.

– Bonne tentative. J'ai vu que vous alliez faire des histoires, à la seconde où elle a ouvert la porte. Vous aurez un échantillon supplémentaire. »

Mary Perkins réapparut. Jane aperçut, dans son sac, la protubérance des cassettes de la caméra et du magnétophone. Mary hocha la tête et Jane s'éloigna vers sa voiture. Barraclough allait vouloir la retenir.

Mais il souriait à nouveau. Son bras se dressa et il fit un signe joyeux à Mary Perkins.

« Que faites-vous ? » dit Jane.

Il se tourna vers elle, mais ses bras restaient en l'air devant lui, immobiles. On aurait dit un pêcheur sur le point de s'emparer d'un poisson pris à l'hameçon. « Je fais juste un signe à la dame. Nous ne voulons pas qu'elle me prenne pour un méchant revendeur. »

Jane se crispa, partagée entre le désir de courir vers sa voiture et l'envie de l'attaquer. Il envoyait un signal à quelqu'un, mais pas à Mary. Qu'est-ce qui lui avait échappé ? Elle tourna la tête vers la gauche pour regarder sur la route derrière elle… et vit l'homme auquel Barraclough s'était adressé. Il sortit des buissons et courut le long du bas-côté vers la rampe d'accès. En deux foulées, il disparut derrière le virage.

Il devait se diriger vers une autre voiture stationnée un peu plus loin, près de la rampe. Jane vit les phares approcher et monter vers l'autoroute, et ils semblèrent sauter dans le ciel avant de virer et de se stabiliser sur la chaussée devant eux. La voiture accéléra en direction de Jane et Barraclough, les roues de droite mordant la bande d'arrêt d'urgence comme pour les renverser.

« Partez ! » hurla Jane à Mary en agitant son bras.

Mary semblait pétrifiée par l'arrivée imprévue du véhicule. Elle fixa les dix voies de l'autoroute et regarda l'automobile rouge se précipiter vers Jane, sachant qu'elle devait partir mais ne se souvenant plus comment.

Jane hurla : « Allez-vous-en ! Allez-vous-en ! C'est un piège ! » Elle commença à reculer vers sa voiture. L'adrénaline donnait à ses jambes une impulsion trop forte, et elle dansait presque. Elle regardait à la fois l'auto qui fonçait sur elle, Mary de l'autre côté, et Barraclough en face.

Mary lâcha ses clés, se pencha pour les ramasser puis monta dans sa voiture. Jane lança un dernier regard à Barraclough et se précipita vers la portière de son véhicule.

L'automobile rouge se rangea lentement près de celle de Jane. Elle sentit son cœur s'accélérer. Le conducteur coupa les lumières et ouvrit la portière d'un centimètre, déclenchant le plafonnier. Sur le siège du passager était assis Timothy Phillips.

Barraclough ouvrit l'autre porte, tira le petit garçon sur le bas-côté de la route et cria : « Eh Jane ! Que diriez-vous d'un marché ? Est-ce qu'il en vaut la peine ? »

Ce furent les premiers mots prononcés suffisamment fort pour que Mary Perkins les entende de l'autre côté de la route. Elle tourna la clé et débraya, mais ses yeux restaient fixés sur ce qui se passait en face. Le petit garçon devait être celui dont Jane lui avait parlé. C'était évident. L'enfant paraissait terrifié. Il luttait pour se rapprocher de Jane Whitefield, mais le grand homme en chemise blanche l'agrippait par le bras et lui faisait mal. N'importe qui pouvait voir qu'il lui faisait mal. Des phares se posèrent sur eux, leur intensité augmenta puis ils disparurent. Les conducteurs des voitures qui passaient étaient-ils aveugles ? Ne pouvaient-ils comprendre que quelque chose d'horrible était en train de se produire ?

Mary se rendit compte lentement que la scène ne pouvait évoquer autre chose qu'un père craignant que son fils ne s'approche trop de la chaussée où les voitures roulaient à grande vitesse. Une seule personne ici comprenait ce qui se passait.

Mary coupa le moteur, sortit de son auto et avança au bord de la route. Elle vit Jane dix voies plus loin, prise une seconde dans les phares d'une voiture qui passait. Elle regardait dans sa direction, la bouche grande ouverte et les bras agités, lui enjoignant de retourner dans son véhicule. Sa voix atteignit faiblement Mary, mais de toute façon, celle-ci, absorbée dans sa réflexion, ne prêtait pas attention aux paroles de Jane. Mary attendit un instant qu'un semi-remorque soit passé, et son souffle chaud et sulfureux frappa son visage et plaqua ses vêtements contre elle. Puis elle s'avança sur le macadam. Elle marchait normalement. Elle ne s'arrêta pas un instant pour attendre sur la ligne discontinue entre deux voies, parce l'immobilité présentait un risque encore plus grand. Il ne faudrait qu'une seconde d'aveuglement à un conducteur allant à quatre-vingt-dix kilomètres à l'heure pour franchir trois cents mètres et la tuer. Elle traversa cinq voies jusqu'au terre-plein central, et apaisa sa peur pendant un moment entre les barrières avant de se résoudre à franchir les cinq autres voies.

Jane était beaucoup plus proche à présent, et Mary lisait l'angoisse sur son visage. « Courez ! Partez ! » criait-elle. Mary était déçue. Jane ne comprenait tout simplement rien.

Mary échangea un regard avec Barraclough, et elle vit que *lui* avait compris. Il poussa le petit garçon dans la voiture rouge qui l'avait amené, puis courut le long du bas-côté et pénétra dans sa grosse voiture grise.

Les yeux de Mary Perkins ne quittèrent pas Barraclough après cela. Elle l'observa qui jetait des coups d'œil dans son rétroviseur tandis qu'il déboîtait dans la circulation, traversait une voie, une autre, puis encore une autre. Il l'avait déjà dépassée, mais elle marcha patiemment dans sa direction, le regardant traverser les deux voies restantes et s'arrêter loin devant elle, le long du terre-plein où elle avançait. Puis elle vit ses feux rouges s'allumer, et il commença à reculer vers elle. Oui, il avait été dans la police, autrefois. Ils avaient tous appris comment reculer sur le rebord d'une autoroute, par exemple.

Timothy Phillips regarda Jane par la fenêtre de la voiture rouge. Elle fixait avec horreur l'autre dame. Mais comme l'homme qui l'avait conduit ici démarrait, Timmy vit la main droite de Jane descendre le long de sa jambe et lui faire signe.

Il entrouvrit la porte du passager avant que le conducteur ne l'attrape par la chemise pour l'attirer à l'intérieur. La soudaineté de son geste avait été suffisante pour que Jane ouvre la portière du conducteur et lui porte un coup violent au menton avant de s'emparer des clés de contact.

Il se tourna avec un rictus de douleur et tenta de sortir. Jane recula vers l'avant de la voiture. L'homme entendit le garçon ouvrir la porte derrière lui juste au moment où il mettait un pied sur le sol. Il cria : « Reste-là, ou je te tue », mais en tournant la tête vers le gosse, il perdit une fraction de seconde. Jane avait eu le temps de revenir en courant donner un coup brutal sur la portière qui frappa l'homme à la cheville. Il vacilla, pivota en retenant la porte avec sa hanche et roula sur le sol. Il rampa vers l'arrière de la voiture. Tout ce qu'il aurait à faire serait d'attraper Jane par n'importe quelle partie du corps pour l'expédier sur la chaussée.

Comme elle avançait d'un pas, il prit un air blessé et vulnérable. Il la laissa faire encore trois pas rapides vers lui pendant qu'il basculait en arrière, se préparant à l'attraper et à rouler pour prendre de l'élan et la projeter au milieu de la circulation. Jane se glissa dans la voiture, claqua la porte et verrouilla la sécurité.

Au moment où les doigts de l'homme frôlaient la poignée de la portière, les roues arrière crissèrent, des morceaux de graviers jaillirent, et il dut reculer pour ne pas se laisser entraîner sur la chaussée quand la voiture bondit devant lui.

23

« Attache ta ceinture, Timmy, et n'aie pas peur. » Jane conduisait aussi vite que possible, se faufilant entre des véhicules plus lents et accélérant dans les étendues dégagées. Par endroits, des embouteillages se formaient déjà alors que le soleil n'était pas encore levé. Jane sortit à Whiteoak, et se dirigea vers l'est. La circulation était plus dense en direction du centre de la ville. Jane avait pensé que la lenteur et l'abondance du trafic avantageraient Mary en rendant la poursuite difficile, même pour un conducteur exceptionnel. Mais cette inertie jouait finalement contre elle.

Elle jeta un coup d'œil au tableau de bord. Le réservoir était plein. Bien sûr, il ne pouvait en être autrement. La voiture ne semblait pas être équipée d'une radio, mais une boîte noire de la dimension de celles qu'on monte devant les leviers de vitesse, dans les voitures de course, était fixée à côté du volant. « Dis-moi ce qui s'est passé, dit Jane. Dis-moi comment tu es arrivé ici. »

Timmy haussa les épaules. « Ils ont apporté des affaires à moi. Tu sais, des affaires de l'appartement de Chicago, quand j'habitais avec Mona. Ils voulaient que je leur dise ce qui appartenait à Mona. Il y avait une autre boîte avec mes vêtements et mes affaires. Le lendemain, j'ai essayé de mettre mes belles chaussures, mais je n'ai pas réussi à enfiler celles où tu avais caché ta lettre.

– Ma lettre ? » De nouveau, Barraclough avait pensé plus vite qu'elle. La domiciliation de Timmy avait été gardée secrète, mais non l'appartement de Chicago. Barraclough savait que le F.B.I. ou la police locale y ferait une perquisition. Parce qu'il avait été flic, il avait également anticipé que la police conserverait et archiverait tout ce qui pouvait être considéré comme preuve, mais qu'il resterait beaucoup de choses, parmi lesquelles certaines affaires de Timmy. Barraclough avait même su que si rien d'autre ne lui revenait, le gosse récupérerait au moins ses meilleures chaussures. Il fallait que Timmy soit présentable au tribunal.

« Oui, alors j'ai appelé le numéro de téléphone de la lettre. Et la dame m'a dit que tu n'étais pas à la maison, mais de rappeler quand je pourrais. Et elle m'a demandé mon adresse. J'ai pensé que c'était bizarre, mais elle a dit que tu avais oublié de lui donner. Et ensuite, la nuit dernière quand j'ai appelé, elle m'a dit que tu voulais me voir. »

Jane réussit à se contenir. Ce n'était pas la faute de Timmy. Pendant deux ans il avait survécu en suivant toutes sortes de directives, si incompréhensibles soient-elles, provenant des adultes – Morgan, Mona, ou Jane. « Que t'a-t-elle dit d'autre ?

– Que tu lui avais dit que si je pouvais sortir par la porte du jardin, je pouvais ramper entre les buissons et la maison, et me glisser sous la haie de la cour des voisins sans que personne ne me voie. Tu avais raison sur tout. Personne ne m'a vu. Puis j'ai marché jusqu'à deux rues plus loin, j'ai trouvé la voiture juste là où elle avait dit, je suis monté sur le siège arrière, et j'ai attendu. Après un long moment un homme est venu et on a démarré. Il a dit qu'on allait te voir. »

Jane passa la main sous son siège et sous le tableau de bord avant de comprendre qu'elle perdait son temps. S'il y avait eu un revolver dans la voiture, il ne pouvait pas être à la portée du conducteur. Dans ce cas, Timmy et elle seraient morts à l'heure actuelle. Barraclough avait veillé à la spécificité des tâches. Il n'avait probablement pas vraiment eu peur que Jane, voyant une arme, n'ajourne la rencontre. Il craignait beaucoup plus que son stagiaire, dont la violence potentielle était certifiée par jugement du tribunal, ne prenne l'initiative d'utiliser une arme qui pouvait blesser Mary.

Elle examina l'intérieur de la voiture. « Est-ce que tu as vu le conducteur utiliser cette boîte noire ?

– Oh oui, dit Timmy. Il a dit que c'était comme ça qu'il savait où on allait te rencontrer. Tu vois ? » Il désigna un instrument sur le dessus qui ressemblait à une boussole. Le tronçon de route sur lequel ils roulaient était parfaitement droit, et pourtant l'aiguille bougeait.

« Timmy, dit Jane. Je ne t'ai pas envoyé cette lettre. Si jamais je reviens te voir je ne t'écrirai pas, et je ne te téléphonerai pas. Ne te fie pas aux femmes avec de longs cheveux bruns qui te feraient signe de loin. Si je veux te voir, je m'approcherai de toi, et tu pourras me reconnaître. »

Il eut l'air terrifié. « Tu vas me raccompagner ?

– Je ne peux pas te ramener chez un policier dans une voiture volée. Je dois te déposer dans un endroit sûr. »

Jane recula un peu pour jeter un coup d'œil à la boîte noire. L'aiguille bougeait de nouveau. Ils avaient mis le cap sur l'est, exactement comme elle. Elle avait une très vague idée de la manière dont fonctionnent les indicateurs d'orientation. Il y avait un émetteur dans la voiture de Barraclough, et la boîte captait le signal et indiquait sa direction. Mais quelle pouvait être sa portée ? Entre un et cinq kilomètres ? Comme si la machine avait lu dans ses pensées, l'aiguille sursauta, puis se mit à la verticale et y stationna. Elle avait déjà perdu le contact avec Barraclough.

Jane manœuvra dans la circulation. À tout instant, Barraclough et ses lieutenants pouvaient apprendre qu'elle avait la voiture, et ils prendraient les mesures nécessaires pour la retrouver. Ils feraient probablement une déclaration de vol, et laisseraient la police la rattraper. Elle n'avait qu'un moyen d'éviter cela. Elle entra dans le parking de l'aéroport de Bairbank.

Jane gara le véhicule près de la Toyota grise dont elle attrapa les clés cachées sous le pare-chocs. Un instant, elle songea à arracher la boîte noire de la voiture rouge, et à l'installer dans la sienne. Mais Barraclough savait certainement qu'elle la possédait à présent. Si elle parvenait à la faire fonctionner, à un moment donné l'émetteur la mènerait inévitablement droit dans une embuscade. Elle fit monter Timmy dans la Toyota grise et sortit du parking.

Dix minutes plus tard, elle téléphona d'une cabine et attendit que le juge Kramer décroche.
« Allô ?

– Monsieur le juge, c'est moi. Êtes-vous certain que votre téléphone n'est pas sur écoute ?

– Je le fais vérifier une fois par jour. Pas de signal suspect jusque-là. Que se passe-t-il ? Comment avez-vous eu mon numéro ?

– Écoutez-moi bien. Je suis avec Timmy. Ils l'ont retrouvé et l'ont fait sortir de sa cache. Ils savent que je suis avec lui et ils vont commencer à nous rechercher, si ce n'est déjà fait. Je viens de le déposer dans la salle d'attente des urgences de l'hôpital Saint-Joseph de Burbank. Il va feindre de souffrir de l'estomac. Ils seront obligés de le garder suffisamment longtemps pour qu'un médecin vérifie qu'il n'a pas une appendicite. L'infirmière de garde pense que j'étais en train d'appeler son père pour lui dire où nous sommes. Vous n'aurez qu'à prétendre que vous êtes ce père quand vous viendrez le chercher.

– Mais que…

– Il vous le dira. Au revoir. » Elle raccrocha et jeta un regard à Timmy à travers les vitres de la salle des urgences avant de se précipiter vers sa voiture.

En reprenant le volant, Jane dut lutter contre le sentiment que Barraclough était tout simplement plus malin qu'elle. Chaque fois qu'elle avait tenté quelque chose, il semblait l'avoir anticipé et retourné contre elle. Elle sortit de l'autoroute pour s'engager dans les rues calmes de Sherman Oaks. Elle escalada la barrière avec une peur grandissante. Elle gagna la petite colline. La voiture de location était toujours là où Mary l'avait laissée, et de l'autre côté elle pouvait également voir la sienne. Elle s'approcha de celle de Mary, regarda par la vitre, puis sous les sièges et les tapis et dans la boîte à gants. Barraclough avait, là aussi, gagné. Lorsqu'il avait exhibé Timmy, Mary était venue à lui avec les cassettes dans son sac.

Jane dut se forcer à partir. Elle s'éloigna de la route, laissant la caméra, le micro et le magnétophone dans les buissons. Maintenant, tout dépendait de sa capacité à bien utiliser son temps.

Elle regarda sa montre. Il était six heures trente et le soleil scintillait devant elle. Jane essaya de réunir tous les faits qui semblaient porteurs du moindre signe d'espoir. Elle avait sauvé Timmy. Barraclough avait certainement prévu qu'une fois que Mary serait entre ses mains, son stagiaire conduirait l'enfant quelque part pour le tuer en toute quiétude. Mary aussi était vivante, et elle le resterait aussi longtemps qu'elle parviendrait à garder le silence sur l'argent qu'elle avait volé.

Même la boîte noire pouvait lui rendre service. Si Barraclough pensait que Jane l'avait, il essaierait de l'utiliser pour la piéger. Ce qui lui prendrait un peu de son temps et de son attention, et tout ce qui pouvait y contribuer aiderait Jane à neutraliser l'énorme avantage qu'il avait sur elle.

Jane avait un autre atout, et elle se concentra là-dessus. Barraclough ignorait sa rencontre avec le jeune homme qui lui avait parlé d'Enterprise Development et lui avait indiqué l'adresse du 5122 Van Nuys Boulevard. Elle s'y dirigea sans tarder.

Lorsque le bâtiment surgit sur sa droite, Jane reconnut immédiatement la voiture que Barraclough avait utilisée. Elle était garée dans la rue qui longeait le flanc du petit immeuble cubique à quatre étages. Jane aspira une bouffée d'air et sa poitrine s'emplit d'un sentiment de joie. Peut-être Barraclough avait-il finalement fait quelque chose d'idiot. Elle avait pensé qu'il emmènerait Mary dans une cache quelque part. Peut-être avait-il été trop sûr de lui, et s'était-il arrêté à Van Nuys Boulevard pour orienter ses recherches sur Jane. Peut-être le conducteur de la voiture rouge n'avait-il pas encore fait son rapport. Dans ce cas Barraclough les croyait morts, Timmy et elle. Tout en formulant cette idée, Jane savait qu'elle n'était pas vraisemblable. Barraclough s'était arrêté là le temps de changer de voiture. Elle gara la sienne hors de vue, puis traversa la rue pour entrer dans un café.

De là, elle surveilla le bâtiment pendant une demi-heure avant d'apercevoir un homme qui en sortait. Il était exactement vingt heures. Quelque chose de planifié débutait. Il existait à peine un pour cent de chances pour que quelqu'un sorte de l'immeuble à une heure aussi précise. Comme l'homme s'approchait de la voiture de Barraclough, elle remarqua ses cheveux gris en brosse, le pli impeccable de son pantalon, sa démarche hautaine et ses chaussures parfaitement cirées.

Ce devait être Farrell, celui qui s'attribuait le titre d'officier d'entraînement d'Intercontinental, mais qui en dirigeait les opérations occultes. Il prit un trousseau de clés dans sa poche, fit semblant d'en sélectionner une pendant que ses yeux parcouraient les environs, puis ouvrit sa voiture et démarra. Jane eut un instant de panique. De tous les gens qui travaillaient pour Barraclough, Farrell était le seul dont elle avait été certaine qu'il ne serait pas à Van Nuys. Elle avait pensé qu'il serait là où était Mary.

Elle se décida rapidement, se précipita vers sa voiture, et le suivit. Elle n'avait parcouru que quelques pâtés de maisons lorsqu'elle remarqua la seconde voiture. Elle était noire et banalisée, avec un homme au volant. Jane quitta Van Nuys Boulevard pour reprendre la rue parallèle et surveilla son rétroviseur, mais il ne la suivit pas. Elle retourna dans Van Nuys, deux rues derrière lui. Lorsque Farrell vira dans Victoria Boulevard et que la voiture noire lui emboîta le pas, Jane comprit que ce n'était pas elle qui était suivie, mais Farrell.

Après le tournant, Jane se rapprocha un peu de la voiture. Même le meilleur limier de la police ne pouvait surveiller à la fois une voiture devant lui, et ses arrières.

Puis la voiture grise de Farrell arriva à destination. Jane observa la seconde voiture se garer dans un virage, à trois mètres de la première. Elle parcourut deux blocs d'habitations avant de se garer à son tour pour les surveiller dans son rétroviseur. Farrell rapportait la voiture grise de Barraclough à l'agence de location. Quelques minutes plus tard, il sortit du petit bâtiment, traversa la rue, et entra dans la voiture noire conduite par l'autre homme. Jane fit le tour du pâté de maisons pour les suivre dans Van Nuys Boulevard. Ils prirent la direction du sud et se garèrent sur le parking d'Enterprise Development.

Jane soupira d'énervement, mais elle savait qu'elle ne s'était pas trompée. Farrell était celui en qui Barraclough avait confiance pour s'occuper de ses opérations souterraines. Il était celui qui sélectionnait et recrutait de jeunes voyous, prononçait des laïus d'encouragement, et leur transmettait les instructions pour chasser. Il était celui qui leur parlait de leur potentiel, de leur esprit d'initiative, de leurs motivations, et de toutes les idioties qui leur donnaient à penser que, quelles que soient les dispositions qui les avaient menés en prison, elles allaient à présent en faire des hommes riches. C'était lui le spécialiste de la psychologie de la brutalité. Barraclough l'avait certainement choisi pour mener l'interrogatoire de Mary Perkins.

24

Mary était assise sur le revêtement en métal ondulé d'une camionnette. Les bosses de la chaussée étaient régulières, et elle commençait à s'y habituer. Sa colonne vertébrale vibrait sous l'effet des bonds que faisaient les roues avant, puis arrière, à chaque bosse. Elle avait eu un instant de soulagement lorsqu'ils l'avaient sortie de la voiture, mais avant qu'elle ait pu faire un pas, ils l'avaient poussée à l'arrière de la camionnette en couvrant sa tête d'un sac. C'était un sac de jute qui avait été couvert de plusieurs couches de peinture noire pour qu'elle ne voie rien au travers. Il descendait jusqu'à ses coudes, et des mains invisibles l'avaient serré autour de son cou. Cela ressemblait aux cagoules noires que les condamnés portaient sur les photographies de pendaison – pas de trou pour les yeux et le nez, un seul devant la bouche pour respirer.

Son cœur avait commencé à battre violemment à sa vue, et juste au moment où elle s'était mise à comprendre que ce n'était pas ce qu'elle croyait, elle les avait sentis attacher ses poignets derrière elle. Ce qui lui rappela l'article du magazine qui disait de tout faire pour ne pas entrer dans la voiture, parce que après c'était trop tard. Elle s'était battue pour garder les mains libres, mais elle savait qu'elle avait déjà raté la meilleure chance de s'échapper. Elle n'avait résisté que parce que sa peur avait bondi en elle et mis son corps en mouvement.

La camionnette était blanche. Elle n'avait eu le temps de ne voir que cela avant la cagoule. Quelque temps plus tard, tandis que le véhicule virait brusquement deux ou trois fois en la renversant sur le sol, puis gagnait de la vitesse, elle se demanda pourquoi elle n'était plus effrayée. Elle mit plus d'une heure, dans la solitude et l'obscurité de la cagoule, à comprendre que c'était parce que rien de tout cela ne lui arrivait à elle.

La distinction était délicate et assez imperceptible. Il fallait la saisir avec soin. Mary subissait des brimbalements et était consciente d'une activité, mais même avant qu'ils lui aient passé la cagoule, ce qu'elle voyait et entendait semblait éloigné d'elle. Rien de tout cela ne paraissait réel. Elle l'avait craint depuis si longtemps qu'elle savait ce qu'elle aurait dû ressentir. Mais ce n'était pas elle qui vivait ces événements ; c'était quelqu'un d'autre.

La camionnette quitta la grand-route aux bosses régulières et ralentit. De temps en temps, il y avait une secousse plus vive, un nid-de-poule peut-être, et elle rebondissait sur le sol hostile. Ce n'étaient pas les bosses qui la préoccupaient, mais le fait que la camionnette avançait plus lentement, comme si elle était presque arrivée à destination.

Pour la première fois elle prit conscience de l'effet que lui procurait la cagoule. Elle était chaude et rugueuse, et l'odeur de pétrole de la peinture noire lui donnait la nausée. Elle sentait une démangeaison sur le côté de la joue. Elle tenta de la frotter contre la traverse de métal près d'elle, mais le tissu était tellement grossier et plein d'échardes qu'il répandit les picotements de son front à son menton. Puis la camionnette heurta un autre nid-de-poule et sa joue frappa durement la traverse à travers la cagoule. Mary laissa échapper un petit cri et sentit les larmes envahir ses yeux.

Elle espéra que les hommes ne l'avaient pas entendue. Elle savait que oui, et qu'ils étaient conscients de sa faiblesse à présent, la regardant avec des yeux sévères et sans pitié pendant que son courage se muait en amertume d'avoir été aussi stupide. La douleur que lui causait sa joue continuait à la préoccuper, et elle cessa de résister. Elle s'autorisa à la prendre en considération et à attendre chaque battement de son cœur pour ressentir l'élancement. C'était une petite douleur, une des petites douleurs que le corps était fait pour subir, mais elle lui apportait de mauvaises nouvelles. C'était bien elle qui vivait cette histoire et non quelqu'un d'autre. Elle avait conservé, au fond d'elle-même, l'idée que quelqu'un dans cette situation pourrait avoir à affronter la violence physique. Maintenant Mary ne pouvait ignorer ce que son bon sens lui disait : que la douleur ne serait pas accessoire, mais qu'elle était l'objet même de ce voyage. Ils l'emmenaient dans un endroit, dans le but de la blesser profondément. Elle ne resterait pas, désincarnée, à regarder le grand homme lui donner une gifle pendant qu'elle ne sentirait rien. La seule pensée des problèmes qui l'attendaient libéra un flot de chaleur de son cœur jusqu'à sa gorge et son visage. La brûlure restait enfermée dans la cagoule qui devenait une sorte de four. Elle pouvait à peine respirer, haletant et raidissant son cou et ses épaules pour se rapprocher du petit trou qu'ils avaient découpé dans le tissu. La cagoule était mouillée à présent à cause de l'humidité dégagée par son souffle, mais cela semblait sans importance. Chaque sensation était pénible et désagréable, et Mary ne parvenait pas à en élire une seule pour s'y fixer.

La camionnette tourna et la projeta de nouveau contre la paroi. Mais elle ne gémit pas cette fois-ci. La peur de la douleur qui allait venir l'avait déjà épuisée.

Jane observait le bâtiment du Van Nuys Boulevard, cherchant désespérément d'autres façons de retrouver Mary. La matinée était déjà à moitié passée, et il n'y avait eu aucun autre signe de Farrell. Elle avait envie d'appeler la police et de la lancer sur la piste de Barraclough. Les raisons qui l'en empêchèrent envahirent son esprit. Barraclough serait long à localiser, même si la police ne se trompait pas, et c'était rarement le cas. Et puis la police n'aurait pas d'autres choix que de parler à quelqu'un qui travaillait pour Intercontinental, ou de se montrer dans l'un de leurs bureaux. Barraclough serait ainsi prévenu et Mary disparaîtrait pour toujours.

Barraclough emmènerait Mary dans une planque, un endroit qui lui appartiendrait sans doute, mais il n'y aurait aucun moyen d'utiliser son nom pour le retrouver. Il s'occupait d'enlèvements depuis longtemps maintenant. Son organisation devait être parfaitement huilée et efficace, à l'épreuve du terrain, et peaufinée. La seule façon raisonnable de découvrir l'endroit où ils cachaient Mary était de laisser Farrell l'y emmener. Ce qui ne serait pas simple. Elle pensa à essayer de s'emparer d'une autre voiture d'Intercontinental avec un détecteur radio. Mais cela signifiait qu'il fallait mettre la main sur le véhicule que Farrell utiliserait, y cacher l'émetteur, et apprendre à utiliser le récepteur. En outre, elle serait au volant d'une voiture volée pendant un bon moment. Ce n'était pas un plan. C'était un fantasme.

Tous les préparatifs qu'elle pourrait faire maintenant impliquaient de quitter des yeux la porte de Farrell pendant au moins une heure, ce qui laissait à ce dernier le temps de s'éloigner à cent kilomètres de là, dans n'importe quelle direction. Il fallait le surveiller aussi longtemps que nécessaire et espérer qu'il la mènerait à Mary.

Jane gara sa voiture à un bloc de l'immeuble d'Enterprise Development, au coin de la rue, hors de vue des fenêtres. Elle observa le bâtiment, d'abord depuis le café sur le trottoir d'en face, puis de l'intérieur d'une librairie deux portes plus loin. Après avoir feuilleté tous les livres proches de la vitrine au moins deux fois, elle se rendit à la boutique de brocante de l'autre côté de la rue et fouilla dans les vêtements d'occasion. Elle choisit deux chapeaux, une veste en cuir, un pull noir, et une paire de lunettes de soleil. Elle les déposa sur le plancher de sa voiture et alla dîner dans le fast-food, à l'angle opposé, d'où elle avait encore une bonne vue sur Enterprise Development.

Elle savait que chaque pensée qu'elle avait, chaque mouvement qu'elle faisait qui n'était pas dirigé vers Farrell était inutile et dangereux, mais elle ne parvenait pas à chasser Mary de sa mémoire comme elle l'aurait dû. Chaque fois qu'elle croyait avoir l'esprit fixé sur Farrell, quelques secondes passaient et le simple écoulement du temps lui rappelait Mary. Beaucoup de choses pouvaient arriver à Mary en trente secondes, assez d'horreurs pour que ces secondes durent des siècles.

Les heures semblaient interminables, et Jane était incapable de se souvenir de ce qu'elle avait pu penser ou faire l'instant d'avant. La rencontre sur l'autoroute semblait dater d'une éternité. Elle regardait les portes et les fenêtres du bureau depuis douze heures, et Farrell n'était toujours pas sorti.

Elle avait dû rater quelque chose. À vingt-deux heures, elle commença à se préparer à entrer dans l'immeuble. Il pouvait être sorti pendant qu'elle s'était rendue aux toilettes du restaurant quelques heures auparavant, et être monté dans une voiture que quelqu'un lui aurait laissé sur le bord du trottoir. Ce qui expliquerait pourquoi aucune des voitures garées près du bâtiment n'avaient changé de place lorsqu'elle était revenue à la fenêtre. Peut-être avait-il échangé ses vêtements avec un de ses hommes – quelque chose de simple et de rudimentaire – et s'était-elle laissé berner. Il avait passé sa vie à former les autres à la chasse à l'homme et la filature, et il connaissait à coup sûr toutes les façons de se cacher et de duper ses poursuivants.

C'était une autre idée qu'elle ne parvenait pas à se sortir de la tête. Barraclough avait eu Mary parce qu'il avait anticipé ce qu'elle ferait, et Jane non. C'était même pire. Mary n'avait jamais rencontré Timmy. Il ne pouvait prévoir qu'elle se sacrifierait pour lui. Ce que Barraclough avait prévu, c'est comment Jane réagirait. Il avait su qu'elle aurait à choisir l'un d'entre eux, et qu'elle choisirait celui dont il n'avait plus besoin, celui qu'il pouvait tuer.

Jane jeta les restes de son repas et les emballages dans la poubelle près de la porte, glissa son plateau sur la pile, et se dirigea à travers le parking vers la partie de la rue qu'elle pouvait traverser sans être frappée par les lumières. Elle entendit des pas derrière elle, mais elle les ignora pendant un moment. Jane ne voulait pas gâcher une chance d'observer l'immeuble sous un angle nouveau. Elle aperçut Farrell à travers la fenêtre. Il était derrière son bureau et parlait au téléphone. Jane atteignit le trottoir opposé, s'arrêta, et sentit son calme revenir un instant avant de se remémorer les pas qui la suivaient.

Peut-être étaient-ils derrière elle lorsqu'elle était sortie du restaurant. Elle était tellement absorbée qu'elle ne les avait tout simplement pas entendus. Jane marcha encore un peu et écouta soigneusement ; il y avait trois paires de chaussures. Elle eut l'impression d'avoir posé le pied sur une planche pourrie. Elle avait été si occupée à regarder le bureau qu'il ne lui était pas venu à l'esprit que Farrell pouvait avoir quelques hommes dans les rues alentour. Jane accéléra, jusqu'à ce qu'elle puisse utiliser les vitrines obscures d'une boutique pour regarder derrière elle. Les trois lascars ne correspondaient pas du tout au scénario. L'un d'entre eux portait une casquette de base-ball devant-derrière, et tous trois avaient des pantalons et des vestes trop grands. Ils avaient l'air d'avoir dix-sept ou dix-huit ans, et elle ne les trouva ni assez âgés ni assez désespérés pour Farrell.

Jane avait dit à Carey qu'elle s'était fait attaquer à Los Angeles, et à présent elle allait l'être à nouveau. Cette nuit, c'était tout simplement hors de question. Et cela ne lui arriverait pas.

Elle prit un moment pour rassembler ses esprits, puis se retourna brusquement et se dirigea vers les trois garçons. Ils ralentirent et se dispersèrent sur le trottoir. Lorsqu'elle marcha directement vers celui du centre, il s'arrêta, indécis mais visiblement décidé à ne pas se cogner contre elle. « Attendez, tous les trois, dit-elle. Je veux vous parler. »

Les deux autres s'immobilisèrent, et détournèrent la tête d'un air méfiant. « Quoi ? » dit celui de gauche.

En observant l'aspect peu prometteur du trio, l'idée se dessina dans son esprit. Mais saurait-elle les convaincre ou pas… « Est-ce que vous faites quelque chose ce soir ? »

Celui de droite répondit : « On ne fait rien », sans aucune inflexion dans la voix. Il ignorait si Jane était accusatrice ou si elle proposait quelque chose, mais de toute façon c'était la bonne réponse.

Jane fouilla dans son sac et ils se crispèrent tous les trois, comme s'ils avaient peur qu'elle ne leur projette des gaz asphyxiants, ce qui n'était pas exclu dans ces rues à cette heure de la nuit. Elle ouvrit la doublure de son sac et trouva les papiers de Katherine Webster. Elle leur tendit rapidement la carte de visite. « Katherine Webster, Brigade financière.

– On n'a rien fait, dit celui qui était au centre.

– Je ne vous pose aucune question. Je veux savoir si vous seriez intéressés par quelques heures de boulot.

– Pour faire quoi ? » Il était soupçonneux à présent.

Jane désigna la fenêtre éclairée de Enterprise Development. « Il y a un suspect dans ce bureau. Dans un moment, il va monter dans une voiture et sortir de la ville. Vous le filez et je vous suis. S'il vous repère, vous faites demi-tour et vous rentrez chez vous. Sinon, vous le suivez jusqu'à sa destination, vous téléphonez à un répondeur, vous laissez son adresse, et vous rentrez chez vous.

– Pourquoi nous ? » dit celui de gauche.

Jane fit mine de citer un règlement : « Si l'agent enquêteur juge utile de déléguer sa filature ou d'embaucher un citoyen pour éviter d'être identifié par celui qu'il surveille, il y est autorisé. » Elle attendit un instant pendant qu'ils digéraient sa phrase. « Vous n'êtes pas obligés de le faire. Je peux vous payer un *per diem* avec un bonus si vous menez l'opération à bien.

– Ça veut dire ? dit celui de droite.

– Cent dollars chacun pour couvrir les dépenses du voyage. Ça, c'est le *per diem*. Ça veut dire "par jour" et vous ne le mentionnez pas sur votre déclaration de revenus. » Elle vit le regard amusé qu'ils échangèrent à la mention de ces derniers mots. « Deux cents dollars de plus chacun s'il ne vous voit pas. Vous pouvez vous faire trois cents dollars chacun avant le lever du soleil.

– Pourquoi autant ?

– Il est armé, dangereux et malin. S'il s'arrête, vous devez continuer. Ne vous mettez pas dans une situation où sa voiture est à l'arrêt, et la vôtre aussi. Il vous tuerait. »

Tous les trois se regardèrent. Il y eut quelques haussements d'épaules et de hochements de tête, mais pas de grimaces. La mention des armes semblait avoir considérablement augmenté leur intérêt. Elle avait oublié ce qu'étaient les garçons de dix-sept ans. Il n'y avait jamais eu un moment dans toute l'histoire de l'humanité où on n'avait pas réussi à les recruter pour une guerre. Elle remit la main dans son sac. « Le *per diem* tout de suite. » Elle commença à compter les billets devant eux.

Celui du centre s'adressa à celui de droite : « Tu veux utiliser ta voiture ou la mienne ?

– Vous en avez deux ? dit Jane.

– Ouais.

– Prenez les deux et vous aurez cent dollars de plus chacun. »

Mary était appuyée contre le mur carrelé de la douche, dans la grande salle de bains au rez-de-chaussée de la ferme. Ils l'avaient finalement laissée seule, le poignet droit menotté à la tête de douche pour qu'elle ne puisse pas vraiment s'asseoir. Elle tenta de se tenir debout, mais elle était faible et manquait d'équilibre. C'était sans doute pour cela qu'ils l'avaient attachée comme ça. Si elle tombait, elle se ferait mal au bras, mais ne risquait pas de se tuer en se frappant le crâne contre le carrelage.

En baissant la tête elle voyait les traces violettes des coups, et les marques étaient rouges et gonflées. Elle avait tenté de les frapper, mais ils ne l'avaient pas agrippée, ils n'avaient pas non plus tenté de lutter avec elle ; ils avaient simplement cogné la jambe qui venait vers eux, et lorsque Mary avait de nouveau essayé de les frapper, ils avaient recommencé, jusqu'à ce qu'elle ne parvienne plus à bouger la jambe.

Les deux hommes n'avaient pas prononcé un mot, même entre eux. Ils avaient accompli la chose dans un silence impersonnel, comme des bouchers s'occupant d'une bête dans un abattoir. Ils avaient laissé la cagoule la première fois, pas parce qu'ils ne voulaient pas qu'elle les regarde ; ils n'avaient simplement pas envie de voir son visage. Le désir n'avait aucun rapport avec tout cela. La fois d'après, alors qu'elle pensait qu'il valait peut-être mieux qu'elle cesse de respirer puisque mourir serait une forme de sommeil et rester vivante le pire cauchemar qu'elle ait jamais connu, ils avaient retiré la cagoule. Elle pouvait les voir, le visage concentré mais terriblement détaché. Rien de tout ce qu'ils pouvaient ressentir ne pouvait ressembler à une émotion. Ce n'était pas l'expression d'un homme qui a une relation sexuelle, mais un visage vide et sans conscience, comme si aucun autre être vivant n'était présent. Mary avait toujours pensé au viol comme à un acte de haine, comme le plaisir maladif d'exercer un pouvoir sur un être sans défense. Mais cela ne semblait pas leur apporter le moindre de ces sentiments de triomphe ; ils utilisaient simplement ce qui était là, parce que c'était là.

Au début elle avait pleuré et crié. Lorsqu'elle s'était plainte de la douleur, celui qui la tenait avait simplement raffermi son emprise et celui qui la violait n'avait pas semblé l'entendre. Il n'avait pas l'air capable de comprendre. La voix de Mary était devenue un bruit ; il entendait, mais ce qu'elle disait n'avait aucun sens.

Lorsqu'ils la laissèrent enchaînée à la douche, encore nue, Mary essaya de reprendre ce qu'il restait d'elle et de recoller les morceaux. Mais elle n'y parvint pas. Elle était anéantie. Il lui fallut longtemps pour recommencer à penser. Elle ne cessait d'établir un inventaire invariable des coups et des injures, comme pour édifier les frontières de ce qu'elle pouvait avoir à subir. Puis elle s'imagina en train de dire à Barraclough ce qu'ils lui avaient fait, et elle se figura qu'elle le voyait les tuer. Elle avait de la valeur. Mais même en pensant cela, elle entendait une petite voix exaspérante qui persistait à lui souffler qu'elle se trompait. Elle ne valait vraiment plus rien.

Il était minuit lorsque Farrell émergea de la porte de service de l'immeuble. Il se dirigea vers le fond du parking, ouvrit le coffre d'une Sedan foncée, et en sortit un grand attaché-case renforcé pour faire demi-tour et revenir dans le bâtiment.

Jane fit un signe à ses complices et indiqua l'entrée principale, puis démarra. Un moment plus tard, Farrell apparut par cette entrée. L'un de ses hommes avança jusqu'au coin de la rue dans un break blanc, en sortit et resta sur le trottoir tandis que Farrell s'installait au volant. Jane observa les garçons qu'elle avait engagés. Le guetteur était resté dans l'espace étroit entre les deux bâtiments, et il avait déjà disparu. Il avait eu suffisamment de temps pour voir la voiture que conduisait Farrell, et maintenant il était à l'arrière de l'immeuble et montait dans la voiture de son compagnon.

Lorsque Farrell démarra et tourna à droite, elle vit la Trans-Am noire des garçons avancer dans la bonne rue et passer l'intersection derrière lui. La deuxième voiture, une Saturn marron, ne le rejoignit qu'au bout de dix secondes. Elle fit un détour pour éviter de passer devant le bâtiment, poursuivit sur une rue parallèle et ne se joignit au convoi que trois intersections plus tard.

Elle suivit les trois voitures jusqu'à l'autoroute, laissa un intervalle d'une cinquantaine de mètres entre elle et eux, et surveilla simplement les feux arrière de la Saturn. Elle avait donné aux garçons une brève leçon de filature pendant qu'ils attendaient Farrell, et elle les regardait travailler. Sur une autoroute, ils devaient faire attention aux sorties. Ils restaient loin derrière lui. Lorsque la circulation se fit plus dense, ils s'approchèrent et se mêlèrent aux autres voitures. Ils ne changeaient pas de voie lorsque Farrell le faisait. Ils attendaient, avec une nette préférence pour la voie de droite où ils se faisaient moins remarquer, et là où des voitures mettaient régulièrement une nouvelle paire de phares dans le rétroviseur de Farrell durant quelques minutes.

Lorsqu'ils furent au nord de la ville et que la circulation devint plus fluide, la deuxième voiture dépassa la première et resta derrière Farrell jusqu'à ce qu'il puisse remarquer les phares qui le suivaient. Ensuite la voiture retourna derrière l'autre. Jane conduisait avec prudence, l'œil sur les feux arrière de ses acolytes, se tenant en retrait. Elle reprenait un peu espoir. Chaque minute qui passait confortait Farrell dans l'idée qu'il n'était pas suivi.

Mary était restée seule dans la douche pendant des heures, piégée dans ses propres pensées. Elle essayait de se donner du courage. « Je l'ai fait. J'ai choisi de vendre ma vie pour celle d'un petit garçon. Je n'ai jamais rien fait de mieux. C'est ce qu'un être humain peut faire de mieux. J'ai pris ma décision et elle est derrière moi, là où j'aurais pu faiblir si j'y avais pensé, donc peu importe ce qui m'arrive à présent, je ne peux pas échouer. J'y arriverai. » Mais un autre sentiment s'élevait en elle, qui ne correspondait pas à ce qu'elle se dictait. C'était une sorte d'écho qui donnait la mesure de son désespoir. C'était celui de son imposture. Elle n'était pas assez brave. Elle ne pouvait avoir confiance en elle. Elle avait gravi une pente, et maintenant qu'elle tombait, elle le regrettait à chaque seconde. Puis elle s'interrogeait. Les prêtres disaient que si une personne faisait un acte de contrition, quelque chose de totalement altruiste au dernier moment, elle serait pardonnée, et toute sa vie s'en trouverait rétroactivement validée. Mais si elle faisait la promesse, le sacrifice, puis le regrettait sincèrement à chaque souffle d'air ? Elle aurait aimé mourir avant d'en arriver là.

Puis il y eut des bruits derrière la porte. Des voix d'hommes, des pas lourds sur le plancher, et elle essaya, mais en vain, de se tenir debout sans s'appuyer contre le mur. Ce n'était pas à cause de la douleur, mais ses muscles n'obéissaient plus à son esprit. Ils tremblaient, et ne se tendaient plus.

Lorsque la porte s'ouvrit, elle eut envie de crier mais même sa gorge était paralysée. Il n'y eut qu'un son faible, aigu. L'homme entra dans la pièce et ferma la porte. C'était Barraclough. Mary se détourna et tenta de se cacher dans le coin de la douche pendant qu'il venait vers elle. Elle essaya de se couvrir de son seul bras libre.

Elle se rendit compte qu'il ne lui prêtait aucune attention. Il traversa le sol carrelé, regarda autour de lui, et s'immobilisa. Il semblait être simplement venu s'assurer qu'elle était vivante. Puis à la surprise de Mary il fit demi-tour pour quitter la pièce.

« Attendez, dit-elle. Vous ne voulez pas parler ? » Elle combattait la peur qu'il ne laisse les deux autres entrer de nouveau.

« Que voulez-vous ? »

Mary tenta de dire qu'elle avait été violée, mais son visage sembla s'affaisser et se ratatiner. Elle avait perdu le contrôle de sa voix. Elle ne fit entendre qu'un sanglot.

« Ne me faites pas perdre mon temps », dit Barraclough sur le ton de la menace. Peu lui importait ce qui s'était passé, parce qu'elle n'était plus une personne. Elle n'était plus un être ayant le droit de posséder quoi que ce soit, même son corps. Elle avait perdu ses droits. Elle avait commis un crime, et elle s'était fait prendre. Elle mourait d'envie de changer cela, ou du moins de le lui cacher.

« Écoutez, c'est une erreur. Vous semblez me prendre pour quelqu'un d'autre et vous vous trompez. Je n'ai rien fait, ni fait de mal à quiconque. » Elle montra la porte. « Ils m'ont fait mal. Mais je peux le comprendre ; ils ne savaient pas qu'ils ne devaient pas le faire. Je vais simplement oublier ce qui s'est passé. Comme un mauvais rêve. Nous n'en parlerons plus jamais. Vous me laissez partir – là où vous voulez. Conduisez-moi quelque part pour que je ne sache pas où est cette maison. »

Il la regarda avec une expression qui la glaça. Il la regardait de très loin. Il semblait détecter tout à la fois : sa peur abjecte, sa culpabilité, son mensonge – pas seulement son mensonge mais le fait qu'elle était une menteuse. Son expression montrait qu'il savait tout cela, et que cela lui inspirait du dégoût et du mépris. Pour la première fois, il sembla même contempler son corps nu, mais sans aucun appétit. C'était comme si un dieu la regardait de très haut. Elle était sale, blessée, couverte de sueur et déformée par la douleur. Il avait devant lui une créature femelle anonyme, de toute façon indésirable, mais à présent qu'elle était mise à nu, immonde.

Cela la désespéra, comme si elle se tenait seule sur une plage tandis que le bateau s'éloignait. « Je ne suis pas naïve, et je sais que vous ne l'êtes pas non plus. Bien sûr, j'ai de l'argent. C'est ce que vous voulez. Vous semblez oublier que je ne me suis pas laissé prendre. Je suis venue à vous. Pourquoi, à votre avis ? Je sais que vous voulez mon argent, mais moi, je veux quelque chose en échange. J'ai pris beaucoup de dollars, à beaucoup de banques, lorsque c'était le bon moment. Et je n'étais pas seule. Je connais des gens dont vous n'avez pas entendu parler qui se sont approprié beaucoup plus d'argent que moi. Je peux vous les amener. Je peux vous les livrer ici. »

Barraclough ne broncha pas, et le désespoir de Mary s'accrut.

« Vous feriez vraiment une erreur en ne profitant pas d'une ressource telle que moi. » Elle transpirait et elle se sentait si peu convaincante qu'elle était horrifiée, mais elle ne pouvait s'arrêter, elle était obligée de poursuivre comme un nageur en train de se noyer. « J'ai pris six millions de dollars à la banque de Whalen sur un morceau de terrain que j'avais acheté un demi-million, un mois auparavant. Je sais faire de l'argent. Lorsque j'ai acheté Harrison Savings, j'ai utilisé leur propre argent pour lever une option pour une majorité de contrôle. Et ensuite j'ai fait rembourser le prêt par la banque, en le comptant comme un coût opératoire. Je peux recommencer tout cela. » Son visage ne changeait pas. « Parce que quelqu'un qui sait faire de l'argent le saura toujours. »

Lorsque Barraclough se tourna vers la porte, elle essaya de se taire, mais sans succès : « Si vous ne souhaitez pas entrer dans les affaires, je comprends. Vous voulez que ce soit rapide, propre et simple. Alors emmenez-moi dans une banque. N'importe quelle grosse banque peut effectuer un virement électronique. J'aurai l'argent, je le donnerai, et tout le monde pourra s'en aller. »

Il était à la porte, et elle attendit qu'il se retourne et qu'il la regarde pour qu'elle puisse voir son visage. Peut-être y aurait-il quelque chose de faux dans son expression, qui lui dirait qu'il n'avait pas l'intention de la tuer. Il ouvrit la porte sans hésiter et sortit.

Jane roulait dans la nuit en pensant au break, loin devant elle. Elle savait pourquoi Farrell l'avait choisi. Il y avait quelque chose de bienveillant dans ces voitures. Les conducteurs y transportaient des enfants, vivaient dans des maisons en banlieue. Les breaks étaient également utiles parce que si on mettait une bonne bâche à l'arrière de la voiture, on pouvait transporter un corps assez raide sans avoir à casser aucune articulation ou à couper quoi que ce soit.

Peut-être Mary avait-elle déjà craqué, et parlé. Cela prenait du temps pour faire ça à quelqu'un, mais Mary n'était pas une novice. Elle était déjà épuisée et désorientée lorsqu'elle avait vu Barraclough pour la première fois. Elle avait été en prison un mois, puis elle avait passé le mois suivant à fuir et à se cacher, elle avait été victime d'un incendie et elle avait encore fui. La croyance solidement installée dans l'esprit humain qu'une personne pouvait endurer la torture psychologique et physique sans révéler des secrets était probablement exacte. L'idée que plus d'une personne sur mille pouvait le faire était stupide.

Mary avait un avantage. Elle était assez intelligente pour savoir que dans l'heure qui suivrait le moment où Barraclough aurait son argent, elle mourrait. Cela pouvait la faire tenir une ou deux heures de plus. Jane ne doutait pas qu'à un moment, Barraclough ferait apparaître la mort comme une solution attrayante par rapport à ce qui pouvait arriver à Mary. Mais auparavant, elle proposerait tous les dérivatifs qu'elle imaginerait

– mensonges, promesses, fausses naïvetés. Aussi longtemps qu'elle essaierait quelque chose de nouveau au lieu d'abandonner et de dire la vérité, Mary continuerait de respirer.

Farrell s'était profondément engagé dans la vallée de San Joaquim. Quelque part derrière eux, les panneaux indiquant les routes vers l'est, vers Bakersfield et Tulare avaient laissé la place à ceux indiquant Fresno. Soudain, Jane aperçut un éclair rouge dans les feux arrière. Les deux voitures qui suivaient Farrell essayèrent de ralentir sans trop s'approcher de lui. Ils tombèrent à cinquante à l'heure, et Jane les imita à temps pour voir Farrell sortir de l'autoroute.

Elle regarda la première voiture prendre la sortie derrière Farrell. Le panneau au bout de la rampe indiquait Mendota 20. Lorsque Farrell s'arrêta dans la lumière d'une station-service, les garçons le dépassèrent, puis se garèrent pour l'attendre trois cents mètres plus loin pendant qu'il faisait le plein. Jane prit la route, s'immobilisa près des garçons, et garda les yeux sur Farrell pendant qu'elle courait vers la vitre du conducteur. Elle leur tendit une poignée de billets de cent dollars. « Voilà. Vous avez été suffisamment loin. Payez vos copains.

– Ça ne peut pas être sa destination, protesta le garçon.

– Pour vous, oui », dit-elle en regagnant son véhicule.

Farrell avait réglé le pompiste et il retourna dans sa voiture. Ensuite, il se rendit dans un motel à quelques centaines de mètres de là. Jane le vit se diriger vers la réception, puis sortir avec une clé et entrer dans une chambre. De déception, elle frappa le volant. Il allait dormir.

Deux heures avant l'aube, Mary s'endormit presque. Elle s'éveilla dans un sursaut, l'angoisse de tomber, et frappa le côté de la douche de la main pour se retenir. La deuxième journée commençait pour elle. Elle ressentait une peur si profonde qu'il n'y avait pas de différence entre son cauchemar et ce qui lui arrivait. Le sol se rapprochait d'elle de plus en plus vite, et quand elle le toucherait, elle serait morte.

Une heure après l'aube, elle vit la poignée de la porte tourner. Lorsque la porte s'ouvrit, Mary reconnut Barraclough. Cette fois-ci, lui aussi était complètement nu. Il déverrouilla la menotte et laissa la clé dedans. Puis il alluma la douche, et la tint dessous pendant un bon moment, la faisant pivoter d'un côté et de l'autre comme s'il voulait être certain qu'elle était entièrement propre. Puis il tourna Mary le visage contre le mur. Il ne prononça pas un mot. Il fit ce qu'il voulait faire, et cette fois, elle n'opposa aucune résistance.

Lorsqu'il eut terminé, il refit couler l'eau et se lava comme si elle n'existait pas, puis il tourna le robinet, la rattacha, et quitta la pièce. Dès que la porte se referma, Mary commença à pleurer. Elle n'avait pas idée du temps qui s'était écoulé, parce que le temps n'avait plus aucun sens pour elle. Finalement ses larmes cessèrent et elle fut saisie d'une colère incontrôlable. Elle voulait qu'ils reviennent. Ses doigts agrippaient l'air comme si elle leur crevait les yeux. Sa mâchoire se serrait, sa bouche salivait à la pensée de mordre une gorge et de s'accrocher à l'homme pendant que les autres tenteraient de lui faire lâcher prise.

La colère la quitta aussi abruptement qu'elle était venue, mais comme elle s'appuyait de nouveau contre les carreaux de la douche, elle découvrit que la colère avait laissé quelque chose en elle. C'était quelque chose de petit et de dur, comme la cicatrice d'une brûlure. Elle l'examina, la touchant comme sa langue aurait touché un aphte dans sa bouche. Elle savait ce qu'elle allait faire. Parmi tous ceux susceptibles de se trouver dans sa situation, Mary avait la meilleure chance d'y parvenir. Elle avait une bonne mémoire des chiffres.

Quelques heures plus tard, Barraclough revint avec le magnétophone. Il le brancha à la prise pour les rasoirs électriques, puis le mit en marche. Mary le regarda avec circonspection. Le temps devait être venu pour lui de la faire parler. Mais alors elle entendit le son d'une voiture qui passait, puis plusieurs à la fois, puis la voix de Jane disant : « Vous pourchassez Mary Perkins, je la cache. Maintenant je suis prête à la vendre.

– Pourquoi ? dit la voix de Barraclough.

– J'ai fait cela pendant longtemps. Beaucoup de gens seraient morts sans moi… »

Barraclough regarda Mary pendant un moment, puis se retourna et se dirigea vers l'autre partie de la maison, là où les gens libres pouvaient marcher.

Mary essaya de rire. Elle voulait que Barraclough l'entende rire, mais son rire était si bas et si creux que c'était impossible. Elle savait pourquoi il lui avait passé la bande. Elle était censée penser que Jane avait vraiment essayé de la vendre. Comment pouvait-il espérer qu'elle le croie ? Elle avait fait partie du plan depuis le début.

Mais lorsqu'elle pensa à ce qu'elle avait entendu, elle comprit. Il avait passé la bande pour qu'elle sache que Jane l'avait enregistré, et qu'elle-même avait annihilé la preuve. Elle avait été si stupide qu'elle avait oublié de laisser les bandes dans la voiture lorsqu'elle s'était livrée à lui. Elle avait oublié l'existence des bandes. Il aurait été capturé et accusé de son enlèvement, de viol et de meurtre si elle n'avait pas fait cette incroyable et stupide erreur. Elle sentit la brûlure de l'humiliation et de la honte. Elle allait mourir d'une manière horrible et lente, et la dernière chose qu'elle saurait, c'était qu'elle avait laissé son assassin en liberté.

Il lui fallut encore une heure pour se reprendre un peu et penser à Jane. « Quant à Mary Perkins, elle n'est tout simplement pas le genre de personne pour laquelle je veux risquer ma vie… Je lui ai donné sa chance et elle m'a déçue. » La raison pour laquelle Jane avait l'air si convaincante était qu'elle disait la vérité. Mary savait mentir, et elle avait menti de la même façon. « Elle n'en vaut pas la peine. » Même Barraclough, qui pourchassait les menteurs pour gagner sa vie, avait été trompé parce que les mots disaient littéralement la vérité. Puis elle pensa à la dernière partie. « Je sais aussi que si vous détenez Mary Perkins, elle ne reviendra pas pour me raconter ce qui s'est passé. » C'était vrai là aussi. Elle était là, enchaînée, blessée, et morte de faim, et il allait continuer sans cesse jusqu'à ce qu'elle meure.

Pendant les six heures qui suivirent, Mary essaya de découvrir une façon de se donner la mort. La porte de la douche avait été retirée, et ils avaient été trop malins pour laisser les charnières. Elle tenta de trouver un moyen de se pendre en passant la chaîne autour de son cou, mais l'effort lui fit terriblement mal au poignet et il était impossible de faire pression sur le tuyau. À un moment ils devraient la nourrir, et il y aurait bien quelque chose – un verre, un couteau, même une assiette en porcelaine – qu'elle pourrait prendre pour se couper et se frapper.

Finalement Mary comprit qu'elle n'agirait pas ainsi. Si elle se tuait, elle laisserait la boule dure et froide de sa haine enfoncée dans son corps, comme un virus. Mary devait rester en vie pour utiliser cette haine.

25

Jane attendit d'être certaine que Farrell s'était endormi, retourna faire le plein à la station-service, et revint au motel. Épuisée, elle avait peur de s'assoupir et de se réveiller des heures plus tard pour trouver l'oiseau envolé. Elle descendit de sa voiture, s'approcha de celle de Farrell, et regarda à travers les vitres. Un instant, elle envisagea de se cacher à l'arrière pour qu'il la conduise jusqu'à Mary, mais elle repoussa cette idée. Il avait une arme, et elle s'éveillerait probablement au moment où il retirerait la sécurité pour lui tirer une balle dans la tête.

Puis elle vit quelque chose sur le tableau de bord, un morceau de papier jaune. Elle s'approcha et reconnut un reçu de l'American Express, tellement froissé qu'on pouvait difficilement y déchiffrer l'impression. Jane prit un papier et un stylo dans son sac, et recopia les informations – le nom : David R. King, la date d'expiration, et les treize chiffres – puis se dirigea vers la cabine téléphonique de l'autre côté de la rue.

Elle regarda le dos de la carte de Catherine Snowdon et composa le numéro qui y figurait.

« Service clientèle, dit une voix féminine. Que puis-je faire pour vous ?

– Eh bien, je crois que j'ai un problème et j'espère que vous pourrez me dire ce qu'il faut que je fasse. La mallette de mon mari a été égarée, et sa carte était à l'intérieur.

– Numéro de carte ? »

Jane lut ce qu'elle avait recopié.

« Date d'expiration ?

– Août prochain. Il est à l'hôpital. Il a eu un accident. La mallette a disparu. Je ne sais pas si…

– Je comprends, dit la femme gentiment. Nous ferions mieux de ne pas prendre de risque. Je vais annuler la carte dès à présent ; il en recevra une autre par courrier dans un jour ou deux, avec un nouveau code.

– Mais que se passera-t-il si quelqu'un l'a volée ?

– Tout cela est expliqué au dos de votre contrat. En gros vous n'avez pas à vous inquiéter. Vous avez fait ce qu'il fallait en appelant. Merci beaucoup. J'espère que votre mari va se remettre rapidement.

– Merci », dit Jane. Elle prit le temps de mettre au point les détails de son histoire en revenant vers le motel.

Elle ouvrit la porte de la réception avec assurance et regarda autour d'elle. C'était déjà le matin, un matin clair, mais le jeune homme derrière le comptoir avait l'air aussi épuisé qu'elle. Des touffes de cheveux se dressaient derrière sa tête. Avachi dans son fauteuil, il regardait sur le petit écran ce qui ressemblait à un navet, dans lequel plusieurs hommes musclés en pagnes de fourrure se secouaient lourdement les uns contre les autres en agitant des sabres, produisant ainsi une véritable hécatombe dans les colonnes du Parthénon. Le jeune homme se redressa vaillamment et appuya ses coudes sur le comptoir. « Puis-je vous aider ?

– Je suis Kit Snowdon, dit Jane. Service des fraudes de l'American Express. Je crois que nous avons un petit problème. »

Le veilleur de nuit fit disparaître les hommes en pagnes de fourrure et la regarda comme s'il était heureux de la rencontrer. « Je peux faire quelque chose pour vous ?

– Vous avez un homme dans la chambre 4 qui est en possession d'une carte volée. Il doit avoir réservé au nom de David R. King. »

Ces mots semblèrent bouleverser le garçon. « Mais… J'ai passé la carte dans la machine. Il doit y avoir une erreur.

– Composez son numéro pour le central. » Jane laissa percer dans sa voix un peu d'impatience.

Il prit le reçu dans le tiroir, appuya sur quelques touches pour obtenir la ligne puis tapota les chiffres. Quelques secondes plus tard la machine lui transmit un message du central. Il eut l'air effondré. « Ils veulent que je confisque la carte.

– Les ordinateurs disent toujours cela. Nous n'avons pas encore d'ordinateur de relance. Vous pouvez l'ignorer.

– Mais…

– Si vous avez déjà débité sa carte, vous devez l'avoir vu. Est-ce qu'il avait l'air louche ?

– Non », dit-il en secouant solennellement la tête. Il regarda le téléphone près de lui. « Est-ce que j'appelle la police ? »

Jane soupira lourdement. « À vous de juger. Il voyage depuis deux jours. Il a deux autres cartes et il a fait des dépenses – peut-être quinze cents dollars. Si je l'appréhende, il sera inculpé pour délit mineur. Si je peux le prendre sans faire d'erreur judiciaire et que les avocats de la compagnie suivent le dossier, il en aura pour quatre-vingt-dix jours, maximum. Si je le piste un jour ou deux de plus, la note montera jusqu'à trois mille. Et là, nous sommes dans le domaine de la fraude, de la falsification, peut-être même du recel d'objet volé. Le juge devra frapper fort.

– Que faisons-nous ?

– Voilà deux jours que je le surveille, dit Jane. Je dors debout. Je voudrais que vous me donniez une chambre et que vous le gardiez à l'œil pendant que je dors. À l'instant où vous savez qu'il est réveillé, vous m'appelez.

– Et s'il vient rendre sa clé ? Je le retarde ?

– Ne faites rien que vous ne feriez d'habitude, sauf faire sonner le téléphone dans ma chambre. C'est tout. » Elle lui tendit la carte de Catherine Snowdon.

Le gosse la glissa dans la machine, et la lui rendit avec une clé. « Je suis désolé de m'être trompé pour l'autorisation. J'étais certain…

– Vous ne vous êtes pas trompé, dit Jane. Il a abîmé la bande magnétique pour changer un numéro, ou la machine aurait sonné. Les vrais pros savent faire ça. Assurez-vous seulement qu'il ne disparaît pas. Quand vous aurez fini votre service, prévenez votre remplaçant. »

Dans sa chambre, Jane dormit tout habillée. L'appel lui parvint le soir. Lorsqu'elle décrocha, il n'y avait personne au bout du fil. Farrell devait être à la réception, et le type n'avait rien pu faire de plus que presser le bouton correspondant à la chambre de Jane. Celle-ci sauta instantanément sur ses pieds, debout près de la fenêtre. Le break était toujours garé devant la chambre 4. Jane se glissa hors de sa chambre, s'éloigna de la réception, contourna le bâtiment et monta dans sa voiture. Elle suivit Farrell jusqu'à l'entrée de l'autoroute. Farrell ne s'y engagea pas et alla se garer sur le parking d'un supermarché. Puis il entra dans le magasin.

Jane regarda sa montre. Une partie du mystère se dissipait. Il était vingt heures trente. Farrell avait quitté son bureau dans une nouvelle voiture à minuit et il avait roulé le reste de la nuit. Lorsqu'il avait été certain de ne pas être suivi, il avait dormi toute la journée sous un faux nom. S'il s'était trompé pour la filature, ses poursuivants auraient probablement fait un mouvement de travers pendant son sommeil. Au cas où ces derniers l'auraient perdu pendant le voyage, Farrell avait été invisible une journée entière : ils étaient obligés d'élargir leurs recherches à des endroits où il n'avait jamais été, ce qui les éloignait et les épuisait.

À présent Farrell n'avait plus aucune inquiétude à avoir, et il allait faire des courses. Cela aussi avait du sens. Ils n'avaient sans doute pas prévu d'utiliser la planque. Et ils ne s'y rendaient probablement pas assez souvent pour y stocker de la nourriture fraîche. Lorsque Barraclough avait récupéré Mary, il avait simplement changé de voiture et s'était ensuite directement rendu là-bas.

Il y avait un autre aspect des choses, et Jane s'inquiéta de nouveau. Farrell s'était efficacement changé en créature nocturne. Jane avait emmené hors du monde plusieurs personnes qui avaient été détenues par quelqu'un qui voulait leur soutirer des informations, et ils lui avaient raconté ce qu'ils avaient enduré. Les geôliers les gardaient des jours durant, les maltraitant et les ignorant alternativement, les privant de sommeil et de nourriture jusqu'à provoquer une sorte de déséquilibre chimique. Ils s'enfonçaient alors dans une dépression qui semblait les projeter de la culpabilité à la colère, et leur enlevait tout espoir. Les geôliers qui maîtrisaient le procédé commençaient leur interrogatoire final lorsque l'esprit était au plus bas, au moment le plus vulnérable, entre deux et cinq heures du matin. Cette nuit, lorsque Mary s'éveillerait, affamée, épuisée et probablement blessée, elle aurait un nouveau visage en face d'elle. Ce visage serait frais, alerte et dispos, et Mary aurait immédiatement l'impression qu'il pouvait lire dans ses pensées.

Derrière la vitrine du magasin, Farrell remplissait un chariot. Le temps passait et bientôt il serait trop tard. Jane sortit de sa voiture et se dirigea vers le break. Elle aperçut un sac de voyage sur le siège et le reçu chiffonné du motel sur le tableau de bord. Elle se cacha derrière le camion garé près de la voiture et observa la vitrine du magasin jusqu'à ce qu'elle puisse apercevoir Farrell se diriger vers les rayonnages du fond. Puis elle marcha jusqu'à l'avant de la voiture, fit semblant de faire tomber ses clés, et s'agenouilla pour les ramasser. Ensuite elle glissa la main sous le pare-chocs, perça la durite du radiateur avec son canif, se releva, et marcha jusqu'à l'angle du bâtiment d'où elle voyait les caisses.

Un employé posait les achats de Farrell sur le tapis roulant et les emballait. Des bouteilles dépassaient du sommet du premier sac. Le deuxième avait des bosses rondes : fruits et légumes. Le troisième contenait des jus de fruits dans des emballages en carton, du lait dans une bouteille en plastique, et une boîte de céréales. Jane retourna au camion garé près de la voiture de Farrell. Elle attendit qu'il mette la clé dans la serrure et déverrouille électroniquement les autres portes pour pouvoir placer ses achats dans le coffre. Une fois le chargement terminé, Farrell repartit ranger son chariot, dix mètres plus loin.

Jane avança le long du flanc droit de la voiture jusqu'au siège arrière, défit l'élastique de sa queue-de-cheval, ouvrit la portière et introduit l'élastique sur le loquet de la serrure. Elle referma doucement la portière, partit se cacher derrière le camion, puis se glissa jusqu'à sa voiture.

Farrell sortit du parking et prit la direction de l'est et des champs labourés nivelés qui s'étendaient jusqu'à Mendota. Jane jeta un coup d'œil à sa montre, entra dans le supermarché, acheta une bouteille de Coca-Cola et un paquet de pailles en plastique. Puis elle retourna dans sa voiture, attendit trois minutes, et le suivit. Elle savait très bien ce qui se passait. Lorsque le moteur avait démarré, la pompe à eau avait commencé à faire circuler le liquide de refroidissement en prélevant l'eau du radiateur percé. Une partie de l'eau s'écoulait par le trou. Dès que le moteur aurait atteint sa température optimale, le thermostat se déclencherait. Il faudrait quelques kilomètres avant que la jauge de température ne passe au rouge, parce que le réservoir de dilatation se viderait à son tour, refroidissant le moteur jusqu'à ce que son contenu tombe également sur la route.

Jane roula jusqu'à ce qu'elle aperçoive le break rangé sur le bas-côté. Elle s'arrêta, coupa ses feux et observa. Il n'y avait pas signe de vie. Loin devant, un camion ralentit et Farrell apparut un instant dans la lumière des phares, faisant un signe. Il monta dans le camion qui se dirigeait vers Jane. Celle-ci ralluma ses feux et reprit la route. Elle croisa le camion, mais dès qu'il disparut, fit demi-tour et revint vers la voiture de Farrell.

Jane ouvrit la portière arrière, retira l'élastique de la serrure, et poussa le bouton de déverrouillage près du siège du conducteur. Elle avait soigneusement planifié l'opération en conduisant, et elle n'avait pas à réfléchir. Elle fit une petite fente dans la bouteille de lait en plastique, glissa une paille dans sa bouteille de parfum à la racine de ciguë, posa le doigt à une extrémité et inséra l'autre dans la bouteille de lait pour laisser couler le liquide. Puis elle couvrit la fente avec l'étiquette adhésive du prix.

Jane répéta l'opération sur les jus d'orange. Elle fit un essai avec la viande. Elle ignorait ce que la cuisson pouvait produire sur la composition chimique du liquide, mais les trous dans les enveloppes de cellophane étaient faciles à utiliser. La bouteille de scotch était idéale parce que le parfum de l'alcool pouvait masquer n'importe quoi. Jane réussit à décoller avec son couteau le timbre fiscal bleu qui recouvrait le bouchon, puis elle ouvrit la bouteille, la referma et recolla le timbre en crachant un peu dessus. Même si une partie de la nourriture était destinée à réconforter

Mary pour qu'elle puisse parler, le scotch était certainement destiné aux hommes. L'alcool rend les gens trop téméraires pour se laisser intimider et trop abrutis pour se souvenir, et il atténue la douleur. Jane dédaigna les légumes parce qu'ils seraient épluchés et cuits, mais elle fit une légère incision dans la dépression de la tige de chaque pomme et enfonça suffisamment la paille pour atteindre le cœur tendre du fruit. Le poison se mêlerait au jus et la chair blanche de la pomme ne se colorerait pas au contact de l'air.

Lorsqu'elle eut vidé la bouteille de parfum, Jane ferma le coffre, retourna pousser le bouton de verrouillage des portières, puis reprit sa voiture et alla attendre, dix kilomètres plus loin, que Farrell revienne avec une nouvelle durite.

26

Quarante-huit heures auparavant, Mary avait traversé les cinq voies de l'autoroute de Ventura pour monter dans la voiture de Barraclough. Mais elle l'ignorait. Le temps faisait dorénavant partie de toutes ces choses qui ne concernaient plus que les autres. Parfois, les événements se concentraient en un bref instant. L'un des hommes la frappait, et cette violence soudaine, aiguë, explosait en l'abrutissant de douleur. Les heures qui suivaient étaient rythmées par un saignement interminable, coulant lentement sur quelque chose qu'elle connaissait, mais ne sentait plus.

Dès le premier instant, elle avait eu la hantise des blessures définitives. Une sorte d'instinct lui disait que ce n'était pas grave s'ils la faisaient crier, non pas que la fréquence des coups l'ait anesthésiée, mais parce qu'elle craignait surtout ce qui laisserait des traces. Bien sûr, elle se fragmentait progressivement. Chaque fois qu'ils s'occupaient d'elle, une moitié d'elle-même était anéantie. Puis ils divisaient de nouveau la moitié restante, et elle diminuait encore. Mais peu lui importait le nombre de coups, une minuscule part d'elle-même subsisterait toujours. Et même si tout ce qui restait à la fin était de la dimension d'un germe, ce germe pourrait grandir un jour. En revanche, s'ils lui crevaient les yeux, ou l'amputaient, ses yeux ou ses jambes ne repousseraient pas. Elle ne souhaitait profondément plus rien d'autre que de garder son corps intact. C'était un désir animal.

Mais ce sentiment finit par s'affaiblir. Elle était passée de la peur au désespoir et ne pouvait plus se convaincre qu'elle avait un avenir. Le passé n'était que mensonges, arrogance et déception, et sa vie lui apparaissait comme une longue imposture. Même Mary Perkins était une souillure supplémentaire qu'elle avait fabriquée pour s'en affubler. Elle était Lily Smith, et elle regrettait.

À un moment, lorsque la petite fenêtre haute dans le mur de la salle de bains s'obscurcit de nouveau, un homme qu'elle n'avait jamais vu entra avec une mallette. Il était plus âgé et ses cheveux en brosse étaient poivre et sel. Il portait un costume gris, un manteau un peu étroit aux épaules, et une paire de chaussures soigneusement cirées. Elle l'identifia comme un policier. Il apporta une chaise qui semblait faire partie d'une salle à manger, et il s'assit dessus.

Il la regarda d'un air sérieux et éveillé, mais il ne semblait pas y avoir grand-chose dans ses yeux. Il n'y avait aucune lueur prédatrice, aucun mépris. Il attendait. Elle voulait lui plaire, traiter avec cette nouvelle personne, la gagner à sa cause.

Elle débuta lentement et logiquement pour éviter de se tromper aussi misérablement qu'avec Barraclough, et celui-ci semblait plus ombrageux, plus susceptible encore de la rejeter et de s'en aller. « Je voudrais trouver un moyen de mettre fin à tout ceci. » Elle avait essayé d'avoir l'air engageante, mais sa voix était monocorde et sans tonalité.

Il serra les lèvres et hocha la tête, comme s'il lui donnait la permission de continuer. « Je sais. »

Elle s'aventura un peu plus loin. « Personne ne m'a posé aucune question. »

Il haussa les épaules. « Il n'y a pas d'urgence. »

C'était comme un poids supplémentaire. « Pourquoi ?

– Nous avons détruit les enregistrements de la rencontre sur l'autoroute que vous avez réalisés…

– Je n'ai rien fait. »

Il leva un sourcil en guise d'avertissement. Elle tressaillit, s'obligea à garder le silence. C'était en parlant qu'elle avait gagné le mépris de Barraclough, et si elle agissait de même avec celui-ci, elle perdait sa dernière chance. Ils savaient tous deux qu'elle faisait partie du complot, et elle l'acceptait.

« Votre amie Jane vous a laissée tomber. Elle est repartie hier de l'aéroport de Los Angeles. Des hommes l'ont suivie jusqu'à Chicago. » Il ouvrit sa mallette et en retira un grand sac en plastique, scellé comme ceux qu'on utilise pour conserver les preuves. Le sac contenait une longue mèche de cheveux noirs et brillants. Il le replaça dans la mallette. « Il me semble qu'il n'y a personne d'autre qui sache que vous avez disparu. Vous voyagez sous des noms d'emprunt depuis un moment. »

Elle ne s'était pas rendu compte jusque-là qu'elle avait vécu sur la supposition que Jane était vivante. Si elle était disparue, le policier avait raison : endurer une heure, ou une année de plus, était sans importance parce que personne au monde ne savait où Mary se trouvait. Il n'y avait plus aucune possibilité qu'elle quitte un jour cette pièce. « Y a-t-il aucun moyen pour mettre fin à tout ceci ? » répéta-t-elle.

Le policier eut un regard scrutateur. « Tout dépend de vous. »

Un léger espoir se glissa en elle. La source était différente cette fois-ci. Tout cela semblait tangible, et l'hypothèse que Jane soit en train de convaincre les autorités de forcer la porte pour la sauver ne l'était plus. Jane était morte, et Mary avait été stupide d'imaginer le contraire. « Que dois-je faire ?

– Parlons un peu.

– D'accord.

– Dites-moi ce qui est arrivé le jour où vous avez quitté la prison de Los Angeles.

– J'ai pris un bus pour l'aéroport. Là, j'ai vu Jane.

– De quelle couleur était le bus ? » Il posait des questions sans avoir l'air d'écouter le contenu des réponses, observant simplement si elle mentait.

« Quel nom avez-vous utilisé à Ann Arbor ?

– Donna Kester. Jane l'avait choisi. Elle avait des cartes et des papiers à ce nom.

– Où êtes-vous allée lorsque vous en êtes partie ?

– Voyons. Ohio. Nous avons été prises en auto-stop par un étudiant jusqu'à Colombus, puis nous sommes allées à Cleveland. Le Copa Motel.

– Vous avez payé en liquide ?

– Non, cartes de crédit. Elle avait beaucoup de cartes de crédit, toutes à des noms différents.

– Quel nom a-t-elle utilisé au Copa ?

– Je n'en suis plus certaine. Je pense que c'était Catherine Snowdon. » Elle lui donna les adresses des hôtels et des motels, des agences auxquelles elles avaient loué des voitures, le nom des routes qu'elles avaient prises – tout ce que sa mémoire avait conservé. Elle voulait lui faire plaisir. L'homme – le policier – était là pour l'encourager, comme s'il espérait qu'elle réussirait. Il n'écrivait rien, mais semblait tendre l'oreille à d'éventuelles erreurs. Chaque fois qu'un détail lui semblait faux, il l'interrompait.

« Comment avez-vous pu vous introduire dans un dortoir de femmes en pleine nuit ? » Ses objections étaient toujours hors sujet, mais elle les ressentait comme une gifle parce qu'il la forçait à passer du coq à l'âne pour lui prouver qu'elle lui disait tout.

Finalement, lorsque les questions n'apportèrent plus aucune nouvelle réponse, il se leva et fit un pas vers la porte.

« Attendez, dit-elle. Ne partez pas. J'ai fait tout ce que vous vouliez, je vous ai tout dit. Qu'attendez-vous de moi ? »

Le policier ouvrit de nouveau sa mallette et en sortit une feuille de papier vierge, prit un feutre noir dans la poche de sa chemise, ferma la mallette et posa le papier et le feutre sur la chaise. Puis il se dirigea vers Mary, détacha son poignet, se tourna, et sortit. Elle l'entendit verrouiller la porte derrière lui.

Mary ne pouvait croire à sa chance. Elle tituba jusqu'à la chaise. Elle commença à écrire les noms aussi nettement qu'elle le pouvait : la Bahamas, l'Union des Banques Suisses, la Banque d'Amérique Centrale des îles Caïman, la Banque Internationale de Crédit Suisse. Les noms eux-mêmes lui rappelaient les numéros, clairs et nets dans sa mémoire comme l'étaient toujours tous les chiffres.

Lorsqu'elle eut terminé, elle laissa le feutre et le papier sur la chaise et retourna dans la douche. Après un long moment, le policier revint, prit la chaise et le papier, et sortit.

Cela leur prit quelques heures pour vérifier que les comptes existaient. Le policier revint avec Barraclough. Cette fois Barraclough apportait les papiers. C'étaient des autorisations de virement bancaire. L'en-tête portait le nom de l'une des banques de Mary et le numéro de compte. En bas, était inscrit le numéro du compte où tout l'argent serait versé : le Crédit Suisse, 08950569237. Mary le regarda. Sa haine lui fit littéralement absorber les chiffres, les avaler, comme si c'étaient les yeux des hommes de cette maison.

Lorsqu'elle eut terminé de signer les papiers, ils les prirent et sortirent de la pièce sans lui parler. Un étrange sentiment de soulagement s'empara d'elle. Son corps était léger, comme si elle pouvait danser ou flotter dans les airs. Mary avait mémorisé les chiffres, et jouait avec eux comme les boules de billard de couleur qui cliquetaient lorsqu'elle les bougeait. Zéro, huit cent quatre-vingt-quinze, zéro, cinq cent soixante-neuf, deux cent trente-sept. Pas de quatre ou de un. Initiales : Z-H-N-C-Z-C-S-N-D-T-S, 08950569237.

Jane s'assit dans l'obscurité et observa le chemin de graviers derrière la maison. Il y avait le break blanc, une camionnette blanche, et une Dodge gris foncé, du même modèle que la rouge qui avait conduit Timmy au rendez-vous de l'autoroute. La petite maison blanche était probablement une ferme des années trente, un endroit où une famille avait vécu en travaillant dans les champs.

Jane savait qu'elle devait agir aussi rapidement que possible. Dans une heure ou deux, le soleil serait levé et l'un des occupants de la maison regarderait par la fenêtre. Elle avait laissé sa voiture à huit cents mètres sur le bord de la route, et elle ne pouvait pas s'y cacher.

Elle s'approcha un peu de la maison, lentement et calmement, cherchant des traces de fils électriques sur le sol. Elle avait vu un boîtier beige sur le côté gauche du portail qui devait être un détecteur, et elle avait contourné le long chemin de graviers. Elle avait traversé la pelouse sans remarquer le moindre signe d'un appareil électronique.

Elle avait imaginé la planque plus grande et plus belle, aux proportions des ambitions de Barraclough. Même si Barraclough avait possédé un endroit pareil, il n'allait pas commettre l'erreur d'y perpétrer des crimes. Cette maison était petite, discrète et modeste. Il était trop malin pour croire qu'un endroit, quel qu'il soit, pouvait être imprenable. Et il n'avait pas cherché à se donner l'illusion qu'il pourrait empêcher la police d'entrer dans celui-là ; sa véritable protection, c'était la forte probabilité que la police n'en verrait jamais la nécessité.

Dès que Jane vit la camionnette, elle sut qu'elle devait regarder à l'intérieur. Si Mary était morte, ils ne laisseraient pas longtemps son corps dans la maison. Ils l'envelopperaient et le placeraient à l'arrière du véhicule pour pouvoir nettoyer la maison, sans risquer d'y laisser des traces de sang. L'intérieur d'une camionnette se lave facilement. Jane regarda par la vitre arrière. Le sol était éclairé par le clair de lune et elle s'assura que la camionnette ne contenait rien qui ressemblât à un corps. La roue de secours était boulonnée à droite, dans la porte du coffre. Jane essaya d'ouvrir et la porte céda. Elle passa la main à l'intérieur en tâtonnant autour de la roue. Elle attrapa le cric et le glissa dans sa ceinture, puis ferma tranquillement la porte et retourna sur la pelouse.

Elle choisit, à quatre mètres de la maison, un endroit où la luzerne était haute de vingt-cinq centimètres. La ferme ne fonctionnant plus depuis des années, le terrain n'avait pas été labouré, et il était couvert du foin des dernières saisons. Le cric était lourd et épais, et l'extrémité ciselée conçue pour retirer les enjoliveurs s'enfonçait facilement jusqu'à la terre riche, douce et noire, dix centimètres plus bas. Jane brisa les blocs de terre grasse puis retira son sweat-shirt, noua les deux manches, et s'en servit comme d'un sac pour répandre la terre autour dans l'herbe. Lorsque la tranchée fut assez longue et profonde pour la contenir, elle rassembla les touffes de luzerne et de foin qu'elle avait retirées, et, après s'être allongée, commença à s'en recouvrir les jambes.

L'aube vint lentement, et l'étendue plate des champs était encore couverte de brumes blanches. Une demi-heure avant le lever du soleil, Jane entendit la porte de la maison s'ouvrir. Allongée dans sa tranchée, la couverture de luzerne jusqu'au cou, son sweat-shirt sur la tête, elle se cramponna à son cric. Il y eut deux séries de pas lourds devant la maison. Jane les entendit descendre les marches de bois, puis suivit leur progression sur les graviers. Une portière claqua, puis une autre. Il y eut le bruit d'un moteur. Des roues écrasèrent le gravier vers la route.

Jane leva la tête juste assez haut pour voir que c'était la voiture gris foncé qui partait, puis s'allongea de nouveau quelques minutes pour réfléchir. Deux hommes étaient partis. Cela pouvait dire qu'ils avaient terminé l'interrogatoire de Mary Perkins et qu'elle était morte. Elle décida que c'était peu probable. Ils se seraient occupés du cadavre. Barraclough connaissait trop bien la nature humaine pour laisser le cadavre et le nettoyage entièrement à charge d'un subordonné, et il n'enverrait certainement pas ses hommes se promener pendant qu'il faisait le sale boulot. Il superviserait au moins deux d'entre eux pour envelopper le corps, le mettre dans la camionnette, et l'emmener loin de là avant de l'enterrer profondément. Mary était vivante.

Deux hommes étaient partis. Jane attendit vingt minutes, écoutant les bruits de la maison, avant de bouger. Elle devait utiliser ce moment pour savoir où était Mary, et combien d'hommes étaient encore à l'intérieur. Jane roula doucement sur elle-même dans sa tranchée et rampa pour en sortir. Elle se glissa jusqu'au flanc de la maison, posa l'oreille contre un volet, et écouta. Elle entendit de la musique. Celle-ci s'interrompit pour faire place au débit d'un discours assourdi. Puis la musique reprit. Jane fit le tour jusqu'à la façade et regarda par les fenêtres. Le salon était presque vide. Il y avait deux chaises, un vieux canapé et un poste de télévision portatif sur une table basse. Elle suivit le son de la radio autour de la maison jusqu'à la porte de la cuisine.

Jane attendit quelques instants mais n'entendit pas d'autres voix. Elle avança lentement vers la porte et glissa un œil par la fenêtre grillagée. Il y avait deux jeunes gens à l'intérieur. Ils gisaient par terre près de la table de la cuisine. L'un d'eux se tenait le ventre, et sa bouche était ouverte comme s'il essayait de crier, mais son regard était fixe. Le second était tourné de l'autre côté, immobile. Ils avaient commencé leur petit déjeuner. Les céréales et le lait étaient répandus sur le sol, et il y avait deux verres vides sur la table avec des résidus de pulpe d'orange sur les bords.

Jane leva le cric et frappa la petite vitre au-dessus de la porte, passa la main et ouvrit la poignée. Aucun des deux hommes ne bougea. Elle se précipita dans le salon et grimpa à l'étage, tenant son arme. Elle ouvrit les portes et ne trouva que quatre lits vides et défaits. Elle descendit et découvrit une porte close dans l'entrée. La serrure était verrouillée. Jane introduisit l'extrémité plate du cric entre la porte et le chambranle et poussa de toutes ses forces. La porte craqua et céda dans un bruit sec, tandis qu'un pan entier tombait sur le sol.

La vue de Mary était pire que celle des deux hommes que Jane avait empoisonnés. Elle était nue et couverte de blessures, un œil presque fermé, et ses lèvres étaient si sèches qu'elles se fendirent lorsqu'elle ouvrit la bouche. Du sang coula sur son menton. Elle ne semblait pas avoir la force de se tenir debout, et elle commença à ramper vers Jane.

Jane passa un bras autour de sa taille pour la mettre sur ses pieds. « Venez.

– Ils m'ont dit que vous étiez morte. » Jane l'entendait à peine.

« Je ne suis pas morte, et vous non plus. Nous devons nous dépêcher. Où sont vos vêtements ?

– Je ne sais pas. » Elle tremblait tellement qu'il fallut un moment à Jane pour comprendre ce qu'elle essayait de dire. « Faites-moi sortir d'ici.

– Attendez-moi une minute », dit Jane et elle se rendit précipitamment dans la cuisine pour prendre les clés de la voiture. Elles étaient posées sur le comptoir. En les attrapant, elle sentit un mouvement derrière elle.

Mary attrapait la bouteille de lait sur la table. « Non ! » Jane lui arracha la bouteille qui tomba par terre. Mary courba le dos et la regarda avec stupeur.

« J'ai tout empoisonné. »

Mary sembla remarquer les deux hommes sur le sol pour la première fois. Ils étaient morts dans des douleurs et des convulsions terribles, et leur visage était tellement contracté qu'il n'avait plus rien d'humain. Elle sembla s'en émerveiller. « Ils ont l'air si jeunes. Je pensais qu'ils étaient plus vieux. » Puis elle parut se souvenir de quelque chose. « Le diable a toujours exactement le même âge que vous.

– Venez, dit Jane. On s'occupera des vêtements plus tard. » Elle tira Mary hors de la cuisine jusqu'au porche. Les clés ouvraient le break blanc ; elle installa Mary sur le siège du passager et démarra. « Tenez, il est sale mais c'est mieux que rien. Mettez-le », dit-elle, en tendant le sweat-shirt noir à Mary.

Jane roula en guettant Barraclough et Farrell dans le rétroviseur et sur la route. Lorsqu'elles parvinrent à l'endroit où elle avait garé la Toyota grise, elle y rangea le break. Une fois Mary assise sur le siège arrière, Jane reprit la route. « Allongez-vous et reposez-vous. Quoi qu'il arrive, ne levez pas la tête. Avez-vous besoin de voir un médecin tout de suite ?

– Je ne veux pas voir de médecin », dit Mary. Sa voix était rauque et faible, mais elle commençait à reprendre ses forces.

« Nous trouverons des vêtements et de la nourriture dès que nous serons assez loin. Tout est encore fermé.

– Donnez-moi juste des vêtements, je pourrai manger dans l'avion.

– L'avion ?

– Je dois aller au Texas. »

Jane sentit sa gorge se serrer et des larmes monter à ses yeux. Elle ne voulait pas laisser des images de ce qu'ils avaient fait à Mary se former, mais il n'y avait pas moyen d'éviter d'y penser. Elle n'était pas morte : son cœur battait encore et elle pouvait parler même si son visage était déformé. Mais elle risquait de passer le restant de ses jours dans un hôpital psychiatrique.

« Vous ne me demandez pas pourquoi ? »

La voix était satisfaite et timide, presque coquette. Maintenant Jane allait devoir accompagner Mary jusqu'au bout du chemin. Elle lui devait mille fois plus que cette simple courtoisie. « D'accord. Pourquoi ?

– Parce que j'ai la mémoire des chiffres. »

Jane essaya de garder son calme. « Je sais, Mary. J'ai remarqué que vous étiez compétente la première fois que nous nous sommes parlé. Vous êtes une femme intelligente, très forte, et vous vous remettrez bien. » C'était un mensonge. Elle ne se remettrait pas. C'était Jane qui en était responsable. Barraclough avait pris l'appât et il l'avait détruit.

« Ils ont réussi à ce que je leur donne l'argent que j'ai volé.

– Je sais, dit Jane. Personne n'aurait pu résister. Oubliez l'argent.

– Laissez-moi terminer, dit Mary avec impatience. Ils savaient que je l'avais volé des banques, mais ils croyaient que j'avais réussi à le faire en me transformant en insecte ou en rat, ou quelque chose de rampant. Il ne leur est pas venu à l'esprit que la raison pour laquelle j'ai réussi, c'est que je connais les affaires, et que j'étais plus intelligente que ceux que j'ai volés. Ils ont rempli les formulaires de virement. Ils ont fait la liste de mes comptes et ils ont écrit le numéro du compte où l'argent devait être transféré. Je les ai tous signés, tous les six, et donc je l'ai vu six fois.

– Qu'avez-vous vu six fois ?

– Pas besoin de l'écrire. Je ferme les yeux et je le lis comme je veux 08950569237. Barraclough a transféré tout l'argent sur son compte bancaire du Crédit Suisse à Zurich. C'est le numéro de ce compte. Je l'ai retenu. »

27

Jane conduisait et Mary était étendue sur le siège arrière, le visage tourné vers le plafond de la voiture. « Il faut aller à Dallas.

– Pourquoi Dallas ? Vous m'avez dit un jour que vous ne pouviez plus y retourner parce que les gens vous connaissaient.

– Et donc je les connais moi aussi. Ils vous tiennent, mais vous les tenez. C'est comme du goudron, mon petit. »

Jane sélectionnait soigneusement ses mots. Rien ne s'arrangerait si elle laissait sa propre agitation se transformer en hystérie, mais Mary devait savoir que tout n'était pas terminé. « J'ai tué ces deux hommes. Mais il reste Barraclough.

– Je sais, dit Mary. Il est à San Francisco.

– Comment le savez-vous ?

– C'est là que les grosses banques de la Côte Ouest ont leur siège. En ce moment il manie le *jet-stream*, et vous ne pouvez pas le prendre très facilement dans une petite succursale de Stinkwood, dans le Minnesota. Là-bas, tout ce dont ils sont capables, c'est de transmettre aux grandes agences pour qu'elles réalisent les opérations. Et

Barraclough ne peut ni les tromper la journée entière ni leur dire ce qu'il est en train de faire.

– Que voulez-vous dire par "manie le *jet-stream*" ? Il s'envole pour la Suisse ?

– Non, dit Mary. C'est trop lent. Les échanges boursiers, les marchés des valeurs, des marchandises et des cours, les lois du Trésor public de centaines de pays changent une centaine de fois par jour. Un tyran est assassiné en Amérique du Sud et avant que l'ambulance n'arrive à l'hôpital, des millions de dollars de Hong Kong achètent déjà du cuivre et du café à Londres et à New York. Barraclough ne va pas se rendre en Europe, puis aux Caraïbes, pour tendre à six interlocuteurs des formulaires de retraits, et ramasser cinquante-deux millions de dollars. Il sait bouger l'argent comme l'argent bouge – électroniquement, dans l'atmosphère. Bonn, Paris, Londres, New York, Chicago, San Francisco, Los Angeles, Zurich, Melbourne, Singapour, Hong Kong. » Après un souffle elle ajouta : « Dallas. »

Jane inclina son rétroviseur pour apercevoir Mary sur le siège arrière. Elle était en sang, couverte de coups et épuisée, mais elle semblait décrire quelque chose de réel. « Vous dites que vous voulez essayer de récupérer votre argent ? C'est ce dont vous parlez ? »

Mary toussa calmement, et Jane se rendit compte que c'était une sorte de rire. « Vous me l'aviez dit et je n'avais pas compris. Il faut se dénuder entièrement. Tout perdre : les amis, les vêtements, les dossiers médicaux, votre nom, même vos cheveux. L'argent était la dernière étape. Il est perdu, Jane. J'ai dû le lui donner, et je le lui ai remis en main propre de telle sorte que j'ai pu voir dans quelle poche il l'a planqué. »

Jane acheta un jean à Mary. Les traces de coups et de blessures sur ses jambes étaient si vives qu'une robe n'aurait pas suffi à les couvrir. Elle lui trouva un chemisier d'un bleu vif qui n'attirerait pas l'attention, assez ample pour envelopper Mary sans que sa peau ne touche trop le tissu.

Jane laissa la voiture dans le parc de stationnement de San Jose. « Emmenez-moi à Dallas, dit Mary. Après, ça m'est égal.

– Qu'est-ce qui vous est égal ?

– Tout. »

Mary mangea et but dans l'avion, puis dormit le reste du temps. À l'aéroport de Dallas, Jane loua une voiture. En la sortant du parking, elle demanda à Mary où elle souhaitait aller.

« À la Banque de Sanford, à l'angle de Commerce et de Field. Tournez à gauche, ici.

– C'est presque l'heure de la fermeture, dit Jane. Mais nous pourrons peut-être voir votre ami à la sortie.

– Nous ne le trouverons pas à la sortie », dit Mary. Sa voix était encore basse, comme si elle faisait un énorme effort pour parler. « C'est maintenant qu'il commence à travailler. Tout se passe pendant la nuit. »

Elles attendirent dans le hall de la banque, jusqu'à ce que Jane voie les clients qui approchaient des grandes portes vitrées tourner la poignée avec précipitation. Ils entraient avec un petit soupir de soulagement, et jetaient tous un coup d'œil à l'horloge en traversant le hall jusqu'au guichet.

À quatre heures moins une, un homme d'une cinquantaine d'années, les cheveux plaqués en arrière pour souligner ses tempes grises, entra dans la banque. Il portait un costume léger qui brillait légèrement, et ses chaussures étaient si bien cirées qu'il fallut quelques secondes à Jane pour reconnaître des rangers.

« Le voilà », dit Mary. Elle se leva rapidement, mais le grognement inaudible qui lui échappa témoignait de l'effort qu'elle avait produit. Elle s'avança vers l'homme. « Salut, Gene. C'est moi, Mary Perkins. »

L'homme la regarda avec stupeur, et aspira un peu d'air qu'il expulsa lorsqu'il la reconnut. Ses yeux parcoururent spontanément les alentours, comme s'il vérifiait qu'on ne les regardait pas. « Eh bien, Mary. Comment ça va ? J'ai entendu dire que tu as eu quelques problèmes, il y a un moment.

– Oui, j'ai dû partir. Je vois que tu penses que l'expérience ne m'a pas été bénéfique. Tu as absolument raison. »

Le front de l'homme se contracta un moment pour rapprocher ses sourcils dans une expression de sympathie, et sa bouche se força à sourire. « Bien, je vois que tout cela est terminé maintenant, et c'est ce qui compte.

– Est-ce que tu as toujours un bureau ? J'ai besoin de te parler d'une affaire. »

L'homme s'éloigna instantanément d'elle. « Mary, tu dois comprendre que les choses ne fonctionnent plus comme avant. Je suis content de te voir mais… »

Mary se tourna et fit un signe à Jane, qui était encore installée dans le fauteuil rembourré, près de la table en marbre où étaient posés les stylos attachés à des chaînes. Jane se leva pour les rejoindre, sans sourire. « Voici Katherine Webster du Trésor public. Mon vieil ami, Gene Hiller. »

Le regard de l'homme allait de l'une à l'autre. « Attendez une seconde. Qu'est-ce qui se passe ?

– Ne t'inquiète pas, dit Mary. Si c'était ton tour, je n'en ai pas eu vent. Allons discuter. »

Jane ouvrit son sac et commença à farfouiller dans son petit portefeuille noir comme si elle allait exhiber un badge.

Gene Hiller regarda de nouveau autour de lui, et dit : « Par ici. »

La pièce était minuscule, juste assez grande pour accrocher son manteau quand Gene travaillait sur la plate-forme informatique. Dès qu'ils furent à l'intérieur, Mary ferma la porte. Elle se plaça à un endroit qui barrait l'accès au bureau derrière lequel Hiller pourrait se sentir en sécurité. Jane constata que Mary avait dû être excellente dans ce genre de situation.

« Voilà, Gene. J'ai fait un marché avec Katherine ici présente. Je vais rendre l'argent. » Elle sembla remarquer la sueur qui perlait sur son front pâle. « Je ne suis pas – tu peux le confirmer, Katherine – censée témoigner contre les personnes ayant pu être impliquées dans les activités illégales dans lesquelles je me suis engagée un jour. »

Les épaules de Gene Hiller se détendirent immédiatement, ce qui fit paraître son cou plus long. « Qu'est-ce qui... t'amène ici ?

– Apparemment, je ne peux pas aller à Zurich, prendre un chèque avec plein de zéros dessus, et revenir ici en avion pour le donner. » Elle fit un sourire sarcastique à Jane. « La confiance est assez rare dans ce monde.

– Je vois », dit Gene. Mais la seule chose qu'il voyait, c'est que Jane était celle qui empêchait Mary d'agir librement.

« Mon avocat me dit que si je veux passer devant le juge d'ici une semaine, il faut que mon repentir semble délibéré, et apparemment spontané, pour preuve de mes remords et de ma volonté sincère de me réhabiliter. Je ne peux pas avoir l'air d'acheter mon salut au Trésor public. Ce qui me met dans une situation très compliquée. Et qui me contraint à demander de l'aide à de vieux amis. »

La menace n'était pas passée inaperçue. Si, pour une raison ou une autre, Mary ne pouvait pas rendre l'argent, il y avait quelque chose d'autre qu'elle pouvait donner. « Que veux-tu que je fasse ?

– Un virement électronique, dit-elle. Recevoir l'argent, puis le renvoyer une seconde plus tard. Écris, et ne te trompe pas : Crédit Suisse, 08950569237. S'ils ont besoin d'une demande de virement, je la signerai et tu la faxeras. S'ils demandent une vérification, dis-leur que j'ai des papiers en règle. Le nom que j'ai utilisé est James Barraclough. »

Gene la regarda fixement. « Tu veux dire que tu as un compte numéroté en Suisse, sous un faux nom ?

– Je suis en train de me réhabiliter en ce moment. Je ne donne de leçon à personne. »

Ses sourcils se froncèrent. Il soupçonnait quelque chose. « Où exactement veux-tu envoyer ces fonds ? »

Mary respira profondément. « Allume ton ordinateur et tape le numéro du compte où tu envoies l'argent des prélèvements fédéraux obligatoires. Tu peux le faire ?

– Évidemment. Et ensuite ?

– Transfère tout l'argent de la banque suisse sur ce compte, sans qu'il apparaisse jamais sur ton ordinateur comme une transaction provenant d'ici. Donne-le au Trésor public. »

Elle regarda Jane Whitefield. Ses yeux étaient rouges et humides. « Vous pensez que ça ira ? »

Jane hocha solennellement la tête.

Gene Hiller prit le papier et partit dans la salle informatique. Un écran déroulait la longue liste de transactions qu'il était censé examiner – l'argent que la réserve fédérale prêtait à la banque la nuit, l'argent que la banque déplaçait sur des comptes dans le monde entier pour couvrir les investissements de la journée, les ajustements des comptes des différentes branches. C'était comme s'il versait l'eau d'une cruche pour égaliser les niveaux de centaines de petites coupes.

Gene ignora cet écran et s'assit devant un autre terminal. Il tapa le nom de la banque suisse et attendit que leur ordinateur lui signifie qu'il avait été reçu et reconnu. Puis Gene annonça qu'il avait l'autorisation de fermer le compte numéroté et de virer l'argent. Il frappa le chiffre et attendit. Il fallut patienter un moment. « Es-tu certaine que c'est le bon numéro ? Ça n'est pas si long d'habitude.

– C'est le bon, dit fermement Mary. Redonne-le-leur. »

Alors qu'il se préparait à lui obéir, quelque chose se produisit. Des lettres et des chiffres apparurent sur l'écran pour remplir ses formulaires. Il les fixa pendant un moment puis regarda Mary. « Seigneur, Mary, deux cent six millions de dollars ? Tu as volé deux cent six millions ? »

Mary retint un sourire. « Non, Gene. Je n'en ai volé que cinquante-deux. Le reste, j'en ai hérité. Envoie, à présent. »

Gene frappa le numéro de compte du Trésor public et termina par la touche retour. Avant même que ses doigts ne se soient relevés du clavier, l'argent s'était volatilisé. Gene regarda l'écran comme s'il avait du mal à croire ce qu'il avait vu. Et il ne pouvait certainement pas le croire.

« Personne ne te posera de questions à ce sujet probablement, mais si c'est le cas, tu ne sais rien. Cela fait partie du marché que j'ai conclu. Personne au monde ne pourra récupérer le moindre centime. » Elle lui tapota l'épaule. « Et toi non plus, Gene.

– Je ne suis pas si bête, dit-il. Celui qui demandera aux impôts le remboursement de deux cent six millions de dollars récoltera beaucoup de choses, mais certainement pas un chèque.

– Exact », dit Mary. Elle se pencha vers lui et lui pinça la joue. « Merci, bébé. Maintenant je te laisse tranquille jusqu'à la fin de tes jours. »

Elle sortit de la salle informatique la tête haute et les épaules en arrière. Jane savait qu'elle souffrait, mais elle se tint droite jusqu'à ce que Hiller les ait menées à la sortie de secours, et qu'elles aient passé le coin de la rue pour revenir à la voiture. Dès que Mary fut assise, ses forces la quittèrent et elle posa la tête sur le siège.

« Mary, dit Jane. Vous allez bien ?

– Je vais mieux que je ne l'ai jamais rêvé. J'étais dans un tel état de frayeur et de douleur dans cette maison, que j'ai cru qu'il avait ouvert un compte juste pour mon argent. Mais on ne peut pas ouvrir un compte numéroté sans se présenter en personne. Comment aurait-il pu y aller si vite ? Il m'avait, mais il ne savait pas où placer mon argent, sauf là où il planque celui qu'il a volé depuis des années. Il fallait que je prenne tout l'argent qu'il possédait, et que je le balance dans les égouts. »

28

Jane roulait à grande allure à travers les plaines du nord du Texas. La nuit venait de tomber, et elle savait qu'elle aurait besoin d'exploiter son temps au mieux. Le voyage de Californie au Texas leur avait pris la journée entière.

Elle essaya d'imaginer ce que Barraclough faisait au même moment. Jane était convaincue que Mary en savait assez sur l'argent pour être fiable lorsqu'elle supposait que Barraclough avait roulé jusqu'à une banque de San Francisco pendant la matinée. Farrell et lui ne pouvaient être revenus avant midi. Là, ils avaient découvert que Mary s'était enfuie, et que les deux jeunes recrues étaient mortes.

Barraclough devait avoir découvert le break de Farrell vers treize heures, et compris que Mary et Jane avaient pris une autre voiture. Puis Farrell et lui avaient certainement passé du temps à s'occuper des deux corps, à effacer toute trace de la détention de Mary et à retirer les objets et les empreintes qui pouvaient établir un lien entre eux et cet endroit. Ce qui lui laissait encore un camion et deux voitures, et seulement Farrell pour l'aider à conduire. Il avait besoin au moins d'une personne, peut-être deux de plus, auxquelles il pouvait faire confiance pour conduire les véhicules jusqu'à Los Angeles. Les candidats les plus probables devraient venir de Enterprise Development, donc de Los Angeles.

Elle supposa que Barraclough en aurait terminé avec tout cela vers neuf ou dix heures du soir, environ cinq heures après la disparition de la totalité de son butin. « Y a-t-il une possibilité que Barraclough apprenne que son compte en Suisse a été vidé ? » demanda Jane.

Mary resta silencieuse. Jane jeta un coup d'œil par-dessus son épaule et vit qu'elle s'était roulée en boule comme un enfant et endormie sur le siège arrière. La question devrait attendre. La banque allait probablement expédier à Barraclough un formulaire de clôture du compte.

Jane ne pouvait se risquer à retourner à l'aéroport et à s'envoler de Dallas avec Mary cette nuit-là. Si Barraclough avait la présence d'esprit de demander la confirmation du gigantesque virement qu'il avait fait sur son compte, on lui répondrait que ce compte avait été fermé. Même si la banque suisse ne savait pas que le virement au Trésor public provenait de Dallas, il y aurait probablement un moyen de l'apprendre. Elle devait supposer que Barraclough ferait faire des recherches à Dallas avant le lever du soleil.

Elle regarda Mary à nouveau, puis posa les yeux sur la route. Les sentiments qu'elle avait retenus pendant des jours refaisaient maintenant surface. Jane avait eu une attitude impardonnable. Elle avait utilisé cette femme comme appât et laissé le prédateur la dévorer. Tout ce qu'elle pouvait faire à présent était de préserver ce qui restait. Ce qui avait permis à Mary de garder son intégrité – le délai engendré par le choc, ou peut-être simplement l'énergie de la haine – s'était apparemment retiré d'elle à présent. Avant de s'endormir elle avait été faible et confuse, et le voyage dans ces conditions devenait risqué. Jane devrait la mettre à l'abri avant le matin. Elle utilisa les huit dernières heures nocturnes pour sortir du Texas et gagner l'Oklahoma.

Il faisait encore sombre lorsque Jane sortit de la route pour glisser sur l'asphalte d'une station-service. Elle coupa le moteur et, entendant Mary s'asseoir sur le siège arrière, elle se retourna pour la regarder bâiller et cligner des yeux vers la lumière, puis passer la main dans ses cheveux. Jane l'observa en train de recouvrer ses esprits. Mary s'agita soudain : « Où sommes-nous ? Pourquoi nous sommes-nous arrêtées ? »

Jane choisit de répondre à la première question. « Miami, en Oklahoma.

– Où allons-nous ? »

Jane était heureuse d'entendre une nuance de contrariété dans le ton de Mary. C'était un signe vital, comme le pouls ou le battement d'un cœur. « On va rester ici, pour l'instant. On est en sécurité. »

Peu après neuf heures du matin, Jane et Mary entrèrent dans la boutique de cadeaux du siège du conseil intertribal. La jeune femme qui nettoyait les présentoirs se tourna et leur sourit, puis reprit son travail. Jane patienta jusqu'à ce que la femme sente qu'elle voulait lui parler. Elle leva les yeux, les posa une seconde sur Jane, puis dit : « Je parie que vous venez rendre visite à votre famille. »

Mary eut un sourire involontaire.

« Oui », dit Jane. Elle vit le visage de Mary se tourner vers elle avec stupeur. « J'espérais trouver Martha McCutcheon ici.

– Oh, vous êtes Seneca, dit la femme.

– C'est ça, dit Jane en tendant la main. Jane Whitefield. »

La femme la serra et sourit. « Rowena Cloud, Ottawa.

– Je suis très heureuse de vous rencontrer, dit Jane. Est-ce que Martha est dans l'arrière-boutique ?

– Martha n'était pas bien cette semaine, dit Rowena Cloud. Elle souffre d'arthrite en hiver, et il a fait un froid glacial pendant deux jours. Elle a dû s'aliter. Si vous ne la trouvez pas chez elle, revenez me voir. Vous pouvez vous installer chez nous. Je peux vous indiquer où c'est, la clé est au-dessus de la porte.

– Eh bien, merci, dit chaleureusement Jane. Nous allons voir si Martha est d'attaque pour recevoir de la visite. »

En remontant la rue, Mary demanda doucement : « Êtes-vous réellement indienne, ou est-ce encore une fausse identité ? »

Jane la regarda avec amusement. « Vous croyez que je pourrais la tromper ? » Elle ouvrit la porte de la voiture et attendit que Mary se soit installée sur le siège, puis prit le volant et démarra.

« Comment pouvait-elle savoir ? Vous avez les yeux bleus.

– C'est un pays indien. Elle a déjà vu à peu près toutes les sortes d'Indiens qui existent, et c'est une spécialiste. Tout cela, ce sont des réserves.

– Senecas ?

– Certaines. Les Iroquois vivaient tous dans l'État de New York, au début. Mais il y avait des familles senecas et cayugas qui allaient en Ohio chaque automne pour chasser. Après la guerre, ils ne virent pas l'intérêt de revenir chez eux. Ils ont vécu dans des réserves, à Lewistown et Sandusky, jusqu'à ce qu'ils soient expulsés en 1831 et envoyés en Oklahoma.

– Mais ce n'est pas là que vous habitez.

– En effet. Ma famille est restée dans l'État de New York. » Elle regarda attentivement Mary. « Écoutez, Mary. Vous allez voir et entendre des choses qui n'auront aucun sens pour vous. Comme cette fille là-bas qui disait qu'on pouvait s'installer chez elle, alors qu'elle ne nous avait jamais vues auparavant.

– Ça semblait un peu bizarre.

– Souriez beaucoup, et ignorez tout ce qui vous semble étrange. Je ne voulais pas vous amener ici, mais je n'ai pas eu d'autre choix. Barraclough sait déjà que j'ai tué ses hommes, et assez vite il saura que vous avez pris tout son argent et que vous l'avez donné au gouvernement. Il va nous rechercher, et cette fois-ci il ne laissera rien le distraire. Il nous veut mortes.

– Je sais cela.

– Quelques personnes ici me connaissent. Certaines sont – selon *notre* conception des choses, pas la vôtre – des parents. Nous avons besoin de vous trouver un bon docteur, et nous avons besoin d'un endroit pour nous reposer. Le voilà. »

Elles laissèrent la voiture garée sur la route et marchèrent le long du terrain de camping. Il fallut quelques minutes de recherches à Jane pour trouver la caravane dont elle se souvenait, tout au bout du terrain. Un petit panneau tapé à la machine sur la porte, indiquait « McCutcheon ». Elle frappa doucement et écouta.

La porte de la caravane s'ouvrit et une vieille femme, vêtue d'une robe à fleurs et d'un cardigan, apparut dans l'embrasure, trois marches au-dessus d'elles. Ses longs cheveux gris étaient épais et raides, attachés en queue de cheval sévère comme ceux d'une femme plus jeune, mais sa bouche était édentée et ses mâchoires étaient serrées au point que son nez touchait presque son menton. Elle dit simplement : « Salut. »

Jane s'adressa à elle en seneca : « Mon nom est Jane Whitefield, grand-mère. Vous vous souvenez de moi ? »

La vieille femme loucha, sourit joyeusement puis dit en anglais : « Juste une minute. » Elle s'éloigna et réapparut après avoir mis son dentier. « Je me souviens de toi, petite-fille. Je suis contente de te revoir. » Elle avait parlé en seneca.

Jane poursuivit en anglais. « Voici une de mes amies, Mary Perkins. »

La vieille femme scruta Mary d'un air désapprobateur. « Encore une anthropologue ?

– Non, dit Jane. Elle n'est que perceuse de coffres-forts. »

Martha éclata de rire : « Dah-joh. » Elle traduisit aussitôt : « Entrez », et, reculant pour les laisser passer, elle s'adressa à Mary : « J'ai un problème avec la serrure de cette porte. Peut-être pourras-tu la réparer. »

Jane et Mary escaladèrent les marches de bois et entrèrent dans l'étroite cuisine, parfaitement nette. Mary vit que le poste de télévision était en marche dans le salon, mais Martha sembla le remarquer au même moment. Elle fouilla dans la poche de son cardigan, sortit la télécommande, la tendit avec soin et éteignit. « Asseyez-vous, asseyez-vous. Je vais vous chercher quelque chose.

– Nous venons de manger », dit Mary.

Mais Jane lui toucha le bras et lui fit un signe de la tête.

Le pain de maïs, le miel et les conserves de fraises et de myrtilles apparurent si vite, et avec tant d'économie de gestes, que Mary comprit instantanément qu'il s'agissait d'une de ces nouvelles choses auxquelles elle devait simplement sourire sans poser de questions.

Jane et Martha se promenaient dans les herbes sèches et fleuries de givre du jardin en se parlant en seneca. « Que lui est-il arrivé ? »

Jane était venue ici parce qu'il s'agissait du seul endroit de cette partie du pays où elle pouvait faire absolument confiance aux gens. Mais lorsque la question tomba, elle ne put retenir ses vieux réflexes. Elle fabriqua rapidement une histoire. Mais quand elle regarda la vieille femme, ces yeux semblaient déjà avoir pénétré le mensonge. En imaginer un serait une perte de temps. « Elle a été kidnappée. Elle avait de l'argent qui n'était pas à elle. Des hommes le voulaient. Ils l'ont torturée. Elle ne me l'a pas encore dit, mais ils l'ont violée.

– Est-ce que la police les a attrapés ?

– Nous ne pouvions même pas appeler la police, dit Jane en secouant la tête. Elle en a trop fait. Elle échouerait en prison, et les hommes l'y trouveraient et s'assureraient qu'elle n'en sorte jamais.

– Qu'est-ce qu'une fille de Nundawaono vient faire dans ce genre d'histoire ? »

Jane la regarda dans les yeux. « C'est mon métier. Les fugitifs viennent me voir, et je les guide hors du monde.

– Pourquoi ? »

Jane eut un petit rire triste. « Parce que si je ne les aidais pas, ils me donneraient de mauvais rêves.

– Je parie que beaucoup d'entre eux t'en donnent de toute façon », dit Martha. Elle regarda Jane avec ses yeux vifs et secoua la tête. « Les gens comme moi – les gens de la vieille maison commune qui croient aux visions de Handsome Lake – disent toujours que les jeunes ont tout oublié. Or voilà que le jour où je reste à la maison, ma propre arrière-grand-mère vient frapper à ma porte. Il faut que j'apprenne à me taire. Bon alors, je dois t'aider à prendre soin d'elle, n'est-ce pas ?

– Vous êtes la mère du clan. Vous devez en avoir appris assez toutes ces années pour prendre votre propre décision.

– Est-ce qu'elle a été consulter un docteur ?

– Pas encore. Je vais appeler un ami médecin et utiliser ses relations pour en trouver un qui ne prévienne pas la police.

– J'en connais un qui la verra aujourd'hui. Laisse-la-moi », dit Martha.

Quelques jours plus tard, Mary ouvrit la porte de la caravane, sortit et trouva Martha seule au milieu des mauvaises herbes. La vieille femme la regardait, comme si elle avait surveillé la porte et attendu qu'elle s'ouvre. « Venez », dit-elle en commençant à marcher.

Mary Perkins la rattrapa. « Où allons-nous ?

– Nulle part. J'ai marché ici pendant soixante-quinze ans, et si j'arrête, je me raidis et je meurs. »

Elles se promenèrent en silence quelque temps. À chaque instant, Mary se rendait compte que ses pas s'étaient insensiblement dirigés vers la route, et elle devait corriger sa trajectoire. Martha ne montrait aucun intérêt pour cette route. Elle continuait à marcher droit à travers les herbes. Après un moment, Mary remarqua que la robe de Martha était coupée précisément à un centimètre au-dessus des herbes, pour qu'elle ne se prenne pas dans les ronces. « Et à propos de vous, dit la vieille femme. Vous êtes-vous décidée ?

– Décidée à quoi ?

– À mourir. »

Mary marcha longtemps. « Je ne sais pas. Parfois j'ai l'impression que c'est déjà arrivé, et que je ne m'en suis pas aperçue. Je ne sais pas exactement quand. J'étais dans un état second lorsque Jane est arrivée. Après cela, je me suis appliquée à me tenir droite assez longtemps pour faire quelque chose que je m'étais promis. À présent c'est terminé, mais rien d'autre n'est venu à la place. »

Martha progressait dans les herbes. Le froid rendait les tiges sèches cassantes lorsque ses pieds les poussaient de côté pour toucher la neige.

« Chaque fois que je marche ici c'est différent. Dans quatre mois, il y aura des fleurs sauvages partout. De petites fleurs blanches, beaucoup de bleu et or, des roses, tout mélangé. Il y a presque deux cents hectares, ici, que personne n'a cultivés depuis que je suis enfant. Et les fleurs poussent comme des folles.

– J'aimerais voir ça, dit Mary.

– Alors vous n'êtes pas encore morte. »

Mary marchait lourdement, n'accordant que peu d'attention au craquement des herbes. « Peut-être n'était-ce pas moi. Cela fait si longtemps que je n'ai pas utilisé mon vrai nom qu'il n'a plus l'air de m'appartenir. Jane ne vous l'a peut-être pas dit, mais c'est pour ça que c'est arrivé.

– Quoi que vous ayez fait, vous n'avez pas mérité ce que vous avez subi. Et d'autres choses vont encore se produire.

– Je sais. Cela m'est égal d'ignorer ce qui va arriver, je n'ai pas peur. Je ne sais même pas ce qui pourrait me plaire.

– Peut-être avez-vous besoin d'aide. Vous pourriez passer votre vie à voir des psychiatres.

– J'ai l'impression que vous n'approuveriez pas.

– Je n'ai rien contre. Il y a des gens qui aiment les drogues, et je pense que beaucoup ont juste besoin de se faire pouponner et d'avoir un endroit où on les attend à une heure précise.

– Pour l'instant je ne vois aucune différence entre cela et toutes les autres choses que font les gens.

– Peut-être Mary Perkins est-elle si épuisée qu'elle ne vaut plus rien. Peut-être pour commencer ne l'aimiez-vous pas tant que cela.

Pardonnez-lui, parce que vous savez qu'elle a souffert. Aimez-la, parce que vous avez voyagé avec elle et partagé des secrets. Puis tuez-la et enterrez-la.

– Me tuer ?

– Sauf si vous voulez toujours voir ces fleurs sauvages. »

Mary la regarda avec circonspection. « Vous avez inventé ces fleurs sauvages, n'est-ce pas ?

– Bien sûr, dit Martha. Il n'y a que des chardons et de l'herbe à buffle. J'aimerais pourtant voir des fleurs. La plupart des hivers, je trouve que c'est la seule chose nécessaire. »

Jane attendit que Martha McCutcheon soit partie travailler dans sa boutique, puis s'assit à côté de Mary sur les marches de la caravane.

« Je ne vous ai pas demandé grand-chose sur ce qui s'est passé parce que je ne voulais pas vous ennuyer. Mais maintenant, il le faut.

– D'accord, dit Mary d'une voix tendue.

– Ils vous ont probablement posé beaucoup de questions… des choses qui semblaient n'avoir aucun sens, n'est-ce pas ?

– Oui. C'était le plus âgé, la plupart du temps. C'était comme s'il essayait de voir si je disais la vérité. Où avons-nous rencontré le type à Ann Arbor pour en partir. Ce que nous avons mangé…

– Des noms, dit Jane. Vous a-t-il posé des questions sur les noms que nous avons utilisés en fuyant ?

– Eh bien, oui. » Mary semblait comprendre qu'elle avait fait une terrible erreur. « Je leur ai dit. J'avais si peur, j'étais si fatiguée…

– Ça va, dit Jane. Ça ira. Réfléchissez. Quels sont les noms que vous avez omis de leur dire ?

– Aucun.

– Vous n'avez rien fait de mal. J'avais simplement besoin de savoir », dit Jane en se levant.

Le « plus âgé » devait être Farrell. Il avait attendu qu'elle soit au plus bas et ensuite il lui avait posé toutes les questions. Les réponses devaient avoir donné à Barraclough ce dont il avait besoin à présent. Barraclough pouvait utiliser quelque chose d'aussi anodin que le numéro de chambre d'un hôtel, un jour précis, approcher le bon employé, de la bonne façon, et obtenir le nom que Jane avait utilisé et le numéro de sa carte de crédit.

Si l'hôtel se trouvait avoir confié sa sécurité à Intercontinental, ils lui donneraient tout, sans problème. Lorsque Barraclough le voulait, il pouvait devenir Intercontinental Security.

Jane passa les jours suivants à scruter l'horizon. Les champs plats et vides aux alentours auraient dû la rassurer, mais cette monotonie lui inspirait une agoraphobie paniquante. Elle s'asseyait à la table de Martha McCutcheon un quart d'heure, regardant vers l'ouest au-delà de la route, puis se dirigeait vers une autre fenêtre pour observer le sud à travers les champs dénudés par l'hiver.

La quatrième nuit, elle entendit un bruit et s'assit dans son lit. Elle ne se réveillait pas, elle était éveillée. De l'autre côté de la paroi, Martha murmura : « C'est le vent. » Un moment plus tard elle dit en seneca : « As-tu pensé à ce que tu ferais si c'était autre chose ?

– J'y pense tout le temps », dit Jane. Elle se leva, mit son manteau, sortit de la caravane, traversa le champ et s'éloigna du terrain de camping. Elle s'assit au milieu des herbes dans l'obscurité et écouta le vent. Il était froid et violent, traversant la plaine en bourrasques tourbillonnantes. Elle avait lc scntiment effrayant que ce vent transportait quelque chose qu'elle ne pouvait pas vraiment entendre. C'était peut-être quelque chose qu'elle aurait pu identifier si l'air avait été calme. Et c'était peut-être quelque chose qu'elle aurait pu entendre si elle en avait été plus proche, quelque chose que le vent apportait de très loin.

De toute façon, c'était le même bruit. C'étaient des portières de voitures qui claquaient, des pas d'homme qui écrasaient les herbes raides et gelées, les déclics des sécurités et du chargement des revolvers. Jane leva les yeux vers le ciel et essaya de discerner la constellation de l'Aigle. Les anciens fuyards l'utilisaient pour se diriger lorsqu'ils longeaient le Waagwenneyu la nuit, mais elle était cachée derrière des traînées de nuages.

Lorsqu'elle se retourna vers le petit campement, Jane se contraint à le regarder avec les yeux de Barraclough. Ce ne serait pas difficile de trouver la bonne caravane, avec la voiture étincelante qu'elle avait louée à Dallas garée à côté. Un P38 ordinaire pouvait percer la paroi de la caravane de Martha. Un fusil à canon court, de gros calibre, était capable de traverser tous les murs et tuer quelqu'un derrière l'habitacle, à cent mètres. Ce paysage vide et plat ne pouvait cacher une femme en fuite.

Le matin Jane accompagna Martha dans sa promenade. Après un moment, Martha interrompit le silence. « Tu pars aujourd'hui, n'est-ce pas ?

– Oui.

– Tu veux d'abord quelque chose.

– Cet endroit risque de ne plus être sûr encore très longtemps. Je veux que tu l'emmènes vers le nord.

– Où ?

– À Nundawaonoga. » C'était le nom seneca pour l'ouest de l'État de New York. C'était comme si elle avait dit : « À la maison. » Jane ajouta : « Pas d'avion, pas de bus, pas de cartes de crédit. » Elle lui tendit une liasse épaisse de billets de cent dollars. « Tu pourras payer une voiture. »

Martha marcha en silence pendant un temps, puis prit l'argent et le glissa dans la poche de sa veste. « Il y a des gens là-haut que je n'ai pas vus depuis dix ans. Ils seront très contents de me voir.

– Merci, Grand-mère. »

Martha regarda Jane du coin de l'œil. « Pourquoi ne viens-tu pas avec nous ?

– Ce n'est pas elle qu'il cherche maintenant, dit Jane en secouant la tête. C'est moi. »

29

Farrell faisait les cent pas devant le moniteur vidéo, les talons de ses chaussures vernies claquant sur le vieux parquet des bureaux d'Enterprise Development. « Regardez-la encore une fois. » L'image du moniteur était pâle et granuleuse, le son effacé. La femme avait été filmée au téléobjectif, debout à côté de Barraclough sur le bas-côté d'une route. Chaque seconde, une voiture ou un camion passaient à l'arrière-plan, réduits à un éclair parce que la mise au point de la caméra était réglée sur les deux silhouettes. La femme était Jane. « Regardez la forme de son visage, la façon dont elle bouge. Oubliez ses cheveux et ses vêtements. Elle en changera. Étudiez les choses qui ne changent pas. »

Après dix secondes, l'image s'évanouit, la neige envahit l'écran et on entendit le son de la bande qui se rembobinait. Farrell se tourna vers son public. Assis sur des bureaux, appuyés contre les murs, certains même accroupis sur le sol près de l'écran, tous très jeunes, les individus formaient un essaim peu engageant. Mais Farrell savait quelque chose sur chacun d'eux qui le mettait en confiance. Au cours de ses années dans la police, Farrell avait appris à repérer précocement une certaine catégorie de jeunes gens, et il excellait dans ce domaine. « C'est la seule image que nous ayons d'elle pour l'instant, mais lorsque nous trouverons quelque chose d'un peu plus net, nous essaierons de fabriquer quelques tirages pour vous. Regardons encore la vidéo. »

En tendant la main vers la touche « lecture », Farrell perçut le son d'un pas lourd sur les marches. Il se raidit au moment où la porte s'ouvrit et laissa passer Barraclough. Peu de stagiaires de Farrell l'avaient déjà rencontré, mais, venant juste de regarder la vidéo, ils le reconnurent instantanément. Les yeux gris et vides de Barraclough balayèrent l'ensemble du public. Lorsque quelques-uns se redressèrent instinctivement pour corriger leurs postures, le mouvement sembla attirer l'attention de Barraclough. Il les regarda avec une sorte d'assentiment secret avant de gagner le centre de la pièce.

Les lignes du blazer bleu marine sur mesure et du pantalon gris qu'il portait avaient la simplicité et la précision d'un uniforme. Il se détourna, fit glisser sa veste et la posa sur le bureau de Farrell, marquant d'un simple geste le fait qu'il était chez lui. Puis il se retourna vers eux dans sa chemise blanche empesée qui gardait le pli des marines. Il avait un Browning neuf millimètres automatique sanglé sous le bras gauche, la crosse vers le haut pour pouvoir dégainer rapidement. Un chargeur de munitions supplémentaires était suspendu à la sangle. Il ne s'agissait pas de l'arme compacte et rutilante du directeur émérite d'un service de sécurité. C'était celle d'un homme qui s'était battu avec des gens qui n'étaient plus là pour en témoigner.

Barraclough jugea que son silence avait servi ses intentions. « M. Farrell vous a probablement un peu parlé de moi. Mais nous devrions mieux nous connaître. Laissez-moi commencer en vous disant ce que je ne suis pas. Je ne suis pas votre ami. »

Les yeux qui s'étaient dirigés vers lui se fixèrent sur son visage, mais n'y trouvèrent aucun réconfort. « Si vous m'apportez ce que je veux, je vous donnerai ce que vous voulez. C'est aussi simple que ça. M. Farrell n'est pas votre chef scout. Je n'ai pas payé l'entraînement qui va faire de vous des hommes comme si je n'en avais rien à foutre que vous soyez vivants ou morts. Je vous offre les compétences et l'expérience nécessaires pour m'être utile. Si vous voulez faire quelque chose de vous-mêmes, ouvrez vos yeux et vos oreilles, et vous en serez probablement capables. »

Certains jeunes gens semblèrent extraire une goutte d'espoir de l'idée qu'ils pouvaient faire quelque chose d'eux-mêmes. Il parut vouloir les encourager. « Je vais même vous dire comment marchent les affaires. Si vous gagnez, vous aurez les avantages – les filles, la grosse maison, les voitures, les gens qui vous appellent "monsieur" jusqu'à la fin de vos jours. Si vous perdez, vous êtes morts. Vous pouvez encore vous balader pendant un moment avant qu'un des gagnants ne vous remarque, mais c'est juste un détail technique. Ce que vous avez est à lui. Vous êtes une erreur, une victime, un cadavre. »

Barraclough les regarda un instant avec des yeux vides et indéchiffrables. « Je sais qu'au moins certains d'entre vous doivent avoir remarqué que deux gars ne sont pas revenus de ce dernier voyage. Je suis là pour vous dire ce qui leur est arrivé. Ils sont morts. M. Farrell et moi les avons chargés de garder une prisonnière désarmée, et ils ont laissé s'introduire la femme que vous avez vue sur la bande. Elle a empoisonné leur petit déjeuner. » Il secoua la tête d'un air sidéré et ricana. « Si elle n'avait pas utilisé suffisamment de poison, j'aurais dû les tuer moi-même. »

Quelques-uns des stagiaires échangèrent des grimaces de nervosité, mais le sourire de Barraclough disparut. « C'est l'autre partie de notre marché : je vous dirai toujours la vérité. Si vous êtes stupide, vous êtes dangereux : vous ne vous ferez pas seulement du mal, vous *me* ferez du mal. Je ne laisserai pas une chose pareille arriver. Vous ne serez pas traités différemment que vos deux collègues. »

Il jeta un coup d'œil à Farrell, qui se tenait près de la porte. « M. Farrell va vous donner des consignes spécifiques d'ici un jour ou deux. Mais voilà la version abrégée. Je veux cette femme, tout de suite et je la veux vivante. » Il fit un signe de tête à Farrell, reprit sa veste, et l'enfila en marchant vers la porte.

Barraclough descendit les marches de l'escalier de service et traversa le parking jusqu'à la rue voisine où il avait garé sa voiture. Puis il entreprit la longue route vers le bâtiment d'Intercontinental à Irvine. Il ne pouvait sortir cette Jane de sa tête. Et il aurait voulu lui arracher la sienne de ses propres mains. Elle avait surgi sur son chemin alors qu'il était au bord du triomphe, et la collision avait anéanti des années de petits succès douloureusement acquis : des années dans la police à toujours travailler plus dur que les autres, prenant plus de risques, se construisant peu à peu une réputation ; plus d'années encore à Intercontinental, à travailler infatigablement, guettant toujours une opportunité d'évoluer.

Dès son arrivée à Intercontinental, Barraclough avait tour à tour centré son attention sur chacune des divisions : sécurité privée, sécurité rapprochée, enquêtes et filatures. Lentement, il les avait tous portés à la pointe des critères modernes, et l'équipe de direction de Chicago lui avait répondu en le nommant directeur des opérations de la région Ouest. Mais Barraclough n'avait pas travaillé en vue d'une promotion. Il avait toujours vécu de sa capacité à voir plus loin que quiconque, et il était déjà à la tête d'Intercontinental. Tous ses efforts pour relancer la vieille société de sécurité n'étaient que de simples préliminaires – des préparatifs en vue de ce qui allait arriver dans le petit bureau de la corporation autonome qu'il avait fondée à Van Nuys, Enterprise Development.

Barraclough l'avait conçue de façon à ce qu'elle se glisse dans la peau d'Intercontinental. Ses coûts étaient cachés dans la société géante, son personnel était choisi parmi les candidats d'Intercontinental. Lorsque Enterprise Development dirigeait ses affaires, un prétexte était toujours inventé pour que les employés et l'équipement d'Intercontinental, dans vingt-six villes, puissent identifier des empreintes, chercher des voitures, analyser des pistes et effectuer des surveillances.

Enterprise Development avait été créée pour se spécialiser dans le commerce d'un petit groupe de criminels inexploités : ceux qui avaient réussi à s'enfuir avec une grosse quantité d'argent. Certains étaient déjà recherchés par les autorités des États-Unis ou d'ailleurs, mais pas activement ; d'autres n'avaient pas encore été démasqués ou n'étaient que des suspects. D'autres avaient été condamnés et subissaient leurs peines, mais n'avaient rien restitué de leur butin. Barraclough utilisait Enterprise Development pour les identifier, les traquer, et les transformer en monnaie trébuchante et sonnante.

Durant ses sept premières années de chasse, Barraclough avait gagné soixante-cinq millions de dollars. Ce qui n'avait pas suffi, car la vocation d'Enterprise Development n'était pas seulement d'enrichir son propriétaire. C'était un dispositif destiné à accumuler suffisamment de capitaux pour acheter le contrôle d'Intercontinental Security.

Barraclough avait raflé les quatre-vingts millions suivants sur une seule trouvaille, Timothy Phillips. Sept ans plus tôt, il avait décidé que Intercontinental Security devait obtenir la clientèle d'Hoffen-Bayne, pour qu'Enterprise Development puisse avoir l'œil sur ce qui s'y passait. Il ne savait rien de Timothy Phillips ; il avait simplement compris qu'une société détenant les fortunes personnelles de tant de gens constituait un terrain de chasse idéal. Il avait offert les services d'Intercontinental à un tarif que les concurrents ne pouvaient se permettre, parce que ce tarif ne laissait aucune marge de profit.

Lorsque Barraclough avait fait poser les dispositifs de sécurité dans les bureaux d'Hoffen-Bayne et dans les domiciles des associés, les clients s'étaient intéressés aux couleurs et aux formes, mais pas au montage des circuits. Il n'était jamais apparu à des gens comme Alan Turner qu'une petite boîte électronique avec des lumières pouvait servir à toutes sortes de choses. L'idée ne lui avait jamais traversé l'esprit que si son système de sécurité contenait un petit micro dans lequel il pouvait parler en cas d'urgence, ce micro pouvait aussi enregistrer ce qu'il disait lorsqu'il n'y avait pas d'urgence. Il avait passé des journées devant des caméras de sécurité en se croyant seul.

Dès l'instant où Barraclough avait découvert que Turner délestait un compte, l'argent avait appartenu à Barraclough. L'homme avait volé des clients pendant des années, et tous les gens qui se font payer pour attraper les voleurs étaient passés à côté. Turner était à prendre, mais c'était Barraclough qui l'avait attrapé.

Barraclough avait travaillé sur Mary Perkins avec la même patience. N'importe qui avait pu lire les articles sur son procès parus dans les journaux, comme il l'avait fait, mais il avait attendu que les fédéraux tentent le coup pour essayer à son tour. Les flics étaient revenus bredouilles, et Barraclough était parti avec cinquante-deux millions.

Sa rage augmentait. Tout perdre à cause d'une femme comme cette Jane était pour lui plus qu'une insulte ; c'était une violation des lois de l'univers.

À dix heures du soir, Farrell traversa le hall de marbre poli d'Intercontinental, pensant à son destin. Après avoir été flic pendant presque dix ans et inspecteur pendant deux ans, il s'était soudain vu assigner un nouveau partenaire dix ans auparavant, un bleu nommé Barraclough. Farrell l'avait regardé travailler quelques jours, et il avait compris.

Si Farrell avait continué sur son chemin, le meilleur qu'il pouvait espérer était vingt ans à la police judiciaire, et une pension qui ne suffirait pas à le convaincre que sa vie avait valu cet effort. Mais dix ans auparavant, il était déjà clair que Barraclough ne finirait pas ainsi, et, si Farrell se collait à ses basques, lui non plus. À trente ans, Barraclough débutait une carrière splendide, et ce qu'il représentait était un monde sans limites.

Mais cette nuit, en se dirigeant vers l'ascenseur qui l'emporterait vers le bureau de Barraclough, Farrell était un peu nerveux. Cette Jane n'avait pu retrouver Mary Perkins qu'en le suivant jusqu'à la ferme. S'il l'avait compris, lui, Barraclough le savait déjà. Non, pensa-t-il. Il n'était pas qu'un peu nerveux. Il connaissait Barraclough mieux que personne, et il était profondément, totalement terrifié. En levant la main jusqu'au bouton de l'ascenseur, il la vit trembler.

Farrell n'était même pas certain de ce qui l'effrayait le plus. Une balle dans la nuque avait ses avantages. C'était plus rapide et plus doux que la plupart des façons dont les vies se terminent. Lentement, il identifia ce qu'il appréhendait vraiment. Il craignait le mécontentement de Barraclough : pas la balle, mais l'envie qu'aurait Barraclough de tirer. Cette unique défaillance avait certainement suffi à convaincre Barraclough que Farrell n'était pas comme lui – il n'était que l'un des autres, un perdant. Après toutes ces années passées à enseigner à Barraclough, puis à le suivre, Farrell serait perdu, abandonné et exilé de la lumière. Il serait privé de sa part dans l'avenir de Barraclough.

Farrell sortit de l'ascenseur, marcha jusqu'à la grosse porte de bois du bureau de Barraclough, et frappa calmement. Non, il avait été trop calme. Barraclough pouvait penser qu'il était faible et usé, peut-être même effrayé. La peur dégoûtait Barraclough. Farrell heurta durement la porte, et il entendit Barraclough répondre : « Entrez ».

Il le trouva assis derrière son immense table. Barraclough leva les yeux juste assez longtemps pour vérifier l'identité de celui qui entrait, puis se remit à signer des papiers. Il maugréa : « Ce putain de bureau central attend ces rapports. C'est tout ce dont ils sont capables. Ils s'assoient dans leur bureau à Chicago et ils lisent des rapports trimestriels. Alors, raconte.

– Tous les pièges sont posés. J'ai emmené les derniers gars à l'avion. Avec ceux que nous avions déjà sortis, nous devrions avoir des équipes de deux dans cinquante-six aéroports demain matin.

– Es-tu certain qu'ils la reconnaîtront s'ils la voient ?

– Ceux qui l'ont vue en personne, oui. La bande de l'autoroute aidera les autres, mais tout dépend de toi. » Farrell se sentit frissonner. Il avait cédé au désir inconscient de rappeler à Barraclough qu'il n'était pas le seul à faire des erreurs. Il tenta de parler rapidement, pour passer à autre chose avant que le relent amer de ses mots ne retourne Barraclough contre lui. « Mais j'ai fait travailler des gens pour obtenir une photo décente d'elle, d'après les bandes de surveillance des endroits où nous savons qu'elle a été – boutiques, hôtels, etc. »

Barraclough continua de signer des documents, qu'il posait au fur et à mesure sur une pile à l'angle de son bureau. Il avait l'air d'écouter, et Farrell poursuivit : « Je fais voyager deux techniciens avec l'équipe chargée de trouver ses empreintes digitales, là où elle a touché quelque chose qui peut ne pas avoir été nettoyé : les salles de bains des hôtels sont lessivées avec un détergent, mais les empreintes peuvent subsister sur un combiné téléphonique, ou sur n'importe quel objet rangé dans un tiroir. Les voitures de location restent parfois dans le parking pendant quelques jours avant d'être réutilisées. Les empreintes sont encore le meilleur moyen de savoir à qui on a affaire. »

Barraclough fronça les sourcils en consultant un document qui semblait couvert de chiffres, puis écrivit quelque chose dessus et le posa à côté de la pile. Il leva les yeux, et Farrell poursuivit : « Les vérifications sur ses fausses cartes de crédit arrivent une fois par jour. Jusqu'à présent, elle n'en a pas utilisé une seule. Je suppose qu'elle s'est cachée quelque part. Elle doit attendre que Mary Perkins soit à peu près remise pour recommencer à voyager. »

Barraclough baissa de nouveau les yeux sur ses papiers. Il lisait quelque chose qui lui donnait l'air soucieux et impatient. « C'est tout ?

– À peu près. Bien sûr, je suis en train de tenter deux ou trois pistes plus larges. Nous savons qu'elle a rencontré Mary Perkins dans la prison de Los Angeles. J'ai engagé une indicatrice pour s'y faire coffrer ; elle posera des questions aux autres prisonnières. On aura peut-être une idée de l'endroit où elle habite.

– Tu as dit deux ou trois, quoi d'autre ? »

Farrell prit un ton modeste : « Tu te souviens de ce type qui appelait les caissiers de banques et leur disait qu'il avait leur enfant, pour qu'ils lui laissent de l'argent dans un sac quelque part ?

– Oui, Ronny Prindle. Ça doit faire neuf ou dix ans. Pourquoi ?

– Bien, j'avais essayé quelque chose à l'époque mais ça n'avait pas servi. J'avais apporté un enregistrement téléphonique à un professeur de linguistique pour qu'il me donne son avis sur l'accent de Prindle. On a attrapé Ronny Prindle avant le retour du rapport, mais je me souviens d'avoir été surpris en le lisant parce que le professeur avait raison : Prindle était de la côte est du Maryland. J'ai donc filtré les bandes d'enregistrement contenant la voix de Jane, et je les ai envoyées à ce type. Il pense que je suis toujours flic. »

Barraclough sourit au papier qu'il était en train de signer, et Farrell crut entendre un ricanement. « Chaque fois que je me demande pourquoi je traîne ta vieille carcasse avec moi, tu me surprends, et la mémoire me revient. Préviens-moi dès que tu as des nouvelles de lui. »

Les mains de Farrell cessèrent de trembler. Il avait gagné un peu de temps.

Deux jours plus tard, Farrell traversa le même hall à la hâte, poussa le bouton de l'ascenseur, et entra dans le même bureau. Barraclough leva sur lui un regard interrogateur.

« Elle a commencé à utiliser les cartes de crédit, dit Farrell. Nous avons une Katherine Webster dans un hôtel de Saint Louis, une Denise Hollinger qui a loué une voiture à Cleveland, une Catherine Snowdon à Erie, Pennsylvanie.

– Elle se dirige vers le nord-est. Commence à bouger du monde par là. »

Les yeux de Farrell pétillèrent : « C'est fait. Tout ce que nous avons est déjà là-bas, ou dans un avion pour le nord de la Pennsylvanie ou de l'État de New York. J'en ai installé dans les restaurants le long de l'autoroute ; d'autres guettent la voiture qu'elle a louée dans les parkings des hôtels, des restaurants, et des centres commerciaux ; d'autres attendent qu'elle se pointe dans les agences de location. J'en ai encore…

– Est-ce que tu pourrais dire ce qu'elle fait d'après les rapports ? »

Farrell parcourut les fiches qu'il avait dans les mains. « À peu près ce que Mary Perkins nous a raconté. Elle alterne les identités, pour que la même personne n'apparaisse jamais à deux endroits dans un déplacement. Elle paie une chambre à un lit, et les repas ne semblent pas suffisants pour deux, donc elle voyage probablement seule.

– Mais qu'est-ce qu'elle essaie de faire ? Où va-t-elle ? » Barraclough avait aboyé.

Farrell sourit. « Voilà le rapport du professeur. » Il prit un autre morceau de papier et lut : « Elle a une petite particularité. Ses lèvres ne se touchent presque pas lorsqu'elle prononce *m*, *b*, ou *p*. Il pense que c'est parce qu'elle a grandi en parlant deux langues, mais ce n'est pas suffisant pour dire quelle est la deuxième. » Il suivit une ligne du doigt. « Oh, voilà le passage que je cherchais. Son accent possède ce qu'il appelle un chuintement intrusif. C'est un marqueur qui la situe dans une ceinture linguistique étroite qui s'étend de l'est de Chicago jusqu'à Syracuse, État de New York. » Il haussa les épaules. « Si je devais faire un pari, je dirais qu'elle en a assez et qu'elle rentre chez elle. »

Une vingtaine d'heures plus tard, Farrell revint voir Barraclough, l'air d'exulter : « Elle a été localisée.

– Où ?

– Elle a rendu la voiture de location à l'aéroport de Buffalo, en a pris une autre au parking. Nous avions deux types là-bas. »

Barraclough braqua les yeux sur Farrell et son regard se rétrécit « Ils l'ont laissée filer ?

– Non, dit rapidement Farrell. Ils l'ont suivie jusqu'à une maison dans une petite ville, sur la rivière Niagara entre Buffalo et les Chutes.

– Et ? dit impatiemment Barraclough.

– Elle a garé la voiture dans le garage et ouvert la porte avec une clé. Elle est retournée chez elle. »

30

Lorsque Barraclough et Farrell arrivèrent à l'aéroport de Buffalo, après minuit, la tempête de neige débutait. La Nissan tout-terrain aux vitres teintées, quatre roues motrices, exigée par Barraclough, attendait au parking avec l'un des hommes de Farrell au volant. Mais Barraclough se dirigea droit vers la portière du conducteur et dit : « Va à l'arrière. »

Il conduisit le véhicule jusqu'à la chaussée recouverte d'une boue grise, le gara et observa les essuie-glaces parcourir le pare-brise et compresser les flocons de neige en une fine barre rigide, puis repartir pendant que l'antigel dissolvait la barre.

Farrell inspecta et chargea les deux pistolets que son stagiaire avait achetés pour eux, fixa les viseurs laser, et testa le viseur vidéo infrarouge qu'il avait apporté de Californie. « Où est-elle ?

– Vous prenez Thruway là, vers l'ouest. Sortez à Delaware et allez vers le nord. »

Farrell jeta un coup d'œil à Barraclough pour s'assurer qu'il avait entendu, puis se tourna vers son stagiaire : « À quoi ressemble l'endroit ?

– Maison à deux étages. Nous n'avons vu aucun signe d'une autre présence. Elle s'est couchée juste avant que je parte à l'aéroport.

– Vous voulez dire qu'elle a éteint les lumières, corrigea Farrell. Qui surveille la maison ?

– Mike. Mike Harris.

– Où est-il ?

– Dans une Dodge noire. Garée au bas de la rue, en sens inverse, et il a les deux portes de la maison dans le rétroviseur. »

Farrell sentit une chaleur agréable lui remplir la poitrine. Les types n'étaient pas grand-chose au début – des couilles démesurées et beaucoup d'énergie – mais quand il en avait terminé avec eux, ils connaissaient les règles du jeu.

Lorsqu'ils arrivèrent dans la rue, Barraclough stoppa la Nissan assez loin de la Dodge. Farrell prit la radio et la tendit au stagiaire. « Tu te rappelles comment on se sert de ça ?

– Je presse le bouton pour parler, je baisse le volume quand quelqu'un pourrait l'entendre.

– Bien, dit Farrell. Nous sommes l'unité 1, vous l'unité 2. Tous ceux qui tomberont sur le signal penseront qu'on est des flics. Pas de bavardages. »

Barraclough porta le viseur à infrarouge à ses yeux et l'alluma, puis en balaya lentement la rue. Les maisons, les arbres, les buissons devenaient phosphorescents, et il n'y avait aucun mouvement en vue. Il le dirigea vers la vitre arrière de la voiture. « C'est la maison au fond, sur la gauche ?

– Ouais.

– Vous avez été vérifier derrière, les autres sorties ?

– Évidemment.

– Et les maisons autour ?

– Ouais. Des couples avec enfants d'un côté et à l'arrière, un vieux de l'autre. Les rideaux étaient assez ouverts pour qu'on puisse voir les gens regarder la télé.

– D'accord. Voilà comment on va procéder, dit Barraclough. Donne une des radios à Mike, et dis-lui de rester assis et de surveiller. Puis reviens ici et tiens-toi prêt à démarrer. Farrell et moi, on y va. Lorsqu'on sortira avec elle, avance jusqu'au tournant très vite, et prends-nous au passage. Je veux que le sac de toile soit à portée de main pour le lui passer sur la tête dès qu'elle sera sur le siège. »

Le jeune homme grommela un assentiment, puis prit la radio, et partit vers la Dodge pour parler à son partenaire.

Barraclough siffla soudain. « Une lumière vient de s'allumer, elle sort. »

Farrell plongea la tête sous le pare-brise et dit dans la radio : « Baissez la tête ! Elle sort de la maison. »

Trente secondes plus tard, Farrell entendit une portière claquer, un moteur démarrer, et le bruit des roues sur la chaussée humide. La lueur rouge des feux arrière se refléta sur le tableau de bord de la Nissan. Puis la lumière diminua.

Barraclough démarra et s'engagea dans la rue. Farrell prit la radio. « Changement de plan. Unité 2, nous la suivons. Restez derrière nous pour l'instant. »

Barraclough contourna le pâté de maisons et s'arrêta dans la rue suivante, tous feux éteints, jusqu'à ce qu'il voie le véhicule de Jane passer sous le lampadaire du carrefour. C'était une vieille Chevrolet grise – peut-être une Caprice ou une Impala. « Elle va trop lentement pour fuir. » Il attendit quelques secondes de plus, regarda dans son rétroviseur pour vérifier que les hommes de Farrell suivaient, puis démarra derrière elle.

« J'aimerais bien savoir où elle va à cette heure de la nuit, dit Farrell. Elle peut avoir repéré la Dodge et décidé de voir si elle la suivait.

– Je ne pense pas, dit Barraclough. Si c'était le cas, elle aurait fait ça pendant que Mike était seul. Si elle l'avait vu, et nous aussi, elle serait sortie par l'arrière de la maison.

– Alors où crois-tu qu'elle va ?

– Elle vit comme un lièvre traqué depuis des années, dit Barraclough en haussant les épaules. Quand elle bouge, c'est presque toujours la nuit. Si je devais deviner, je dirais qu'elle a reçu un coup de fil.

– Mary Perkins ?

– Peut-être, dit Barraclough. Mais elle peut même déjà aller voir de nouveaux clients. »

La voiture grise parcourut quelques blocs, puis tourna à gauche vers le Niagara. Barraclough attendit longtemps avant de la suivre. Il devait prendre garde à ne pas se trouver coincé derrière elle à un feu, pour ne pas lui donner l'occasion de le voir dans son rétroviseur.

Lorsque les feux arrière furent suffisamment éloignés, il régla sa vitesse sur la sienne. « Elle ne roule pas comme si elle nous avait vus. Nous attendrons qu'elle arrive dans un endroit sombre et désert pour la capturer. »

La route tournait un peu pour longer la grande rivière sombre, puis se redressait et se divisait en quatre chemins. Farrell déplia la carte routière sur ses genoux et vérifia les panneaux. Quelques minutes plus tard, il reprenait la radio. « Dépassez-nous maintenant, unité 2. Nous allons nous fondre dans le paysage pendant un moment. Laissez une bonne distance entre elle et vous, et ne lui faites pas peur. »

La Dodge noire suivit Jane à travers les petites villes le long de la rivière, devant un groupe de vieilles raffineries, puis sur le Thruway juste avant la frontière de Buffalo. Farrell étudiait la carte et annonçait les points de repère : « Il y a un grand parc bientôt, Riverside Park. Si elle prend la sortie, on pourrait la coincer là-dedans. » Elle ne la prit pas. « Devant nous, il y a le Peace Bridge vers le Canada. C'est là qu'elle pourrait se diriger. » Mais Jane poursuivit son chemin. L'eau sombre qu'ils longeaient se jeta dans le lac Érié.

Jane sortit du Thruway sur la route 5, là où elle devenait Fuhrmann Boulevard et longeait la rive dans la ville de Lackawanna. Devant Farrell et Barraclough, sur leur droite, se dressait un énorme complexe de vieux bâtiments en brique, derrière un grand portail verrouillé. « Qu'est-ce que c'est ? dit Barraclough.

– La carte appelle ça le centre industriel Gateway Metroport. C'était la plus grande aciérie du monde. Je suis venu là, quelquefois, dans les années soixante, avant qu'ils ferment. On ne pouvait pas respirer sauf en cas de très grand vent d'ouest. Ça continue comme ça pendant environ huit kilomètres. » Il regarda derrière le grand portail. « On dirait qu'ils louent quelques vieux locaux à des petites entreprises. »

La radio émit un craquement. « Unité 1, ici unité 2.

– Allez-y.

– On ne la voit plus. »

La tête de Barraclough fit un quart de tour pour fixer intensément Farrell. « Elle les a eus. »

Farrell pressa le bouton de la radio. « Est-ce qu'elle aurait pu vous semer ?

– Non. On pense qu'elle doit avoir tourné dans l'une de ces petites rues sur la gauche.

– Alors prenez la suivante et continuez à tourner… »

Barraclough arracha la radio des mains de Farrell. « Négatif. Oubliez ça. Elle n'a pas tourné à gauche, elle a tourné à droite, ou on l'aurait vu nous-mêmes traverser les trois voies. Retournez là où vous l'avez vue la dernière fois, et cherchez une voie ferrée. »

Farrell garda le silence tandis que Barraclough faisait demi-tour sur la chaussée gelée. Qu'est-ce que Barraclough avait vu ? Ils étaient tombés sur une vieille voie ferrée. « Tu penses qu'on peut entrer dans l'usine en suivant la voie ? Mais tous les rails aboutissent à la barrière.

– Il y a sûrement une voie qui y pénètre, dit Barraclough. Ils doivent avoir fermé les embranchements qui vont dans les différentes parties du terrain, mais il reste certainement une ligne régulière, celle qui sert à faire entrer le charbon et sortir l'acier. La voie n'a pas disparu simplement parce qu'une seule gare a cessé de produire. »

Plus d'un kilomètre en arrière, Barraclough trouva les rails. Un feu d'aiguillage apparemment en fonction se dressait sur un petit promontoire, juste derrière un tournant de la route. Les grands bâtiments de brique, de chaque côté de la chaussée, devaient avoir caché la voiture de Jane le temps nécessaire pour qu'elle puisse éteindre ses phares et qu'elle s'engage sur les rails.

La Nissan tout-terrain de Barraclough enfourcha les rails et se mit à rebondir lentement. Les rails restaient dans l'ombre intense de l'aciérie pendant cinquante mètres avant de traverser une ouverture dans la clôture. « C'est là, dit Barraclough. Elle est du coin, n'oublie pas. Elle est sans doute venu ici des centaines de fois au grand jour. » Il tourna violemment le volant pour sortir des rails dans la cour de chargement de l'usine et attendit que la Dodge noire apparaisse.

Barraclough avait déjà trouvé la piste de Jane. La neige était vierge à l'exception de deux profondes traces parallèles qui pénétraient dans la vieille aciérie. Barraclough dirigea ses phares sur ces traces et accéléra. Il dépassa quelques petits immeubles du complexe pourvus de signaux sur les portes récemment repeintes, mais alors qu'il s'avançait plus loin, d'immenses bâtiments de brique aux fenêtres obscures se dressèrent de chaque côté comme les ruines d'une ville abandonnée. Barraclough estima qu'il avait roulé pendant presque cinq cents mètres avant d'apercevoir la voiture de Jane.

Elle était garée dans l'ombre d'un immeuble en brique du côté du lac, à bonne distance des lumières de Fuhrmann Boulevard. Barraclough s'arrêta à une trentaine de mètres de là, et laissa la Dodge se ranger à côté. Il prit la radio. « Surveillez la voiture et les portes du bâtiment. On vous appellera quand on aura besoin de vous. » Il tendit la radio à Farrell et accepta l'équipement que Farrell lui tendit en échange : pistolet à viseur laser, viseur vidéo à infrarouge, torche, menottes de nylon.

Les deux hommes sortirent de la voiture et marchèrent jusqu'à celle de Jane. Barraclough retira son gant pour évaluer la chaleur du capot, puis adressa un clin d'œil joyeux à Farrell. Ensuite, il étudia les empreintes de pieds qui partaient de la portière du conducteur. Elles menaient de l'autre côté du grand bâtiment. Barraclough s'arrêta à l'angle pour sortir son pistolet, puis s'engagea rapidement derrière la bâtisse.

Les empreintes de pieds rasaient le flanc de la vieille usine. Barraclough garda la tête sous le niveau des fenêtres pour la longer. Il y avait des baies constituées de milliers de petits panneaux de verre sur ce côté de la construction, la plupart d'entre eux brisés, et tous opacifiés par une couche de poussière d'au moins trente ans. Les empreintes de pieds conduisaient dans un endroit où on avait brisé deux des panneaux en emportant le châssis. « Elle doit nous avoir entendus venir, et elle est entrée. »

Barraclough regarda devant lui, mais il ne pouvait voir l'extrémité du bâtiment. Il s'éloigna un peu pour trouver un meilleur angle de vue, puis leva le viseur laser jusqu'à ses yeux, mais il ne voyait toujours pas le bout du mur de brique. Le bâtiment semblait se poursuivre à l'infini.

Farrell faisait la même constatation. « L'endroit est immense. Comment veux-tu qu'on s'y prenne ? »

Barraclough regarda soigneusement à travers la fenêtre brisée avec le viseur, puis actionna les infrarouges. La chaleur d'un corps ne se dégageait pas à proximité. « Nous devons la suivre nous-mêmes. On ne peut pas abandonner les voitures, et si elle est capable de semer ces deux-là sur une route déserte, on n'ose pas imaginer ce qu'elle en fera dans un bâtiment la nuit. » Il glissa la torche dans une de ses poches, et les menottes dans l'autre à portée de main. « Si tu la vois, dirige ton laser directement sur elle. Elle n'est pas stupide ; mais lorsque le point rouge se posera sur sa poitrine, elle aura une seconde d'hésitation. » Il se hissa sur la rangée de briques qui formaient un rebord sous les vitres brisées, puis se glissa à l'intérieur.

Lorsque Farrell le rejoignit dans le bâtiment, Barraclough leva de nouveau son pistolet et alluma le viseur. Ils étaient dans un énorme enclos en brique, vide et non chauffé, avec un sol en béton nu, un plafond de quinze mètres, et la lueur ténue des étoiles au-dessus, là où les panneaux de verre manquaient. Barraclough dirigea son viseur vers le sol, à l'endroit où Jane était entrée. Quelques empreintes de pieds, humides et neigeuses, menaient vers l'autre extrémité de la caverne de brique.

Barraclough suivit les traces, franchit une arche suffisamment haute pour laisser passer un camion, et pénétra dans une autre pièce vide et élevée. À droite, il y avait une série de portes métalliques qui devaient un jour s'être ouvertes sur un quai de chargement.

Les deux hommes avancèrent furtivement d'une pièce à l'autre. À chaque seuil ils s'arrêtaient, se faufilaient en se penchant dans l'entrée, et s'accroupissaient près de la porte. Barraclough allumait son viseur, scannait rapidement l'espace devant eux en cherchant la forme d'une femme, et alors seulement ils s'aventuraient à découvert sur le sol de béton. Lorsqu'ils parvinrent à l'extrémité du long bâtiment, ils trouvèrent une porte ouverte qui laissait entrer la neige depuis peu.

Les empreintes de pieds conduisaient à la porte d'un autre bâtiment. Sur le sol gisait la feuille de contreplaqué à moitié pourri qui avait autrefois couvert le panneau supérieur de cette porte. Le cœur de Barraclough battait d'excitation. Ils font toujours des erreurs, et elle venait d'en faire une. Elle avait parié qu'elle pouvait rouler jusqu'à des ruines industrielles gigantesques, attendre dix minutes, puis retourner en voiture vers la rivière. À présent elle était seule, à pied, dans une nuit froide et neigeuse. Elle tentait de se cacher dans un complexe industriel tellement désaffecté qu'il n'y avait nulle part où se cacher. Elle fuyait deux anciens flics qui avaient passé la moitié de leur vie à piéger des suspects dans des immeubles obscurs. Lui pourrait la voir dans le viseur, aussi clairement qu'au grand jour, et elle serait aveugle.

Même le malaise physique que ressentait Barraclough en pénétrant dans l'immeuble suivant le rendit plus hardi. L'air était glacial. Les murs de brique offraient un abri à la morsure du vent, mais il y avait toujours un courant d'air très froid dans les grands espaces, et le béton lui envoyait une décharge glacée à chaque pas. Le froid serait bien plus éprouvant pour elle, parce qu'elle était seule et effrayée. À un moment donné, elle parviendrait à une porte qu'elle ne pourrait pas ouvrir, et il l'aurait. Il était possible qu'il doive la garder en vie pendant un mois ou deux, le temps qu'elle lui donne ce qu'elle lui devait. C'était le rêve pour un chasseur : une femme qui avait fait s'évanouir des fugitifs dans la nature pendant au moins dix ans… Il devait y en avoir des douzaines aujourd'hui, la plupart encore cachés là où elle les avait mis. Et quelle sorte de personne possédait suffisamment d'argent pour payer ce genre de service ? Les trafiquants de drogue, les maîtres chanteurs, les gangsters de second ordre, les détourneurs de fonds de la grande époque. Elle lui avait repris Mary Perkins, mais elle pouvait bien en avoir dix autres comme elle. Il grimaça en avançant dans la pièce obscure ; pas de doute, c'était la fille de ses rêves.

Farrell s'arrêta devant le porche suivant et se tourna vers lui, sans un mot.

« Qu'est-ce que c'est ? murmura Barraclough. Tu as entendu quelque chose ?

– Non, dit Farrell comme en s'excusant. Mais ça fait une heure qu'on y est. »

Barraclough regarda sa montre. C'était exact.

« Je pense qu'on a intérêt à mettre les deux gars sur le coup. On pourrait demander au moins à l'un d'entre eux d'attendre à l'autre bout. »

Barraclough serra les dents pour contenir sa contrariété. Il ne voulait pas avoir à attendre que les gens se mettent en position. Il voulait terminer cela maintenant, lui-même. Mais Farrell avait raison. Elle l'avait déjà conduit trop loin pour avoir le moindre espoir de revenir à sa voiture. Elle se dirigeait vers l'autre extrémité de l'usine. « Donne-moi la radio. »

Il pressa le bouton. « Unité 2, ici unité 1. » Il écouta les faibles craquements. Il colla le haut-parleur à son oreille sans détecter la moindre voix.

« Répondez, unité 2. » Il regarda Farrell en laissant percer un peu de son impatience.

Farrell dit précipitamment : « Ça doit être le bâtiment. Il y a des tonnes de briques et d'acier entre eux et nous. Laisse-moi essayer dehors. »

Farrell courut jusqu'au prochain quai de chargement, fit glisser le verrou, et poussa la grande porte de bois de côté pour se tenir à ciel ouvert. « Unité 1, ici unité 2. Répondez. » Il écouta. « Unité 2, répondez. » Malgré la température, une vague de chaleur descendit de sa nuque le long de sa colonne vertébrale. Il savait que les deux stagiaires étaient probablement dans la voiture en train d'écouter une radio qu'ils avaient éteinte par erreur. Il revint dans le bâtiment en secouant la tête : « Rien. »

La voix de Barraclough était calme et froide : « Va les chercher. Je continue par là. »

Farrell tendit la radio à Barraclough, puis revint sur ses propres traces dans l'usine. Presque aussitôt il se mit à courir.

Tandis qu'il entendait les pas de Farrell s'éloigner derrière lui, Barraclough entra dans la pièce suivante et mit son viseur en marche. Ce bâtiment était différent du dernier. La longue rangée d'enclos carrés construits de ce côté devait avoir contenu des fourneaux. Le ciment du sol était régulièrement troué autour de grands rectangles. Autrefois, on y avait certainement ancré des machines. Au-dessus d'eux subsistaient des réseaux de poutres d'acier destinées à tenir des chaînes de treuils, et des équerres de soutien témoignaient de dispositifs disparus qu'il ne pouvait plus qu'imaginer. Cet endroit avait dû ressembler à l'enfer, pensa-t-il – un bruit assourdissant, une chaleur insupportable provenant des fourneaux à ciel ouvert, le métal en fusion courant dans de grandes gouttières. Il s'avança près de la rangée des fourneaux et fit briller sa torche dans chacun en passant. Il entra dans toutes les pièces, l'une après l'autre, ne trouvant que peu de reliques, quelques traces, moins intelligibles que les pierres d'une ancienne cité qu'on exhume.

Au bout d'une demi-heure, la radio couina dans sa poche et il sursauta. La voix de Farrell disait : « Unité 1, ici unité 2. »

Barraclough s'accroupit contre le mur pour que le bruit ne le rende pas vulnérable, et fixa des yeux le portail menant à la pièce suivante. Il pressa sur le bouton et dit à voix basse : « Vas-y.

– Je suis à la voiture, dit Farrell. Ils n'ont pas répondu parce qu'ils sont morts.

– Comment ?

– Ils avaient sans doute laissé le moteur allumé pour rester au chaud. Il y a un tuyau qui part de leur pot d'échappement dans le châssis à travers le feu arrière. On dirait qu'elle a découpé le tuyau sous la Pathfinder. »

Barraclough tenta de mesurer la situation. « Toutes les voitures sont là ? La sienne aussi ?

– Oui, dit Farrell. Je ne sais pas comment elle a réussi à refaire tout le chemin, mais… »

Barraclough cria : « Alors, sors de là ! Elle y est encore ! »

Mais Farrell n'avait pas relâché le bouton de sa radio. Barraclough entendit un froissement de tissu comme si Farrell avait fait un mouvement brusque, peut-être en se tournant vers quelque chose. Ce qu'il aperçut lui fit émettre un « Oh ! » involontaire.

Barraclough entendit la détonation. Il avait eu le temps de presser le bouton de transmission et de dire « Farrell ? » avant que la répercussion du coup de feu n'atteigne ses oreilles. Le son réel était plus faible cette fois, mais sans la distorsion du haut-parleur, il reconnut l'explosion prolongée d'un fusil de chasse.

Barraclough fit le geste de remettre la radio dans sa poche puis se rendit compte qu'il n'avait plus personne à qui parler. Il la jeta violemment dans le noir vers le coin de la grande pièce vide. Il était dans un labyrinthe sombre et glacé, à cinq mille kilomètres de chez lui. Les trois hommes qu'il avait amenés avec lui étaient des cadavres. Mais la plus grande nouveauté était ce qui se tenait entre lui et les voitures. Il ne savait même pas son véritable nom, mais il avait cru qu'il savait ce qu'elle ferait : elle fuirait, et il l'attraperait.

Il alluma sa torche et commença lentement à s'éloigner du son du fusil, l'esprit en ébullition. D'où provenait l'arme ? Elle ne l'avait pas pris sur le corps d'un des hommes morts, donc elle devait l'avoir apportée avec elle. Si c'était le cas, c'est qu'elle avait su qu'il venait. Ce n'était pas du tout ce qu'il avait prévu.

Peut-être n'avait-elle pas fait d'erreur. Elle n'avait pas tourné dans le premier endroit sur la route qui semblait suffisamment grand pour cacher une voiture. Il semblait même qu'elle était déjà venue dans l'usine. En reconstituant ce scénario, Barraclough se sentait de plus en plus mal à l'aise.

Elle avait changé de noms et de cartes de crédit depuis plus de dix ou douze ans. Pourquoi aurait-elle soudain oublié comment on faisait, et pris le risque d'utiliser des comptes bancaires qu'il connaissait pour retourner chez elle ? Parce que cette maison à La Salle n'était pas sa propre maison. Il n'avait pas suivi sa trace jusqu'à sa ville et son domicile. Elle vivait probablement à mille kilomètres d'ici. Il l'avait suivie dans une embuscade – sur un sol meurtrier.

Barraclough décida de courir. Le faisceau de sa torche rebondissait frénétiquement, créant des ombres qui se couchaient sur son chemin, puis sautaient jusqu'à quinze mètres de haut. Il lui fallait se souvenir sans cesse qu'il ne pouvait y avoir personne en face de lui. Ce dont il devait s'inquiéter, c'étaient ses arrières.

Est-ce que la fuite était la meilleure initiative possible ? Certes, elle l'éloignait des voitures, mais elle était la conséquence logique des seuls faits dont il puisse être certain. Il avait entendu le fusil partir à quelques centimètres de Farrell, donc il savait qu'elle était... non, il savait qu'elle avait été là à l'instant où elle avait appuyé sur la gâchette. Sa tentative de considérer les choses finement faisait entrer le doute dans son esprit, mais il combattit ce doute. Elle était à trois cents mètres derrière lui, il en était certain. Elle tenait l'arme entre ses mains, et le suivait dans l'enfilade des pièces obscures.

Comme il pensait à elle, une image se forma dans son esprit, et dans l'image elle ne marchait pas. La carabine sur la poitrine, elle courait. Il avança plus rapidement. Le bruit de ses bottes résonnait dans les espaces sépulcraux et son halètement rauque s'accélérait. En courant, il essaya de ne pas penser au fusil. Une double charge comprenait douze plombs, chacun d'une dimension respectable. À travers l'une de ces grandes pièces, ces plombs étaient capables de cribler un impact de cinquante centimètres de large.

Barraclough se calma. Tout ce qu'il avait à faire était de conserver cent cinquante mètres entre elle et lui, et de sortir de cet horrible endroit. Comme si son vœu avait été entendu, sa torche balaya la grande surface d'une porte en bois devant lui. Barraclough se rua sur la serrure mais elle tourna sans déplacer le loquet. Il tira dessus, mais la porte ne bougea pas. Il recula et passa sa torche sur le montant. Il y avait des trous dans le bois où on avait enfoncé de gros clous. Il balaya la pièce du faisceau de sa torche. Les fenêtres de cette salle étaient toutes à six mètres au-dessus de lui. Quand cela avait-il changé ? Peut-être les fenêtres avaient-elles été à cette hauteur une demi-heure auparavant ? Il revint sur ses pas en courant. Les fenêtres de la salle suivante étaient semblables, et dans la pièce d'après aussi. Mais du portail qui séparait les deux pièces suivantes, il aperçut les portes d'un autre quai de chargement.

Barraclough se précipita vers elles, posa son viseur sur le sol, fourra la torche dans sa poche, ouvrit le cadenas et tenta de faire glisser la porte. Il lutta contre elle, mais le panneau de bois se contenta de trembler un peu sur ses rails. Barraclough essaya de se souvenir : est-ce que ce n'était pas ainsi que Farrell avait fait pour ouvrir l'une de ces portes ? Il alluma sa torche et éclaira l'encadrement jusqu'à ce qu'il repère un autre verrou délivrant une barre qui entrait dans le sol. Lorsque la porte s'ouvrit, Barraclough tenta de se sentir soulagé. Mais cela lui fit seulement comprendre à quel point il avait eu peur, quelques secondes auparavant.

Il sortit sur le quai et sauta dans la neige. Sa cheville se tordit en atterrissant sur quelque chose de dur et de froid, et il sentit une douleur aiguë. Barraclough jura contre lui-même. Il avait sauté sur des rails de chemin de fer. Comment pouvait-il avoir oublié ce détail ? Les quais de chargement n'étaient pas équipés de surfaces planes pour les camions ; ils servaient à mettre l'acier dans des wagons.

Barraclough s'assit et tenta de s'appuyer un peu sur sa cheville. C'était douloureux, mais il savait qu'elle n'était pas cassée. Il fut envahi d'une sorte de reconnaissance, d'un élan de bonheur d'être en vie. Il n'allait pas se faire piéger. Il pouvait y arriver. Il glissa le revolver dans sa ceinture et marcha vers sa gauche et l'extrémité de l'usine, la grande porte, et la rue derrière. Puis il vit la voiture de Jane garée à proximité du bâtiment suivant. Pendant un instant, il s'efforça de comprendre comment il pouvait être sorti du grand bâtiment juste là où il y était entré, mais il saisit soudain. Jane Whitefield n'avait pas traversé les pièces. Elle avait roulé le long des bâtiments pour l'attendre ici.

Barraclough s'avança en boitant vers la barrière, suffoquant de terreur à chaque souffle glacé. Il se jeta contre la haute enceinte, s'accrocha des deux mains aux montants, et commença à escalader la barrière. Il tendit le bras pour attraper des chaînes plus élevées, puis tenta de trouver une prise convenable pour sa cheville blessée.

Une balle frappa son bras gauche plaqué contre la barrière et y resta. Barraclough tomba. Son dos frappa durement le sol, et il avala de l'air pour combler ses poumons. Il essaya de se redresser, mais son bras gauche blessé ne répondait plus, et il voyait son sang sombre et chaud s'écouler dans la neige. Comme il luttait pour se relever, il prit conscience qu'il venait d'entendre le son du chargement de la carabine. « Stop ! » hurla-t-il. Le son faible et plaintif de sa propre voix le rendit malade. Il replia les jambes sous lui, se redressa tant bien que mal, et se tourna pour la voir debout dans la neige à trois mètres de lui. Elle n'était qu'une forme sombre et fantomatique contre la luminosité de la neige. Il attendit le hurlement du coup, les éclats de lumière, mais rien ne venait.

Il agrippa son bras blessé avec sa main droite et le tira douloureusement vers le centre de son corps. « Écoutez-moi ! » S'il pouvait seulement cacher sa main droite derrière la gauche pour attraper le revolver dans sa ceinture, il avait une chance. « Vous avez besoin de vous en sortir autant que moi. À la minute où vous avez aidé votre premier fuyard à échapper aux procédures, vous êtes devenue de la chair à canon. Quelqu'un – les flics locaux, le F.B.I., peu importe qui – va vous localiser et vous pourchasser. » Ses doigts engourdis se refermèrent sur la crosse. « Sans un ami puissant, vous êtes une victime. » Il brandit le revolver.

Le coup de fusil transperça sa poitrine. Son corps vacilla en arrière, heurta les chaînes de la barrière, puis s'immobilisa. « Mais pas la tienne », dit Jane. Elle fit demi-tour, se dirigea dans la neige jusqu'à sa voiture, rangea la carabine dans le coffre, et roula le long du bâtiment jusqu'au passage dans l'enceinte.

31

Le juge Kramer s'éveilla. La maison était plongée dans l'obscurité, mais la lune brillait à travers le grand magnolia derrière sa fenêtre, et de petites taches gris-bleu tombaient sur son couvre-lit. Quelque chose ne tournait pas rond.

Il entendit la petite voix. Il l'avait entendue dans son rêve et il avait tenté de l'ignorer. Mais tout allait bien. C'était seulement le gamin.

Il se leva et sortit de la chambre pour aller au bout du couloir, jusqu'à la chambre d'ami. Tout cela était parfaitement normal. Un enfant qui avait vu ce que celui-ci avait vu avait forcément des terreurs nocturnes. Kramer se frotta les yeux, luttant contre le sommeil. Il lui faudrait être avisé, fort, et crédible. C'était ce dont Timmy avait besoin pour l'instant. Les adultes viennent lorsque vous pleurez la nuit, et ils vous disent que tout va bien. Si ce n'est pas le cas, ils se débrouillent pour que tout le devienne.

Il entra dans la chambre et dit : « Tout va bien. Me voilà, Timmy. » Il avait à peine prononcé ces mots qu'il se rendit compte qu'il avait tort. Le lit était vide. Il regarda autour de lui. Le gamin n'était plus là.

Kramer courut sur le palier à temps pour voir la tache triangulaire de clair de lune apparaître sur le sol de l'entrée. La porte principale s'était ouverte. Comme il se précipitait dans l'escalier, le juge Kramer la vit s'avancer dans la clarté lunaire.

« C'est moi, monsieur le juge, dit Jane Whitefield.

– Que faites-vous ici ?

– Je suis venue chercher Timmy.

– Non », dit-il. Il secouait la tête, mais il savait qu'elle ne pouvait pas le voir. « Il y a des procédures pour cela. La loi les détermine. Vous ne pouvez pas… »

Il sentait, plus qu'il ne voyait, les yeux de Jane Whitefield sur lui. « Que prévoit la loi ?

– Lorsqu'il sera en sécurité, le service des mineurs lui trouvera un foyer d'accueil convenable.

– Il ne sera jamais en sécurité, dit Jane. Même si tout l'argent disparaît, il y aura toujours des gens pour croire qu'il y en a encore. Ou des gens qui sauront comment en obtenir en utilisant simplement son nom. Barraclough faisait travailler beaucoup de monde sur cette affaire. Ils sont toujours là. » Elle fit un pas avec Timmy.

« Vous devez savoir que j'ai une arrne. » Le juge fouilla dans la poche de sa robe de chambre.

« Moi aussi, dit Jane. Mais moi non plus je ne l'ai pas prise. » Elle se tourna, prit la main de Timmy, puis la tache de clair de lune disparut.

Il était minuit passé lorsque Carey McKinnon engagea sa voiture dans la longue allée de gravier qui passait derrière sa vieille maison de pierre à Amherst. Il la rangea dans le local qu'on avait un jour, à l'époque de son grand-père, commencé à nommer le « garage ». Puis il referma les deux portes et mit le cadenas. Non pas que Carey puisse craindre qu'on vole quoi que ce soit ici, mais parce que le vent était froid cette nuit. Au matin, la tempête de neige serait suffisamment forte pour arracher ces vieilles portes de leurs charnières s'il ne les fixait pas. Il avait entendu à la radio, dans la voiture, que celle qui s'annonçait ressemblerait à toutes celles qui avaient déferlé de l'ouest l'une après l'autre, et il pouvait déjà sentir le front glacé approcher.

Carey se dirigea vers sa maison, veillant à poser les pieds dans les endroits où la neige n'était pas tombée. Arrivé au perron, il s'abrita sous l'auvent, secouant la neige de ses chaussures. Il mettait la clé dans la serrure lorsqu'il entendit une portière claquer. Il regarda dans la rue par-dessus son épaule.

Devant son jardin, une silhouette – une femme – s'éloignait d'une voiture. C'était Jane.

Carey s'avança sur la pelouse à sa rencontre. « Salut, je vous connais ! Que s'est-il passé – ton avion a été retenu au sol ? »

Elle lui sourit, et il essaya de mettre ses bras autour d'elle, mais le sac de papier brun qu'elle portait s'interposait, et il l'attrapa et la prit par la taille. « Non. » Elle se mit sur la pointe des pieds pour embrasser sa joue. « Je suis rentrée. »

Ils gagnèrent ensemble la porte et Carey l'ouvrit. « Pourquoi ne pas m'avoir téléphoné ? je serais venu te chercher à l'aéroport.

– Bonne idée, Carey. Et demain, lorsque tu partiras travailler, j'aurais pu y retourner à pied dans la tempête pour aller récupérer ma voiture.

– Oh, dit-il. Eh bien, les gens normaux savent sûrement ce genre de chose. J'en connais. Je leur demanderai. »

Il alluma l'interrupteur et ils entrèrent dans la petite entrée désuète. Il posa le sac sur un banc, suspendit son manteau, retira celui de Jane pour l'accrocher à côté, puis la prit dans ses bras. Ils s'embrassèrent lentement, doucement et paresseusement, puis Jane posa ses mains de chaque côté du visage de Carey, recula de quelques centimètres, et le regarda dans les yeux. « Tu attends que le vent claque la porte ? »

Il haussa les épaules, alla fermer la porte, puis souleva le sac en papier. « Tu as apporté ton linge à laver ? »

Jane prit le sac et en sortit une bouteille de champagne. « Il y avait une panne d'électricité dans la boutique, et j'ai cru que c'était une bouteille de Tabasco. J'avais pensé qu'elle pourrait t'être utile.

– Erreur fréquente, mais on ne peut pas baptiser le bateau par ce temps. On pourrait peut-être boire un peu. »

Elle plongea encore sa main dans le sac et en sortit un bouquet de roses blanches.

Il la regarda un moment, sidéré. « Oh, tu m'as rapporté les roses. Merci. Il était temps, je n'osais pas te les réclamer. » Il prit les roses et les respira. « Elles ont bien tenu, n'est-ce pas ?

– Remarquablement. » Jane avait à peine parlé qu'il la soulevait du sol et l'emportait vers l'escalier.

Carey la porta en haut des marches, l'installa gentiment sur le grand lit et commença à lui retirer ses chaussures. Il la déshabilla lentement. Lorsqu'il eut terminé, il tomba sur le lit avec elle. « Je t'aime, Jane », dit-il calmement. Avant qu'elle n'ait pu répondre, les lèvres de Carey couvrirent les siennes, et avant qu'elle ait pu prononcer une parole, ou se souvenir de ce qu'elle voulait dire, les mots n'étaient plus nécessaires.

Des heures plus tard, Carey McKinnon s'éveilla dans sa chambre obscure et tendit le bras pour la toucher. Elle était partie. Il se leva et sortit de la pièce. Il la trouva en bas, assise sur le canapé dans son grand peignoir d'éponge épaisse, fixant la cheminée. Elle semblait minuscule, comme une enfant. Il savait qu'elle l'avait entendu. « Salut, Carey.

– Qu'est-ce que tu fais ? Tu cherches comment tu vas décorer la pièce, quand ton règne débutera ?

– Non. Viens t'asseoir près de moi. »

Il obéit. Il vit qu'elle ne souriait pas. « Qu'est-ce qui ne va pas ? »

Elle se pencha et l'embrassa. « Je réfléchissais à ton offre.

– Tu sembles avoir pris ta décision.

– Oui, dit-elle. Dans un an exactement, le dix janvier, tu peux noter la date. Si tu me fais signe, je serai là avec quelque chose que j'aurai emprunté et quelque chose de bleu. Sinon, je serai simplement là. »

Il grimaça, mais ses yeux semblèrent se troubler. « Pourquoi dans un an ? Bien sûr tout ce que je veux te dire c'est : "je suis fou de joie, c'est l'extase. Je t'aime". Mais pourquoi est-ce que ça doit prendre autant de temps ? On se connaît quand même un peu, toi et moi. »

Jane lui fit face. « Je vais te raconter une histoire. Lorsque j'aurai terminé, tu diras que tu comprends.

– Vraiment ? Alors l'année servira à savoir si j'ai vraiment compris. C'est ce genre d'histoire.

– Je vais te parler de mon voyage. »

ÉPILOGUE

Au printemps de cette même année, comme elles l'avaient toujours fait, les femmes senecas se rencontrèrent un soir à Tonawanda, au crépuscule, pour chanter l'Ohgiwe : la Danse des morts. Le printemps est l'époque où les morts reviennent. Il n'y avait ni tambours, ni grelots, ni flûtes, ni clochettes ; seulement les voix tristes et splendides des femmes.

Les six chanteuses qui connaissaient mieux que personne les chants anciens de l'Ohgiwe, et dont les voix étaient suffisamment fortes et mélodieuses pour tenir toute la nuit, se tenaient au centre de la grande pièce en forme de maison commune. Elles chanteraient le refrain, et les femmes qui dansaient le long des murs de la maison commune répondraient en chœur. Cette nuit le groupe principal incluait deux nouvelles femmes. L'une était Jane Whitefield, qui n'était pas venue pour l'Ohgiwe depuis des années, et l'autre était Martha McCutcheon, la mère du Clan du Loup en Oklahoma. C'était elle qui avait intronisé Sarah Cartman dans le Conseil – pas la Sarah Cartman que tout le monde avait connue depuis sa naissance, mais la nouvelle Sarah, celle qui avait été adoptée avec son fils, Timmy, selon la vieille coutume.

La nouvelle Sarah Cartman dansait le long du mur dans le cercle avec les autres femmes nundawaono. Six mois plus tôt, elle avait été Mary Perkins. Six ans auparavant, elle s'appelait autrement – peut-être Stoddard ou Stafford ou Comstock – mais elle n'avait rien fait sous aucun de ces noms dont elle veuille se souvenir, et donc elle n'y pensait pas cette nuit. À la place, elle s'inquiéta quelques instants de savoir si elle serait chez elle à temps pour préparer le repas de Timmy pour l'école demain, avant de se rappeler que demain était un dimanche. Lorsqu'elle avait été Mary Perkins, elle avait négligé de développer les habitudes d'esprit qu'elle considérait aujourd'hui comme nécessaires pour être une bonne mère, et parfois elle en faisait trop. Pourtant, elle était plus à l'aise en Sarah Cartman, et depuis un moment elle avait même commencé à se sentir en sécurité. Elle avait un nom, un travail, une maison à tenir et un fils à élever. C'est ce qui avait fait d'elle Sarah Cartman, car cela n'était pas venu tout seul. Durant la longue nuit, comme ses pieds s'accoutumaient au pas de la danse, et qu'elle répétait les mots dans la langue peu familière, elle commença à oublier qu'elle ne les avait pas toujours connus.

Il y avait presque une centaine d'autres Nundawaonos, des grands-mères et des jeunes filles à peine sorties de la puberté, qui dansaient pour les morts cette nuit. Certaines étaient vêtues de modestes robes d'été, comme Sarah. D'autres portaient des tuniques traditionnelles, des jupes, des jambières, et des mocassins, perlés et brodés de toutes les fleurs qui poussaient sur le dos de la grande tortue qui forme le monde des Senecas. Elles les portaient parce que les femmes étaient les gardiennes et la source de la vie, la force qui se battait sans fin contre l'Être sans visage.

Elles étaient les hôtesses des morts cette nuit. Elles avaient la capacité de sentir leur présence dans la maison commune. Les femmes chantaient l'Ohgiwe pour elles toutes, et pour chacune d'entre elles. Certaines chantaient pour la première Sarah Cartman, celle qui était morte dans un accident de voiture cet hiver, si jeune. Il y avait une femme qui chantait pour les premiers parents de Timmy Cartman, et pour le couple qui l'avait enlevé et élevé. Et Sarah Cartman chantait pour Mona et Dennis, les amants morts à l'automne dernier.

Les femmes chantaient l'Ohgiwe et dansaient ensemble, comme leurs grands-mères l'avaient fait. Elles chantaient pour les braves, pour les généreux, pour les protecteurs. Elles chantèrent jusqu'à l'aube, lorsque les esprits des morts, satisfaits, retournèrent vers le repos. Là où ils ne seraient plus tentés de déranger les rêves des vivants.

"Une amazone vengeresse"

(Pocket n°11420)

Grace Flint, belle et rusée agents secret, est spécialiste de l'infiltration, jusqu'au jour où, démasquée, elle est piétinée et défigurée par Frank Harling, grand escroc international. Après de longs mois de convalescence et de nombreuse interventions chirurgicales, elle retrouve un masque de beauté, factice. A-t-elle retrouvé le sang froid indispensable pour reprendre ses missions ? Ses supérieurs le pensent. Ils ont tort. Elle n'a plus qu'une seule idée en tête : la vengeance.

Il y a toujours un Pocket à découvrir

Impression réalisée sur Presse Offset par

BRODARD & TAUPIN

GROUPE CPI

19260 – La Flèche (Sarthe), le 18-06-2003

Dépôt légal : juillet 2003

POCKET – 12, avenue d'Italie - 75627 Paris cedex 13
Tél. : 01.44.16.05.00

Imprimé en France